# ORIGINES

Robin Cook

# ORIGINES

ROMAN

*Traduit de l'américain*
*par Pierre Reignier*

Albin Michel

Ce livre est un ouvrage de fiction. Toute référence à des événements historiques, à des personnages ou à des lieux réels est utilisée à des fins fictives. Les autres noms, personnages, lieux et événements sont le fruit de l'imagination de l'auteur et toute ressemblance à des faits réels, des lieux existants ou des personnes réelles, vivantes ou décédées, serait purement fortuite.



*Édition originale américaine parue sous le titre :*
GENESIS

# Prologue

**6 MARS**
**23 H 15**

C'était une soirée glaciale à Manhattan, secouée par un vent âpre, sous un ciel couvert et menaçant. L'équinoxe de printemps approchait, mais l'hiver ne rendait pas les armes. Comme pour le prouver, des flocons de neige épars tombaient en virevoltant du magma des nuages bas. La température extérieure étant proche de zéro, ces structures cristallines ciselées et, vues au microscope, d'une saisissante beauté, se transformaient instantanément en minuscules gouttelettes d'eau lorsqu'elles touchaient la surface terrestre. Contraste frappant avec cette destruction gratuite de l'œuvre de la nature, une tout autre scène se jouait dans un deux-pièces confortable et plaisamment décoré du quatrième étage d'un immeuble de la 23e Rue Est. Ici où l'atmosphère était bien chaude, au sens propre comme au figuré, s'annonçait un processus biologique qui était pour ainsi dire l'antithèse absolue de la dissolution des flocons de neige : une progression de divisions cellulaires d'une ampleur et d'une complexité toujours croissantes, déclenchée par l'éjection énergique de plus de cent millions de spermatozoïdes au fond d'un vagin.

Les deux individus impliqués dans cette tendre affaire n'eurent pas conscience du fantastique événement dont ils furent à l'origine

– et qui aurait de graves conséquences pour chacun d'eux. Emportés par leur passion et oubliant qu'ils n'utilisaient aucun moyen de contraception, ils ne songèrent ni l'un ni l'autre qu'à l'éjection des entreprenants spermatozoïdes de l'homme avait presque simultanément coïncidé, dans l'ovaire droit de la femme, la libération d'un ovule fécondable. Ils s'interrogèrent encore moins sur la farouche détermination qui pousse les gamètes mâles à fusionner avec un équivalent femelle réceptif à leur quête singulière.

Deux heures et demie plus tard, pendant que la femme dormait du sommeil profond des désirs assouvis – l'homme en faisait autant à son propre domicile –, le plus rapide nageur de tous les spermatozoïdes, au terme d'un marathon herculéen et périlleux qui l'avait conduit des profondeurs du vagin à l'intérieur de la trompe de Fallope droite, heurta de plein fouet l'ovule qui descendait passivement à sa rencontre. Poussé par un réflexe irrésistible, ce vainqueur se fraya très vite un chemin dans le cumulus épais de cellules entourant l'ovaire, jusqu'à atteindre son enveloppe externe. Un instant plus tard il injecta son noyau à l'intérieur de l'ovule afin que ses vingt-trois chromosomes s'apparient aux vingt-trois de l'ovule, leur réunion formant le bagage génétique humain normal de quarante-six chromosomes. L'ovule était à présent un zygote.

Ainsi venait de commencer, par cette vilaine nuit new-yorkaise, l'un des plus sensationnels miracles de l'univers connu : la fécondation humaine. Si de tels épisodes sont fréquents, puisqu'ils surviennent quelque trois cent cinquante mille fois par jour sur l'ensemble de la planète, et si la plupart des gens ne s'arrêtent guère, du coup, pour s'en émerveiller, la rencontre de l'ovule et du spermatozoïde n'en est pas moins à l'origine d'un processus d'une complexité tout à fait extraordinaire et ahurissante. Cellule individuelle à peine visible à l'œil nu, le zygote humain contient toutes les données et les instructions nécessaires, dans sa microscopique bibliothèque en ADN, pour la fabrication et le fonctionnement d'un corps humain. Sans aucun autre apport d'information, donc, cette unique cellule initiale est capable d'orchestrer la création de quelque trente-sept mille milliards de cellules, dont il existe deux cents types différents, ainsi que de faire naître plusieurs milliards de protéines à grosses molécules, extraordinairement spécialisées, qui doivent toutes répondre à des normes rigoureuses et apparaître au bon moment, en quantités voulues, à l'endroit où il faut. Le cerveau humain à lui seul, avec ses cent milliards de cellules et ses plus de cent mille milliards de connexions synaptiques, est peut-être la structure la plus complexe de l'univers.

Le 11 mars, cinq jours après la scène d'amour qui avait été à l'origine de cette énième expression de l'éternel miracle de la reproduction humaine, l'œuf fécondé en développement rapide atteignit l'utérus pour entreprendre son implantation dans la paroi utérine. Bientôt il ferait connaître sa présence et proclamerait qu'une grossesse avait démarré. Désormais, pour parvenir à la naissance d'un enfant d'ici environ neuf mois, il suffisait de fournir quelques nutriments fondamentaux à l'embryon, d'éliminer ses déchets, et de protéger l'intégrité physique de la mère.

Malheureusement, cela n'allait pas se passer ainsi…

**5 MAI**
**22 H 05**

Pour Kera Jacobsen, prendre une douche était toujours une expérience antistress. Un vrai moment zen. Surtout après une journée éprouvante comme aujourd'hui – comme le samedi n'était pas censé l'être. Prenant garde à ne pas glisser sur la faïence blanche du fond de la baignoire, qui pouvait être traître, la jeune assistante sociale de vingt-huit ans tira le rideau de douche devant elle, puis se plaça sous le jet déjà ouvert en grand à la température quasi brûlante qu'elle appréciait. Une fois mouillée, elle commença à se frotter le corps de gel douche parfumé avec une brosse à long manche, en prenant bien son temps, afin de se libérer des tensions de la journée. Et d'essayer d'oublier l'anxiété qui la minait, plus généralement, depuis quelques semaines.

Il y avait bientôt six mois que Kera était installée à New York. Cette décision de venir vivre dans la Grande Pomme, elle l'avait prise un peu sur un coup de tête. Après avoir grandi à Los Angeles et fait ses études à UCLA, l'université de Californie à Los Angeles, elle avait décroché son premier poste d'assistante sociale à l'hôpital pédiatrique Mattel-UCLA. Sa spécialité, c'était l'accompagnement des enfants aux besoins médicaux complexes et de leurs familles. C'était un travail exigeant, souvent difficile sur le plan psychique, mais toujours épanouissant. Il était indéniable que ses efforts avaient une réelle utilité et complétaient de façon essentielle la mission des médecins et des infirmiers qui, c'était bien compréhensible, se focalisaient sur la guérison et le soulagement des symptômes physiques des maladies. Sur le plan professionnel, Kera était complètement satisfaite, et même comblée. Mais voilà : son monde s'était écroulé, au mois de septembre dernier, lorsque sa relation amoureuse de longue date avec un étudiant en médecine, Robert Barlow, avait pris fin de façon aussi abrupte qu'inattendue. Pendant les deux années et demie qu'ils avaient passées ensemble, Robert et elle avaient souvent dormi l'un chez l'autre. Ils avaient des tas de centres d'intérêt communs, ils votaient tous deux démocrate et ils adoraient bavarder. Ils parlaient de tout, y compris de temps en temps de l'avenir – dans l'idée, supposait-elle, qu'ils étaient partis pour le construire ensemble. Robert voulait devenir chirurgien. Il prévoyait de faire l'internat dans l'un des centres médicaux réputés de Californie, de préférence à Los Angeles, sinon peut-être à San Francisco. Comme il donnait tout à ses études, il avait bon espoir d'être en position de choisir son affectation. Kera était prête à le suivre si jamais il partait à San Francisco. Avec ses diplômes et les références qu'elle avait à l'hôpital pédiatrique Mattel, elle ne doutait pas de pouvoir se faire engager dans n'importe quel centre médical universitaire.

Mais le destin en avait voulu autrement. Kera ne comprenait toujours pas très bien ce qui s'était passé, même si elle avait appris par la suite que la rumeur courait à l'hôpital que Robert fricotait avec une interne de première année au service de chirurgie. En tout cas elle n'avait rien vu venir : Robert l'avait juste informée, par un après-midi brûlant où la pollution de l'air faisait étouffer Los Angeles, que leur histoire était terminée.

Après une telle blessure d'amour-propre, Kera avait éprouvé un besoin irrépressible de prendre la tangente. Et vite. Des amis communs lui demandaient sans arrêt comment Robert et elle avaient pu se séparer – faisant mine de compatir alors qu'ils se régalaient, en réalité, de ce mélo et des cancans qui allaient avec. De plus elle risquait beaucoup trop souvent à son goût de tomber sur Robert, par hasard, quelque part dans le centre médical. Et puis Kera avait toujours été attirée par New York et elle se lassait de la monotonie du climat de Los Angeles, de sa saison annuelle de terribles feux de forêt et de la menace perpétuelle de l'activité sismique de la faille de San Andreas. Résolue, quelques semaines après l'annonce choquante de Robert, à tirer de ce bouleversement émotionnel quelque chose de positif, elle avait pris l'avion pour la côte Est.

Après s'être rincée, elle entreprit de se laver les cheveux. C'était le passage de la douche qu'elle préférait. Quand le shampoing moussa bien, elle se massa énergiquement le cuir chevelu en s'efforçant de faire le vide.

Dans les premiers temps son déménagement pour New York lui avait semblé positif sur tous les plans. Enfin presque : sa mère et sa sœur, très tristes de la savoir partie, lui répétaient souvent au téléphone qu'elle leur manquait énormément. Avant de quitter Los Angeles, Kera avait décroché une promesse d'embauche au Centre médical Langone-Université de New York – plus précisément, à l'hôpital pédiatrique Hassenfeld. Sur le plan professionnel, elle était donc parée. Quant à se loger, elle avait eu un joli coup de chance en scrutant les annonces d'un bulletin d'affichage du centre médical : une infirmière qui avait décidé de s'engager dans le Peace Corps* cherchait une sous-locataire pour son deux-pièces meublé et tout équipé, à loyer contrôlé, situé dans la 23e Rue, à deux pas de la Deuxième Avenue. Plus important encore, enfin, pour l'image qu'elle avait d'elle-même, Kera s'était aussi lancée dans une liaison électrisante avec un homme séduisant, très accompli, plus âgé et plus mûr que Robert, qu'elle avait rencontré pendant les fêtes de fin d'année.

Malheureusement sa vie venait de prendre encore une fois un tournant inattendu, et fâcheux, qui l'obligeait à s'interroger sur son jugement. N'était-elle pas affreusement naïve ? De nouveau, elle était déçue et avait l'amour-propre en berne. Peut-être pas de façon aussi dramatique qu'avec Robert, mais elle était assez déboussolée pour envisager sérieusement, depuis quelques jours, de retourner en Californie du Sud. Comme elle pouvait s'y attendre, sa mère et sa sœur avaient accueilli cette nouvelle avec de grands cris de joie lorsqu'elle les avait appelées plus tôt dans la soirée pour aborder le sujet – même si toutes deux avaient également voulu savoir pour

---

* Agence gouvernementale américaine dont les volontaires travaillent dans des dizaines de pays à toutes sortes de projets de développement éducatif, sanitaire, agricole, etc. *(Toutes les notes sont du traducteur.)*

quelle raison elle changeait tout à coup son fusil d'épaule. Un mois plus tôt seulement, lors d'une autre conversation téléphonique, Kera les avait enthousiasmées en leur racontant comment et pourquoi elle était folle de bonheur de vivre dans la Grande Pomme. Ce soir, toutefois, n'étant pas décidée à leur révéler la cause de son désarroi, elle avait juste dit qu'elle comprenait finalement que sa famille comptait plus que tout et lui manquait beaucoup. Elle éprouvait une pointe de culpabilité à ne pas avoir été tout à fait franche, mais bon… elle n'était pas encore complètement sûre de sa décision. Il lui restait un fond d'espoir de voir les choses s'arranger, même si c'était peu probable.

Kera sortit de la baignoire en attrapant son drap de bain au crochet mural et se pencha en avant pour se sécher énergiquement la tête. Son épaisse chevelure, qu'elle gardait mi-longue, juste au-dessus des épaules, était à son avis la seule bonne chose que lui avait léguée l'homme froid et distant qu'avait été son père. En se redressant elle tourna les yeux, sans y penser, vers le grand miroir couvrant le dos de la porte de la salle de bains. Quand elle se rendit compte de ce qu'elle faisait, elle pouffa de rire. Bien sûr il était beaucoup trop tôt pour voir le moindre changement.

Elle avait terminé de se sécher et suspendait le drap de bain lorsque l'interphone retentit dans la cuisine. Le bruit strident de l'appareil fit voler en éclats le silence de l'appartement et la tranquillité d'esprit que Kera avait réussi à retrouver. Quelqu'un était en bas, à la porte de l'immeuble, et sonnait chez elle. Attrapant son peignoir à côté de la serviette, elle sortit au pas de charge de la salle de bains. Au moment où Kera appuyait sur le bouton de l'interphone pour demander qui était là, son regard se posa sur l'horloge du micro-ondes. Il était vingt-deux heures vingt-trois. Elle ne connaissait qu'une seule personne susceptible de sonner si tard – même si cette personne débarquait rarement le week-end et envoyait d'ordinaire un texto, ou téléphonait, avant de venir. En tout cas elle était à peu près sûre de savoir qui se trouvait en bas et cela ne l'enthousiasmait pas. Elle avait vraiment essayé de se détendre avant de se mettre au lit.

– C'est moi, dit la voix masculine à laquelle Kera s'attendait.

– Qu'est-ce que tu fais là ? répliqua-t-elle.

– Je suis désolé, il est tard. Mais il faut que je te voie.

– Je sors de la douche et j'allais me coucher. Si on se retrouvait plutôt demain, vers l'heure du déjeuner ?

– Je voudrais te parler ce soir. Je ne pense plus comme avant et je veux partager ça avec toi. J'ai *besoin* de partager ça avec toi.

Kera resta quelques instants interdite, le cœur battant soudain plus fort dans sa poitrine. Après ce qui s'était passé, et après les conversations pénibles qu'ils avaient eues depuis un mois, elle ne pouvait être certaine de ce qu'il entendait par ce « Je ne pense plus comme avant ». Mais… cela paraissait quand même clair. Prenait-elle ses désirs pour des réalités ? Il avait été catégorique, dès le premier jour, et il n'avait pas bougé d'un iota depuis plusieurs semaines. N'empêche, si elle interprétait correctement ses paroles, cela pouvait tout changer.

– Ça veut dire quoi, que tu ne penses plus comme avant ? demanda-t-elle d'un ton qui trahissait son inquiétude.

Elle ne voulait pas reprendre espoir pour encaisser une fois de plus une affreuse déconvenue.

– Je me suis rendu compte que tu avais raison, depuis le début, et que c'était moi qui me trompais. En fait il m'a juste fallu du temps pour comprendre. Il faut fêter ça, Kera !

– Fêter ça ? répéta-t-elle pour être certaine d'avoir bien entendu.

– Oui ! Ce soir on fait la fête. Et j'ai apporté de quoi.

Elle appuya sur le bouton de déverrouillage de la porte du hall de l'immeuble, puis, essayant de maîtriser son excitation, se précipita à la salle de bains en enfilant son peignoir. Elle était restée nue, le vêtement serré contre sa poitrine, tout le temps où elle avait été à l'interphone. Devant la glace du lavabo, elle saisit une brosse et essaya de coiffer un minimum la crinière humide de ses cheveux. Sans grand succès. Elle avait l'impression d'être affreuse, mais elle n'avait pas le temps de s'arranger. Après avoir noué la ceinture du peignoir autour de sa taille et tapoté une dernière fois ses cheveux, elle courut jusqu'à la porte de l'appartement et commença à libérer la panoplie de chaînes et de verrous installés par la locataire officielle de l'appartement. À l'instant où elle tournait la dernière molette, elle entendit toquer discrètement au battant.

Kera jeta un coup d'œil par le judas, puis ouvrit la porte. Jamais elle n'avait vu son visiteur habillé comme ce soir. Il portait un imperméable de couleur sombre et avait un chapeau en feutre sur la tête, de couleur sombre aussi. Avant qu'elle n'ait pu dire un mot, il s'engouffra dans l'appartement, ferma la porte derrière lui et la prit dans ses bras, l'enlaçant avec une ardeur qui lui coupa le souffle. Puis il la lâcha, posa son sac de courses en papier et retira son chapeau et son manteau pour les jeter sur le canapé.

– Ce soir, je te dis, on fait la fête ! annonça-t-il d'un ton enjoué.

Il sortit du sac deux élégantes flûtes à champagne en cristal ciselé, puis une bouteille de prosecco rosé tenue au frais dans un manchon isotherme, et enfin un petit paquet de serviettes à cocktail.

– Regarde, Kera, dit-il avec un large sourire.

Il tira la bouteille du manchon pour la lui présenter comme un sommelier dans un restaurant.

– D'accord, dit-elle poliment, déchiffrant l'élégante étiquette noire. Bortolomiol Filanda Rosé. Je ne connais pas.

– Fabuleux ! dit-il avec fierté. Et très difficile à trouver, tu sais.

– Et… qu'est-ce qu'on fête, exactement ? demanda-t-elle avec hésitation tandis qu'il commençait à défaire le fil de fer retenant le bouchon et sa capsule métallique.

Cette attitude, c'était exactement ce qu'elle avait espéré lorsqu'elle lui avait annoncé la nouvelle. Elle avait été horriblement déçue de le voir réagir autrement.

– On fête tout ! dit-il d'un air exalté. La vérité, c'est que tu avais raison et que j'avais tort. Ce qui nous arrive, c'est un miracle. Un merveilleux coup du destin. Je ne m'en suis pas rendu compte sur le moment, voilà.

Kera aurait pu faire remarquer qu'il lui avait fallu bien plus qu'un *moment* pour ouvrir les yeux – ils étaient tout de même en conflit depuis près d'un mois. Mais elle ne dit rien par peur de casser l'ambiance. Et puis l'enthousiasme qu'il manifestait était contagieux. Le bouchon jaillit de la bouteille avec un *pan* sonore qui la fit sursauter.

– C'est comme tu disais, Kera. La vie est un miracle trop précieux pour la refuser.

Pendant qu'il remplissait les deux flûtes, elle rassembla son courage pour demander :

– Et ta femme ?

– C'est fini, répondit-il simplement.

Il lui donna l'un des verres, puis saisit l'autre et le tendit vers elle pour trinquer. Un tintement mélodieux s'éleva entre eux.

Suivant son exemple, elle porta la flûte à ses lèvres pour goûter le prosecco et fut surprise de constater qu'il avait meilleur goût, peut-être, qu'aucun autre vin qu'elle avait jamais bu. Elle en prit aussitôt une autre gorgée. Depuis bientôt un mois elle ne touchait plus à l'alcool, mais là, l'occasion était tout à fait particulière. Ils avaient eu plusieurs discussions désagréables au sujet de leur avenir, ces dernières semaines, et elle avait dû se réconcilier avec l'idée qu'ils n'étaient pas du tout sur la même longueur d'onde. Mais maintenant elle était ravie qu'il ait changé d'avis. Il fallait bien sûr fêter cela.

– Mettons-nous à l'aise pour savourer ce bon vin, dit-il.

Il saisit son manteau et son chapeau pour les poser sur une chaise, puis tira gentiment sur la manche du peignoir de Kera pour l'entraîner vers le canapé.

– Bortolomiol, la compagnie qui fait ce prosecco, se trouve en Vénétie, ajouta-t-il quand ils s'installèrent l'un à côté de l'autre.

– Il a du goût, dit-elle.

Où se trouvait la Vénétie ? Sans doute s'agissait-il de la région autour de Venise, mais elle s'en fichait, au fond, et ne demanda pas d'explication. Quant au prosecco, elle était sincère. Bien assise sur le canapé, elle en prit une autre grande gorgée. Le pétillant du mousseux était sympa, et il avait une saveur délicate, vraiment agréable. Elle n'avait jamais été très fan de champagne, elle comprenait même mal pourquoi on faisait un tel foin d'un breuvage aussi cher, mais ce vin-là était différent, tout à fait délicieux, et elle se demandait à présent si elle l'appréciait à ce point parce qu'il était excellent, ou parce qu'elle était soudain tellement heureuse. En tout cas elle se délectait de cette expérience inédite. Bien sûr elle avait un million de questions à poser, mais pas tout de suite. Cela pouvait attendre.

Pendant qu'il continuait de s'emballer au sujet du prosecco et de la Vénétie sans remarquer qu'elle ne l'écoutait plus, elle garda une nouvelle gorgée de vin en bouche, quelques instants, avant de l'avaler, puis recommença. Pas de doute, boire ce prosecco était une expérience vraiment extra. Kera s'abandonnait volontiers à la merveilleuse sensation de détente et de calme qui s'emparait d'elle, tellement différente des pensées déprimantes et de la tension qui l'avaient accablée depuis un mois. Mais soudain, bizarrement, un léger vertige la saisit – pas très agréable pour le coup. Puis elle se rendit compte qu'il continuait de parler, mais que ses propos étaient devenus à peu près incohérents. Elle ne le comprenait plus. Et voilà que sa vision se brouillait. Clignant plusieurs fois des yeux, elle posa la flûte à champagne à côté d'elle et essaya de se lever, mais ses jambes refusèrent de la porter.

– Ça va ? demanda-t-il d'une voix qui parut lointaine à Kera.

– Ça va… je crois, se força-t-elle à articuler. Je suis si fatiguée, tout…

Kera ne termina pas sa phrase. Elle s'était renversée en arrière, la nuque sur le dossier du canapé. Ses yeux s'étaient fermés, mais sa bouche resta béante tandis que sa respiration ralentissait.

# 1

**8 MAI**
**05 H 49**

Laurie Montgomery-Stapleton ouvrit les yeux beaucoup plus tôt qu'elle n'en avait l'habitude, et sans avoir besoin que son mari, Jack Stapleton, la secoue gentiment pour l'arracher au sommeil. Elle ne se souvenait pas de la dernière fois qu'elle s'était réveillée comme ça, spontanément, de si bonne heure. Son cerveau carburait déjà, néanmoins, car la journée s'annonçait stressante et très chargée. Tellement chargée, à vrai dire, que Laurie allait devoir convaincre Jack, qui roupillait encore comme un bienheureux, de la remplacer pour une de ses obligations au moins – et elle se doutait qu'il allait rouspéter. Quelques jours plus tôt, elle avait accepté de se rendre ce 8 mai au matin à l'école primaire de leur aîné, John Junior, pour une rencontre avec sa maîtresse de CM1, Mlle Rossi, et peut-être aussi avec la psychologue de l'établissement. Elles devaient parler ensemble du comportement « perturbateur », avait-on dit au téléphone à Laurie, du petit garçon. Ces derniers temps, apparemment, il lui était arrivé de se montrer « agressif » envers certains camarades, dans la cour, pendant la récréation, et il semblait aussi avoir des problèmes de discipline en classe. L'école se demandait s'il ne souffrait pas d'un « trouble du contrôle des impulsions ». Sachant à quel point les diagnostics psychologisants et les jugements de ce type pouvaient agacer Jack, et connaissant sa tendance à se montrer parfois moins que diplomate envers ceux qui les énonçaient, Laurie n'avait même pas abordé le sujet avec lui. Dans la mesure où elle était certaine que JJ allait très bien et n'était pas plus agressif ou impulsif que n'importe quel garçon de son âge, elle préférait se charger toute seule de discuter avec l'école. Mais Jack devrait finalement s'occuper de cette mission, car elle avait des impératifs professionnels imprévus qui lui feraient passer une bonne partie de la matinée à la mairie.

Se redressant sur un coude et tournant la tête vers les deux grandes fenêtres de la chambre, qui donnait au nord au cinquième et dernier étage de leur maison de ville, Laurie put constater que le soleil venait de pointer à l'est au-dessus de l'horizon. À deux ou trois blocs de distance, au sommet d'un immeuble assez élevé, il y avait une ancienne citerne juchée sur pilotis. Le réservoir baigné par la lumière du soleil levant sembla aussitôt fait d'or pur.

D'après le réveil à affichage digital sur sa table de chevet, il était encore plus tôt qu'elle ne l'avait cru : cinq heures cinquante-trois. Et pourtant elle se sentait comme dans les starting-blocks. Laurie n'était pas du matin. Toute sa vie, elle avait toujours eu un mal fou à se réveiller et à s'arracher à la chaleur de la couette. C'était particulièrement vrai depuis qu'elle avait épousé Jack, car il tenait à ce que leur chambre reste fraîche, c'est-à-dire presque froide pour elle. Si elle avait du mal à émerger, cependant, c'était surtout parce qu'elle avait un sommeil de plomb – il pouvait lui arriver de continuer à dormir alors qu'un réveil sonnait à côté de sa tête – et parce qu'elle était une vraie couche-tard. Le soir venu, elle avait le plus souvent un regain d'énergie qui lui permettait de faire pas mal de choses. Dans sa jeunesse elle avait adoré lire des romans jusqu'à pas d'heure, avec un gros faible pour la littérature de la fin du XVIII^e siècle et celle du début du XX^e. Puis ses lectures nocturnes avaient changé lorsque, devenue médecin légiste, elle avait été obligée de se tenir au fait de l'abondante littérature de son milieu professionnel. Aujourd'hui elle avait rarement, pour ne pas dire *jamais* le temps de lire trois pages de roman. Elle devait s'enquiller non seulement les articles de médecine légale récemment parus, mais aussi tous les documents relatifs à sa mission de directrice de l'Institut médico-légal de la ville de New York. Étant la première femme de l'histoire à occuper ce poste, et donc une sorte de pionnière, elle estimait qu'elle avait l'obligation d'y donner le meilleur d'elle-même. Dans cette optique, elle avait appris à travailler avec des feuilles de calcul, à éplucher des budgets et à analyser tous les rapports concernant de près ou de loin l'institut médico-légal que pondaient les diverses commissions du conseil municipal de New York ou l'Agence de santé publique. Il lui arrivait encore d'écarquiller les yeux, certains jours, devant la masse de pièces jointes qui tombaient dans sa boîte de réception.

Si elle était absolument déterminée à faire de son mieux, Laurie ne savait pas encore très bien, en revanche, à titre personnel, si elle avait eu raison d'accepter cette nomination. Sur le moment, elle n'avait pas bien pris la mesure des aspects politiques de ce poste. Sachant que l'institut médico-légal – l'IML, pour faire plus court –, s'était battu pour gagner son indépendance, après sa fondation en 1918, de façon à pouvoir parler sans entrave pour les morts, elle avait cru l'affaire réglée. Et c'était le cas d'une certaine façon : l'IML était une entité globalement autonome. Mais Laurie apprenait à la dure, depuis qu'elle en avait pris les rênes, que le maire, qui l'avait nommée, et le conseil municipal, qui tenait les cordons de la bourse, pouvaient exercer sur elle des pressions considérables. Elle devait constamment se battre pour leur tenir tête, et ce n'était pas une mince affaire dans la mesure où les soixante-quinze millions de dollars de budget annuel de l'IML constituaient une cible tentante dans une ville qui manquait chroniquement de fonds pour d'autres obligations respectables. Par-dessus le marché, la morgue proprement dite, où étaient pratiquées toutes les autopsies réalisées par l'IML, avait besoin d'un nouveau bâtiment à plusieurs millions de dollars. Celle qui était en service aujourd'hui avait jadis été un modèle de modernité, mais ce n'était plus le cas depuis longtemps.

Les problèmes de nature politique de son travail mis à part, Laurie constatait que la pratique de la médecine légale lui manquait. Elle regrettait la responsabilité, toujours stimulante sur le plan intellectuel, de déterminer les causes et les circonstances d'un décès. Objectivement, bien sûr, elle reconnaissait qu'il valait mieux qu'elle laisse les trente et quelques légistes hyper-qualifiés qu'elle avait sous ses ordres se charger de toutes les autopsies – faute de quoi, comme son prédécesseur le Dr Bingham l'avait appris à ses dépens, chaque procureur, chaque policier ou pompier gradé et le maire lui-même bien entendu, aurait été susceptible de lui réclamer de faire certaines autopsies qui l'intéressaient en particulier pour l'unique raison qu'elle était la patronne de la maison. Mais c'était quand même un vrai crève-cœur, pour elle, d'être privée d'autopsies et de devoir se contenter de sa petite tournée informelle à la morgue, chaque matin, où elle regardait par-dessus l'épaule des légistes au travail et posait diverses questions. Pour ce qui était de garder le contact avec le métier, il ne lui restait que le jeudi matin, lorsqu'elle supervisait l'un des jeunes spécialistes ou « post-internes » de pathologie autopsique qui s'exerçaient aux dissections à l'IML. En partenariat avec le service de pathologie du Centre médical Langone-Université de New York, l'IML formait une poignée de ces étudiants qui, ayant déjà terminé l'internat de pathologie, ajoutaient une sous-spécialité à leur arc et envisageaient, pour certains, d'obtenir la certification de médecin légiste.

Aussi excitée qu'inquiète devant la journée qui s'annonçait, Laurie souleva la couette. Elle frissonna au contact du sol glacial de la chambre. Elle glissa aussi vite que possible ses orteils dans ses chaussons, qu'elle prenait la précaution de laisser juste à côté du lit quand elle se couchait, puis enfila son peignoir qu'elle gardait aussi à portée de main au cas où elle ait à se lever pendant la nuit. Sur le lit, Jack ne l'avait pas sentie remuer. Allongé sur le dos, les bras à l'extérieur de la couette, une main sur la poitrine, la bouche entrouverte, il était l'image même de la sérénité. Le connaissant comme elle le connaissait, Laurie ne put que sourire. Jack n'était pas l'homme parfaitement calme qu'il semblait être à cet instant. Au contraire, c'était quelqu'un qui ne s'arrêtait jamais de réfléchir, d'agir, et qui n'avait guère de patience pour ce qu'il appelait « la paperasse », c'est-à-dire les règles et les réglementations avec lesquelles il n'était pas d'accord. Il ne supportait ni les imbéciles ni la médiocrité, et il n'était pas du genre à dissimuler ses opinions. Dans la lumière du jour naissant filtrant par la fenêtre, Laurie voyait la cicatrice qu'il avait au front et son incisive ébréchée : deux souvenirs de la détermination de Jack à toujours faire ce qu'il estimait être juste, même si cela l'obligeait à prendre de vrais risques – et parfois à se faire casser la gueule. Laurie l'aimait beaucoup, profondément, mais n'oubliait pas qu'il pouvait lui donner du fil à retordre, surtout aujourd'hui qu'elle était techniquement sa chef. Si Jack était, et de loin, le médecin légiste le plus productif de toute l'équipe, il était aussi celui qui avait le plus besoin d'être encadré. Laurie en savait quelque chose, parce qu'elle avait été comme lui autrefois.

Fermant sans bruit la porte derrière elle, Laurie traversa le couloir sur la pointe des pieds pour entrer dans la chambre d'Emma, qui était beaucoup plus obscure que celle de ses parents car les rideaux y étaient tirés. Comme Jack, Emma dormait à poings fermés sur le dos. Elle avait aussi cet air angélique que seules les fillettes de quatre ans peuvent avoir. Laurie dut se retenir de s'accroupir auprès de son lit pour lui faire un câlin. Après l'anxiété et le désarroi qui les avaient minés, Jack et elle, plus d'un an auparavant, quand il avait été découvert que leur fille souffrait d'autisme, il s'avérait qu'Emma répondait étonnamment bien aux trente heures de thérapie cognitivo-comportementale, aux cinq heures d'orthophonie et aux trois heures de physiothérapie auxquelles elle avait droit chaque semaine. Ce programme complexe et très intensif avait été mis sur pied par la mère de Laurie, Dorothy, qui leur avait véritablement sauvé la vie en s'investissant à fond dans le problème. Après avoir d'abord provoqué quelques tensions entre Laurie et Jack, au moment du diagnostic, en s'invitant chez eux pendant plusieurs semaines, Dorothy avait pris le taureau par les cornes et fait du trouble d'Emma l'œuvre de sa vie, mettant de côté toutes ses activités sociales et ses engagements philanthropiques habituels. Une fois que le diagnostic d'autisme avait été confirmé par plusieurs spécialistes reconnus, elle s'était mise en quête de tous les meilleurs thérapeutes de la ville, puis elle s'était chargée de les tester, de les recruter et de coordonner leurs emplois du temps. Chaque semaine, depuis lors, elle suivait de près leur travail avec Emma. Et tous ces efforts portaient leurs fruits. Après plusieurs mois de traitement, certains signes vraiment positifs étaient là. La propension de la petite à enchaîner inlassablement des gestes répétitifs semblait s'amenuiser, et elle commençait à surmonter sa compulsion à ranger ses animaux en peluche à la queue leu leu. Plus encourageant encore, peut-être, elle avait une plus grande capacité qu'auparavant à interagir avec JJ, y compris en utilisant un vocabulaire adapté à ce qu'elle souhaitait exprimer. Il y avait encore beaucoup de chemin à faire, mais Laurie et Jack voulaient être optimistes et croire qu'Emma se révélerait compter parmi les autistes qui réussissaient à faire des progrès considérables, y compris pour passer certains caps du développement normal de l'enfant.

Toujours à pas de loup, Laurie recula dans le couloir en tirant la porte sur elle. Emma dormait bien, de façon générale, et n'ouvrait pas les yeux avant sept heures, mais elle pouvait être de méchante humeur si elle était dérangée dans son sommeil – et parfois un rien suffisait à la réveiller. Sur la pointe des pieds, Laurie longea le couloir jusqu'à la porte de JJ. Comme celle de sa petite sœur, sa chambre était plongée dans l'obscurité, mais, contrairement à Emma, il donnait quant à lui l'impression d'avoir couru un marathon dans son lit. La housse de couette semblait à moitié défaite de la couette et tout emberlificotée autour de son petit corps de garçon de neuf ans et demi, tandis que ses jambes et ses pieds étaient à l'air. Laurie ne put que sourire. Même dans son sommeil, JJ était une boule d'énergie – bien qu'à cet instant précis il fût parfaitement immobile. Sachant qu'elle n'avait pas à craindre de le réveiller, car il avait le même genre de sommeil imperturbable qu'elle, Laurie le libéra de la housse de couette, remit celle-ci plus ou moins en ordre et l'étendit sur son corps en lui couvrant bien les jambes et les pieds.

Satisfaite, elle se redressa et se tourna vers la porte dans l'intention de descendre à l'étage inférieur, où se trouvaient la grande pièce à vivre et la cuisine de leur triplex, pour petit-déjeuner rapidement. Puisqu'elle était levée de si bonne heure, elle voulait utiliser ce rab de temps libre pour revoir les notes qu'elle avait préparées avant de se coucher en vue de la réunion prévue ce matin sur demande urgente de la commission santé du conseil municipal. C'était cette réunion, et l'espèce d'effroi que lui inspirait depuis toujours la perspective de parler en public, qui l'avaient réveillée de si bonne heure. Mais elle n'alla pas loin. Un petit cri lui échappa lorsqu'elle se heurta à Jack qui, entré sans s'annoncer, levait à cet instant la main pour lui tapoter l'épaule. Lui-même sursauta face à sa réaction de surprise effrayée.

– Oh dis ! murmura-t-elle. Tu m'as fichu la trouille.

– Pareil, dit Jack en plaquant une main sur sa poitrine, l'air un peu ahuri.

Contrairement à Laurie, il était pieds nus et ne portait qu'un bas de pyjama. La température frisquette de l'étage ne semblait pas le déranger.

– Y a un souci ? demanda-t-il à voix basse, inclinant le buste pour regarder JJ par-derrière Laurie.

– Non, tout va bien. J'ai juste remis sa couette en place.

– Pourquoi es-tu déjà debout ? demanda Jack d'une voix préoccupée. Il y a bien longtemps que je ne t'ai pas vue sur le pont avant six heures. Ça va ?

– Oui, mais je suis un peu soucieuse pour ma réunion de ce matin à la mairie. Je veux réviser ce que j'ai préparé. Je t'en ai parlé, tu sais ?

– Pfff, fit Jack. Beaucoup de bruit pour rien, à mon avis. Tu ne devrais pas perdre ton temps pour un petit souci budgétaire juste parce que quelques politicards sont entrés en guerre.

– Hmm… C'est ta façon de voir les choses. Mais le budget de l'IML est sous la surveillance du conseil municipal, et il est de ma responsabilité de faire en sorte que les membres dudit conseil municipal soient contents. Surtout en ce moment où nous avons désespérément besoin de faire construire un immeuble pour la morgue, le labo de toxicologie et tout ça.

– Mais ce petit échange de cadavres, c'est une erreur tout à fait compréhensible ! protesta Jack. Personne n'en a souffert et le souci a été réglé sans difficulté.

– Personne n'en a souffert, facile à dire pour toi. J'ai appris que les deux familles étaient bouleversées, au contraire, et que l'une d'entre elles au moins envisage de porter plainte. Affronter un décès, c'est déjà assez difficile sans avoir en plus à endurer le choc de se retrouver devant un cadavre inconnu au bataillon au moment où le cercueil est ouvert pour la veillée.

À l'origine du problème évoqué par Jack, il y avait eu l'arrivée quasi simultanée à l'IML de deux cadavres portant le même prénom et le même nom de famille : Henry Norton. Des numéros d'identification différents leur avaient bien sûr été attribués, mais, au moment où le premier cadavre avait été libéré, le technicien de morgue de garde pendant la nuit n'avait vérifié que son nom, pas son numéro, et au bout du compte, chaque corps avait abouti dans la mauvaise entreprise de pompes funèbres. Comble de malheur, l'erreur n'avait été découverte qu'au commencement de la première des deux veillées funéraires, à l'arrivée de la famille du défunt.

– Sérieux, dit Jack en grimaçant, je ne sais pas où tu trouves la patience pour ce genre de chienlit. Et tu vas lui dire quoi, alors, à la commission ?

– D'abord que je me suis personnellement excusée auprès des deux familles, comme c'est le cas. J'expliquerai aussi les changements que j'ai fait apporter aux protocoles d'identification et de sortie des corps afin qu'une telle erreur ne se reproduise pas. Et je préciserai que j'ai demandé à notre service informatique de modifier le logiciel pour qu'il attire l'attention du personnel, le cas échéant, quand nous avons en même temps dans les locaux des défunts qui ont des noms identiques ou semblables.

– Ben voilà, tu maîtrises le truc, dit Jack comme si l'affaire était entendue.

Il recula vers la porte pour sortir de la chambre de JJ.

– Sauf que malheureusement, dit Laurie, le problème a fait des petits. Les pompes funèbres où le cafouillage a été découvert se trouvent à Staten Island. Le directeur se plaint aussi, maintenant, qu'il met trop de temps à récupérer les corps depuis que nous avons fermé notre antenne de Staten Island et que nous faisons les autopsies ici à Manhattan.

– Mince, dit Jack tandis qu'elle fermait la porte de la chambre de JJ sur elle. Alors du coup, ce pépin avec les deux Norton t'oblige à justifier la fermeture de la morgue de Staten Island ?

– C'est encore pire que ça, répondit Laurie avec un petit soupir. L'une des membres de la commission santé habite dans le Bronx, où notre antenne locale a également fermé. Elle affirme que les entreprises de pompes funèbres de l'arrondissement se plaignent elles aussi de perdre beaucoup de temps. J'ai été obligée de pondre en urgence un rapport complet sur les délais de rotation des corps dans les cinq arrondissements de New York. J'en ai fait une présentation PowerPoint, et tu sais comme j'ai horreur de parler en public.

– Ouais, mais c'est un mystère que tu aies peur comme ça, parce que tu as toujours l'air hyper-pro.

– Uniquement parce que je me prépare beaucoup trop. Hé ! Tu ne gèles pas sur place, là ? Je suis en peignoir, avec les chaussons, et j'ai quand même froid.

Jack se serra la poitrine en faisant mine de frissonner.

– Fait frisquet, ma bonne dame.

– Enfile quelque chose et retrouve-moi en bas, d'accord ? Je vais préparer le café. Il faut que je te demande de me rendre un service ce matin.

– Un service ? marmonna Jack. Pas sûr que ça m'emballe. Quel genre de service ?

– Un truc que j'avais prévu de faire, mais à cause de cette réunion organisée en urgence à la mairie, j'ai besoin que tu y ailles à ma place.

– Et ce truc, tu devais le faire… en tant que directrice de l'institut médico-légal ? Inutile de te rappeler, je pense, que je ne suis pas célèbre pour mon tact…

– En tant que mère, coupa-t-elle. Toi, tu vas donc y aller en tant que père. Ça tombe bien : tu es le père !

– Et c'est prévu depuis quand, ça ?

– Une semaine, à peu près.

– Es-tu certaine que je peux assumer pareille mission ? demanda Jack, qui ne plaisantait qu'à moitié.

– Non, mais nous n'avons pas le choix, dit Laurie avec un petit rire. Va te couvrir avant de mourir de froid, et je t'expliquerai tout en bas.

Laurie regarda Jack s'élancer dans le couloir en direction de leur chambre. Avec toute sa pratique du vélo et du basket de rue, il était dans une forme physique presque choquante. Laurie aurait préféré qu'il renonce à ces deux activités, et lui répétait souvent que la famille avait besoin de lui en un seul morceau, mais elle devait reconnaître qu'il avait de l'allure et elle aurait bien aimé avoir la moitié de son peps. Problème, étant directrice de l'institut médico-légal, mère de famille et régisseur général de la maisonnée, elle n'avait guère de temps pour elle-même. Alors pratiquer une activité sportive régulière…

Quelques minutes plus tard, avant même que l'eau du café ait pu bouillir, Jack dévala l'escalier et la rejoignit dans la cuisine. Il avait enfilé le kimono blanc qu'il utilisait en été, mais il était toujours pieds nus.

– Bon, crache le morceau, dit-il, faisant mine d'être déjà en rogne.

– Il faut que tu ailles à l'école de JJ pour rencontrer Mlle Rossi et peut-être la psychologue. C'est prévu pour huit heures, donc avant la classe. Je n'approuve pas que tu te rendes à l'IML à vélo, mais là, cela te facilitera les choses puisque l'école Brooks est sur ton chemin.

– Ça ne me plaît pas, bougonna Jack.

– J'imagine. C'est bien pour ça que j'avais prévu de régler la question moi-même. Sauf bien sûr si nous avions une décision à prendre. Je pense qu'il s'agit d'un simple malentendu et que cela ne va pas durer. Je veux dire, les enfants passent par des phases…

– De quoi tu parles, au juste ?

– Je ne me souviens pas de toute la litanie qu'elle m'a faite au téléphone, mais JJ aurait un comportement agressif pendant les récréations, et il aurait aussi du mal à tenir en place en classe, à laisser de la place aux autres gamins et à maîtriser ses impulsions. Ce genre de choses.

– Oh, nom de Dieu ! JJ n'a aucun problème, sinon qu'il possède un chromosome Y, ce qui signifie qu'il pousse dans sa tête un cerveau mâle qui essaie de le préparer à sortir de la grotte pour chasser le mammouth.

– Nous savons bien cela tous les deux. Mais il nous incombe d'écouter et de nous montrer un minimum solidaires envers l'institutrice qui doit gérer la croissance simultanée de huit cerveaux de futurs chasseurs de mammouths.

– Elle est payée pour, non ?

– Je suis sûre que ce n'est pas si facile. J'ai tout le respect du monde pour les enseignants. Je ne serais pas capable d'être à leur place, je pense.

– Moi, je suis certain que j'en serais incapable. Mais ne mélangeons pas tout. À ton avis ils ont quoi en tête, à l'école, pour JJ ?

– Euh, je crois qu'ils pensent à un trouble du déficit de l'attention. Avec hyperactivité, précisa Laurie en versant l'eau bouillante dans la cafetière.

– Ils ont parlé de médocs ?

– Mlle Rossi a évoqué la chose, oui. Mais sans plus.

– Mon Dieu.

Jack tourna la tête vers la fenêtre. Son regard se perdit dans le vague tandis que l'arôme du café se répandait dans la pièce.

Laurie en servit deux tasses et lui en tendit une. Elle voyait bien qu'il ruminait et elle n'avait aucun mal à deviner la teneur de ses pensées.

– Mon idée, c'était d'aller là-bas pour les écouter. Je te demande de faire ça. Juste ça. Tu n'auras pas à prendre la moindre décision aujourd'hui. Vois ce qu'ils ont à dire et pose peut-être quelques questions de façon à bien comprendre leur point de vue. Pour l'essentiel, s'il te plaît, contente-toi d'écouter ! Et puis nous pourrons en parler ce soir. Cela ne te prendra qu'un quart d'heure, peut-être vingt minutes max.

– Je sais pas trop, dit Jack, secouant la tête. Cette surdiagnostication du TDAH, c'est le genre de délire qui pourrait me faire virer conspirationniste. Et qui donne vraiment l'impression que l'industrie pharmaceutique et le système éducatif sont de mèche. Il y a trop, beaucoup trop de mômes du primaire, surtout des garçons, à qui on prescrit des amphètes pour les rendre plus dociles. Et ensuite on se demande pourquoi les mêmes mômes prennent des drogues à l'adolescence. Je te le dis tout net : JJ n'avalera jamais un cachet d'Adderall. Jamais de la vie !

– C'est bien mon sentiment, dit Laurie d'un ton apaisant. Mais je sais aussi qu'un traitement médical peut avoir son utilité dans certaines circonstances. Et nous sommes obligés d'avoir un certain respect pour la position de l'école, quelle qu'elle soit. Ce n'est pas sorcier, Jack. Nous avons intérêt à rester en bons termes avec ces gens.

– Je ne suis pas un diplomate-né comme toi. Je m'en rends bien compte, justement, et je ne veux pas nous mettre l'école à dos. Ce que je risquerai de faire si je parle avec franchise. Pourquoi tu n'y vas pas après ta réunion avec la commission santé ?

– Je regrette, mais j'ai une journée hyper-chargée devant moi. J'ai des obligations en chaîne jusqu'à ce soir. Notamment un rendez-vous avec Chet McGovern avant même de descendre à la mairie, parce qu'il a demandé à me voir d'urgence.

– Hein ? Quelle urgence il peut bien avoir, Chet ?

– Depuis que je l'ai nommé responsable pédagogique de l'IML, il prend ce rôle avec presque trop de sérieux, mais pour le plus grand bénéfice de la maison. Il est en train d'améliorer tous les aspects, de façon générale, de tous nos programmes d'enseignement.

– Désolé d'être rabat-joie, dit Jack, dubitatif, mais s'il a accepté ce job, à mon avis, c'est juste parce que nous avons beaucoup de jeunes femmes parmi les internes et les post-internes de pathologie qui passent à l'IML. Tu sais bien que Chet est un incorrigible don Juan !

Jack sortit du lait et des fruits du réfrigérateur pendant que Laurie allait chercher les céréales dans le garde-manger attenant à la cuisine. Elle connaissait les penchants que Chet pouvait avoir en dehors de l'IML – Jack lui en avait parlé assez souvent.

– Peut-être avait-il ce genre de chose en tête au début, convint-elle. Mais il s'est jeté corps et âme dans ce rôle de chef des programmes de formation, je te dis. Vraiment, je ne m'attendais pas à ça. Et le rendez-vous qu'il m'a demandé ce matin illustre bien la chose. Il estime que l'un des internes de pathologie de l'université de New York que nous recevons en ce moment ne se comporte pas correctement. À plein de niveaux différents, m'a-t-il dit. C'est une femme. Il l'appelle le Fantôme, parce qu'elle ne prend pas son stage de médecine légale au sérieux et ignore les conseils qui lui sont donnés.

La troisième ou la quatrième année de leur programme de formation, les internes de pathologie de l'École de médecine de l'université de New York devaient passer un mois à l'IML. Là, sous la supervision du responsable pédagogique, ils découvraient le métier de médecin légiste en assistant à des autopsies. Sans avoir bien sûr la moindre responsabilité. Ils n'étaient pas habilités, notamment, à signer les certificats de décès. L'objectif était davantage de leur faire apprécier le rôle de la médecine légale que de les former à devenir médecins légistes.

– Comment s'appelle-t-elle, cette interne ? demanda Jack.

Il prenait de temps en temps des internes sous son aile, comme tous ses collègues, mais il ne se foulait pas pour jouer au professeur. Le Dr Jack Stapleton était connu pour faire bien davantage d'autopsies que n'importe quel autre légiste de la maison, ce qui lui donnait la possibilité, ou une bonne excuse, pour se choisir les cas qui l'intéressaient le plus. Du coup, certains des internes les plus motivés demandaient à assister à ses œuvres, mais, de son côté, il n'aimait pas beaucoup être ralenti à la table d'autopsie. Être un bourreau de travail, c'était l'une des façons que Jack avait de lutter contre ses démons intérieurs.

– C'est la Dr Aria Nichols, répondit Laurie.

– Je ne pense pas la connaître. Mais si Chet s'intéresse à cette fille, elle doit au minimum être jolie.

Jack rit pour montrer qu'il plaisantait à moitié.

– Là je te trouve un peu injuste. Je ne pense pas que Chet ait le moindre intérêt personnel pour cette femme. J'ai plutôt l'impression qu'il est juste consciencieux et s'inquiète pour elle. Il se demande carrément si elle est faite pour être interne de pathologie. Ou même médecin.

– Waouh, fit Jack la bouche pleine de céréales. Elle a dû méchamment le renvoyer dans les cordes !

Ignorant cette nouvelle blague aux dépens de Chet, Laurie se dirigea vers l'évier pour rincer son bol.

– Je suis impressionnée de le voir aussi préoccupé par cette affaire. Et je suis curieuse d'entendre ce qu'il a à me dire. Du temps du Dr Bingham, l'IML ne se souciait pas énormément des internes de l'université de New York. Je crois qu'il faut changer cela, et Chet me donne le sentiment de faire pile ce qu'il faut. Je veux lui apporter mon soutien.

– OK, dit Jack avec indifférence en la rejoignant à l'évier. Si cette rencontre à l'école Brooks ne doit durer qu'un quart d'heure, tu es sûre de ne pas pouvoir t'en charger ? Et si tu faisais un petit crochet par là-bas aussitôt après ta réunion avec la commission ? Je suis avec toi, bien sûr, et avec JJ, et je veux y mettre du mien, mais m'envoyer là-bas c'est trop risqué. J'ai peur de tout gâcher en prenant ces gens à rebrousse-poil. Tu sais bien que je suis aussi remonté contre cette surdiagnostication du TDAH que contre le mouvement anti-vaccins, pour ne citer qu'un exemple.

– Je t'ai déjà dit que je n'aurai pas le temps, répliqua Laurie. Dès mon retour au bureau, j'ai une réunion prévue avec la responsable du personnel, le directeur financier et Bart Arnold pour parler du salaire des enquêteurs médico-légaux. C'est une réunion importante que nous essayons tous les quatre d'organiser depuis des semaines. L'IML est beaucoup trop à la traîne, en termes de salaires, par rapport à ce que les auxiliaires médicaux peuvent espérer gagner dans le privé, et ça nous empêche à peu près complètement de recruter des gens. Ensuite, je dois rencontrer les architectes de l'immeuble de la nouvelle morgue. À vrai dire je vais même avoir du mal à enchaîner les deux réunions, parce qu'à onze heures, figure-toi, j'ai rendez-vous à l'hôpital Tisch pour mon dépistage annuel du cancer du sein.

Quelques années auparavant, après que sa mère, Dorothy, avait été soignée pour un cancer du sein, Laurie avait fait un test pour savoir où elle en était des gènes BRCA1 et BRCA2. Il avait été déterminé qu'elle avait une mutation du gène BRCA1 prédisposant au cancer du sein. Depuis, elle s'appliquait religieusement à se faire dépister tous les ans.

– Ah ! s'exclama Jack, fermant le robinet de l'évier d'un claquement décisif. En voilà un truc important ! Pourquoi tu ne l'as pas dit tout de suite ?

– Ce n'est pas mon sujet de conversation préféré, admit Laurie. Je déteste cet examen et… je suppose que je m'autorise un peu de déni, tu vois ? J'ai toujours peur qu'on me trouve un truc suspect et que ça me fasse partir en vrille. Je suis beaucoup trop occupée pour avoir un problème de santé sérieux.

– Tu es aussi beaucoup trop importante pour moi et pour cette famille pour avoir un problème de santé sérieux, dit Jack. Évidemment ta santé passe avant tout. Fais-moi confiance pour l'école de JJ. J'essaierai d'être au top. Hyper-diplomate et tout.

– Merci, dit Laurie, et elle lui tapota l'épaule. En dépit de ton ironie, je suis sûre que tu sauras gérer ça.

À ce moment-là, Caitlin O'Connell, leur nurse à demeure, apparut sur le palier de l'étage inférieur, où se trouvait sa chambre. Elle avait le physique aussi irlandais que son nom pouvait le suggérer, avec d'abondantes boucles de cheveux bruns, la peau pâle, les yeux bleus et un magnifique sourire. Elle aussi était en peignoir.

– Bonjour ! lança-t-elle en venant dans leur direction. Que diable faites-vous debout de si bonne heure ? Surtout vous, Laurie. Je ne vous savais pas aussi matinale.

Laurie sourit et but une dernière gorgée de café.

– Ce matin on dirait bien que si.

# 2

8 MAI
06 H 57

En gravissant le perron de l'immeuble vieillot et pas follement esthétique, il fallait bien l'admettre, qui abritait l'Institut médico-légal de la ville de New York au coin de la Première Avenue et de la 30e Rue, Laurie se rendit compte qu'il était à peu près l'heure à laquelle Jack aimait arriver ici en temps normal. Il avait ainsi le loisir d'examiner les dossiers des décès retenus par les enquêteurs médico-légaux pendant la nuit, et de ne retenir que les cas les plus intéressants. Si elle n'avait aucune intention de l'imiter en prenant l'habitude de débarquer de si bonne heure au travail, elle comprenait les avantages de son système. Principal point positif, et de loin, la circulation dans Manhattan extraordinairement plus fluide au petit matin qu'à partir de huit heures : le trajet depuis leur maison de la 106e Rue Ouest lui avait pris deux fois moins de temps que d'ordinaire. Elle pressentait aussi qu'étant la première, très probablement, à arriver au bureau, elle n'allait pas être obligée de saluer les uns et les autres et de papoter comme c'était le cas bien souvent.

En parvenant à l'antichambre de son bureau, qui ne possédait pas de fenêtre, Laurie fut surprise par l'obscurité qui y régnait. Elle arrivait d'habitude après Cheryl Sanford, sa secrétaire, qui travaillait dans cet espace. Bien sûr, Cheryl ne serait pas ici avant au moins une demi-heure. Laurie fit un petit détour pour actionner les interrupteurs muraux des plafonniers.

Dans son bureau, la lumière du jour était encore insuffisante. Bien qu'assez hautes, ses fenêtres n'étaient séparées que de quelques mètres de l'un des bâtiments de l'immense Centre médical Langone-Université de New York, dont l'IML était voisin. Laurie alluma aussi les lumières en entrant. Elle aimait beaucoup ce bureau depuis que Jack et elle l'avaient redécoré. Du temps de Bingham, la pièce avait été tristounette, pour ne pas dire carrément lugubre avec ses murs gris, ses moulures foncées et son mobilier massif en acajou. Aujourd'hui les murs et les moulures étaient d'un blanc frais pointé de rose. Pour égayer encore un peu plus l'atmosphère, des rideaux aux couleurs vives, assortis au tissu du nouveau canapé, avaient été posés aux fenêtres. Laurie avait conservé la table de travail à tiroirs, un peu mastoc, de son prédécesseur, mais préféré se débarrasser de la table de réunion et des étagères de bibliothèque en bois sombre. Enfin, les portraits sinistres de vieux bonshommes en complet noir qui déprimaient les murs avaient été exilés dans la salle de conférences de l'IML ; à la place, Laurie avait accroché des reproductions de tableaux impressionnistes aux tonalités plaisantes.

L'idée lui traversa l'esprit de faire un saut à la salle commune, où se trouvait la cafetière du personnel – le boost de caféine de sa tasse du petit déjeuner n'était déjà plus qu'un souvenir –, puis elle songea que Vinnie Amendola, qui avait la noble mission de remplir cette cafetière le matin pour tout le monde, n'était sans doute pas encore arrivé. Elle s'installa donc dans son fauteuil de bureau, alluma son ordinateur portable et se plongea dans la présentation qu'elle avait préparée pour la réunion à la mairie. Très vite, l'anxiété qu'elle éprouvait à l'idée de parler devant la commission santé se raviva. Hélas, elle ne réussirait probablement jamais à surmonter cette aversion – s'exprimer en public – qui était liée à sa peur des figures d'autorité. Un handicap qu'elle devait à sa relation compliquée avec son père, un homme très dominateur et qui n'avait jamais su lui manifester beaucoup de tendresse.

La première personne qui interrompit sa concentration fut Cheryl, juste après sept heures et demie. Après avoir toqué à la porte entrouverte, elle poussa celle-ci pour s'exclamer :

– Ma parole ! Qu'est-ce qui vous amène ici de si bon matin ?

Cheryl était une Noire plantureuse qui travaillait dans la maison depuis « plusieurs siècles », comme elle disait elle-même avec humour. Elle était devenue secrétaire du directeur de l'IML à l'époque du prédécesseur du Dr Bingham, puis avait travaillé pour ce dernier pendant la totalité de son mandat. Laurie était heureuse d'avoir pour collaboratrice cette femme hyper-compétente qui l'avait en outre bien aidée à prendre ses marques lorsqu'elle avait été nommée directrice. Et puis Cheryl était une sorte d'amie de la famille, car Jack et elle avaient appris à s'apprécier, du temps de Bingham, au fil des nombreuses fois où Jack avait été convoqué dans ce bureau pour se faire remonter les bretelles parce qu'il avait trop tendance à n'en faire qu'à sa tête. Jack avait aussi aidé le fils de Cheryl, Arnold, à se faire une place parmi les joueurs réguliers du terrain de basket de rue de leur quartier.

– Je suis venue tôt pour me préparer à fond pour ma réunion de début de matinée devant la commission santé du conseil municipal, répondit Laurie.

– Bah ! Vous allez leur en mettre plein la vue, affirma Cheryl. À l'heure qu'il est, M. Amendola devrait avoir préparé le café. Je peux vous en apporter une tasse ?

– Ce serait formidable. Merci.

Cheryl hocha la tête et recula en tirant la porte sur elle.

– Dites ! lança Laurie. J'attends le Dr McGovern. Faites-le entrer tout de suite, s'il vous plaît.

– Entendu. Je vous rapporte un café dans deux minutes.

Chet apparut sur le seuil de la pièce au moment même où Cheryl posait devant Laurie le café promis. Laurie désigna le canapé à Chet, puis se leva pour l'y rejoindre. Plutôt que de rester campée derrière son imposante table, qui lui paraissait plus adaptée aux confrontations qu'aux conversations, elle préférait en général discuter avec ses visiteurs sur ce canapé.

– Merci de me recevoir si vite, commença Chet. Et je m'excuse d'être un peu en retard.

– Ça va, dit Laurie d'un ton égal. Mais nous allons peut-être devoir faire vite, car j'ai une réunion à la mairie. Je dois partir dans une vingtaine de minutes max.

– Cela suffira amplement pour ce que j'ai à te dire.

Chet travaillait à l'IML depuis un tout petit peu plus longtemps que Jack. Pendant des années les deux hommes avaient partagé le même bureau, et, de ce fait, ils étaient devenus tellement bons amis que Laurie en savait davantage au sujet de Chet qu'au sujet de n'importe quel autre légiste de la maison. Comme ils faisaient à peu près la même taille, avaient la même peau claire au bronzage facile et étaient tous deux taillés comme des athlètes, ils auraient presque pu passer pour des frères. Tout en étant la première à reconnaître qu'elle était partiale, Laurie estimait qu'ils étaient l'un et l'autre réellement séduisants. Leur principale différence physique tenait à ce que Chet avait le front dégarni. Pour compenser cela, il portait le bouc. Laurie n'était pas fan, mais elle reconnaissait qu'il entretenait bien cet ensemble moustache et barbiche qui lui donnait un petit air corsaire.

– Avant de commencer, je voudrais te faire un compliment, dit-elle. Dans ton nouveau rôle de responsable pédagogique, tu fais un travail vraiment épatant. Tout va mieux, côté programmes éducatifs de l'IML, depuis que tu t'en occupes. Même les conférences et les cours magistraux sont mieux organisés qu'avant. Merci.

– Mais de rien, dit Chet, manifestement touché et ravi par cette marque de reconnaissance. Je pense en effet que le volet éducatif de l'IML est important, et que tous ses différents aspects méritent la même attention. Le programme d'accueil des post-internes en pathologie autopsique a toujours eu beaucoup d'importance, notamment, et il est formidable. Par contre le programme des stages des internes a été trop longtemps délaissé, si je puis dire, en ce qui concerne son contenu pédagogique, et pour des raisons qui se comprennent bien au fond. D'abord, les internes de l'université de New York ne passent qu'un mois chez nous sur les quatre années de leur internat de pathologie, et puis, surtout, le but de ce stage n'a toujours été que de leur donner une idée générale de ce qu'est la médecine légale. Sans leur laisser prendre aucune initiative ni la moindre responsabilité.

– Tu as raison, convint Laurie. Penses-tu que nous devrions transformer le programme, alors ?

– Non, répondit Chet sans hésitation. Mais il faut renforcer la supervision des internes. Leur accompagnement, disons plutôt. De manière générale, le programme est bien comme il est. Ce qui m'a fait réfléchir à la question, c'est la situation assez inédite dans laquelle nous place en ce moment une interne bien particulière. La Dr Aria Nichols. Elle et un autre interne, le Dr Tad Muller, ont entamé leur stage le 1er mai. Et tu ne pourrais pas imaginer deux internes plus différents l'un de l'autre. On dirait qu'ils ne viennent pas de la même planète. Il est évident que le programme n'est pas du tout adapté à quelqu'un comme la Dr Nichols.

– Comment ça, pas adapté ? demanda Laurie, intriguée, en posant sa tasse sur la table basse. Il s'est passé quelque chose ?

– En fin de semaine dernière, je me suis rendu compte que j'avais à peine vu la Dr Nichols à l'IML, alors que je rencontrais tout le temps le Dr Muller. Vérification faite, j'ai découvert qu'elle n'assistait pas, ou à peine, aux autopsies auxquelles elle était assignée. Selon le système mis en place par mes prédécesseurs, comme tu sais, c'est organisé de la façon suivante : chaque matin je passe en revue les autopsies prévues pour la journée, je coche celles qui me paraissent intéressantes pour les internes d'un point de vue pédagogique, et je demande aux légistes qui doivent s'en charger s'ils veulent bien qu'un interne observe leur travail. Et y participe, éventuellement, s'ils ont envie de les faire participer. Les collègues répondent presque invariablement oui, et j'assigne donc à chaque interne deux cas par jour en moyenne. Avant que je ne devienne responsable pédagogique, ça n'allait pas plus loin en général. C'est-à-dire qu'il n'y avait pas de suivi pour s'assurer que les internes assistaient bien aux autopsies. Le fond du problème, je pense vraiment, c'est qu'ils n'ont pas la moindre responsabilité. Par exemple, ils ne sont pas habilités à signer des certificats de décès. Quand je me suis rendu compte que je n'avais pas vu Aria Nichols de la semaine, j'ai interrogé les légistes chargés des cas que je lui avais assignés. Là j'ai découvert que notre amie descendait à la fosse le matin, restait visible un petit moment, posait peut-être quelques questions – et de bonnes questions apparemment, car elle est loin d'être stupide –, puis disparaissait. Et pour les autres autopsies auxquelles elle était censée participer plus tard dans la journée : un fantôme. Je veux dire, la plupart du temps elle ne s'est même pas présentée.

– C'est assez culotté…

– Et il n'y a pas que ça, Laurie. Quand je l'ai abordée pour lui demander des explications, elle m'a carrément menti en affirmant qu'elle avait été en salle d'autopsie pour tous les cas qui lui avaient été assignés. Alors il y a trois jours, quand je l'ai vue se débiner de sa première autopsie au bout d'une demi-heure, je l'ai suivie en douce.

– Suivie ? répéta Laurie avec étonnement. Jusqu'où ?

Elle ne savait pas ce qui la surprenait le plus : qu'une interne en stage à l'IML disparaisse en plein travail, ou que son responsable pédagogique la prenne en filature. Il lui vint à l'esprit que Jack avait peut-être raison, d'une certaine façon, quant aux motivations de Chet.

– À côté, répondit ce dernier en pointant un pouce vers le Centre médical Langone au-delà de la fenêtre derrière le canapé. Elle est montée dans un des labos du service de pathologie et s'est mise au microscope pour examiner des lames. Je n'arrivais pas à y croire.

– Tu lui as parlé ?

– Bien sûr ! Comment j'aurais pu ne rien dire ? J'étais sidéré. Je me suis approché et je lui ai demandé ce qu'elle fichait.

– Et comment a-t-elle réagi ?

– Elle m'a répliqué, texto, que si je ne savais pas ce qu'elle fichait, j'étais encore plus con que j'en avais l'air.

Un petit rire échappa à Laurie qu'elle regretta aussitôt. Chet avait manifestement été vexé par l'insolence de l'interne. Elle s'empressa d'ajouter :

– Tu veux dire, elle n'a même pas essayé de se justifier ou de s'excuser d'une façon ou d'une autre ?

– Ben pas franchement, grogna Chet. Ensuite elle m'a dit, et je te répète juste ses propos, d'arrêter de la faire chier et de dégager du labo.

– C'est pas vrai ?! s'exclama Laurie.

En tant que directrice de l'IML, Laurie devait considérer ce genre de comportement atypique – au-delà des insultes difficilement acceptables proférées par la jeune femme – sous l'angle des problèmes qu'il était susceptible de faire naître entre l'IML et le service de pathologie du Centre médical Langone. À moins que l'IML et le service de pathologie ne décident ensemble de demander à l'université de New York de mettre la réfractaire au pas. En tout cas, il était essentiel que l'IML entretienne de bonnes relations avec le centre médical, pour de multiples raisons et notamment la pérennité du programme de formation. Ces spécialistes se formaient à l'IML, mais obtenaient leur certification à l'École de médecine de l'université de New York. En même temps, tout cela était aussi une question de déontologie.

– Je ne sais pas comment elle s'est débrouillée pour se faire accepter en médecine, que ce soit à l'université de New York ou ailleurs – j'ignore où elle a fait médecine avant l'internat, dit Chet. Et je comprends encore moins comment elle a pu être sélectionnée pour l'internat par une institution de haut vol comme l'université de New York. En tout cas j'étais tellement scié par le culot de cette fille qu'en revenant ici, j'ai tout de suite cherché le Dr Tad Muller, dont le comportement est aux antipodes de celui d'Aria Nichols. J'espérais qu'il m'aiderait un peu à comprendre. Je ne lui ai pas raconté précisément ce qui s'était passé. J'ai juste dit qu'elle me faisait l'effet d'avoir une personnalité assez particulière et qu'elle semblait avoir tendance à esquiver certaines de ses obligations. À ce moment-là, le Dr Muller a éclaté de rire et convenu qu'elle était impayable. Et puis de lui-même, il m'a expliqué qu'elle n'est pas beaucoup aimée des autres internes, même si elle est respectée pour son intelligence et ses connaissances encyclopédiques. Il m'a aussi dit que certaines personnes se demandent si elle n'est pas sociopathe.

– Sociopathe, carrément ? Ça paraît un peu extrême, comme jugement, observa Laurie.

– Je suis d'accord. Et j'ai répondu à Tad Muller qu'il ne fallait peut-être pas aller aussi loin. Mais il s'est expliqué. D'après lui, elle est manipulatrice comme pas possible, elle n'en fait toujours qu'à sa tête et elle n'est absolument pas compréhensive pour des choses comme la répartition des gardes entre les internes. Il m'a aussi raconté qu'un jour, alors qu'ils parlaient de chiens, elle lui a confié qu'elle n'aimait pas les chiens et qu'il y avait un cabot bruyant, dans son immeuble, qu'elle avait envie de piquer pour ne plus entendre ses aboiements.

– Oh, fit Laurie avec une moue dubitative. On dit tous des trucs comme ça, qu'on ne pense pas vraiment…

– Mon sentiment aussi, convint Chet. Mais le Dr Muller m'a juré qu'elle avait sorti ça sur un ton super sérieux.

– Sais-tu si elle est mariée ?

Laurie se demandait de nouveau si Jack pouvait avoir raison quant aux motivations de Chet.

– Célibataire, répondit-il sans hésitation.

– Très bien, dit Laurie en réprimant un soupir. À ton avis, alors, que faut-il faire ?

Un souci de plus sur les bras. Laurie s'en serait bien passée. Aria Nichols semblait partie pour lui donner du fil à retordre. Elle regarda l'heure et son anxiété se raviva.

– J'espérais que tu proposerais quelque chose, admit Chet. Je peux essayer de la rappeler à l'ordre et lui dire que si elle ne prend pas ce stage à l'IML au sérieux, nous serons obligés de prévenir l'université de New York qu'elle a échoué. Mais pour être honnête, je ne sais pas si cela l'empêcherait d'obtenir sa certification en pathologie. Le mois que les internes passent chez nous n'est guère plus qu'un survol de la médecine légale, pour leur donner une idée du métier.

– Moi non plus, je ne sais pas si elle risquerait quelque chose. À ma connaissance cette situation est inédite.

– Et si tu en parlais au Dr Henderson ? suggéra Chet.

Le Dr Carl Henderson était le patron du service de pathologie du Centre médical Langone-Université de New York.

– Henderson… ? répéta Laurie, pensive.

– J'imagine que lui ou le responsable du programme de l'internat de pathologie devraient être en mesure de faire entendre raison à cette nana, et de l'obliger à prendre son stage au sérieux.

– Tu sais quoi ? Peut-être que je devrais commencer par parler avec elle, dit Laurie.

La solution qui consistait à intervenir personnellement auprès de la jeune femme lui paraissait tout à coup très intéressante. S'il y avait le moindre risque que l'attitude de cette interne fasse naître un problème entre l'IML et le service de pathologie, il valait mieux prévenir que guérir.

– Ce serait sans doute la meilleure approche, convint Chet. Et puis tu sais, vu comment Aria Nichols s'est comportée envers moi, j'ai le sentiment qu'elle n'aime pas beaucoup les hommes.

– Maintenant que j'y pense, dit Laurie qui continuait de réfléchir, plutôt que de simplement lui parler, je ferais peut-être mieux d'analyser un cas avec elle. Il n'est pas impossible que je réussisse à l'intéresser à la médecine légale. Tu sais que j'ai déjà eu de la chance de ce côté-là par le passé.

– Ça, c'est une idée ! dit Chet d'un ton approbateur. Si quelqu'un peut la motiver, c'est bien toi. Mais je croyais que tu ne faisais plus d'autopsies maintenant que tu es la patronne.

– Eh ben… je ferai une exception pour Aria Nichols, dit Laurie avec un léger sourire.

Son idée lui plaisait de plus en plus. Voilà qu'elle avait une excuse parfaite pour remettre son tablier, et pour une bonne cause par-dessus le marché. Il faudrait juste qu'elle veille à ne pas ébruiter la chose.

– Préviens la Dr Nichols, quand tu la verras ce matin qu'elle va travailler avec moi dès cet après-midi et que je serai ravie de faire sa connaissance. Assure-toi aussi auprès du légiste qui fait la répartition cette semaine qu'il me mette un cas de côté. De préférence quelque chose d'intéressant. Et motus !

– Compris. Vers quelle heure tu penses vouloir faire cette autopsie ?

– Disons… au milieu de l'après-midi.

Laurie n'oubliait pas toutes les obligations qu'elle avait d'ici là. En plein après-midi, en outre, la salle d'autopsie était en général déserte.

– Je m'en occupe, promit Chet.

# 3

**8 MAI**
**09 H 45**

Madison Bryant regarda les trois membres de la famille Pierson sortir de son petit bureau. Marge, la maman, dernière à franchir la porte, marqua une pause pour la saluer de la main, un sourire reconnaissant sur les lèvres, avant de disparaître dans le couloir. Wayne Pierson, huit ans, était un de ces « happy ends » qui donnait à Madison le courage et l'enthousiasme de poursuivre sa carrière d'assistante sociale à l'hôpital pédiatrique Hassenfeld. Après plusieurs greffes de moelle osseuse, le petit garçon se portait très bien. Il avait droit à une rémission complète de sa leucémie. Et comme tout allait désormais pour le mieux, la séance prévue pour durer une heure et demie n'avait finalement pris qu'une vingtaine de minutes. Du coup Madison avait un moment devant elle. Et même pas mal de temps libre, à dire vrai, car son rendez-vous suivant avait été annulé.

Posant le dossier Pierson au coin de sa table, elle se leva et sortit de son bureau sans fenêtre. Comme toujours à cette heure de la journée, l'hôpital grouillait de gens et de gamins de tous âges. Les dalles acoustiques du plafond aidaient heureusement à rendre le tohu-bohu supportable. Contournant le comptoir d'accueil du service, Madison se dirigea vers la salle de détente réservée au personnel. Là, elle entra dans les toilettes des femmes, véritable oasis de tranquillité à ce moment de la journée. Elle se lava les mains avec application tout en se regardant dans le miroir. Récemment, sa coiffeuse l'avait convaincue d'opter pour un carré court asymétrique, affirmant que les cheveux lissés étaient le « top » du glamour contemporain. Madison n'en était pas si sûre, car ce carré était à des lieues de sa coiffure précédente, des tresses afro courtes, et en plus il demandait pas mal de travail, mais elle ne pouvait nier qu'il encadrait assez joliment son visage.

Madison était une grande femme noire à la peau claire, avec un saupoudrage de taches de rousseur sur le nez et les joues, qui avait grandi à St. Louis mais toujours aspiré à vivre à New York. Son rêve s'était concrétisé huit mois plus tôt, et depuis, il fallait bien le dire, elle s'éclatait. L'une des raisons pour lesquelles tout s'était si bien passé lors de son installation, c'était qu'elle avait fait la connaissance de Kera Jacobsen, une collègue assistante sociale qui avait débarqué à New York à peine quelques jours avant elle, pour travailler dans le même hôpital et dans le même service qu'elle. Étant à peu près du même âge, du même milieu social et, détail qui avait son importance, libres de tout engagement amoureux, elles s'étaient liées d'amitié. Leur relation s'était épanouie sur leur passion commune pour tout ce qui était New York : la ville elle-même, ses spectacles, ses ballets, ses galeries d'art et ses pistes cyclables le long de l'Hudson.

Mais soudain, après les fêtes de fin d'année, quelque chose avait changé. Sans avertissement, et sans un mot d'explication, Kera était devenue moins disponible pour les nombreuses activités qu'elles avaient jusqu'alors tant aimé faire ensemble. Quand Madison avait enfin rassemblé son courage pour lui demander ce qui se passait, Kera avait fait l'innocente, expliquant qu'elle préférait juste rester dans son appartement, au chaud. Pour quelqu'un qui avait grandi à

Los Angeles, avait-elle ajouté, l'hiver new-yorkais était une épreuve assez pénible.

En janvier puis en février, Madison avait accepté cette excuse. D'autant que Kera se rendait encore disponible de temps en temps, en particulier le vendredi ou le samedi soir. Le problème, c'était qu'elles organisaient toujours ces sorties au dernier moment, et uniquement quand Kera appelait Madison, jamais l'inverse. Madison avait tout de même toléré cette situation sans se laisser démonter. Mais avec l'arrivée du printemps et d'une météo beaucoup plus clémente, rien n'avait rien changé. Du coup, l'argument du besoin de cocooning avancé par Kera au début de l'année paraissait encore moins plausible.

Madison avait renoncé à essayer de comprendre. Elle s'était attelée à développer de nouvelles relations amicales, y compris avec plusieurs hommes. Au cours des derniers mois sa vie sociale s'était de nouveau étoffée, si bien qu'elle avait été de moins en moins susceptible d'être libre pour Kera lorsque celle-ci se décidait à l'appeler. Peu à peu elles en étaient arrivées à ne plus se voir qu'à l'hôpital, soit entre deux patients, soit plus fréquemment pour déjeuner. Chose qui ne laissait pas d'étonner Madison, Kera continuait de prétendre que tout était parfaitement normal, comme si rien n'avait changé dans sa propre vie ni entre elles. Peut-être, mais quelque chose de vraiment anormal s'était tout de même produit : la veille, Kera n'était pas venue au travail. Madison n'avait pas tardé à apprendre son absence, car tous les rendez-vous de Kera avaient dû être soit annulés, soit pris en charge par d'autres personnes, dont elle-même.

Kera n'étant pas quelqu'un d'irresponsable, Madison s'était aussitôt inquiétée – d'autant qu'elle ne pouvait pas oublier le comportement pour le moins étrange de son amie depuis plusieurs mois. Elle avait commencé par lui écrire pour prendre de ses nouvelles. N'obtenant aucune réponse après cinq textos, elle avait essayé de l'appeler, sans succès, et avait laissé trois messages sur sa boîte vocale au cours de la journée. Aujourd'hui Kera était de nouveau absente. Et n'avait pas davantage averti l'hôpital que la veille.

Madison tira son téléphone de la poche de sa blouse blanche et composa une fois encore le numéro de Kera. Son intuition lui murmura que son amie ne répondrait pas. Et en effet, elle tomba sur le répondeur. À quoi bon laisser un énième message ? Et puis elle venait d'avoir une idée. Puisqu'elle avait une heure et demie de battement avant son prochain rendez-vous, elle allait se rendre chez Kera et sonner à son appartement. Avec un peu d'espoir, même si Kera n'avait pas envie de répondre aux textos et aux appels, elle aurait davantage de difficulté à refuser de parler à un visiteur qui aurait pris la peine de se déplacer. Une hypothèse faisait maintenant son chemin dans l'esprit de Madison : peut-être Kera avait-elle été embarquée dans une histoire d'amour passionnée, complètement dingue, depuis plusieurs mois – et son amant venait tout à coup de la plaquer. Ce scénario pouvait expliquer pas mal de choses. Et en ce cas, Kera avait grand besoin d'une amie. Madison connaissait son appartement, car elle s'y était parfois rendue, avant Noël, du temps où elles se voyaient très souvent. Kera adorait faire la cuisine et l'avait plusieurs fois invitée à dîner.

Elle sortit de l'hôpital sans se donner la peine de repasser par son bureau pour retirer sa blouse. Comme elle parvenait à la Première Avenue, un taxi libre apparut juste à ce moment-là qui remontait vers le nord au milieu d'une circulation assez fluide. Elle ordonna au chauffeur de l'emmener au croisement de la 23e Rue et de la Deuxième Avenue.

L'immeuble de Kera était le troisième à partir du carrefour, sur le trottoir de gauche, en marchant vers l'ouest. C'était un édifice en briques, assez quelconque, à peu près identique à ses voisins. Avant d'entrer dans le hall, elle leva les yeux vers les fenêtres qu'elle supposait être celles de Kera. Elles étaient fermées alors que plusieurs fenêtres d'autres appartements, çà et là sur la façade, étaient ouvertes. La météo était particulièrement douce pour une journée de mi-printemps.

Madison entra dans le hall de l'immeuble. Sur le mur de gauche, tout un panneau de boîtes aux lettres métalliques, dont chacune était surmontée d'un médaillon nominatif et d'un bouton de sonnette. Au fond, trois marches de marbre menaient à la porte en verre du vestibule de l'ascenseur. À droite se trouvaient un vaste miroir entouré d'un cadre ouvragé, et une rampe pour chaises roulantes, en bois, visiblement posée là à la va-vite.

De ses précédentes visites, Madison se souvenait à peu près de l'emplacement de la boîte aux lettres de Kera. Elle sonna assez longuement. Au-dessus des boîtes, il y avait dans le mur une grille d'interphone qui avait de toute évidence été repeinte de nombreuses fois au cours des décennies. Madison la regarda avec intensité, comme si cela pouvait en faire jaillir la voix de Kera. Mais elle n'obtint aucune réponse. Dehors, au loin, elle entendit la stridulation d'une sirène de police, un bruit d'atmosphère classique à New York, qui semblait s'éloigner. Une voiture klaxonna dans la rue du côté du carrefour. Quand le calme revint, le haut-parleur n'avait toujours pas émis le moindre grésillement.

Madison sonna à nouveau – et garda le doigt sur le bouton pendant près d'une demi-minute. Kera ne pourrait pas ne pas entendre. Mais la petite grille au-dessus des boîtes aux lettres demeura désespérément silencieuse.

– Allez, copine, réponds ! dit-elle.

Dans sa frustration elle sonna cette fois pendant plus d'une minute, mais elle savait en son for intérieur que c'était sans espoir. C'est alors que la porte de l'immeuble s'ouvrit sur un homme : un Blanc au visage mince, aux cheveux blonds, vêtu avec élégance. Il semblait pressé, mais il s'arrêta pour regarder Madison sonner chez

Kera comme une forcenée. Derrière lui la porte se verrouilla avec un clic sonore.

– Quelque chose ne va pas ? demanda-t-il.

Madison lâcha la sonnette.

– Euh… Je ne sais pas très bien, répondit-elle. Connaîtriez-vous Kera Jacobsen, par hasard ? Elle vit au 4B. Elle a mon âge.

– Je ne crois pas. Pourquoi ?

Sans cacher son inquiétude, Madison expliqua comment Kera ne s'était pas présentée deux jours de suite à son travail à l'hôpital, et ne répondait ni au téléphone ni aux multiples textos qu'elle lui avait envoyés.

– Bref, je me fais du souci, conclut-elle. Et là, elle ne répond pas non plus quand je sonne chez elle. Enfin bien sûr, je ne peux pas être certaine que l'interphone fonctionne.

– Chez moi il marche, dit l'homme. Mais c'est vrai qu'il est parfois capricieux. Vous travaillez toutes les deux dans le même hôpital, alors ?

– Oui. Nous sommes assistantes sociales en pédiatrie.

– Vous devriez peut-être monter et frapper à sa porte, suggéra l'homme. Histoire de vraiment vous assurer qu'elle n'est pas chez elle.

– Oui, c'est ce que je devrais faire, je crois.

L'homme sortit ses clés, déverrouilla la porte et la poussa.

– Merci, dit Madison avec un sourire reconnaissant.

Elle entra dans le vestibule de l'ascenseur.

Devant la porte de l'appartement 4B, elle prit une profonde inspiration, puis appuya sur le bouton de sonnette. Aucune réaction à l'intérieur. Elle recommença. La sonnette ne semblait pas fonctionner. Elle toqua trois fois de l'index sur le battant métallique, puis elle patienta, les sens aux aguets. Mais l'appartement semblait parfaitement silencieux. Même en collant l'oreille à la porte, on n'entendait rien. Poussant un soupir de découragement elle frappa à nouveau, plus fort. En vain. Elle saisit la poignée, mais bien entendu c'était fermé à clé. Par pur dépit, elle crispa les doigts sur la clenche et secoua la porte. Comme celle-ci était vieille, elle fit un bruit de ferraille en remuant à l'intérieur de son encadrement métallique. Et ce fut à ce moment-là qu'un filet d'odeur putride chatouilla les narines de Madison. C'était un relent très discret, mais nauséabond d'une façon inquiétante. Écœurante. Alarmée, elle secoua de nouveau la porte en approchant avec hésitation le nez du chambranle. L'odeur se fit plus nette, quoiqu'elle restât discrète, et elle éveilla tout à coup un souvenir dans son esprit. Celui du cadavre d'une marmotte qu'elle avait vu un jour, en randonnée. Cette odeur, c'était l'odeur de la putréfaction. L'odeur de la mort.

Stupéfaite, Madison s'écarta précipitamment de la porte de Kera. Elle avait envie de prendre la fuite, mais elle se contraignit à rester à sa place et à sortir son téléphone de sa poche. Les doigts tremblants, elle composa le 911 au clavier.

– Neuf cent onze, répondit une opératrice d'une voix professionnellement monocorde. Quel est votre problème ?

– Je suis devant la porte de l'appartement d'une amie, commença Madison.

– Décrivez votre problème, madame, ordonna la femme.

– Mon amie ne répond pas quand je frappe et elle n'a pas répondu au téléphone depuis plusieurs jours. Elle n'est pas venue au travail non plus.

– Pensez-vous que votre amie ait besoin de secours d'urgence ?

Madison déglutit et se força à dire :

– Il… Il y a une mauvaise odeur. Quand j'ai secoué la porte, j'ai senti une horrible odeur…

– La porte est verrouillée ?

– Oui, bien sûr, répondit Madison avec un peu d'agacement. Sinon je serais entrée.

– Quel genre d'odeur est-ce, selon vous ?

– L'odeur de la mort.

Madison ne voyait pas comment dire les choses autrement. Une légère sensation de nausée la saisit de nouveau au souvenir du relent infect qui avait envahi ses narines.

– Y a-t-il des animaux dans le logement ?

– Pas à ma connaissance, répliqua Madison. Je ne crois pas. Écoutez, je pense que vous devriez envoyer quelqu'un ici.

– À quelle adresse, madame, et quel est le nom de votre amie ?

Pétrie d'anxiété, Madison énonça le nom complet de Kera, son adresse et le numéro de l'appartement. C'était la première fois de sa vie qu'elle appelait le 911 et c'était plus difficile qu'elle ne l'aurait supposé. Elle ne voulait pas penser à ce que la police risquait de trouver derrière la porte de Kera.

– Votre nom, s'il vous plaît ?

Madison déclina son identité. Puis elle dut donner son adresse et son numéro de téléphone à l'opératrice. Elle n'arrivait pas à croire que la conversation prenne tant de temps. Elle était inquiète pour Kera – et puis une petite partie d'elle-même, plus égoïste, se rendait compte que le temps filait et que sa plage de temps libre avant son prochain rendez-vous devait bientôt expirer.

– La police est déjà prévenue, déclara l'opératrice. Elle sera sur place d'ici très peu de temps. Quand avez-vous vu l'occupante de l'appartement, Kera Jacobsen, pour la dernière fois ?

– Vendredi, au travail, répondit Madison.

– Vous-même ou quelqu'un de votre connaissance lui a-t-il parlé pendant le week-end ?

– Pas moi. Et pour d'autres personnes, je ne sais pas. Écoutez, je suis gênée de vous dire ça, mais je dois retourner au travail.

– Je regrette, madame, nous devons vous demander de rester sur place pour parler avec les agents qui sont en route, objecta l'opératrice. Ils auront besoin de vous. Peut-être devriez-vous appeler votre chef de service et expliquer que vous êtes retenue par un impératif, dit l'opératrice. Cela ne devrait plus être long. Je suis sûre que les agents sont déjà tout près. Et en attendant, je voudrais vous demander si votre amie avait des problèmes de santé.

– Pas à ma connaissance, répondit Madison.

Elle avait reculé et se tenait à présent le dos au mur du couloir. Elle changea son téléphone de main car ses paumes étaient devenues moites. Dans ce couloir, elle avait l'impression de devenir claustrophobe.

– Votre amie a-t-elle de la famille dans la région ?

– Pas à ma connaissance, répéta Madison. Elle vient de Los Angeles.

L'opératrice lui posa encore quelques questions, puis s'interrompit tout à coup pour dire :

– J'ai confirmation à l'instant que les agents sont à la porte de l'immeuble, mais elle est fermée. Pouvez-vous descendre leur ouvrir ?

– Oui, bien sûr.

Madison était soulagée d'interrompre cette conversation. Dès qu'elle sortit de l'ascenseur, elle aperçut les agents de police en uniforme derrière la porte vitrée. Ils étaient deux. Plutôt jeunes, semblait-il. L'un d'eux était noir et ce détail la rasséréna quelque peu. Jamais elle n'avait eu affaire à la police de New York, mais, en tant que femme de couleur, elle avait entendu raconter certaines choses.

Dès qu'elle ouvrit la porte, le plus grand des deux, le Noir, s'enquit de son identité puis se présenta comme l'agent Kevin Johnson assisté de son partenaire, l'agent Stan Goodhouse. Madison eut le sentiment qu'ils débutaient dans le métier mais roulaient un peu des mécaniques pour compenser. Elle estima qu'ils avaient à peu près le même âge qu'elle.

– Nous avons été informés que vous vous inquiétez pour une amie à vous, et pour une mauvaise odeur, dit l'agent Johnson. Allons voir ça.

Au quatrième étage, elle précéda les agents dans le couloir jusqu'à l'appartement. L'agent Goodhouse fit alors tout ce qu'elle avait déjà essayé. Il essaya même, sans y aller trop fort, de donner un coup d'épaule sur le battant.

– Vous sentez l'odeur ? demanda Madison.

L'agent Johnson approcha son visage de l'interstice entre le battant et le chambranle et se redressa aussitôt.

– Difficile de manquer ça, dit-il avec une grimace.

Les deux policiers se regardèrent.

– C'est quoi le protocole ? demanda Goodhouse.

Madison faillit sourire. Maintenant elle était encore plus sûre que ces deux jeunes flics n'avaient pas des masses d'expérience.

– Je crois que le mieux est d'appeler l'USU, dit Johnson.

Goodhouse hocha la tête, décrocha le micro de radio qu'il avait à l'épaule et s'éloigna dans le couloir. Madison demanda ce qu'était l'USU.

– L'unité de services d'urgence, répondit Johnson. Nous, nous ne pouvons pas forcer la porte comme ça. Sauf si nous estimons qu'il y a une urgence absolue. Et une mauvaise odeur, ça ne compte pas. Mais les gars de l'USU ont l'habitude de ce genre de situation. C'est les meilleurs.

– Ils seront bientôt là, vous pensez ?

Les rendez-vous de Kera approchaient. Elle regarda sa montre. Déjà plus de trois quarts d'heure qu'elle était partie de l'hôpital.

– Sans doute, dit Johnson. L'USU a des véhicules de patrouille qui circulent en permanence à travers la ville. Ils sont sans doute déjà dans le quartier.

– Il faut vraiment que je retourne au travail, dit Madison.

– Je regrette, nous devons vous demander de rester, dit Johnson.

– OK, dit Goodhouse en revenant vers eux. Une patrouille est en route. Ils seront là dans cinq minutes.

– Je veux rester pour savoir ce qui est arrivé à Kera, fit Madison. Mais en même temps j'ai des patients qui m'attendent.

– Vous êtes médecin ? demanda Johnson.

– Non, je suis assistante sociale au Centre médical Langone.

– Dans le pire des cas, nous pourrions avoir besoin de vous pour une identification, dit Johnson. C'est vous qui avez appelé le 911 et en plus vous êtes une amie de l'occupante de l'appartement. Peut-être devriez-vous appeler quelqu'un à votre travail pour prévenir que vous allez être retardée.

À ce moment-là la porte de l'appartement 4A, juste en face du 4B, s'ouvrit sur une femme d'une soixantaine d'années en léger surpoids, aux cheveux crépus, vêtue d'une robe d'intérieur. Elle toisa Madison et les deux policiers du regard, puis demanda d'un air scandalisé :

– Qu'est-ce qui se passe, à la fin ?!

– Nous sommes venus vérifier que votre voisine va bien, madame, dit Goodhouse qui était en train de raccrocher son micro à son épaulette. L'avez-vous vue, ces deux derniers jours ?

– Non, dit la femme. Mais je l'ai vue samedi. Elle a des ennuis ?

– Nous espérons que non, dit Goodhouse. Avez-vous remarqué si elle avait de la visite, ces derniers temps ? N'importe qui ?

– Non, répondit la femme. Mais elle a souvent du monde le soir. Assez tard. Enfin moins souvent maintenant qu'autrefois. Mais je ne fais pas attention à ces choses-là. J'ai mes propres problèmes.

– Merci de votre aide, dit Goodhouse.

La femme leva le nez pour regarder avec agacement, l'une après l'autre, les trois personnes qui encombraient son couloir, puis claqua la porte de l'appartement sans un mot de plus.

– Charmante, observa Johnson. Je descends attendre les gars de l'USU et leur ouvrir la porte de l'immeuble.

L'indécision paralysait Madison. Elle ne savait plus quoi faire – ni même qui appeler à l'hôpital. Ce qui rendait la situation encore plus problématique, c'était que le service était déjà très perturbé par l'absence inexpliquée de Kera.

– Vous la connaissez bien, Mlle Jacobsen ? demanda Goodhouse. C'est bien une « mademoiselle », n'est-ce pas ?

– Elle n'est pas mariée, en effet.

Sans doute valait-il mieux qu'elle appelle sa supérieure immédiate, et non le chef du service. Madison sortit son téléphone.

– Je la connais assez bien, oui, ajouta-t-elle. Mais pour vous dire la vérité, je ne l'ai pas beaucoup vue ces derniers mois.

– Vous êtes brouillées ?

– Non, pas vraiment. Elle est juste devenue moins disponible pour qu'on passe du temps ensemble.

– Vous lui connaissez un petit ami ? Une relation régulière avec quelqu'un ?

– Du tout, répondit Madison, jugeant inutile de préciser que l'attitude de Kera depuis le début de l'année l'intriguait beaucoup. En tout cas pas à New York. Elle avait un compagnon à Los Angeles, d'où elle est originaire, mais ils ont rompu avant qu'elle ne vienne s'installer ici.

– Savez-vous si elle avait gardé le contact avec cet ancien compagnon ?

– Je ne crois pas. Mais je n'en suis pas certaine. Je sais juste que c'est lui qui a mis un terme à leur histoire.

À cet instant les portes de l'ascenseur s'ouvrirent sur Johnson et deux autres agents en uniforme bleu, comme ceux de tous les policiers de New York, mais assez différent de celui de Johnson et de Goodhouse. Ils avaient notamment moins d'accessoires à la ceinture et aux épaules. Le sigle de leur service était imprimé en grosses capitales au dos de leurs vestes. Madison se pressa contre le mur du couloir pour les laisser passer. À leur physique comme à leur comportement, elle comprit que ces nouveaux arrivants étaient beaucoup plus aguerris que Johnson et Goodhouse. Le premier, un Noir très volumineux, portait à la main un outil que Madison n'avait jamais vu : une longue barre en métal qui se terminait à une extrémité par deux outils – une sorte de petite pelle et, à angle droit, une espèce de grosse dent pointue – et à l'autre extrémité par une griffe fendue.

Sans la moindre hésitation, l'agent se planta devant la porte du 4B et en força l'ouverture avec une rapidité sidérante. Madison fut sciée par l'apparente facilité avec laquelle le battant céda. Un instant plus tard, un effluve de l'odeur infecte qu'elle avait perçue auparavant envahit le couloir tandis que les quatre policiers s'engouffraient dans l'appartement de Kera. Elle les entendit se parler, mais sans distinguer leurs propos. Elle entendit ensuite le bruit d'une fenêtre qu'on ouvrait, puis sentit l'odeur de décomposition forcir. La nausée la saisit de nouveau ; elle se força à la surmonter.

Deux ou trois minutes plus tard les agents de l'USU ressortirent de l'appartement, saluèrent Madison du menton et s'éloignèrent. Elle ne réagit pas. Elle était abasourdie. Même si elle ne voulait pas encore l'admettre, en son for intérieur elle savait. Pourtant il lui paraissait impossible qu'une personne qu'elle avait appris à connaître et à apprécier, et qui était dans la fleur de l'âge, soit partie pour toujours. Pendant un petit moment elle fut incapable du moindre geste. Tellement accablée qu'elle ne pouvait même pas pleurer.

Tout à coup elle prit conscience qu'elle tenait encore son téléphone à la main. Il fallait qu'elle appelle sa supérieure. Avant qu'elle ne puisse composer le numéro, cependant, Johnson sortit de l'appartement. Son expression lui révéla ce qu'elle ne voulait pas entendre. Il confirma ses pires craintes en disant :

– Je regrette de devoir vous informer que votre amie est décédée. Saviez-vous qu'elle se droguait ?

– Hein ? Non, pas du tout ! C'est… c'est ça qui l'a tuée ?

– Apparemment elle aurait fait une overdose. Dans le métier nous voyons ce genre de chose tous les jours. C'est une tragédie sans fin.

– Je… Vais-je être obligée de la voir ?

Cette perspective horrifiait Madison. Déjà qu'elle n'aimait pas voir un lapin mort au bord de la route, alors une amie…

– Nous allons avoir besoin d'identifier formellement la défunte, expliqua Johnson. D'habitude nous appelons les services médicaux d'urgence pour qu'ils prononcent le décès, parce qu'il faut en avoir la certitude, mais dans un cas comme celui-ci où la victime est morte depuis deux ou trois jours, notre supérieur au poste de police nous a fait appeler directement l'institut médico-légal. Leur enquêteur sera ici dans peu de temps. Il aura besoin d'une confirmation, et si j'ai bien compris votre amie n'a aucune famille à New York et dans la région.

– Donc je vais devoir la voir, dit Madison avec réticence.

– En général les enquêteurs médico-légaux utilisent des photos. Dans le cas présent, précisa Johnson avec un coup de tête en direction de l'appartement, ça vaudra beaucoup mieux.

Madison plaqua une main sur sa bouche pour réprimer une soudaine envie de vomir.

# 4

**8 MAI**
**14 H 35**

Le ciel était d'un bleu éclatant lorsque Laurie sortit du Centre médical Langone pour regagner l'IML par la Première Avenue. En temps normal elle aurait apprécié d'avoir ces quelques minutes de promenade à l'air libre par une si belle journée de printemps, mais, dans l'immédiat, la météo était le cadet de ses soucis. Les trois dernières heures avaient été pour le moins déstabilisantes. La matinée s'était pourtant bien passée jusque-là – y compris et surtout quand Laurie avait fait sa présentation devant la commission santé du conseil municipal. Elle avait réussi à clouer le bec à ses détracteurs avec des statistiques imparables prouvant que les temps de traitement des cadavres pris en charge par l'IML s'étaient nettement améliorés depuis sa nomination, n'en déplaise aux rumeurs qui prétendaient le contraire. Quant à la regrettable permutation des dépouilles des deux Henry Norton, elle avait été prête à expliquer que le service informatique de l'IML avait d'ores et déjà modifié le système de gestion des dossiers afin que la probabilité de revoir un tel problème survenir dans le futur soit à peu près nulle. La seule plainte qu'elle n'avait pas réussi à complètement faire taire était celle concernant la fermeture des morgues de Staten Island et du Bronx. La conseillère municipale du Bronx qui siégeait à la commission restait imperméable au double argument selon lequel cette mesure permettait d'économiser des sommes importantes et contribuait en fait à améliorer la qualité du travail de l'IML. Elle semblait prendre la chose à titre personnel, comme si son arrondissement se voyait d'une façon ou d'une autre privé de services médico-légaux dignes de ce nom, ce qui n'était évidemment pas le cas.

Lorsque Laurie était revenue de la mairie, la réunion programmée à son bureau pour booster les salaires des enquêteurs médico-légaux s'était elle aussi bien passée. Tout le monde était d'accord : dans une optique de recrutement, une augmentation significative de ces salaires était absolument nécessaire. Pour trouver des candidats aux postes d'enquêteurs médico-légaux à pourvoir, l'IML devait se montrer compétitif par rapport aux traitements que les auxiliaires médicaux et les ambulanciers pouvaient espérer décrocher dans le privé. Après une matinée si positive, Laurie avait couru jusqu'au centre médical pour arriver à l'heure à son rendez-vous de dépistage annuel du cancer du sein, bêtement assez confiante pour imaginer que la suite de sa journée se passerait aussi bien. Hélas et pour son plus grand désarroi, cela n'avait pas été le cas.

La pire partie de la séance, pour elle, c'était toujours la mammographie. Chaque année, elle se demandait si elle ne risquait pas d'être blessée au cours de cet examen un petit peu douloureux qui consistait à avoir les seins comprimés entre deux plaques dures, et aujourd'hui l'expérience avait été aussi désagréable que d'habitude. Mais bon : quand ce mini-supplice avait été terminé, au moins, Laurie n'avait pas eu à entendre de mauvaise nouvelle.

En tant que directrice de l'IML, elle avait le titre de professeure associée de pathologie à l'École de médecine de l'université de

New York, et elle était également coresponsable de son programme de pathologie autopsique. Du coup, elle était traitée comme une sorte de VIP au centre médical ; le service de radiologie était toujours aux petits soins avec elle. Un radiologue hyper-chevronné était notamment appelé pour l'analyse de ses films, et, conscient qu'elle était elle-même assez compétente dans le domaine, il l'invitait à les regarder en sa compagnie.

Après la mammographie, il y avait eu l'IRM, qui ne dérangeait pas Laurie parce qu'elle n'était pas claustrophobe. Non seulement elle n'avait aucun problème à rester allongée sur le ventre dans l'étroit tunnel de l'impressionnant appareil, mais, en général, elle était capable de bien se détendre pendant la séance. Aujourd'hui encore cela avait été le cas. Elle s'était même reposée.

C'était juste après que sa journée avait pris une sale tournure. Un autre radiologue réputé était venu regarder les coupes. L'imagerie par résonance magnétique avait détecté une lésion problématique que la mammographie de dépistage n'avait pas révélée. Cela avait obligé Laurie à se soumettre dans la foulée à une mammographie diagnostique encore plus désagréable. Et celle-ci avait confirmé la présence d'une anomalie troublante. Autrement dit, la tache découverte sur les images de l'IRM n'était pas un artefact.

Parvenue à l'IML, Laurie monta les marches et entra dans l'immeuble comme un automate, totalement absorbée par la nouvelle. Elle marcha tout droit jusqu'à son bureau et passa devant Cheryl Sanford sans même la saluer, ce qui ne ressemblait assurément pas à la personne sociable et prévenante envers autrui qu'elle était.

Elle suspendit sa veste avant de s'asseoir à sa table de travail. Le regard perdu dans le vague, elle s'efforça de mettre de l'ordre dans ses idées. L'équation était simple. Elle n'avait pas le temps qu'un problème de santé lui tombe sur le dos, surtout un problème de ce type, susceptible d'avoir de sérieuses conséquences. Elle avait un millier d'employés sous sa responsabilité à l'IML, et deux enfants à la maison, dont l'un souffrait d'autisme et l'autre présentait peut-être, d'après son école, des problèmes de comportement.

Un tapotement discret du côté de la porte ramena Laurie au présent. Cheryl se tenait sur le seuil du bureau, un papier à la main.

– Ça va ? demanda-t-elle d'un air soucieux.

– Ça pourrait aller mieux, dit Laurie.

– Je peux faire quelque chose ?

– Pas pour le moment. J'ai besoin d'être un peu seule.

– Entendu. L'inspecteur Soldano a téléphoné. Il demande que vous le rappeliez dès que possible. Il avait l'air assez excité. Il a essayé de joindre le Dr Stapleton, a-t-il précisé, mais il n'a pas pu parce que Jack était en salle d'autopsie.

Comme Lou était un ami cher et un homme extraordinairement dévoué à son travail, qui accordait en outre beaucoup de valeur au rôle de la médecine légale, Laurie se sentit obligée de le contacter sans attendre. Puisqu'il n'était pas impossible que Lou veuille lui parler à titre personnel, cependant, elle se servit de son portable privé. Il répondit immédiatement.

– Merci de me rappeler, Laur – c'était un petit nom que ses enfants avaient inventé à Laurie, jadis, quand ils avaient commencé à se fréquenter. Je suis aux Urgences du Manhattan General avec un de mes gars qui a trouvé le moyen de se faire tirer dessus. Sa vie n'est pas en danger, mais la blessure est vilaine. Et par hasard, je suis tombé sur une de ces affaires qui ont de quoi rendre malade.

– Ah oui ? De quoi s'agit-il ?

– Alors voilà, dit Lou. C'est une petite fille latino de deux ans et demi qui s'appelle Camila Ruiz. Elle se serait ébouillantée en tombant accidentellement dans une baignoire remplie d'eau brûlante. Ça me rappelle une affaire que j'ai eue il y a des années, et j'espère que celle-ci n'est pas du même tonneau parce qu'elle m'a donné des cauchemars pendant longtemps.

– La gamine est morte ?

– Sinon je ne vous appellerais pas, les copains. J'espérais demander à Jack de bien vouloir s'en charger. Le cas doit être pris en charge par l'institut médico-légal, non ?

– Absolument. Accident ou pas, l'IML doit découvrir ce qui s'est passé.

– Parfait. Content d'entendre ça. La petite a été amenée à l'hôpital par le jules de la mère, exactement comme dans cette affaire dont je parlais. Et à l'époque, on avait découvert que ce n'était pas un putain d'accident. Pardon pour le gros mot. Enfin bon, il faut y regarder de près, parce que ce truc chatouille mon sixième sens. Ça sent mauvais.

– Je préviens Jack, c'est promis, dit Laurie.

Ils papotèrent encore une minute, se dirent au revoir, puis elle appela aussitôt Bart Arnold pour qu'il s'assure que l'autopsie de Camila Ruiz soit bien mise au programme et informe Jack quand l'enfant arriverait à la morgue.

Après cette petite dose de réalité sinistre, Laurie se sentait déjà un peu moins paralysée que quelques minutes plus tôt, et elle commença à réfléchir au moyen de s'adapter, sur le plan émotionnel, au résultat positif de son dépistage de cancer du sein. Bien sûr, un dépistage positif n'impliquait pas forcément qu'elle avait un cancer du sein. Il signifiait juste qu'il fallait faire quelque chose pour déterminer si c'était réellement le cas. Et pour ce qui la concernait, le plus tôt serait le mieux.

Elle ne put aller plus loin dans ses réflexions, car un nouveau tapotement à la porte du bureau annonça le retour de Cheryl. Celle-ci préférait en général se déplacer, pour lui parler, qu'utiliser le téléphone.

– Désolée de vous déranger une fois de plus, mais j'ai le Dr Carl Henderson sur la ligne 1, et il dit que c'est urgent.

– D'accord. Merci.

À contrecœur, Laurie convint avec elle-même que ses émotions allaient devoir attendre. Ses obligations de directrice de l'institut médico-légal étaient beaucoup trop prenantes. En décrochant le téléphone, elle éprouva une pointe d'agacement envers Chet qui avait manifestement pris sur lui de parler de la Dr Aria Nichols au chef du service de pathologie du Centre médical Langone, alors qu'elle lui avait clairement dit qu'elle préférait d'abord s'entretenir elle-même avec l'interne problématique. Elle avait rencontré Carl Henderson plusieurs fois lors de diverses réunions et célébrations au centre médical, mais elle ne lui avait jamais parlé au téléphone. Il n'y avait pas très longtemps qu'il faisait partie de la communauté de l'École de médecine de l'université de New York, car il avait été débauché de l'université de Pittsburgh tout juste deux ans plus tôt. Elle se souvenait d'un homme grand, mince, sophistiqué, qui s'habillait avec beaucoup de chic en comparaison de tant de pathologistes masculins qu'elle connaissait.

– Docteur Montgomery, annonça-t-elle d'un ton neutre en prenant l'appel sur la console téléphonique.

– Merci de votre disponibilité, docteur Montgomery, dit Henderson avec un certain empressement – il avait une belle voix grave, pleine d'autorité. J'ai un problème qui vient de nous tomber dessus. Une employée du centre médical, une assistante sociale de l'hôpital pédiatrique Hassenfeld du nom de Kera Jacobsen, est décédée. Et il semble qu'elle ait succombé à une overdose. Elle devrait être amenée sous peu à l'IML, si elle n'y est pas déjà.

– C'est une triste nouvelle, dit Laurie.

La crise des décès par overdose aux opiacés – naturels ou de synthèse – avait pris des proportions troublantes à New York, où, désormais, elle faisait en moyenne quatre victimes par jour.

– Comme vous le savez, la communauté médicale de l'université de New York produit de gros efforts pour endiguer cette terrible tragédie qui frappe depuis déjà un certain temps notre quartier et notre ville, dit Carl Henderson. Et que l'une de nos propres collaboratrices soit morte de cette façon, ce n'est pas franchement une très bonne pub pour nous. Vous n'ignorez pas, je présume, que nous avons beaucoup investi pour améliorer notre image dans cette ville. Comme le font bien sûr les autres grands centres hospitaliers universitaires. Dans le monde académique médical, l'homme est un loup pour l'homme.

– Je sais que la compétition peut être féroce dans l'environnement hospitalier, dit poliment Laurie qui se demandait à présent où allait cette conversation étonnante.

– J'ai eu il y a quelques minutes au téléphone le président du centre médical, Vernon Pierce, enchaîna Carl. Il me disait qu'il serait sans doute plus approprié que l'autopsie nécessaire soit faite ici, dans nos installations, plutôt qu'à l'IML. L'idée, c'est de ramener cette assistante sociale chez elle, en quelque sorte, puisqu'elle fait partie de notre communauté. J'ai pensé que cette idée ne manquait pas de mérite, même si elle sort un peu de l'ordinaire, et j'ai proposé de m'en charger moi-même dans notre salle d'autopsie de l'hôpital Bellevue. Qu'en pensez-vous ? Le président juge que ce serait plus approprié.

– C'est une requête insolite, dit Laurie sans montrer qu'elle était choquée par cette suggestion qui, à sa connaissance, n'avait aucun précédent.

L'Institut médico-légal de la ville de New York n'externalisait pas les autopsies dont il avait la responsabilité – or, cette overdose relevait évidemment de son mandat.

– Je sais, c'est inhabituel, convint Carl. Mais M. Pierce disait aussi que cela pourrait éviter que ce regrettable décès ne parvienne aux oreilles des médias. Il est déjà arrivé, si je ne me trompe pas, que les tabloïds soient informés par une source interne à l'IML de ce qui se passait entre ses murs.

– Je regrette, docteur Henderson, mais nous avons l'obligation légale de prendre cette autopsie en charge, et elle sera donc faite ici.

Laurie n'ignorait pas que des informations avaient pu fuiter de l'IML en de rares occasions. Avec le nombre d'employés que comptait la maison, il était difficile de tenir tout le monde au secret. Mais ce n'était sûrement pas une raison pour envisager de faire réaliser l'autopsie ailleurs. Elle aurait préféré trouver une façon plus diplomate d'exprimer la chose, mais, rien ne lui venant à l'esprit, elle avait choisi de mettre simplement les points sur les *i*.

– Je vois.

L'intonation de Carl ne cachait pas qu'il était déçu.

– Par contre, je pense avoir une solution pour donner en partie satisfaction à votre président, ajouta Laurie. Nous pourrions charger l'un de vos internes de pathologie actuellement en stage à l'IML d'assister à l'autopsie. Et je pourrais également m'en occuper personnellement. Ainsi l'affaire resterait dans la famille, pour ainsi dire, puisque, comme vous le savez, je fais officiellement partie de la famille de l'université de New York.

– C'est une suggestion généreuse de votre part, docteur Montgomery, dit Carl. Je suis sûr que M. Pierce sera satisfait, surtout si nous pouvons éviter que trop de monde en parle à l'intérieur de l'IML. Et plus important encore, si nous pouvons éviter que la presse ne soit informée. Auriez-vous déjà en tête le nom de l'interne à qui vous pensez faire appel, par hasard ?

– Absolument. Je pensais à la Dr Aria Nichols. Heureuse coïncidence, il se trouve que j'avais prévu de travailler avec elle cet après-midi. Ce que je peux faire, c'est m'organiser pour que nous fassions cette autopsie ensemble. Quel est le nom de la victime, déjà ?

– Kera Jacobsen, répondit Carl.

Laurie notait ce nom sur un Post-it lorsque quelqu'un frappa à sa porte. Elle leva les yeux en s'attendant à trouver de nouveau Cheryl sur le seuil, mais c'était Jack – en pyjama médical, comme s'il sortait à l'instant de la salle d'autopsie. Quand elle lui désigna le téléphone, il hocha la tête, entra dans le bureau en fermant la porte derrière lui et se dirigea vers le canapé où il se laissa tomber avec un profond soupir. Il avait l'air de mauvais poil, mais cela n'avait pas d'importance : elle était contente de le voir pour lui parler de la mauvaise nouvelle de son dépistage du cancer du sein.

– Kera Jacobsen, répéta-t-elle à l'adresse de Carl Henderson. Parfait.

– J'aimerais être prévenu, si possible, si l'autopsie devait révéler quelque chose d'anormal, dit-il. Et je me permets d'insister sur le fait que Vernon Pierce apprécierait beaucoup que cette affaire ne fasse pas parler d'elle.

– Vu le nombre d'overdoses que nous avons à traiter, j'ai du mal à imaginer que les médias s'intéressent particulièrement à celle-ci, observa Laurie. Mais je vais prévenir notre service des relations publiques du souhait de votre président. Bien sûr, la famille de Kera Jacobsen aura le dernier mot. Quant à l'autopsie, si nous trouvons quoi que ce soit d'inhabituel, je vous préviendrai moi-même.

– Ce serait formidable. Je vous suis reconnaissant de votre aide, docteur Montgomery, dit Carl avec sincérité. Permettez-moi de vous donner mon numéro de portable, si jamais vous aviez besoin de me contacter en dehors des heures de bureau.

Laurie doutait d'avoir jamais à l'appeler sur son portable, mais elle en prit consciencieusement note.

– Une fois encore, merci pour votre coopération et votre compréhension, dit-il ensuite. Si je puis vous être utile en quoi que ce soit à l'avenir, n'hésitez pas.

Laurie tourna la tête vers Jack pour dire :

– Tu ne croiras pas le coup de fil que je viens d'avoir.

– C'était qui ?

– Je t'explique ça dans une minute, dit-elle en appuyant sur la touche d'appel rapide de Bart Arnold, le chef du service des enquêteurs médico-légaux.

Les enquêteurs médico-légaux étaient d'anciens auxiliaires médicaux ou d'anciens ambulanciers formés à faire tout le travail de vérification et d'investigation nécessaire pour chaque décès survenu dans la ville de New York – une tâche considérable, dans la mesure où cent à cent cinquante personnes y mouraient chaque jour. Ensuite, les enquêteurs médico-légaux estimaient que dix pour cent d'entre elles, environ, devaient être amenées à l'IML pour un examen plus approfondi des circonstances de leurs décès, et sur ces dix pour cent un peu plus de la moitié étaient effectivement autopsiées.

– Le cadavre d'une dénommée Kera Jacobsen est-il déjà arrivé à la morgue ? demanda Laurie quand elle eut Bart au bout du fil.

– Attendez, je regarde, dit-il.

Elle entendit son clavier d'ordinateur cliqueter, puis il reprit :

– Oui, elle est là. Arrivée peu après midi.

– Quelque chose d'anormal dans le rapport de votre enquêteur ?

– Non, je ne vois rien de particulier, dit Bart après un nouveau silence. Apparemment c'est une banale overdose aux opiacés. Le décès a dû survenir très rapidement, parce que la seringue était encore dans le bras de la défunte.

Après avoir remercié Bart, Laurie appela Chet McGovern.

– Bon, alors ? demanda Jack avec impatience, toujours vautré en travers du canapé.

Elle désigna le combiné pour indiquer qu'elle avait un dernier appel à passer, puis agita la main pour qu'il se tienne tranquille. Dès que Chet répondit, elle dit :

– As-tu prévenu la Dr Nichols qu'elle devait travailler avec moi cet après-midi ?

– Absolument. Et en lui faisant bien comprendre qu'il n'était pas question pour elle d'y couper. J'ai aussi trouvé un cas intéressant sur le plan pédagogique…

– Je te remercie d'avoir pris cette peine, coupa Laurie, mais j'ai un cas spécifique à faire avec la Dr Nichols. Désolée pour le changement. La défunte s'appelle Kera Jacobsen. Ton cas serait très certainement plus utile sur le plan pédagogique, c'est vrai, car pour le mien il s'agit apparemment d'une overdose de routine, mais c'est quand même ce cas Jacobsen que nous allons prendre.

– OK, pas de souci, dit Chet d'un ton agréable. Veux-tu que je vous fasse préparer le corps ?

– Ce serait gentil, dit-elle. Et vois aussi si Marvin Fletcher est disponible, veux-tu ?

Du temps où elle faisait des autopsies presque tous les jours, avant d'être nommée directrice de l'IML, Laurie aimait beaucoup bosser avec Marvin, qu'elle considérait comme le meilleur technicien de morgue de l'IML et qui était un très agréable partenaire de travail. Aujourd'hui, comme elle ne savait pas à quoi s'attendre avec Aria Nichols, elle préférait que tout se passe au mieux côté logistique. Et elle savait qu'avec Marvin il n'en irait pas autrement.

– D'ici combien de temps penses-tu t'y mettre, à peu près ? demanda Chet.

– Dans une heure, ça devrait être bon pour moi, dit-elle en jetant un coup d'œil à sa pendule de table. À ton avis, vas-tu avoir des problèmes à localiser la Dr Nichols ?

– C'est à voir. Elle m'a dit qu'elle serait à la bibliothèque, mais j'ai son numéro au cas où elle quitterait le bâtiment. Je lui ai proposé de monter à mon bureau pour étudier ensemble des lames d'histologie, mais elle m'a méchamment rembarré.

– En quels termes, au juste ?

Laurie se souvenait de la réponse grossière que la jeune femme avait donnée à Chet quand il lui avait demandé pourquoi elle était retournée à l'hôpital Tisch alors qu'elle était censée être à l'IML.

– Tu veux vraiment savoir ?

– Tentons le coup.

– Elle m'a dit qu'elle préférerait se faire passer dessus par un troupeau de bisons en rut que de travailler cinq minutes avec moi, dit Chet d'un ton dégoûté.

– Une vraie charmeuse, dit Laurie, souriant malgré elle.

L'idée lui traversa à nouveau l'esprit que Jack ne s'était peut-être pas trompé en supposant que Chet devait avoir commencé par essayer de draguer la jeune femme. Dans le monde contemporain, la moindre remarque ou attitude déplacée pouvant passer pour du harcèlement sexuel, sous quelque forme que ce soit, provoquait souvent des réactions très vives. Laurie nota dans un coin de sa tête de garder l'esprit ouvert en ce qui concernait Aria Nichols.

– Si tu as des soucis pour la trouver, préviens-moi aussitôt, dit-elle. Sinon, je la retrouve en salle d'autopsie d'ici une heure.

– Tu vas faire l'autopsie d'une overdose ? demanda Jack d'un air incrédule dès qu'elle eut raccroché. Déjà, je croyais qu'en principe tu ne faisais plus d'autopsies. Et une overdose, en plus ?

– La situation est assez particulière, dit Laurie. Je n'ai pas le temps de tout t'expliquer, mais ce travail va se faire avec l'interne problématique dont je t'ai parlé ce matin. Je m'étais déjà arrangée avec Chet pour travailler avec elle, et puis il est arrivé quelque chose entre-temps. Quand tu es entré, j'étais en ligne avec le Dr Carl Henderson.

– Le patron de la pathologie au Langone ?

– Lui-même.

– Je ne l'ai jamais rencontré. Attends ! Si, rectification, je l'ai croisé. Un grand lascar, beau gosse pour un pathologiste, et avec un vrai sens de l'humour. C'est d'ailleurs pour ça que je me souviens de lui.

– Je ne l'ai rencontré que quelques fois, dit Laurie. Il y a relativement peu de temps qu'il est à New York. L'autopsie ne sera sans doute ni excitante ni difficile. Il y a un aspect politique au problème, en fait, et c'est pour cette raison que Carl m'a téléphoné. Ce travail va aussi me donner l'occasion de jauger cette interne de pathologie apparemment si conflictuelle. Et puis je suis contente de descendre à la fosse, j'avoue. Je sais que c'est un peu pathétique, mais les autopsies me manquent tellement. Par contre nous n'allons pas crier ce truc sur les toits, d'accord ?

– OK, silence radio, dit Jack, faisant mine de tirer une fermeture Éclair en travers de ses lèvres.

– Oh, à propos ! s'exclama Laurie. J'ai eu Lou au téléphone, rapidement, il y a quelques minutes. Il voudrait que tu l'appelles pour une affaire. Et maintenant, raconte-moi comment ça s'est passé à l'école Brooks. Tu y es allé, n'est-ce pas ?

– Bien sûr, dit Jack, et il se redressa, l'air grognon. Comme je le craignais, ça a été un désastre. Je suis désolé, mais je ne nous ai pas fait de copains dans cet établissement. J'ai essayé d'écouter, juste écouter, comme tu avais dit, mais j'entendais tellement de stupidités qu'au bout d'un moment je n'ai plus été capable de me retenir de leur dire qu'ils étaient complètement à côté de la plaque. Je les ai même accusés d'être de mèche avec cette saleté d'industrie pharmaceutique. Ça, c'était quand Mlle Rossi m'a expliqué qu'il était vraiment important, à son avis, que JJ prenne de l'Adderall. Là, j'ai pété un câble.

– Oh, Seigneur, murmura Laurie.

Penchée en avant, les coudes sur la table, elle ferma les yeux et se massa fermement les tempes avec les doigts tandis qu'une petite voix, dans son esprit, se demandait ce qu'ils feraient si l'école de JJ refusait de le garder comme élève. Même si elle avait envie et besoin de parler à Jack du dépistage, cette question qui déclencherait à coup sûr une discussion sérieuse devrait attendre. Après avoir pris une profonde inspiration, elle redressa la tête pour regarder Jack et dit :

– Le mieux, c'est peut-être que tu me racontes exactement ce qui s'est passé. Mais sans que ça prenne une plombe. J'ai des choses à régler, et ensuite je dois descendre me préparer pour l'autopsie.

# 5

**8 MAI**
**15 H 35**

Par la lucarne en verre grillagée de la porte de la salle d'autopsie, Laurie vit que Marvin était en train de rassembler tout le matériel – conteneurs à prélèvements, instruments et autres ustensiles. Sur la table numéro 8 se trouvait le corps légèrement bouffi d'une femme vêtue d'un peignoir écarté autour de sa poitrine et de ses jambes. Le cerveau analytique de Laurie nota au passage que les lividités cadavériques très prononcées visibles sur ses membres inférieurs indiquaient qu'elle était probablement décédée en position assise.

En découvrant cette scène familière de préparatifs, Laurie sentit son excitation grandir. Elle était vraiment contente d'avoir enfin une chance de faire le travail qu'elle aimait. Comme cela lui était déjà arrivé si souvent, elle se surprit à se demander si elle avait bien fait d'accepter le poste de directrice de l'IML. Elle haussa les épaules, consciente qu'il n'y avait pas de réponse tranchée à cette question, puis poussa la porte et embrassa la salle du regard – sans y entrer, car elle était encore en tenue de ville. La « fosse », comme disaient tous ceux qui travaillaient ici, était déserte. Il n'y avait que Marvin. Laurie n'était pas surprise. D'une part, la grande majorité des autopsies se faisaient le matin, d'autre part, chaque après-midi, à quinze heures, les légistes se retrouvaient en salle de conférences pour discuter des cas de la journée. Chet avait redonné vie à cette petite réunion traditionnelle, pour la plus grande satisfaction de tout le monde. Laurie avait choisi à raison cette heure bien particulière de l'après-midi pour faire le cas.

– Bonjour, Marvin ! lança-t-elle. Vous êtes bientôt prêt, à ce que je vois ?

Une nette odeur de putréfaction, que les puissants ventilateurs d'extraction permettaient heureusement de contenir, se dégageait du cadavre étendu sur la table.

– Quasi, répondit Marvin.

– Avez-vous vu la Dr Nichols ?

Laurie était un peu agacée de ne pas trouver l'interne dans la salle. Comme Chet ne l'avait pas rappelée, elle avait supposé que tout était en ordre de ce côté-là.

– Vous êtes la première que je vois, dit Marvin. À propos, le Dr McGovern m'a déjà demandé un test de dépistage rapide du fentanyl pour la drogue retrouvée sur la table basse de la victime. Résultat positif !

– Pas de surprise, donc, dit Laurie – de toute évidence, ce cas serait une overdose des plus ordinaires. Merci !

– Pas de souci.

– Où est le dossier ?

Avant d'entamer une autopsie, Laurie préférait lire tous les renseignements disponibles sur le cas afin de limiter les risques de passer à côté de quelque chose d'important. Jack, lui, abordait le problème tout autrement. Il aimait autant faire l'autopsie sans rien savoir, avec le minimum d'infos en tête, car il estimait que c'était en démarrant le travail avec des idées préconçues sur les causes et les circonstances du décès qu'il risquait de louper un détail inattendu.

C'était une de ces « grandes » divergences professionnelles à propos desquelles ils aimaient se taquiner mutuellement, chacun affirmant avoir raison tandis que l'autre était à côté de la plaque, même s'ils savaient bien sûr que le problème n'était pas là. En réalité, c'était juste une bête question de confort personnel.

– Je l'ai laissé sur le brancard dans le couloir, dit Marvin. Je pensais que vous voudriez le lire avant de démarrer.

Laurie leva le pouce – elle était tellement contente de travailler avec un assistant qui connaissait ses habitudes – avant de reculer dans le couloir. Le dossier était à l'endroit indiqué. Elle le feuilleta pour trouver le compte rendu de l'enquêteur médico-légal. C'était David Goldberg, l'une des plus récentes recrues de l'IML, qui avait pris le cas en charge. En parcourant son texte, elle put se faire une bonne idée de l'affaire. La victime avait été découverte dans son appartement par une amie et collègue, Madison Bryant, qui avait également confirmé son identité. David Goldberg estimait que la jeune femme était décédée depuis deux à trois jours et citait les éléments qui l'avaient amené à cette conclusion. Il décrivait le matériel de shoot qui avait été trouvé sur la table basse de la défunte, ainsi que la seringue – pas complètement vidée – retrouvée plantée dans la fosse cubitale, c'est-à-dire la face antérieure du coude. Autres éléments importants, la famille de la victime ne lui connaissait aucun problème de santé, et ni la famille ni l'amie qui l'avait identifiée ne savaient qu'elle se droguait. Tout le monde croyait que Kera Jacobsen était une personne équilibrée, bien adaptée et heureuse.

Laurie terminait sa lecture du rapport de l'enquêteur médico-légal lorsqu'elle poussa la porte du vestiaire des femmes et y découvrit une femme d'une trentaine d'années vêtue en tout et pour tout d'un ensemble de lingerie très sexy et visiblement haut de gamme. La jeune femme tendait le bras à l'intérieur d'un casier pour y suspendre sur un cintre un élégant chemisier de couleur claire. Un jean de marque, au look vieilli, était déjà rangé dans le casier, ainsi qu'une courte blouse blanche comme en portaient le plus souvent les internes.

Supposant qu'il s'agissait d'Aria Nichols, Laurie l'observa quelques instants. Elle mesurait à peu près la même taille que Laurie, qui faisait un mètre soixante-cinq, et elle était mince et musclée comme une ballerine. Ses cheveux noir d'encre étaient coiffés en carré long déstructuré. Ses yeux, qui toisaient à présent Laurie, étaient d'un bleu éclatant, tandis qu'elle avait le teint hâlé comme si elle revenait de vacances au soleil. Elle ne possédait pas une beauté traditionnelle, aussitôt séduisante, mais elle dégageait une sorte de sensualité animale et une fraîcheur juvénile que Laurie elle-même pouvait encore admirer et qui, supposait-elle, devaient plaire aux hommes, en tout cas à certains.

– Bonjour, dit-elle, essayant de paraître plus enjouée qu'elle ne l'était. Je suis la Dr Montgomery. Êtes-vous la Dr Nichols ?

Au lieu de répondre, la jeune femme se contenta de la fixer des yeux avec au coin des lèvres un léger sourire de Joconde, figé et provocateur, qui ne tarda pas à agacer Laurie. Il y avait de l'arrogance dans son attitude, pensa-t-elle, et même une pointe d'hostilité que rien ne justifiait. En tout cas, quelque chose chez cette femme la prenait à rebrousse-poil, qui tenait peut-être à ce sentiment de « tout m'est permis » qui se dégageait d'elle – comme si elle était née avec une cuiller en argent dans la bouche. Laurie avait connu un certain nombre de filles, dans le lycée privé où elle avait été élève autrefois, qui avaient ce genre d'attitude.

– C'est *vous*, la directrice de l'IML ? demanda tout à coup la jeune femme d'un air incrédule.

Laurie hésita. Elle avait envie de tourner les talons et de se laver les mains du problème que posait cette interne irritante. Mais elle n'oubliait pas qu'elle n'avait peut-être pas les idées tout à fait claires. Elle compta donc en silence jusqu'à dix, prit une profonde inspiration en mettant un terme au petit concours puéril de regards fixes auquel elle se livrait avec son interlocutrice, et se dirigea vers un casier ouvert. Elle retira calmement la longue blouse blanche qu'elle portait le plus souvent à l'IML. Après l'avoir suspendue, elle pivota vers la jeune femme – qui l'observait toujours avec le même sourire en coin insolent – et s'efforça de parler d'un ton égal :

– Oui, je suis la directrice de l'IML. Et vous, alors ?

– Aria Nichols. C'est bien moi. Je suis surprise. Je pensais que vous seriez vachement plus vieille. Et mal fagotée. Vous n'avez pas l'air d'un médecin légiste. Vous êtes... trop normale.

– Dois-je prendre cela comme un compliment ? répliqua Laurie en commençant à retirer sa robe.

Depuis aussi longtemps qu'elle travaillait à l'IML, elle avait toujours veillé à s'habiller avec un minimum d'élégance, et aujourd'hui qu'elle était la première femme à diriger cette maison, elle jugeait que c'était encore plus justifié. À défaut d'autre chose, elle voulait autant que possible donner tort aux stéréotypes auxquels la Dr Nichols faisait allusion.

– Je vous livre juste mon opinion, dit Aria.

Comme elle traversait la pièce pour aller se chercher un pyjama médical, Laurie s'émerveilla de la décontraction avec laquelle elle déambulait à peu près nue en présence d'une personne qu'elle ne connaissait pas.

– J'ai appris par le Dr McGovern que vous n'appréciez pas particulièrement votre stage à l'IML, observa Laurie.

– Ça, c'est l'euphémisme de l'année, répondit Aria. Sincèrement, je pense que pour moi c'est une perte de temps.

– Vous ne considérez pas que le travail que nous faisons ici est réellement bénéfique pour la communauté ? objecta Laurie en veillant à ne pas élever la voix.

– Hé, je n'ai pas dit ça, protesta Aria. J'ai juste dit que c'était une perte de temps pour moi. Pas pour vous, bien sûr. Je sais que vous faites un travail important, tous autant que vous êtes, surtout pour aider la justice et ainsi de suite. Mais cela ne m'intéresse pas.

– Nous faisons bien davantage qu'aider la justice. Les médecins légistes sont aussi à l'origine d'un certain nombre d'innovations positives pour la sécurité des gens. C'est grâce à nos observations, par exemple, que certains équipements électroniques ont été modifiés pour écarter les risques d'électrocution. Même les éclairages basse tension des piscines sont à mettre au crédit de la médecine légale. Vous n'imaginez pas le nombre de vies que cela a permis de sauver.

Aria était revenue près de son casier. Elle enfila le pantalon du pyjama en disant :

– Ouais, peut-être, mais une fois encore ce n'est pas quelque chose qui m'intéresse. L'idée de ce stage, c'est de me faire découvrir la médecine légale. J'ai bien compris. Les autopsies me plaisent, je dois dire, mais uniquement d'un point de vue anatomique. Pour ce qu'elles sont susceptibles de nous apprendre sur les mécanismes des maladies. Et puis ici, les odeurs en salle d'autopsie… Beurk, c'est vraiment répugnant.

– Les autopsies médico-légales ont parfois un côté rebutant, j'en conviens, dit Laurie. Mais il n'empêche qu'elles nous posent des défis fantastiques. Elles nous donnent la possibilité d'écouter les morts raconter leur histoire afin d'aider les vivants. C'est une spécialité médicale dans laquelle nous apprenons tous les jours quelque chose de nouveau.

– Oh, pitié ! Lâchez-moi. Ça, dans le genre autojustification débile, c'est vraiment le pompon. Mais très bien, vous aimez la médecine légale, tant mieux pour vous !

– Je trouve votre manque de respect assez préoccupant.

Laurie faisait maintenant un réel effort pour garder son calme. Après tout ce qu'elle avait déjà dû encaisser depuis le début de la journée, cette conversation avec cette jeune femme désagréable mettait durement ses nerfs à l'épreuve.

– En quoi je vous manque de respect ? répliqua Aria en la regardant avec une expression perplexe. Je reconnais la valeur de votre travail et voilà.

– J'ai appris que vous vous êtes montrée particulièrement irrévérencieuse avec notre responsable pédagogique, le Dr Chet McGovern.

– Ah tiens ? fit Aria, narquoise. Je vais vous dire un truc. Ce bon vieux Dr McGovern n'a eu que ce qu'il méritait.

– Mais encore ? Vous a-t-il manqué de respect ?

– Bien entendu.

– Et qu'a-t-il fait, au juste, pour vous manquer de respect ?

– C'est dans sa façon de me regarder. De s'exprimer, aussi. Ce type se prend pour un grand séducteur. C'est écrit gros comme ça sur sa figure. Bien sûr, ça n'a pas arrangé les choses qu'au bout de cinq minutes de conversation à peine, il ait proposé que nous prenions un verre ensemble un de ces quatre. Je ne suis pas très fan des bonshommes, surtout ceux du genre du Dr McGovern. Ils me pourrissent la vie depuis toujours.

De nouveau Laurie soutint le regard d'Aria, qui le lui rendit avec aplomb. En tant que dirigeante d'une structure de mille employés, à une époque de très grande sensibilité aux questions de harcèlement sexuel sur le lieu de travail, elle avait l'obligation de se demander si cette femme, derrière son incroyable toupet, ne lui communiquait pas quelque chose d'important. Bien sûr, que Chet lui ait proposé de prendre un verre n'était pas un crime en soi – même si c'était maladroit et déplacé de sa part. Mais avait-il tenté, par-delà les mots, d'exercer une pression sur elle ? Son goût du batifolage affectait-il son comportement à l'IML ? Elle n'avait pas la réponse à cette question et elle la rangea dans un coin de sa tête pour y revenir plus tard. Pour le moment elle devait gérer cette jeune femme qui était elle-même une énigme.

– Ce cher Dr McGovern m'a suivie en douce jusqu'à mon labo du service de pathologie à l'hôpital Tisch, dit Aria en pointant un pouce dans la direction générale du Centre médical Langone. Pour moi, ce genre de chose, c'est un gros signal d'alerte. Je n'ai aucune envie de le trouver sur mes talons un de ces soirs quand je rentre à mon appartement.

– Il vous a suivie parce que vous ne vous étiez pas présentée à une autopsie à laquelle vous deviez participer.

– La belle affaire ! C'est facile à dire, ça, pour vous. Mais comment savoir ? De toute façon j'avais déjà passé un bon moment ici et assisté à une première autopsie. Ça me suffisait pour la journée.

– Je regrette, mais ce n'était pas à vous d'en juger, objecta Laurie les dents serrées.

– Ouais, si vous le dites, rétorqua Aria avec une moue dédaigneuse. Avec ce que je vois, j'en apprends assez à mon goût sur la médecine légale. Et c'est bien l'objectif de ce stage complètement stupide. Vous savez, il n'y a aucun risque que je devienne médecin légiste.

Laurie détourna quelques instants les yeux. L'impolitesse et la brusquerie d'Aria étaient vraiment difficiles à encaisser. Elle semblait n'avoir aucune considération, aucune empathie.

– Je vois, dit-elle. Puis-je vous demander ce qui vous a attirée vers la médecine ?

– Waouh… Ça devient intime, ironisa Aria.

– Pouvez-vous me répondre ? Vous n'ignorez pas, j'en suis sûre, ou bien vous le comprendrez si vous y réfléchissez une minute, qu'il sera de notre responsabilité, à la fin du mois, de certifier que vous aurez su tirer parti de votre stage à l'institut médico-légal. Et on peut en douter, pour le moment, puisque vous vous permettez de ne pas assister aux autopsies qui vous sont assignées.

Aria regarda Laurie quelques secondes avec son demi-sourire de Joconde effrontée, puis hocha la tête.

– OK. Ça se défend. J'ai fait médecine pour prendre mes distances avec le milieu professionnel de ma famille. Et puis aussi, je dois dire, avant ça j'ai fait une licence de biologie, et tout le monde autour de moi semblait se diriger vers la médecine, alors j'ai un peu suivi le mouvement. Je n'ai pas beaucoup réfléchi, j'avoue, à ce que signifiait devenir médecin. Ce qui me plaisait, c'était le défi à relever. La compétition avec moi-même.

– Ça veut dire quoi, le milieu professionnel de votre famille ?

– Mon père était dans la finance, ici à New York. Fonds d'investissement à lui, gros succès, tout ça. C'était aussi un alcoolique et un bel enfoiré. Il m'a bien cogné dessus pendant les premières années de mon adolescence.

– Je suis désolée de l'apprendre, dit Laurie avec sincérité. Est-il heureux, au moins, que vous ayez fait médecine ?

Aria poussa un rire moqueur.

– Il ne le saura jamais, le salopard. Il ne pensait qu'à lui. Il s'est suicidé quand j'étais encore ado.

– Mon Dieu, marmonna Laurie, navrée. Donc vous n'avez pas vraiment eu une enfance idéale…

– Ouais, vous pouvez dire ça. Surtout quand on pense au beau-père que ma tordue de mère a épousé ensuite. Il était pire que mon père sur à peu près tous les plans. Et il avait les mains baladeuses, vous voyez. Mais je me suis débrouillée pour lui faire du chantage et l'obliger à mettre un gros paquet de l'argent de ma mère à mon nom.

– Et pourquoi la pathologie comme spécialité, alors ?

Laurie préférait ne pas s'appesantir sur l'histoire familiale déprimante de la jeune femme. Elle s'était longtemps apitoyée sur son propre sort, dans sa jeunesse, parce que son père était un homme distant et froid. Mais être battue par son propre père ? Elle ne pouvait même pas imaginer cela.

– C'est une bonne question, dit Aria. J'ai choisi la pathologie par élimination. J'aurais peut-être dû réfléchir davantage, je le reconnais, avant de faire médecine, parce que j'ai très vite compris que je détestais m'occuper de patients. Je veux dire… c'est quand même un peu pathétique, quand on y pense. Mais qu'est-ce que j'y pouvais ? Le mal était fait. Alors au bout du compte, la pathologie c'est ce qui s'impose quand on déteste les patients. Et puis il faut dire, quand même, que c'est une spécialité stimulante sur le plan intellectuel.

– Eh bien… Heureuse d'entendre que vous avez au moins cette satisfaction.

Laurie se lassait de la conversation, à présent, et pensait à s'armer de courage pour l'autopsie sans doute peu agréable qu'elle avait devant elle.

– Parlons un peu de l'heure qui s'annonce, enchaîna-t-elle. Aujourd'hui, je veux me faire une idée de ce que vous avez appris sur la médecine légale depuis une semaine que vous êtes à l'IML. Nous avons un cas de routine, une overdose, et je souhaite que vous fassiez la dissection. Vous sentez-vous d'attaque ?

– Je vais vous dire, ça me paraît carrément plus intéressant que de rester plantée à côté de la table comme d'habitude à me tourner les pouces.

– Eh bien j'espère que vous trouverez cette expérience stimulante, dit Laurie. Qui sait, peut-être même réussirons-nous à vous passionner un peu pour la médecine légale.

– Ce sera difficile, dit Aria, retrouvant son ton désagréablement cavalier. Ne commençons pas à rêver tout haut.

# 6

**8 MAI**
**16 H 15**

La première partie de l'autopsie s'était plutôt bien passée et Laurie commençait à se détendre. La séance lui procurait même un certain plaisir teinté de nostalgie. Aria avait commencé par dire tout le dégoût que lui inspiraient la légère odeur putride du cadavre et l'aspect repoussant du visage de la défunte, mais, heureusement, elle ne s'était pas étendue là-dessus. Plus important, et c'était un vrai soulagement pour Laurie, l'attitude déplaisante qu'elle avait eue dans le vestiaire s'était comme volatilisée à partir du moment où elle s'était concentrée sur les gestes de la dissection.

– La radiographie du corps entier peut être utile pour l'identification du défunt, et elle révèle aussi la présence de corps étrangers susceptibles d'avoir joué un rôle dans le décès, avait correctement expliqué Aria lorsque Laurie l'avait interrogée devant le négatoscope sur lequel Marvin avait posé le film de Kera Jacobsen – une réponse qui prouvait qu'elle écoutait tout de même quelque chose quand elle assistait aux autopsies.

Laurie avait ensuite invité l'interne à faire l'examen externe du corps en le commentant à voix haute, et elle avait été impressionnée par sa description. Aria avait commencé par préciser pourquoi il était préférable de laisser le défunt habillé jusqu'à l'autopsie – Kera Jacobsen était arrivée pour sa part à la morgue vêtue du peignoir dans lequel elle avait été découverte. Elle avait ensuite expliqué pourquoi la seringue, qui était toujours plantée dans le bras gauche de Kera, avait également été laissée en place, et précautionneusement couverte de papier et de ruban adhésif pour éviter qu'elle ne tombe – il fallait l'examiner pour y trouver d'éventuelles traces d'ADN ou des empreintes digitales. Enfin, Aria avait aussi fait deux observations importantes qui n'avaient pas échappé à Laurie : il n'y avait pas d'écume séchée autour de la bouche et sous les narines de Kera, et les quelques traces de piqûres que l'on trouvait sur son bras paraissaient toutes assez récentes.

– J'ai l'impression qu'elle ne se droguait pas depuis bien longtemps, avait dit Aria – et Laurie avait acquiescé.

Après qu'elles avaient retiré le peignoir et examiné les lividités cadavériques des membres inférieurs, Laurie avait questionné Aria sur les lividités cadavériques, la rigidité cadavérique, le refroidissement cadavérique et les autres marqueurs permettant d'estimer l'heure du décès – en lui demandant aussi de préciser pourquoi il était important d'avoir cette information. Elles avaient également évoqué les indices susceptibles de révéler qu'un cadavre avait été déplacé, ce qui n'avait de toute évidence pas été le cas avec Kera. Sur toutes ces questions, il était clair qu'Aria possédait des connaissances plus que satisfaisantes. Même si elle avait séché certaines des autopsies qui lui avaient été assignées, elle avait absorbé beaucoup de choses sur le travail du légiste pendant celles auxquelles elle avait assisté.

Ce ne fut qu'au moment d'entamer la partie interne de l'autopsie que la jeune femme laissa brusquement réapparaître l'insolence et le manque total de considération pour autrui qui semblaient malheureusement la caractériser. Le déclencheur fut une simple question de

Laurie. Elle voulut savoir si, en matière de dissection, Aria connaissait la différence entre la technique médico-légale dite Virchow, utilisée à l'IML pour déterminer les causes et les circonstances des décès, et la méthode clinique, dite Rokitansky, utilisée pour étudier les effets pathologiques des maladies.

– Évidemment ! s'exclama Aria d'un ton agacé – elle avait le scalpel à la main et était prête à faire la première incision. Merde, quoi, je suis interne en pathologie depuis bientôt quatre ans. Il faudrait que je sois bien conne pour ne pas connaître la différence entre les deux !

Son attitude avait changé de façon si soudaine que Laurie ne savait plus quoi penser. Les deux femmes s'affrontèrent du regard. Comme elles portaient toutes les deux un masque chirurgical sur la bouche et le nez, et par-dessus une visière transparente, elle ne voyait pas grand-chose de son visage. Juste avant l'éclat de voix d'Aria, une seule petite chose avait changé : Marvin, qui se tenait à disposition, depuis le début de la séance, pour leur fournir ce dont elles pouvaient avoir besoin, était venu prendre place près d'Aria à droite du cadavre. Laurie ayant confié la dissection à la jeune femme, elle lui avait laissé le côté droit de la table, tandis qu'elle s'était mise elle-même à gauche où elle préférait en général que le technicien et les personnes qui l'assistaient éventuellement se placent.

Avant que Laurie ait pu décider à quoi s'en tenir, Aria détourna les yeux pour fixer son attention sur Marvin.

– Je n'aime pas que vous soyez si près de moi, dit-elle sèchement.

Marvin, qui semblait aussi sidéré que Laurie, recula d'un pas en levant une main.

– OK. Désolé.

– Quel est le problème, au juste ? demanda Laurie d'un ton ferme. Il se met juste à côté de vous pour donner un coup de main si nécessaire.

– Je n'aime pas que les hommes que je ne connais pas me collent de cette façon, rétorqua Aria.

Laurie resta à nouveau sans voix, hésitant maintenant entre la colère et la pitié. Cette étrange affirmation avait quelque chose de sexiste, mais elle lui semblait surtout révéler un vrai problème entre la jeune femme et la moitié masculine de l'humanité.

– J'ai rien contre lui en particulier, ajouta Aria. Je dis juste ce que je ressens.

Laurie tourna la tête vers Marvin.

– Je suis désolée. Question de ressenti ou pas, cette attitude est complètement déplacée et inacceptable.

– J'ai dit que je n'avais rien contre lui ! répéta Aria. J'ai besoin d'espace, voilà tout. N'en faisons pas toute une histoire, voulez-vous ? Peut-être que ça ne lui plairait pas, lui non plus, si je le collais de trop près.

– Ça va, docteur Montgomery, dit Marvin avec magnanimité. Je ne me rendais pas compte que je collais les gens de trop près.

– Ben si ! s'exclama Aria. Vous m'avez même touchée, vous voyez, alors j'ai réagi. Maintenant c'est fini. On avance, d'accord ? Si vous voulez participer, mettez-vous du côté de la Dr Montgomery !

Laurie et Marvin échangèrent un long regard. Ils avaient si souvent travaillé ensemble, dans le passé, qu'ils n'avaient même pas besoin de se parler pour être sur la même longueur d'onde. Et par ce mode de communication non verbale, ils décidèrent qu'il valait mieux terminer le cas et gérer l'incident plus tard.

De son côté, Aria lança l'examen interne par une incision en Y modifiée : deux entailles partant des extrémités des épaules et se rejoignant au sternum pour descendre tout l'abdomen jusqu'au pubis. Elle maniait le scalpel avec beaucoup d'assurance.

Consternée par la brusquerie et l'impolitesse dont l'interne avait une fois encore fait preuve, Laurie la laissa travailler sans dire grand-chose. Tout en restant prête à intervenir, bien sûr, si jamais elle commettait une erreur – mais elle n'avait pas à s'inquiéter. Il était manifeste qu'Aria était une prosectrice déjà très compétente. En quelques minutes, elle ouvrit la poitrine et la cavité abdominale pour exposer les organes internes. Suivant son « conseil », Marvin avait fait le tour de la table pour se placer à côté de Laurie.

– Je vais commencer par le thorax, annonça la jeune femme, dont la voix avait retrouvé la tranquillité du début de la séance.

Laurie se contenta de hocher la tête. Comment cette jeune femme avait réussi à se faire accepter, avec un si mauvais caractère, d'abord en fac de médecine, puis dans un hôpital prestigieux pour l'internat de pathologie ? À défaut de qualités humaines, elle devait toujours avoir été une étudiante brillante.

Aria travaillait vite et avec adresse. Laurie la sentait très sûre de ses gestes. Bientôt elle souleva le cœur, en direction de la tête de la défunte, en le faisant pivoter pour en exposer l'oreillette gauche.

– Seringue pour prélèvement de sang, s'il vous plaît, dit-elle, et elle tendit la main droite tout en continuant d'examiner le dessous du cœur.

Marvin posa sur sa paume la seringue qu'il avait préparée. Après avoir pris un échantillon de sang et rendu la seringue au technicien, Aria commença à s'intéresser aux poumons. Elle en palpa d'abord la surface avec précaution, puis elle pinça l'un d'eux entre ses doigts pour en évaluer la consistance.

– Pas d'œdème, apparemment, dit-elle d'une voix étonnée, puis elle leva les yeux vers Laurie pour ajouter : Allez-y, touchez-le.

Laurie palpa à son tour le tissu pulmonaire.

– Je vois ce que vous voulez dire.

Les poumons étaient manifestement légers et cotonneux, ce qui signifiait qu'ils étaient pleins d'air. D'habitude, les victimes d'overdose avaient les poumons remplis de liquide. C'était ce que l'on appelait l'œdème pulmonaire.

– C'est peut-être le cœur qui a lâché à la place des poumons ? dit Aria qui semblait réfléchir à voix haute. Je me demande si la défunte a eu un électrocardiogramme à un moment ou un autre de sa vie.

– Le rapport de l'enquêteur médico-légal n'en parle pas, précisa Laurie.

– Ou bien elle avait peut-être une canalopathie cardiaque, alors. Ça pourrait rendre ce cas intéressant.

Aria faisait référence à une typologie relativement nouvelle de maladies qui perturbaient le rythme cardiaque.

– Je n'y compterais pas trop, objecta Laurie. Les canalopathies cardiaques sont assez rares, surtout chez une jeune femme en bonne santé.

– Ouais, mais c'est un domaine fascinant sur le plan génétique, dit Aria. Avec le superbe laboratoire ADN que vous avez à l'IML, ce serait assez génial d'étudier ça. Il se trouve que je m'intéresse aux canalopathies.

– Vous connaissez le dicton. Si vous entendez un bruit de sabots, pensez à des chevaux, pas à des zèbres.

Aria rit.

– Bien sûr. Vous avez raison. Il est indiscutable que le fentanyl bloque la respiration. Mais bon sang… peut-être qu'il exacerbe aussi sélectivement les canalopathies. Faudrait voir. J'aimerais vraiment savoir si cette patiente a déjà eu un ECG, ou si elle avait des antécédents de problèmes cardiaques ou d'évanouissements.

– Ce sera une question intéressante à creuser, dit Laurie.

Lorsque Aria retira le cœur et les poumons du thorax, les poumons parurent complètement normaux, comme elle avait pu le supposer en éprouvant leur consistance. Ils pesaient ensemble mille trois cents grammes, ce qui était tout à fait dans la moyenne.

– Manifestement très peu ou pas d'œdème dans ces petites bêtes, dit Aria en les retirant de la balance. J'aime de plus en plus l'idée de la canalopathie.

– Regardons les artères coronaires avant de tirer la moindre conclusion, dit Laurie.

Elle avait réussi à recouvrer sa sérénité, et elle appréciait à nouveau d'avoir cette occasion rare de travailler à la fosse. Après avoir posé le cœur sur une planche à découper, Aria en examina adroitement les grandes artères coronaires, confirmant qu'elles étaient normales dans leur configuration comme dans leur perméabilité. Quand elle eut terminé d'inspecter toutes les cavités et les valves de l'organe, elle leva les yeux vers Laurie qui avait observé avec attention toutes ses manipulations.

– Kera Jacobsen n'a manifestement pas fait de crise cardiaque, elle n'avait pas de prolapsus mitral qui aurait dégénéré, et elle n'avait pas d'œdème pulmonaire, dit-elle. Je suis ravie. L'idée de la canalopathie me paraît vraiment convaincante.

– Possible, dit Laurie.

Elle n'était pas d'accord – l'hypothèse de la canalopathie n'avait à son sens guère de chance de se confirmer –, mais elle était contente qu'Aria l'évoque avec un réel enthousiasme. La Dr Nichols avait sans aucun doute appris quelque chose en une semaine de présence à l'IML, Laurie en était témoin. Et elle avait peut-être même réussi à l'intéresser assez à la médecine légale pour qu'elle prenne davantage son stage au sérieux. Apparemment, cette banale autopsie d'overdose sans œdème pulmonaire allait peut-être faire l'affaire. Laurie se souvenait bien du moment, quand elle était elle-même interne de pathologie, où elle avait commencé à être séduite par certains aspects de la médecine légale.

Ayant terminé avec la poitrine, Aria se tourna vers l'abdomen. Elle continuait de travailler vite et bien. En quelques minutes, elle sortit les intestins du ventre. Marvin proposa de les rincer, mais elle répondit qu'elle préférait s'en charger. À l'un des éviers alignés contre le mur, elle aspergea les boyaux, les ouvrit aux ciseaux de dissection, puis commença à les examiner avec attention sur leurs près de dix mètres de longueur.

Ce fut alors que des éclats de rire annoncèrent l'entrée de Jack et de Lou Soldano dans la salle. Laurie ne fut pas surprise de voir Lou. Il venait fréquemment à la fosse. Aussitôt derrière eux apparut un brancard, poussé par Vinnie Amendola, sur lequel reposait le cadavre d'un très jeune enfant. La vue de son tout petit corps fit frissonner Laurie. Les autopsies d'enfant la perturbaient toujours beaucoup, alors qu'à ce stade de sa carrière elle aurait pu espérer être totalement blindée.

Pendant que Vinnie approchait le brancard de la table d'autopsie numéro 6, Jack et Lou vinrent à sa rencontre. Jack se pencha pour lui demander à voix basse si la fameuse interne était aussi épouvantable que Chet le prétendait.

– Pire que ça, murmura Laurie.

– Sérieux ? fit Jack avec étonnement.

– On en parlera plus tard, dit Laurie – Aria quittait à cet instant l'évier pour revenir dans leur direction. Je suppose que vous êtes là, vous deux, pour la noyade suspecte à propos de laquelle Lou m'a téléphoné ?

– Tout juste, dit Jack. Noyade et ébouillantage, avec des brûlures au troisième degré très étendues. Lou a dû t'expliquer qu'il se demande s'il s'agit réellement d'un accident comme le prétend le petit ami de la mère. Son instinct lui murmure plutôt le vilain mot « infanticide ».

– Et son instinct a généralement raison, commenta Laurie en jetant malgré elle un coup d'œil vers la table 6.

Vinnie venait de saisir avec précaution le petit cadavre sur le brancard pour l'installer sur la table. Elle se détourna aussitôt et dit bonjour à Lou qui lui rendit son salut.

Aria posa les intestins de Kera Jacobsen près de sa tête, sur un chariot mobile placé en bout de table.

– Comment ça va ? Je suis le Dr Stapleton, lui dit Jack.

– Je sais qui vous êtes, répondit la jeune femme d'un ton froid.

Elle tourna brièvement les yeux vers Jack, puis se pencha sur les intestins pour en prélever différentes portions et les déposer dans des flacons à spécimens.

Jack l'observa trois secondes, haussa les épaules et entraîna Lou vers la table d'autopsie où Vinnie les attendait.

– Les intestins sont normaux, rien à dire, annonça Aria. Voyons maintenant les organes pelviens.

Reprenant sa place à la droite du cadavre, elle ouvrit rapidement le bas de l'abdomen avec les doigts, pour l'essentiel, et parfois avec des ciseaux à bouts ronds. Puis elle reprit le scalpel, coupa d'une main toujours aussi adroite ce qu'il y avait à couper et retira en bloc les organes pelviens, dont l'utérus, les trompes de Fallope et les ovaires, du bassin de la défunte.

– Je dois dire que vous êtes douée pour la dissection, observa Laurie. Vraiment.

– Je suis contente que vous le remarquiez, dit Aria sur un ton qui fit aussitôt regretter à Laurie son compliment.

Après avoir prélevé un échantillon du col de l'utérus, Aria y inséra avec force un scalpel à longue lame, puis entailla plusieurs fois l'utérus pour l'ouvrir.

– Putain de merde ! s'exclama-t-elle tout à coup.

Elle se pencha pour scruter l'intérieur de l'organe, puis leva les yeux vers Laurie.

– Vous voyez ce que je vois ?

# 7

8 MAI
17 H 05

Laurie et Aria restèrent quelques instants interdites devant leur trouvaille imprévue : un minuscule embryon niché au fond de l'utérus.

– Mon Dieu, dit enfin Laurie. Maintenant cette overdose est doublement tragique…

– Cela vous est déjà arrivé ? demanda Aria. Je veux dire, tomber sur une grossesse alors que vous ne pouviez pas du tout vous y attendre ?

– Oui. Une fois. C'était un cas assez similaire, d'ailleurs. Mais nous ne devrions pas vraiment nous étonner. Nous avons bien appris pendant nos études de médecine, vous et moi, qu'en présence d'une patiente dont l'âge la situe entre la ménarche et la ménopause, il faut considérer qu'elle est enceinte jusqu'à preuve du contraire. Le but étant d'éviter de porter préjudice à la grossesse – avec une simple radiographie, par exemple, ou un médicament inadapté.

– Ce n'est pas pareil avec une patiente vivante, tout de même.

– Oui, je vous comprends.

– Quel âge a-t-il, cet embryon, à votre avis ?

Aria se pencha pour regarder à nouveau l'être miniature, avec son gros front bombé et ses mains microscopiques, serré contre la paroi utérine.

– Marvin, trouvez une règle s'il vous plaît, dit Laurie, et elle ajouta pour Aria : À vue de nez, je dirais entre dix et douze semaines. Les mains sont assez bien développées.

Marvin lui tendit une règle. Elle mesura le fœtus.

– Trente-huit millimètres. Donc oui, je dirais dix semaines. Cela signifie qu'il venait de passer du stade de l'embryon à celui de fœtus.

– La victime a-t-elle été trouvée morte par son petit ami ? demanda Aria qui scrutait toujours l'utérus.

Sa voix avait à nouveau changé. À présent elle avait l'air irritée, presque en colère.

– Non, c'est une collègue qui l'a découverte, répondit Laurie.

– Alors là je calcule pas, marmonna Aria.

– Je ne suis pas sûre de comprendre. Qu'est-ce que vous ne calculez pas ?

– Elle aurait dû être trouvée par son petit ami, dit Aria d'un ton catégorique. Le salopard fait un enfant à cette femme, et puis il la laisse pourrir chez elle pendant deux ou trois jours ? C'est inacceptable, ça.

– Là, vous extrapolez, dit Laurie. Pour le moment nous n'avons aucune information sur la relation qui existait entre cette femme et le père de ce fœtus. Si ça se trouve, elle avait peut-être fait appel à un donneur de sperme.

– Arrêtez votre char, répliqua Aria d'un ton supérieur. Il ne s'agit pas d'une grossesse in vitro. Un enfoiré s'est servi de cette femme et l'a abandonnée. Je le sens. Putain de merde, c'est peut-être même ce type qui lui fournissait sa drogue. Voire, c'est à cause de lui qu'elle en était arrivée à se droguer.

– Vous faites des conjectures très risquées, objecta Laurie d'un ton ferme. En médecine légale, nous devons nous en tenir aux faits et éviter les jugements à l'emporte-pièce. Et maintenant il faut terminer cette autopsie. Continuons, s'il vous plaît.

Se remettant au travail, Aria suivit les indications de Laurie pour le traitement du fœtus et des ovaires. Comme elles pouvaient s'y attendre, même si elles ne l'avaient pas remarqué auparavant, un volumineux corps jaune se trouvait dans l'ovaire gauche. Aria s'occupa ensuite en silence, pendant un moment, du reste des organes abdominaux – mais pendant un moment seulement. Bientôt elle se remit à vitupérer le « petit ami » supposément responsable de la grossesse de Kera. Laurie l'écouta, mais se garda de réagir, de plus en plus déconcertée par la colère exprimée par la jeune femme, au point qu'elle se demandait à présent si celle-ci n'avait pas déjà connu une grossesse non désirée.

Enfin, Aria dit :

– Vous savez, ce fœtus me fait vraiment tiquer. Je ne me serais jamais attendue à ce genre de surprise. Et je crois que cela mérite qu'on y regarde de plus près.

– Je vous encouragerais volontiers dans cette direction, dit Laurie. Mais j'ai besoin que vous fassiez cela pour de bonnes raisons et sans préjugés. Je ne veux pas penser que c'est l'animosité que vous semblez nourrir contre les hommes, ou votre histoire personnelle, qui vous motivent.

– Au vestiaire, vous vous êtes vantée que la médecine légale nous permettait d'écouter les morts raconter leur histoire. J'entends cette femme, affirma Aria en agitant un index vers Kera Jacobsen. J'entends cette femme et elle me dit haut et clair que quelque chose ne tourne pas rond. J'ai l'intention de découvrir de quoi il s'agit. Quelqu'un doit trouver le père pour lui parler.

Laurie jugeait déplacé l'emportement de l'interne contre le compagnon de la défunte, mais elle ne pouvait s'empêcher d'apprécier de la voir s'intéresser à leur travail.

– OK, dit-elle. J'approuve cette démarche avec deux réserves. D'abord, vous devrez me tenir régulièrement informée de tout ce que vous ferez et de tout ce que vous apprendrez. C'est nécessaire pour diverses raisons, et principalement parce que c'est moi qui ai la responsabilité du certificat de décès. Donc veillez bien à me laisser votre numéro pour que je puisse vous joindre en cas de besoin. Deuxièmement, vous ferez votre travail d'investigation sous la supervision de l'enquêteur médico-légal qui s'est déjà occupé de ce dossier. Il s'appelle David Goldberg. Lui, il est juridiquement habilité à mener l'enquête. En tant qu'interne de pathologie en stage à l'IML, vous n'avez pas ce droit. Tout cela est-il bien clair et accepté ?

– Je suppose, marmonna Aria.

– Ce sont les conditions à respecter, dit Laurie. Puis-je avoir une réponse plus convaincante que « je suppose » ?

– Très bien, dit Aria avec un haussement d'épaules. C'est comme vous voulez.

– Il y a une autre contrainte dont vous devez être consciente, enchaîna Laurie. Les lois sur la protection des données personnelles des patients signifient que la grossesse de cette femme doit rester secrète, pour ainsi dire, jusqu'à cinquante ans après sa mort. C'est tout simplement une information confidentielle. Je veux avoir l'assurance que vous comprenez bien cela. Nous n'en parlerons pas à la famille, par exemple, même si le fœtus est mentionné dans le dossier d'autopsie, que la proche famille peut demander à consulter.

– Ouais, ouais, je sais bien.

– Parfait, dit Laurie. Faisons le cou et le cerveau, maintenant. Il faut terminer.

La suite de l'autopsie fut rapide et sans surprise. Il n'y avait pas d'œdème ni de saignement dans le cerveau. Si rebutée fût-elle par le caractère abrasif d'Aria, Laurie se surprit de nouveau à admirer ses compétences techniques. Vers la toute fin du travail, la jeune femme sembla lorgner la porte et précipiter les choses. Ce qui était le meilleur moyen d'aller à la catastrophe. Sur la table d'autopsie, il fallait impérativement progresser avec précaution, en respectant les protocoles, pour éviter les accidents – une entaille ou une piqûre avec un instrument était vite arrivée. Quand Laurie lui en fit la remarque, Aria renifla avec agacement et répliqua qu'elle était toujours prudente.

Alors que l'interne terminait d'étiqueter les prélèvements, Laurie retira ses gants en disant :

– Beau travail, docteur Nichols. Cette autopsie a été formidable et je suis impressionnée par votre savoir-faire. Maintenant, avant que vous ne dictiez le cas, j'aimerais que vous aidiez Marvin à nettoyer le poste de travail et à ramener le corps au frigo. De mon côté, je dois remonter à mon bureau.

– Désolée, je n'ai pas le temps, dit Aria.

Elle retira à son tour ses gants, en deux gestes énergiques, mais, contrairement à Laurie qui avait mis les siens dans une poubelle, elle les jeta sur le cadavre suturé.

– Pardon ? dit Laurie alors qu'elle avait très bien entendu.

– J'ai dit : je n'ai pas le temps.

Aria s'éloignait déjà de la table. Avant de sortir de la salle, elle lança par-dessus son épaule :

– De toute façon, ce n'est pas mon boulot. Je veux voir si je peux trouver David Goldberg avant qu'il ne rentre chez lui.

Laurie secoua la tête en regardant les portes battantes se refermer sur l'interne. Son insolence était juste sidérante.

Elle soupira, puis se tourna vers Marvin qui avait bien sûr suivi l'échange.

– Je vais vous donner un coup de main, dit-elle.

– Pas la peine, docteur Montgomery. Je suis sûr que vous avez mieux à faire. Et puis Vinnie est ici, il va pouvoir m'aider à mettre le corps sur le brancard.

– Vous êtes sûr ?

Du temps où elle était légiste, Laurie avait toujours veillé à aider les techniciens de morgue après les autopsies.

– Pas de souci, assura Marvin.

– Je suis désolée pour le comportement de la Dr Nichols envers vous, dit-elle. Aucune forme de discrimination, sexuelle ou autre, n'a sa place à l'IML et ne doit être tolérée.

– C'est un sacré numéro, celle-là, on ne peut pas dire le contraire, répondit Marvin qui commençait à rassembler les conteneurs des prélèvements. Mais je ne suis pas vraiment étonné. J'avais entendu dire qu'elle avait déjà bien pris la tête à plusieurs collègues.

Laurie voulait remonter au plus vite à son bureau, mais sa curiosité morbide la poussa à faire un détour par la table de Jack. Le corps du petit enfant, ouvert et vidé de ses organes, était allongé sur le ventre sur la surface en acier inoxydable de la table. Efficace comme il l'était toujours, Jack avait presque terminé le travail alors qu'il avait commencé largement après Aria.

– L'interne préférée de Chet m'a l'air épatante, dit-il en la voyant approcher.

– Tu n'as pas idée, dit Laurie. De tous les internes que j'ai vus passer par ici, j'en ai rarement connu d'aussi désagréables. Apparemment elle n'aime pas les hommes, s'il faut en croire l'attitude qu'elle a eue avec Marvin. Mais assez parlé d'elle pour le moment. Qu'as-tu trouvé avec cet enfant ?

– Il a trouvé exactement ce que je craignais, répondit Lou qui se tenait en face de Jack – il assistait en général aux autopsies jusqu'au bout. Contrairement à ce qui nous a été raconté, ce n'est pas par accident que cette petite fille est tombée dans une baignoire d'eau bouillante.

– Aucun doute possible, renchérit Jack. Il y a des brûlures au troisième degré sur la quasi-totalité du corps de la gamine, sauf sur ses chevilles et ses pieds. Elle n'est pas tombée dans l'eau. Elle y a été plongée la tête la première, tenue par les pieds.

– Mon Dieu, dit Laurie, saisie par un frisson d'effroi.

L'une des difficultés du métier de médecin légiste, c'était qu'il fallait parfois affronter certaines des manifestations les plus épouvantables de l'inhumanité dont l'être humain est capable.

– Hé, j'ai remarqué que ton interne de choc s'est apparemment débinée sans trop te demander ton avis, observa Jack. Allez quoi, raconte ! Qu'est-ce qui s'est passé ?

– Nous en parlerons plus tard, dit Laurie.

Vinnie était revenu avec le brancard. Elle préférait que ses impressions sur Aria Nichols ne fassent pas le tour de l'IML.

– Je dois vraiment remonter à mon bureau, ajouta-t-elle. Je dois avoir des quantités de gens à rappeler. À quelle heure penses-tu rentrer à la maison ?

– Dès que possible, dit Jack. Je suis assez excité. Warren et Flash m'ont texté qu'ils seront tous les deux sur le terrain ce soir. Ça va être royal.

– Moi aussi, dit Laurie, j'essaierai de rentrer au plus vite. Il faut que nous parlions de différentes choses, donc ne reste pas là-bas trop longtemps. Et ne te fais pas mal !

– À vos ordres, capitaine, dit Jack avec un salut militaire farfelu.

# 8

**8 MAI**
**17 H 35**

Comme Laurie s'y attendait, Cheryl était rentrée chez elle, sans doute vers dix-sept heures, mais non sans avoir pris la peine de dresser la liste de tous les gens qui avaient cherché à la joindre. Aussitôt assise à sa table, elle passa le document en revue. Deux appels concernaient la réunion de ce matin avec la commission santé, un autre venait de la membre du conseil municipal représentant le Bronx. Laurie décida qu'elle la recontacterait le lendemain matin. Non seulement il était trop tard, mais elle n'avait aucune envie d'entendre cette femme se plaindre encore de la fermeture de la morgue dans son arrondissement.

Après avoir passé les quelques coups de fil qu'elle ne pouvait remettre au lendemain, elle chercha le numéro de téléphone du Dr Henderson. Elle se souvenait d'avoir pensé en le notant qu'elle n'en aurait sans doute jamais besoin. Mais voilà : elle avait promis à Carl de le prévenir si l'autopsie de Kera Jacobsen révélait la moindre surprise, ce fœtus en était assurément une, il était donc normal qu'elle l'appelle sans tarder. Elle avait aussi en tête de lui poser peut-être quelques questions sur Aria Nichols, car elle ne savait pas encore très bien comment gérer le problème. Pendant que la communication s'établissait, Laurie se remémora ses rencontres avec Carl Henderson lors d'une poignée d'événements organisés au centre médical auxquels elle avait dû assister. La première fois, c'était juste après qu'il avait été engagé, au terme d'une longue campagne de recrutement, et c'était le doyen de l'École de médecine de l'université de New York qui les avait présentés l'un à l'autre. Elle se souvenait qu'il était mince, qu'il avait les cheveux châtain clair et le teint hâlé, et qu'il s'habillait sans complexe avec beaucoup d'élégance. Plus important que son apparence, cependant, elle se souvenait d'un homme très sociable, plein d'humour et à l'esprit délié. Bref, elle l'avait trouvé très plaisant.

– Carl Henderson, annonça dans l'écouteur la voix grave et profonde que Laurie avait entendue plus tôt dans la journée.

L'homme parlait aussi avec certaines inflexions « aristocratiques » qui lui rappelaient son père, Sheldon Montgomery.

– Je vous appelle bien tard, j'en suis désolée, dit-elle.

Il était presque dix-huit heures, un moment de la journée où la plupart des gens avaient déjà quitté le travail pour entamer leurs activités de la soirée. Elle imaginait bien Carl Henderson se délassant dans quelque club élégant des beaux quartiers de Manhattan, un verre de pur malt à la main.

– Absolument aucun problème, docteur Montgomery, dit-il. C'est un plaisir. Toutefois, j'espère que vous ne m'appelez pas parce que l'autopsie de Kera Jacobsen a révélé quelque chose d'insolite.

– Hélas si, dit Laurie. Mais « insolite » n'est peut-être pas le mot qui convient. Disons que nous avons été un peu surprises. La défunte était enceinte de dix semaines environ.

– Oh non, dit Carl d'un ton désolé. Alors là, c'est doublement tragique.

– Exactement mes mots quand nous avons découvert l'embryon. Ou le fœtus, plutôt.

– C'est affreux, et il est encore plus important d'empêcher les médias d'entendre parler de cette affaire, dit Carl. Les tabloïds raffolent de ce genre de détails morbides.

– Je suppose que vous avez raison, dit Laurie.

– Et sinon, autre chose d'intéressant ? Je présume que c'était une overdose assez classique ?

– Globalement, oui. Le test de dépistage rapide du fentanyl est positif, aucun doute possible. La seule autre chose un tant soit peu étonnante, c'est qu'il n'y avait pas autant d'œdème pulmonaire que d'habitude. Il sera intéressant d'avoir les résultats de la toxicologie pour connaître la concentration sanguine de fentanyl. Je présume qu'elle sera exceptionnellement élevée, et qu'elle aura donc entraîné une insuffisance respiratoire brutale et très rapide, alors qu'en général le phénomène est plus graduel. Votre interne a émis l'hypothèse d'une canalopathie cardiaque qui aurait pu entrer en ligne de compte, et c'est une idée intéressante, mais à mon avis c'est improbable. Bien sûr nous allons quand même vérifier. Pour cela nous avons l'avantage, à l'IML, de posséder aujourd'hui l'un des meilleurs laboratoires d'analyses ADN du monde.

– Cela répond à la question que j'allais vous poser, dit Carl. Je me demandais si vous aviez fait l'autopsie avec la Dr Nichols comme vous le proposiez tout à l'heure ?

– Oui. J'ai bien donné suite à cette idée.

– Est-il courant que la directrice de l'institut médico-légal travaille en salle d'autopsie avec un interne de pathologie ?

– Non, pas du tout, admit Laurie. Loin de là, à vrai dire, et merci de poser cette question. Quand vous m'avez appelée en début d'après-midi, voyez-vous, j'ai failli vous en parler. Je venais d'être informée par notre responsable pédagogique que la Dr Aria Nichols ne prenait pas son stage au sérieux. Et que son comportement n'était peut-être pas exemplaire. Je voulais m'en assurer moi-même, c'est la raison pour laquelle j'ai décidé de la prendre sous mon aile pour une autopsie.

– C'est une façon très généreuse de parler d'elle, dit Carl avec un petit rire. À mon sens, son comportement est tout sauf exemplaire. Je ne sais pas si j'ai jamais connu interne plus difficile qu'Aria Nichols. En fait, c'est le Dr Zubin, le directeur de notre programme d'internat, qui a des soucis avec elle, mais il me tient informé de la situation. Le moins qu'on puisse dire, c'est qu'elle n'a pas l'esprit d'équipe. Elle est même asociale, ou marginale, je ne sais pas, et les autres internes ne l'apprécient pas du tout. En même temps elle est extraordinairement brillante, et quelques-uns de nos praticiens me disent qu'elle est plus douée qu'aucun interne qu'ils ont jamais eu. Il paraît que ses compétences en pathologie chirurgicale sont exceptionnelles. C'est comme si elle avait un sixième sens, semble-t-il.

– Elle n'est pas très facile à vivre, c'est certain, dit Laurie. Elle m'a déclaré tout net qu'elle n'aime ni les hommes ni les patients. Avec une telle attitude, je me demande comment elle a réussi à se faire accepter en médecine, et a fortiori à décrocher un internat comme celui de l'université de New York.

– Je me suis posé la même question. En consultant son dossier et en lisant les comptes rendus de ses entretiens de recrutement, j'ai eu le sentiment que mon prédécesseur avait estimé qu'elle serait sensible aux besoins des patients puisqu'elle a eu elle-même une enfance difficile. J'ai l'impression qu'elle réussit à exploiter son passé à son avantage.

– Cela ne m'étonne pas, dit Laurie. Il est évident qu'elle est très intelligente et clairement manipulatrice.

– Intelligente ou pas, je ne suis pas sûr que je lui aurais donné ma voix. Il va de soi que je n'étais pas encore chef du service quand elle a été acceptée dans le programme d'internat.

– Sa personnalité mise à part, je dois lui reconnaître des qualités. Elle n'est pas franchement aimable, en effet, mais elle a fait une superbe autopsie et je n'ai plus les réserves que je pouvais avoir quant à ses compétences techniques. Je suis impressionnée par la quantité de choses qu'elle a réussi à absorber sur la médecine légale en tout juste une semaine de présence, et en assistant simplement à quelques autopsies. En plus, la découverte de cette grossesse inattendue semble avoir éveillé en elle quelque intérêt pour le métier. J'ai le sentiment qu'elle est bien décidée, maintenant, à s'occuper du suivi de l'autopsie. Il me semble même que ce cas la touche personnellement, je veux dire éveille en elle certaines émotions, et c'est exactement ce que j'ai moi-même vécu avec ma première autopsie.

– Bon, alors c'est encourageant, dit Carl. Peut-être ressortira-t-il quelque chose de positif de cette affaire doublement tragique.

– J'aimerais le croire. Ce serait bien.

– Je tiens à vous remercier personnellement, docteur Montgomery, de l'aide que vous nous aurez apportée. Et je suppose, si la Dr Nichols se charge du suivi du cas, que vous prévoyez de superviser son travail ?

– Bien entendu, assura Laurie. Je lui ai laissé faire l'autopsie, mais je suis restée avec elle de bout en bout, prête à intervenir si nécessaire. Juridiquement c'est moi qui suis responsable du dossier et le certificat de décès portera ma signature. Je lui ai dit très clairement qu'elle doit maintenant m'informer de tout ce qu'elle fait et qu'elle doit aussi travailler en relation avec l'enquêteur médico-légal qui a ouvert le dossier.

– Parfait, dit Carl. Puis-je vous demander de me tenir également informé ? Et puis j'aimerais avoir le maximum de retours que vous voudrez bien me donner au sujet de la Dr Nichols. Au bout du compte, ce sera à moi de décider si elle mérite d'être autorisée à se présenter devant le comité de certification des pathologistes.

– Avec plaisir, je vous tiendrai au courant, dit Laurie.

Elle songea en raccrochant qu'elle espérait de tout cœur avoir des impressions favorables, à l'avenir, à livrer à Carl. Mais avec Aria Nichols, on ne pouvait présager de rien.

# 9

**8 MAI**
**17 H 55**

Aria brandit sa carte d'identification temporaire de l'IML pour l'agent de sécurité assis derrière le comptoir d'accueil, puis franchit le tourniquet donnant sur le couloir des ascenseurs. Comparé à l'édifice « historique » de l'IML, situé un peu plus haut sur la Première Avenue, au numéro 520, et où se trouvaient encore la morgue et l'administration, ce nouvel immeuble de sciences médico-légales, au numéro 421 de la 26e Rue Est, était tout à fait futuriste. Aux yeux d'Aria, cependant, il était juste neuf, moderne et froid.

Comme elle avait eu droit à une visite de l'impressionnant building le premier jour de son stage à l'IML, elle savait où aller. Le service des enquêteurs médico-légaux occupait un vaste open space au quatrième étage.

Quand les portes de l'ascenseur s'ouvrirent, Aria trouva David Goldberg qui l'attendait à l'entrée de la salle, tenant ouverte sa porte en verre. Il était petit – plus petit qu'elle qui mesurait un mètre soixante-sept – et il avait une certaine tendance à l'embonpoint qui épaississait les traits ronds de son visage aux yeux fatigués. Ses cheveux bruns étaient coupés relativement court et il avait un chaume de barbe sur les joues. Il portait une chemise blanche déboutonnée au col, avec une cravate noire dont le nœud était relâché, et un veston en velours marron un peu trop ample. Sur la tête, il avait une kippa noir et blanc. Aria devina qu'il avait la trentaine bien tassée et qu'il n'avait jamais été capitaine de l'équipe de foot de son lycée.

– Docteur Nichols ? demanda David.

– Elle-même, dit Aria.

– Bienvenue, dit-il, et il lui fit signe de passer la porte. Mon bureau est par là-bas… un peu au-delà de tout.

Il rit de sa petite plaisanterie en désignant un des bureaux, près du mur du fond, où une lampe était allumée malgré l'éclairage des plafonniers LED. La vaste salle était remplie de bureaux métalliques tous identiques les uns aux autres, accompagnés de fauteuils à roulettes. Reflets des personnalités diverses de leurs occupants, certains de ces bureaux étaient bien rangés, d'autres – celui de David notamment – recouverts de foutoir. Une poignée seulement étaient occupés pour le moment. Sans doute, comprit Aria, par les enquêteurs médico-légaux de l'équipe du soir qui venaient de prendre leur service.

Ouvrant la marche, David la conduisit jusqu'à son domaine. Il s'était visiblement préparé à la recevoir, car un petit coin de la surface de son bureau était dégagé et une chaise en métal à dossier droit se trouvait à côté de son fauteuil.

– Je vous en prie, dit-il.

Il désigna la chaise avant de prendre place dans son fauteuil en se rapprochant du bureau.

– Donc vous êtes interne de pathologie, en stage à l'IML ce mois-ci, et vous vous intéressez au cas Jacobsen, reprit-il.

– Vous savez tout, dit Aria.

– En quoi puis-je vous aider, alors ?

– J'ai lu votre rapport d'enquête. Il y manque quelque chose.

– Ah bon ? Quoi donc ? demanda David, l'air quelque peu vexé. Non, je ne crois pas. À quoi vous pensez ?

– On m'a mise en garde. Je ne dois pas en parler avec n'importe qui. Mais vous, je suppose que vous êtes dans la boucle sur le plan légal. L'autopsie nous a réservé une surprise. La femme était enceinte. De dix semaines à peu près. Or dans votre rapport, il n'est question nulle part de compagnon ou d'amant.

– Personne ne m'a parlé d'un compagnon, dit David sur la défensive.

– Vous avez posé la question ?

– Je ne m'en souviens pas. Possible. Attendez une seconde. La mère a peut-être mentionné un truc de cet ordre. Laissez-moi regarder mes notes.

Après avoir dégagé des paperasses dissimulant en partie son clavier, David fit apparaître le cas Kera Jacobsen sur son moniteur.

– OK, voilà. Je me rappelle que j'ai parlé avec la mère et une sœur cadette de Kera. Quand je leur ai demandé si elle avait eu soit des problèmes affectifs, soit des problèmes de santé douloureux susceptibles d'expliquer qu'elle ait commencé à se droguer, elles m'ont toutes les deux répondu par la négative. Mais la mère a ajouté que Kera avait rompu avec son petit ami de longue date, l'été passé, tout en précisant qu'elle avait plutôt bien encaissé, au bout du compte, et que cet événement lui avait servi d'excuse pour s'installer à New York, chose dont elle rêvait depuis toute petite. La mère a aussi dit que Kera avait paru un peu déprimée au téléphone, ces dernières semaines, et que juste avant son décès elle avait évoqué l'idée de retourner en Californie. La mère a été surprise par cette annonce, mais à part ça, elle pensait que Kera était une personne heureuse, équilibrée, qui aimait la vie qu'elle s'était faite à New York. Voilà.

– Avez-vous noté le nom de ce petit ami de longue date ?

Aria savait par expérience qu'un ex-petit ami, cela pouvait se montrer très empoisonnant et se pointer à l'improviste. Lorsqu'elle était en dernière année de prépa à Princeton, elle avait cru tomber amoureuse d'un étudiant qui s'appelait Brian Higgins. C'était la première fois qu'elle avait vécu cela, tomber amoureuse – et la dernière aussi, elle en avait maintenant la certitude. Quand ils en étaient arrivés au stade de la consommation physique des choses, elle avait demandé une pause, en plein élan, pour s'assurer que Brian comprenait bien que le moment n'était peut-être pas idéal, enfin qu'il fallait au moins faire attention, car elle était pile au milieu de son cycle. Il avait répondu qu'il n'y avait jamais de mauvais moment pour faire l'amour avec la bonne personne. Manque de pot, cette belle assertion s'était révélée fausse sur tous les plans. Non seulement Aria était tombée enceinte, mais Brian avait refusé d'en endosser la responsabilité, affirmant qu'il ne pouvait en aucun cas être le père de ce bébé, et que de toute façon elle l'avait séduit et s'était servie de lui. Et puis un an plus tard, quand elle était en première année de médecine à Yale, et lui à faire son droit, il avait débarqué un jour dans sa chambre, la queue entre les jambes, avec l'espoir qu'ils se réconcilient. Elle lui avait répondu d'aller se faire mettre.

– Oui, répondit David. Il s'appelle Robert Barlow, il est étudiant en médecine, en quatrième année, et il est actuellement en stage préparatoire à l'internat de chirurgie au Centre médical Ronald Reagan-UCLA.

– OK, fit Aria. Donc il est hors du coup.

Un stage préparatoire à l'internat de chirurgie, cela voulait dire une énorme masse de travail et zéro temps libre. Elle en savait quelque chose, car elle avait commis l'erreur d'en faire un.

– Et cette déprime récente chez Kera ? demanda-t-elle. Vous avez des éclaircissements là-dessus ?

– La mère et la sœur pensaient qu'elle avait juste le mal du pays. J'ai eu le sentiment que Kera était une personne assez casanière, et qu'elle était très liée avec sa mère et sa petite sœur, laquelle est encore au lycée et habite donc le foyer familial. Vous pourrez vérifier tout ça par vous-même. La mère s'est organisée pour prendre l'avion et elle sera ici demain.

– D'accord, dit Aria. Et cette Madison Bryant que vous citez aussi dans le rapport ?

– Oui, eh bien ?

– Vous écrivez qu'il s'agit d'une amie et d'une collègue de Kera. Avez-vous eu l'impression qu'elles étaient copines, ou plutôt de simples connaissances ?

– Bonnes copines, je dirais. En même temps, Madison Bryant m'a aussi raconté que depuis Noël et la fin d'année, à peu près, elles ne s'étaient pas autant vues que pendant l'automne.

– Lui avez-vous demandé si Kera avait quelqu'un dans sa vie en ce moment ?

– Non, mais l'un des policiers qui étaient là-bas lui avait posé la question avant qu'ils n'ouvrent la porte de l'appartement. Et la réponse était non, Madison Bryant ne lui connaissait pas de compagnon.

– Je présume que les cas d'overdose, vous en avez déjà fait un certain nombre ?

– Des quantités ! répondit David en haussant les sourcils. Dans cette ville, il y en a à peu près quatre par jour, c'est-à-dire un toutes les six heures en moyenne, trois cent soixante-cinq jours par an.

– Pour cette overdose-là, chez la victime, y avait-il quoi que ce soit qui sortait de l'ordinaire, à votre avis ?

Le regard de David se perdit dans le vague un instant.

– Pas vraiment, dit-il. Mais… c'est rare, quand même, que la seringue soit encore dans la veine. Même si cela arrive, surtout depuis que le fentanyl est partout. L'autre chose qui m'a peut-être frappé, c'est que Kera avait une jolie réserve de drogue. Le sachet sur la table basse était costaud, je veux dire. Tout ça m'a fait penser deux choses. Primo, qu'elle avait vu son dealer récemment, secundo, que ce mélange contenait peut-être davantage de fentanyl qu'elle ne l'escomptait. C'est un problème auquel nous avons déjà été confrontés. Les drogués ne se rendent pas toujours compte que les dosages peuvent varier d'une livraison à l'autre. Nous aurons une meilleure idée sur la question avec le rapport du labo de toxicologie.

Un carillon s'éleva tout à coup du téléphone d'Aria. Elle avait un texto.

– Un instant, dit-elle en tirant l'appareil de sa poche.

Activant l'écran, elle découvrit le message :

Dr Nichols, veuillez me téléphoner dès que possible. Je dois vous voir. C'est urgent. Dr Henderson.

À son tour, elle regarda dans le vague quelques instants. Jamais, jusqu'à aujourd'hui, elle n'avait reçu de texto du chef du service de pathologie. Elle ne se souvenait même pas de lui avoir jamais parlé.

– Désolée, dit-elle, revenant au présent. Il vient d'arriver un truc, donc nous allons devoir en rester là pour le moment. J'aimerais avoir les coordonnées de Madison Bryant.

– Euh… je ne suis pas certain d'avoir le droit de vous communiquer cette info, dit David, l'air un peu soucieux.

Il pivota en direction du bureau de Bart Arnold, le chef des enquêteurs médico-légaux, pour lui demander son avis. Mais Bart n'était nulle part en vue. Il était sans doute rentré chez lui.

– Écoutez-moi, monsieur Goldberg, dit Aria. Je m'occupe de cette affaire sous les ordres directs de la directrice de l'IML, la Dr Montgomery. Vous devez m'apporter l'aide dont j'ai besoin, ou bien vous aurez de ses nouvelles. C'est clair ?

– Tout à fait clair, dit David, et il se tourna vers le moniteur, la main sur la souris, pour trouver l'information voulue.

Pendant qu'il lui notait l'adresse et les numéros de téléphone de Madison Bryant, Aria posa une autre question :

– Avez-vous pu parler avec certains des voisins de Kera Jacobsen ?

– Oui. Avec la dame qui occupe l'appartement 4A, en face de Kera qui est au 4B. Leurs portes sont en vis-à-vis. Evelyn Mabry. Apparemment, elle est la dernière personne à avoir vu Kera en vie. Un témoin comme ça, vous savez, c'est plus utile que tout pour déterminer l'heure du décès. N'en déplaise à ce que racontent les séries télé.

– Elle l'a vue quand, alors ?

– Samedi en fin d'après-midi.

– Avez-vous eu l'impression que cette Evelyn Mabry et Kera Jacobsen étaient en bons termes ?

– Pas du tout, répondit David sans hésitation. Evelyn Mabry m'a fait l'impression d'une vieille dame très solitaire, à moitié paranoïaque et vraiment pas commode. Et elle est aussi de ces gens qui conservent et entassent des montagnes de vieux machins. Dans son appartement, il y a à peine la place de se retourner.

– Lui avez-vous demandé si Kera Jacobsen recevait du monde chez elle ? En particulier des petits copains ?

– Je pensais plutôt à d'éventuels dealers, pas à des petits copains, mais oui, j'ai posé la question. Elle m'a dit que « Mlle Jacobsen » avait auparavant des visiteurs en fin de soirée, une ou deux fois par semaine, et en général pas le week-end, mais que cela s'était arrêté depuis quelque temps.

– Des hommes ou des femmes ?

– Elle n'en était pas certaine, parce qu'elle ne les a jamais vus. Elle les entendait juste arriver, et parfois s'en aller.

– Et samedi soir ? Lui avez-vous demandé si Kera a reçu quelqu'un… ?

– J'ai bien évidemment posé la question, affirma David, l'air offensé. Elle a répondu qu'elle s'est couchée de bonne heure et n'a rien entendu.

– La police va mener une enquête, à votre avis ?

– Aucun risque. La police judiciaire n'a même pas été prévenue. Et une enquête pourquoi, d'ailleurs ?

*Parce qu'il faut absolument creuser cette affaire*, pensa Aria, mais elle jugea inutile de répondre.

– Vous savez, enchaîna David, les flics ne vont pas se casser la tête pour une banale overdose. Rien que pour demander à leurs collègues inspecteurs d'envisager une enquête, ils doivent remplir une tonne de paperasse. Vous n'avez pas idée.

Il lui tendit une fiche sur laquelle il avait noté les coordonnées de Madison Bryant. Aria la lui rendit aussitôt.

– D'après la Dr Montgomery, nous devons faire cette enquête ensemble, dit-elle. En tandem.

Elle ne risquait pas de reprendre le mot « supervision » employé par la chef, car elle n'avait aucune envie d'être supervisée par quiconque – surtout pas par un auxiliaire médical reconverti en petit Sherlock Holmes.

– Et si vous me donniez aussi votre numéro à vous, ainsi que les noms et les numéros des policiers qui sont allés sur place ? Et quelle est l'adresse de Kera Jacobsen, déjà ?

David ajouta tous les renseignements voulus sur la fiche, puis la lui tendit de nouveau.

– Parfait, dit Aria en se levant aussitôt. Je vous tiens au courant.

David ouvrit la bouche pour répondre, mais elle avait déjà tourné le dos pour repartir vers les ascenseurs en slalomant entre les bureaux.

# 10

**8 MAI**
**18 H 42**

Aria remonta vers le nord par la Première Avenue en longeant le célèbre hôpital Bellevue sur sa droite. Il n'était pas loin de dix-neuf heures, mais le soleil ne se coucherait pas avant un bon moment. Au-dessus d'elle, le ciel était d'un bleu magnifique entrecoupé de rares nuages cotonneux, et la lueur dorée du soleil déclinant baignait les sommets des gratte-ciel.

Aussitôt sortie de la tour de l'IML, Aria avait appelé le Dr Henderson comme il le lui avait demandé dans son texto. Elle avait éprouvé une pointe d'inquiétude, car, pour un interne, c'était rarement bon signe d'être ainsi contacté par un responsable de l'hôpital – surtout après les heures de bureau. Autre chose qui la mettait mal à l'aise, elle n'avait encore jamais eu affaire au chef de la pathologie, mais celui-ci savait sans doute qu'elle avait eu un certain nombre de prises de bec avec le Dr Gerald Zubin, le directeur du programme de l'internat. Elle avait bien conscience que tout le monde lui reprochait de ne pas avoir l'esprit d'équipe, et qu'elle était un peu en permanence sur le fil du rasoir, dans le service, depuis le premier jour de l'internat. D'entrée de jeu, elle s'était braquée contre le système en refusant de remplir certaines tâches qui lui étaient imposées pour l'essentiel par des hommes et pour l'unique raison que les choses avaient toujours été ainsi faites. À cette absurdité, elle répondait que les règles et les coutumes ne se justifiaient que si elles avaient réellement du sens. Mais bon, elle était quand même là, prête à entamer sa dernière année d'internat dans un peu plus d'un mois. À condition bien sûr que le chef de la pathologie n'ait pas décidé de la voir pour la menacer d'une façon ou d'une autre. Si c'était ce qu'il avait en tête, néanmoins, elle gardait quand même confiance : elle avait prouvé qu'elle était largement plus intelligente que la plupart des figures d'autorité masculines qui dirigeaient ce service de pathologie.

Elle n'aurait pas dû s'en faire. Son anxiété s'était vite dissipée quand Henderson avait répondu. Non seulement il s'était montré très affable dès le début de la conversation, mais celle-ci s'était révélée totalement anodine. Au lieu de lui reprocher d'avoir violé quelque vieille règle ou tradition débile de la médecine universitaire, il avait gentiment observé à quel point la météo était agréable, ces temps-ci, avant de l'informer qu'il souhaitait bavarder avec elle le plus vite possible, et même tout de suite si elle était disponible. Bon : cette volonté de la voir sur-le-champ pouvait avoir quelque chose de vaguement inquiétant, mais Aria n'avait perçu aucune accusation dans sa voix. En vérité elle était maintenant plus intriguée que soucieuse.

En passant devant le vieux bâtiment trapu et déglingué de l'IML au coin de la 30e Rue, elle repensa à la conversation qu'elle venait d'avoir avec David Goldberg, et à celle qu'elle avait eue avec la Dr Montgomery. Aria avait failli exploser de rire, dans l'après-midi, lorsqu'elle lui avait débité son éloge rose bonbon de la médecine légale qui était là pour « écouter les morts raconter leur histoire ». C'était tellement cucul la praline. À présent, elle devait reconnaître que Kera Jacobsen communiquait bien avec elle. Juste après le bâtiment de l'IML commençait l'immense complexe du Centre médical Langone-Université de New York. Des voitures faisaient la queue le long de l'avenue pour accéder au parking, et celles qui tournaient à droite vers son entrée bloquaient le trottoir. Aria dut se glisser entre deux pare-chocs pour poursuivre son chemin. Elle n'était jamais allée chez le Dr Henderson, mais elle savait où le trouver : au fond du couloir où le directeur du programme de l'internat avait son bureau – un endroit où elle était hélas souvent convoquée pour se faire passer un savon.

La plupart des employés du service avaient sans doute terminé leur journée et décanillé. Les seuls individus qu'elle vit en sortant de l'ascenseur furent deux agents d'entretien qui passaient l'aspirateur sur la moquette et ne lui prêtèrent aucune attention. Les quartiers du Dr Henderson se trouvaient tout au bout du couloir. Aria traversa l'antichambre, où la secrétaire avait disparu, et entra dans le bureau d'angle du patron sans se donner la peine de s'annoncer. La porte était grande ouverte et Aria se moquait des règles de politesse – les courbettes devant de soi-disant « supérieurs », ce n'était pas son truc. Avec ses baskets de marque en cuir rose, parfaites pour ces belles journées de printemps, elle ne faisait aucun bruit.

Constatant qu'elle n'avait pas été remarquée, Aria s'immobilisa deux pas après le seuil et prit le temps d'embrasser le bureau du regard. Il lui procura d'emblée un sentiment désagréable, car il lui rappelait le bureau de son père dans leur vaste propriété de Greenwich, Connecticut, au bord du détroit de Long Island. Elle y retrouvait la même atmosphère hyper-masculine avec ses boiseries sombres, ses imposants rayonnages de bouquins censés attester les performances intellectuelles et culturelles du maître des lieux, et un large éventail de photographies sous verre dudit maître des lieux se livrant à des activités sportives ou posant avec des gens célèbres.

Aria se retint de grimacer. Histoire de parachever la ressemblance avec l'antre de son paternel, il y avait même ici un ballon de foot autographié sous un cube en Plexi.

Elle fixa son attention sur le profil du patron du service de pathologie. Assis à sa table de travail, il scrutait un large moniteur qui était en partie orienté vers la porte, de sorte qu'elle pouvait voir ce qui y était affiché. Elle n'avait jamais parlé avec cet homme, mais elle l'avait croisé de nombreuses fois. En tant qu'interne, elle avait l'obligation d'assister à une quantité stupéfiante de conférences, de séminaires, de présentations de cas et de réunions de toutes sortes. Or, le chef de service participait à pas mal de ces activités, souvent pour présenter avec éloquence les divers intervenants, en particulier les toubibs ou les chercheurs célèbres appartenant à de prestigieuses institutions. Il portait toujours une longue blouse d'un blanc immaculé par-dessus une chemise blanche sans un faux pli rehaussée d'une cravate de couleur vive, le plus souvent rose, au nœud parfaitement ajusté. Étant elle-même assez attentive à sa mise, Aria appréciait cet aspect de la personnalité du bonhomme. En même temps, elle ne pouvait s'empêcher de le considérer comme la figure d'autorité machiste et péremptoire qu'il était à coup sûr, et elle restait sur ses gardes.

Elle s'avança vers Henderson, un peu étonnée à présent de n'avoir pas encore trahi sa présence. Peut-être à cause du ronron hypnotique des aspirateurs qui devenait de plus en plus fort à mesure que les agents d'entretien se rapprochaient.

Parvenue à la table, elle songea tout à coup à une façon peu orthodoxe de s'annoncer. Elle tapota la table, sèchement, avec le plat de la main. Le résultat fut presque aussi comique qu'il avait été prévisible. Henderson sursauta si brusquement qu'il bascula en arrière dans son fauteuil en cuir. Aria se retint de rire.

– Mon Dieu, dit-il, portant une main à sa poitrine. Vous m'avez fichu une de ces frousses !

– Je suis tellement désolée, docteur Henderson. J'ai appelé plusieurs fois, mais je n'ai pas réussi à attirer votre attention.

Carl rapprocha son fauteuil de la table en redressant le buste, puis fixa Aria d'un air hagard, pendant quelques instants, comme s'il peinait à reprendre ses esprits. Il était aussi pimpant que s'il venait d'enfiler sa chemise et de nouer sa cravate après être passé sous la douche. Il avait même des boutons de manchette !

– Hmm… voyons ! dit-il. Désirez-vous boire quelque chose ? Un café ? Un soda ?

– Ça ira, dit-elle. En fait, docteur Henderson, j'ai pas mal de choses à faire. Au téléphone, vous avez laissé entendre que vous vouliez aborder sans tarder je ne sais quelle question. Et si vous me disiez ce qui se passe ? Comme ça nous pourrons tous les deux retourner à nos moutons.

– Très bien. Mais je vous en prie, appelez-moi Carl.

– Si ça peut vous faire plaisir, dit Aria.

Mais la familiarité douteuse que cette proposition impliquait la rendit encore un peu plus méfiante.

– Cela me ferait plaisir, absolument, dit-il, retrouvant enfin son assurance. Je regrette que vous et moi n'ayons jamais eu l'occasion de nous rencontrer pour bavarder un peu. Depuis deux ans que je suis ici, j'essaie de faire connaissance avec tous les membres de l'équipe du service de pathologie. Ma femme, Tamara, et moi, nous invitons donc petit à petit chacun d'entre eux à dîner à notre domicile, dans le New Jersey. Et maintenant nous commençons à en faire autant pour les internes.

Carl la regarda un instant en souriant.

– Me permettez-vous de vous appeler Aria ?

– Si vous voulez.

Aria n'avait aucune envie de passer une soirée à la demeure Henderson. Et elle espérait bien qu'il ne l'avait pas convoquée de but en blanc à son bureau pour l'inviter à dîner.

– Allons donc nous installer plus confortablement, proposa Carl d'un ton impérieux en désignant un canapé en cuir brun capitonné, de l'autre côté de la pièce, assez semblable à celui que le père d'Aria avait eu autrefois dans son bureau.

– Si vous voulez, répéta-t-elle.

Cette idée ne l'emballait pas, elle la mettait même encore un peu plus mal à l'aise, mais avant qu'elle n'ait pu se raviser, Carl fit le tour de sa table, gagna le canapé en trois enjambées et lui fit signe d'y prendre place.

Il s'installa de l'autre côté du siège. Elle recula ostensiblement contre l'accoudoir. Juste là, avait-elle remarqué, se trouvait une petite table sur laquelle était posée une statuette en marbre représentant un Eskimo. Elle se sentait plus tranquille avec un objet lourd à portée de main si jamais le besoin devait s'en faire sentir.

Carl ramena une jambe sur l'autre et croisa les bras sur la poitrine.

– J'ai beaucoup entendu parler de vous, Aria. Par le Dr Zubin, entre autres...

– Ne croyez pas tout ce qu'on vous raconte, coupa-t-elle.

– Ce que je veux croire, c'est ce que l'on me dit sur vos compétences exceptionnelles en pathologie chirurgicale.

– Oui. C'est le domaine qui m'intéresse le plus. Mais vous voulez bien entrer dans le vif du sujet ? Je vous ai dit que j'ai des choses à faire.

– Hmm. Bien sûr. D'abord, j'aimerais être tout à fait franc avec vous.

– C'est un début.

À présent qu'elle était assise relativement près de cet homme, Aria se rendait compte qu'il lui rappelait vraiment son père. Mais pas parce que leurs bureaux se ressemblaient ou parce qu'ils prenaient l'un et l'autre soin de leur apparence : ce qu'ils avaient en commun, c'était une espèce d'impudence, de morgue masculine qu'elle méprisait profondément. La posture qu'il avait là, carré au dossier du canapé, les bras croisés, c'était exactement celle qu'avait souvent adoptée son père avant de lui asséner quelque conseil qu'elle ne voulait pas entendre. Et ce seul souvenir l'horripilait. Elle dut se faire violence pour ne pas se lever et quitter la pièce.

– D'abord, je veux vous prévenir que j'ai parlé deux fois au téléphone, aujourd'hui, avec la Dr Montgomery. Lors de l'une de ces conversations, je regrette de le dire, elle a laissé entendre que votre comportement n'était pas irréprochable. Cela vous surprend-il ?

– Pas du tout. J'ai été franche avec elle. Je ne lui ai pas caché que j'avais le sentiment de perdre mon temps à l'IML. Le stage de médecine légale devrait être optionnel, pas obligatoire. Au bout de quelques jours, j'ai jugé que j'avais déjà appris tout ce qu'il y avait à tirer de cet endroit, donc j'ai décidé de revenir ici l'après-midi pour étudier les cas de pathologie chirurgicale de la journée. Mais le responsable pédagogique de l'IML, qui est un vrai tordu, a eu le culot de me suivre jusqu'ici et de m'engueuler.

– C'est regrettable, dit Carl. Mais la Dr Montgomery avait aussi de très bonnes observations à me livrer à votre sujet. Vous avez fait une autopsie ensemble cet après-midi, m'a-t-elle appris, et elle est très élogieuse sur votre prestation.

– Ce n'était pas difficile. Et pour l'expérience que j'en ai, les autopsies médico-légales me paraissent beaucoup plus faciles que les autopsies cliniques.

– Elle a aussi évoqué la découverte plutôt étonnante que vous avez faite. La femme que vous avez autopsiée était donc enceinte d'une dizaine de semaines ?

– En effet.

Le bruit des aspirateurs, qui était monté crescendo, diminuait à présent. Par la porte ouverte, Aria aperçut l'un des agents d'entretien qui s'éloignait.

– D'après la Dr Montgomery, cette découverte semble vous avoir fait changer d'avis au sujet de la médecine légale. Elle m'a dit que vous aviez l'air personnellement touchée par cette affaire, au point que vous avez décidé de creuser l'affaire.

– Elle a dit ça ? Que je semblais touchée personnellement ?

– Oui. Et à vrai dire c'est la raison pour laquelle il m'a paru nécessaire de vous parler tout de suite. Vernon Pierce, le président de l'hôpital, ainsi que le doyen, et moi-même bien entendu, nous sommes quelque peu préoccupés par cette affaire. Vous savez que la patiente, Kera Jacobsen, faisait partie du Centre médical Langone, n'est-ce pas ?

– Oui, j'ai appris ça.

– Et vous n'ignorez pas, je présume, que notre communauté est très engagée dans la lutte contre ce fléau qu'est l'épidémie d'overdoses aux opiacés.

– Ouais, d'accord, dit Aria.

De son point de vue, l'engagement en question n'allait guère au-delà de quelques belles paroles.

– Avant même d'apprendre cette grossesse, nous nous inquiétions déjà de voir ce regrettable décès offrir du grain à moudre aux médias. Si la presse à scandale devait s'emparer de cette histoire, cela pourrait faire une très mauvaise publicité au centre médical. Savez-vous qu'il est déjà arrivé par le passé que des informations confidentielles fuitent de l'IML ?

– Ça peut s'imaginer, répondit Aria d'un ton désintéressé.

Elle avait compris le message : le centre médical craignait que la mort de Kera Jacobsen ne porte atteinte à sa réputation. Maintenant elle commençait à trouver Carl lourdingue. Tout ça n'avait rien de sorcier.

– Dans le cas d'aujourd'hui, reprit-il, qu'est-ce qui vous intéresse réellement, au juste ? Je veux dire… je suis très heureux que vous vous investissiez tout à coup dans l'expérience extraordinaire que l'IML offre à nos internes, mais pourquoi cette autopsie en particulier ? Vernon Pierce m'a demandé de vous poser la question. Il redoute encore plus que moi que cette regrettable overdose chez l'une de nos collaboratrices ne se transforme en cauchemar de relations publiques.

Aria ouvrait la bouche pour répondre lorsqu'il ajouta :

– D'ailleurs, je dois aussi vous prévenir que M. Pierce risque de prendre lui-même contact avec vous. Donc soyez préparée. L'avez-vous déjà rencontré ?

– Non, je ne le connais pas, dit-elle.

Et elle n'avait aucune envie de faire la connaissance de ce type. Mais la question se posait tout de même de savoir pourquoi il se souciait tant de la mort d'une assistante sociale sur les milliers de personnes qui travaillaient au centre médical.

– Eh bien il pourrait vous appeler. Il m'a même demandé votre numéro. Comme vous pouvez l'imaginer, le décès de cette malheureuse jeune femme l'intéresse aussi pour des raisons évidentes. Mais pardonnez-moi, je vous ai interrompue. Que vouliez-vous dire ?

– Publicité négative ou pas pour le centre médical, je crois qu'il faut trouver le père du fœtus, dit Aria – la colère que lui inspirait cet homme teintait déjà sa voix. L'objectif de la médecine légale, c'est de déterminer les causes et les circonstances des décès. Avec cette crise des opiacés, il est naturel de considérer que Kera Jacobsen a succombé à une overdose, et plus spécifiquement à une overdose de fentanyl. À l'autopsie, pourtant, nous n'avons pas observé d'œdème pulmonaire, ou très peu, or c'est un signe clinique qui est toujours présent, autant que je sache, dans ce type d'overdose. Sans compter que sur les bras de cette femme, il n'y avait pas beaucoup de traces de piqûres, ni d'ecchymoses donnant à penser qu'elle se droguait depuis longtemps. Avant que nous ne tombions sur le fœtus, à vrai dire, je pensais plutôt à une canalopathie, pour la cause du décès, même si ce n'est pas une pathologie associée au fentanyl. Savez-vous s'il y a un lien entre le fentanyl et l'aggravation des canalopathies ?

– Je n'en ai aucune idée, dit Carl. Je ne sais même pas si quelqu'un a la moindre réponse à cette question.

– À mon sens, donc, la cause de ce décès reste à déterminer, poursuivit Aria. Ensuite, regardons ses circonstances. Bien sûr, nous avons le réflexe de considérer toute overdose aux opiacés comme un accident. La plupart des usagers ne cherchent pas à se tuer, c'est sûr. Mais dans le cas de Kera, je ne suis pas certaine d'être prête à entonner la ritournelle de l'accident. Voilà une jeune femme éduquée, célibataire, heureuse d'après ses proches, qui avait une liaison amoureuse clandestine. Pourquoi ces cachotteries ? On peut parier que c'est l'amant, le père du fœtus, qui insistait pour cacher la relation à leur entourage. C'est tout simplement logique. Si je ne me trompe pas, et je ne crois pas me tromper, pourquoi le corps de Kera n'a-t-il pas été retrouvé plus tôt ? Cette question n'est pas anodine. Pourquoi n'est-ce pas le petit ami qui a découvert son corps ?

– Vous me posez la question ? demanda Carl.

Les arguments d'Aria l'impressionnaient. Alors qu'elle ne travaillait à l'IML que depuis un peu plus d'une semaine, elle s'exprimait comme un médecin légiste chevronné.

– C'est plutôt à moi-même que je pose la question. Ce petit ami est-il impliqué d'une façon ou d'une autre dans l'overdose de Kera ? Lui a-t-il fourni la drogue ? L'a-t-il aidée à se piquer ? Je pense que ce sont des interrogations raisonnables, car le décès de

Kera n'est peut-être pas un accident. Mince, quoi, il pourrait même s'agir d'un homicide !

– Vous m'avez convaincu, affirma Carl. Bravo ! J'ai l'impression que vous tirez beaucoup plus de votre stage à l'institut médico-légal que la plupart des internes en pathologie, moi y compris. Je visais surtout à nous débarrasser de l'affaire, pour être franc, et vous avez réussi à m'y intéresser. En même temps, vu ce que vous dites, il devient encore plus impératif que vous gardiez tout cela pour vous et ne parliez à personne ni de vos soupçons actuels ni de ce que vous allez découvrir. Sauf à la Dr Montgomery, bien entendu. J'aimerais que vous me teniez au courant, moi aussi, car il va falloir que j'en réfère à Vernon Pierce. Si vos craintes devaient être confirmées, j'aimerais être en mesure de briefer le responsable de notre service des relations publiques, en même temps que le président, avant que les médias n'apprennent la chose. S'il s'avère que cette overdose n'est pas un simple accident, il nous sera impossible d'éviter que les médias ne s'en mêlent.

– Probablement, acquiesça Aria.

– Votre objectif, dans l'immédiat, c'est donc d'essayer de trouver le père.

– Voilà.

– Comment allez-vous faire ?

– Je vais d'abord parler à la collègue qui a trouvé le corps.

– Qui est-ce ?

– Une autre assistante sociale du centre médical. Madison Bryant. D'après l'enquêteur médico-légal qui s'occupe du dossier, Kera Jacobsen et cette femme étaient amies. Ce que j'espère, c'est qu'elle sache quelque chose de potentiellement décisif.

– Quand prévoyez-vous de lui parler ?

– Bientôt, dit Aria avec un haussement d'épaules. Je verrai si elle est dispo demain. Sinon après-demain.

– Je suis très content que vous preniez cette affaire en main, docteur Nichols, dit Carl. Bonne chance !

– D'accord, dit Aria en se levant. Je ne demande pas mieux que de vous tenir au courant, vous et la Dr Montgomery, de ce que je trouverai. Et je comprends qu'il ne faut pas en parler.

– De mon côté je vais regarder s'il existe des études sur un éventuel lien entre canalopathie cardiaque et fentanyl, dit Carl qui se mettait lui aussi debout. Si oui, je vous préviens illico.

– Pas de souci, dit-elle. Je vous rappellerai de toute façon.

– Et je serai enchanté que nous nous reparlions.

Aria sortit du bureau et longea calmement le couloir désert et silencieux. Les agents d'entretien avaient disparu, la plupart des lumières étaient éteintes. Pendant qu'elle attendait l'ascenseur en savourant quelques instants de tranquillité, elle repensa à son petit tête-à-tête avec le Dr Henderson et essaya de surmonter son aversion réflexe des figures d'autorité masculines. Si cette conversation avait eu quelque chose d'étrange, en même temps elle n'avait pas été vraiment désagréable. Pour Aria, l'info la plus étonnante était sans doute l'intérêt que le président du centre médical, Vernon Pierce, portait à l'affaire. Elle avait dit au Dr Henderson qu'elle envisageait de parler avec Madison Bryant le lendemain, mais maintenant qu'elle y repensait, cette éventualité lui paraissait de moins en moins envisageable. Une assistante sociale hospitalière comme Madison Bryant devait être prise toute la journée par ses patients. Demain ou après-demain, elle risquait de ne pas avoir une minute pour lui parler. Et ce soir ? Il était déjà tard, mais… Aria décida tout à coup de contacter cette femme immédiatement. Plongeant les mains dans les deux poches latérales de sa blouse, elle trouva la fiche remplie par David Goldberg. Puis elle tira son téléphone de sa poche de jean et composa le numéro de Madison Bryant.

# 11

**8 MAI**
**19 H 23**

Lorsque Laurie quitta la banquette arrière de l'Uber devant sa maison de la 106e Rue, elle se sentait absolument épuisée. Elle ne se souvenait pas d'avoir jamais été aussi à plat. Sa journée avait commencé quatorze heures plus tôt et elle n'avait même pas pris de pause pour déjeuner. Il n'y avait qu'au moment de l'IRM, lorsqu'elle avait été obligée de rester allongée sans bouger pendant une heure, qu'elle avait pu souffler. Et elle n'était pas au bout de ses peines. Elle devait encore discuter avec Jack. La question la plus préoccupante, pour elle, était le résultat désastreux de son dépistage. L'autre sujet qu'elle prévoyait de remettre sur la table avant de s'effondrer d'épuisement était celui de la visite de Jack à l'école Brooks : elle voulait qu'il lui reraconte tout cela plus en détail. Avec le recul, elle se demandait ce qui avait bien pu lui passer par la tête de le charger de cette mission.

Sur le perron de la maison, Laurie se retourna pour regarder de l'autre côté de la rue. De cette position surélevée, elle voyait bien le terrain de basket-ball et, juste à côté, le petit jardin de quartier avec ses balançoires, son bac à sable et ses bancs en fer forgé. Le soleil n'était pas encore couché, mais il avait depuis longtemps disparu derrière les bâtiments et la lumière naturelle ne suffisait plus pour pouvoir jouer : le terrain était donc éclairé par les projecteurs LED dont Jack avait payé de sa poche l'installation. Fixant son attention sur les joueurs, Laurie comprit qu'un match était en cours, l'équipe des « maillots » et l'équipe des « torses nus » passant tour à tour à l'offensive et courant d'un panier à l'autre. Avec la distance, difficile d'en être sûr, mais il lui sembla apercevoir Jack au milieu des joueurs – dans l'équipe des torses nus alors que la température de l'air ne devait pas dépasser les douze degrés.

Elle se retourna en soupirant, ouvrit la porte de leur maison et entama l'ascension des escaliers jusqu'au troisième étage, où se trouvait le premier niveau de leur logement familial. Aux niveaux inférieurs, ils avaient aménagé six appartements qu'ils louaient. Plus elle montait, plus ses jambes et sa sacoche de travail lui paraissaient lourdes. Elle avait même l'impression que les escaliers étaient plus raides et plus longs que d'habitude. Elle n'avait pas prévu de rentrer si tard, une fois de plus, mais tel était le prix à payer lorsque l'on dirigeait l'Institut médico-légal de la ville de New York. Après avoir suspendu sa veste dans le placard de l'entrée, retiré ses chaussures et enfilé des chaussons, Laurie monta l'escalier menant à l'étage intermédiaire, et principal, du triplex. À partir de la huitième marche, la vaste pièce à vivre, avec sa cuisine ouverte, commença à se dévoiler à son regard. Une scène paisible s'y déroulait. JJ était assis à la table devant son ordinateur portable et Caitlin, la nurse, vaquait dans la cuisine. Chaque jour, Laurie remerciait la bonne étoile qui leur avait permis de rencontrer Caitlin O'Connell. Sans elle, leur vie aurait été bien différente – beaucoup plus compliquée –, surtout depuis qu'ils avaient appris qu'Emma souffrait d'autisme. Laurie, en particulier, n'aurait pu continuer à assumer son rôle de directrice de l'IML sans le soutien de cette jeune Irlandaise aux multiples talents.

Parvenue au sommet de l'escalier, elle se rendit compte que la télévision était allumée à volume réduit, sans doute pour Caitlin. Constatant que le canapé était inoccupé, elle balaya la pièce des yeux. Pas d'Emma – la petite était sans doute déjà au lit. Laurie ressentit un pincement de dépit et se demanda avec culpabilité quel genre de mère elle était pour quitter la maison le matin avant que son enfant ne se réveille, et rentrer le soir après qu'elle était couchée. Elle savait que toutes les femmes actives se débattaient avec le même problème. Mais cela ne lui facilitait pas pour autant les choses.

– Bonsoir vous deux ! dit-elle avec davantage d'enthousiasme qu'elle n'en avait en réserve.

Une fois encore, elle ne put s'empêcher d'en vouloir un petit peu à Jack qui était dehors, sur son terrain de basket, au lieu de passer du temps avec ses enfants.

– Bonsoir, Laurie, dit Caitlin avec son plaisant accent irlandais. La journée a été bonne ?

– Instructive, dit Laurie pour tenter de se rapprocher de la vérité. Emma est au lit ?

– Ah oui, dit Caitlin avec une petite moue désolée. La pauvre, elle était épuisée. Trois thérapeutes et Dorothy dans la même journée, ça fait beaucoup.

– Ça s'est bien passé, sinon ?

– Très bien, je crois, dit Caitlin. Aujourd'hui Emma a eu plusieurs séries de sessions courtes, en thérapie comportementale, en orthophonie et en physiothérapie, et elle a assuré comme une championne. Tout le monde est d'accord pour dire qu'elle fait des progrès. C'est indéniable.

– Super !

Laurie était soulagée et heureuse qu'Emma réponde bien aux thérapies, mais elle ne pouvait s'empêcher de se sentir un peu mal à l'aise que ces progrès soient possibles parce que Jack et elle étaient des gens assez fortunés pour se payer les spécialistes dont ils avaient besoin. Aux États-Unis, pays réputé le plus riche du monde, l'argent, et uniquement l'argent, décidait de l'accès aux soins. Aux yeux de Laurie, c'était moralement inacceptable.

Elle posa sa sacoche sur la table, regardant JJ qui n'avait même pas levé les yeux de son ordinateur.

– Voulez-vous dîner ? demanda Caitlin.

– Je préparerai des pâtes et une salade tout à l'heure.

Telle était leur routine des jours de semaine. Quand elle rentrait à la maison, elle passait un moment avec les enfants, puis elle cuisinait pour Jack et pour elle. Parfois Jack l'aidait, mais pas toujours – et encore moins quand la météo était plaisante comme ces jours-ci.

Laurie s'assit à côté de JJ. Il jouait à Minecraft, son passe-temps préféré. Elle l'observa quelques minutes et, comme souvent, fut impressionnée par l'attention qu'il portait au jeu et par sa coordination œil-main. Il construisait un édifice virtuel, une sorte de château, avec une rapidité déconcertante.

– Hé, tu ne dis pas bonsoir à maman ? demanda-t-elle finalement.

– Salut, m'an, dit-il sans décrocher les yeux de l'écran.

– Je présume que tu as déjà fait tes devoirs ?

– Ouais. Facile.

– Tu arrêtes de jouer une minute, mon chéri. J'ai une question à te poser. Lâche le clavier.

JJ leva les yeux au ciel et s'avachit contre le dossier de sa chaise sans cesser de regarder l'ordinateur. Il était clair que cette interruption ne l'enthousiasmait pas.

– Ton père est passé à l'école ce matin. Tu es au courant ?

– Ouais, je l'ai vu là-bas.

– Avant ou après sa discussion avec Mlle Rossi ?

– Les deux.

– Tu lui as parlé les deux fois ?

– Non. Avant on jouait au ballon, à se faire des passes. Et puis après Mlle Rossi, il avait l'air vraiment pas content. Il avait la tête toute rouge quand il est sorti de l'école. Il est monté direct sur son vélo, mais il m'a fait coucou de la main et j'ai fait coucou aussi.

*Oh oh*, songea Laurie. Pour que JJ dise cela, Jack devait avoir été dans un bel état. Elle caressa la tête de son fils, puis passa un bras autour de ses épaules en demandant :

– Et toi, aujourd'hui, l'école ?

– C'était bien. Normal.

– Des bagarres dans la cour ?

– Non, pas de bagarre, dit-il.

– Tu sais, n'est-ce pas, que Mlle Rossi se fait du souci pour ton comportement ?

– Ouais. Elle a dit que si ça ne s'arrange pas, je serai peut-être obligé d'aller dans une autre école.

*Seigneur*. C'était la première fois que Laurie entendait évoquer un risque d'expulsion. Avec tout ce qui se passait par ailleurs, elle ne pouvait pas imaginer devoir chercher une nouvelle école pour JJ en ce moment. Au lieu de réagir directement à cette information, elle lui demanda s'il savait pourquoi il se battait et pourquoi il bavardait tant en classe.

– C'est à cause de Barry Lever ! affirma JJ avec conviction. Et puis c'est les autres qui me parlent d'abord.

– D'accord, dit Laurie.

Elle n'était pas experte en psychologie des enfants, mais il paraissait logique qu'un petit garçon de l'âge de JJ essaie de se dégager de la responsabilité de la faute qui lui était reprochée. Au lieu de poursuivre une conversation qui risquait de ne la mener nulle part, elle proposa qu'il lui montre ce qu'il était en train de construire sur Minecraft.

Une demi-heure plus tard, après avoir fixé l'écran de l'ordinateur au point d'éprouver un léger vertige en plus d'être épuisée, Laurie embrassa son fils, lui dit qu'elle était super impressionnée par son château, puis monta au dernier étage jeter un œil dans la chambre d'Emma. La petite dormait, angélique comme le matin même.

De retour dans la cuisine, elle commença par laver des légumes pour une salade, puis réunit quelques ingrédients pour un plat de pâtes. JJ était encore sur l'ordinateur. Caitlin s'était retirée dans sa chambre, au niveau inférieur, comme elle en avait l'habitude après qu'Emma était couchée. Laurie allait mettre les pâtes dans l'eau bouillante lorsque Jack grimpa l'escalier quatre à quatre. Il portait son short et son maillot de basket, avait de grandes auréoles de sueur sous les bras et il semblait de fort bonne humeur.

– Salut tout le monde ! dit-il d'un ton enjoué.

Il ébouriffa tendrement les cheveux de JJ en passant près de lui – l'enfant baissa la tête sans interrompre son jeu –, puis obliqua vers la cuisine. Laurie brandit la cuiller en bois qu'elle avait à la main pour le tenir à distance.

– Tu as besoin de prendre une douche, dit-elle, faisant mine de le réprimander.

Elle n'avait pas beaucoup à se forcer, car elle était toujours agacée qu'il ait passé un si long moment au basket.

– Tu as bien raison, répondit-il avec entrain. Ce soir le jeu était génial ! J'ai enchaîné les paniers comme un fou. Je crois que j'en ai pas raté un.

– Cela me fait très plaisir d'entendre ça, dit-elle d'un ton sarcastique. Le dîner sera sur la table dans un petit quart d'heure. Sauve-toi.

Jack redescendit dans sa tenue du soir habituelle, un tee-shirt propre et un pantalon de survêtement. JJ avait décampé dans sa chambre, au dernier étage, pour ne plus être importuné.

– Bon, raconte-moi un peu l'interne tant aimée de Chet, dit Jack en se servant des pâtes.

– Je dois te parler de choses plus importantes, dit Laurie. D'abord, nous devons prendre une décision au sujet de JJ. Je pense vraiment qu'il faut accepter l'idée de le faire évaluer par un professionnel. D'une part ce n'est pas une idée totalement absurde, et puis je ne pense pas que nous ayons beaucoup le choix.

Laurie raconta ce que JJ lui avait rapporté des propos de sa maîtresse après la visite de Jack.

– Eh ben comme ça, ma petite crise aura permis à Mlle Rossi de comprendre pourquoi JJ se bagarre à la récré, observa Jack avec ironie. Tel père, tel fils, n'est-ce pas ? Cette histoire me rend fou. JJ est un petit garçon normal, point final. Autant que je me souvienne, bon sang, j'étais sans doute pire que lui. Les garçons sont en compétition les uns avec les autres, et les petites bagarres, c'est la norme. Je te le dis, notre môme ne prendra jamais d'Adderall ou un autre médoc du genre. Pas question.

– Mais là, tout de suite, l'école ne réclame pas qu'on lui donne des médicaments. Elle veut juste que nous acceptions de le faire évaluer par un professionnel. Moi, ça ne me pose pas de problème. Les temps ont changé, depuis ton enfance. Et depuis la mienne.

– L'évaluation c'est la première étape du truc, objecta Jack d'un ton plus posé. L'industrie pharmaceutique, qui sait y faire, a conduit toute une génération de gens à croire que les garçons ont besoin de médicaments pour rester assis sans bouger, comme des filles. Accepter une évaluation, c'est déjà reconnaître que quelque chose cloche chez notre enfant.

– Je ne suis pas d'accord, dit Laurie. Je regrette, mais là tu es ridicule. Mieux nous comprendrons JJ, mieux nous serons à même de prendre des décisions éclairées. Je me demande, moi, si JJ n'a pas un peu de mal à contrôler ses impulsions, et je serais contente d'en apprendre davantage si possible.

– Ah bon ? Alors tu crois que je suis à côté de la plaque, là ?

– Ouais, dit Laurie. Nous allons le faire évaluer pour savoir si un professionnel, spécialiste de ces questions, juge qu'il a un problème. Nous n'acceptons pas de le médicaliser. Loin de là. Mais encore une fois, je ne crois pas que nous ayons beaucoup le choix. Refuser, c'est prendre le risque que l'école Brooks nous informe qu'elle ne veut plus avoir JJ comme élève. Alors à moins que tu ne sois décidé à te débrouiller pour lui trouver toi-même une autre école, nous sommes bien obligés de faire des concessions.

– D'accord ! fit Jack, levant les mains en l'air pour montrer qu'il capitulait. T'as gagné. Mais j'ai une condition. Pour le psychiatre ou le psychologue qui fera l'évaluation, je veux un homme.

– C'est assez sexiste, comme condition.

– Peut-être, et peut-être pas. Je me sentirai juste un peu mieux de savoir que ce spécialiste peut comprendre mon point de vue. Fais-moi plaisir !

– Très bien. Si tu veux.

Laurie était certaine qu'il existait plein de femmes très qualifiées dans le domaine, mais si un homme pouvait aider Jack à avaler la pilule, elle n'allait pas se battre.

– Bon, dit-il. Et maintenant, raconte-moi cette interne. Comme elle s'appelle, déjà ? Nichols ?

– Oui. Mais attends, tu ne m'as même pas demandé comment s'était passé mon dépistage aujourd'hui.

– Tu as raison ! s'exclama Jack, l'air embarrassé.

Il posa sa fourchette sur la table pour accorder toute son attention à Laurie.

– Je te demande pardon, ajouta-t-il. La visite à l'école Brooks m'a détraqué d'entrée de jeu et j'ai passé la journée à essayer de me remettre les idées en place. Et puis le cas de l'enfant ébouillanté de Lou m'a encore plus perturbé. Et donc ? Il a donné quoi, cet examen ? Ou il vaut mieux ne pas poser la question ?

– Les nouvelles ne sont pas très bonnes.

Laurie sentait son anxiété se raviver. Elle avait été dans le déni tout l'après-midi, mais maintenant qu'ils abordaient le sujet, elle était obligée de regarder la réalité en face. Elle s'éclaircit la voix :

– L'IRM a révélé une grosseur suspecte. Alors ils ont voulu recommencer la mammographie, en faisant une étude de diagnostic plutôt qu'un simple dépistage, et là, la grosseur est apparue. Elle ne fait qu'un peu plus d'un centimètre, mais il n'y a aucun doute possible, c'est une anomalie qu'il faut prendre au sérieux. Il est d'autant plus important de l'examiner que j'ai cette mutation du gène BRCA1, comme tu sais, et que ma mère et ma grand-mère ont toutes les deux eu un cancer du sein.

– Oh mon Dieu ! C'est terrible. Je te demande pardon de tout cœur, une fois encore, d'avoir oublié que tu avais cet examen aujourd'hui.

– C'est pas grave, assura Laurie. Il fallait bien que j'assimile la nouvelle, de toute façon, alors tout à l'heure je n'aurais pas forcément eu envie d'en parler. Maintenant, au moins, nous sommes à la maison et nous pouvons réfléchir à tout ça de façon rationnelle. En tout cas je l'espère. Ça tombe assez mal vu tout ce qui se passe avec Emma, et maintenant avec JJ à l'école.

– Ne mélangeons pas tout. Ce qui t'arrive c'est super important, point final. Y a-t-il déjà quelque chose de prévu pour le suivi ?

– C'est l'avantage d'être une VIP dans le milieu médical, dit Laurie avec un léger sourire. Mes examens ont déjà été vus par plusieurs pointures de la radiologie, qui s'accordent toutes à dire que la grosseur est suspecte, même si mon tissu mammaire très dense rend l'interprétation des films plus difficile.

– Donc il va falloir une biopsie, d'accord. En as-tu parlé à quelqu'un ?

– Tu imagines bien. Il n'était pas question qu'ils me laissent partir comme ça. J'ai déjà rencontré un cancérologue et une chirurgienne qui sont tous les deux spécialistes du cancer du sein.

– Mon Dieu, murmura Jack.

Son regard se perdit dans le lointain. Depuis que sa première famille avait péri dans le crash d'un petit avion de ligne, il vivait dans la crainte de porter la poisse à toutes les personnes qu'il aimait. Une idée qui avait trouvé une sorte de confirmation atroce quand on avait découvert que JJ, alors qu'il était tout bébé, souffrait d'un neuroblastome. Puis cette peur superstitieuse l'avait de nouveau submergé lorsqu'on avait diagnostiqué qu'Emma était atteinte d'autisme. Et maintenant elle revenait l'assaillir méchamment avec cette menace de cancer du sein qui pesait sur Laurie.

– Jack, tu m'entends ? demanda celle-ci, tendant le bras en travers de la table pour saisir sa main.

– Non. Excuse-moi.

– Je disais que le cancérologue et la chirurgienne veulent faire une biopsie très vite.

– Oui, bien sûr.

Jack gonfla les joues, puis expira lentement.

– Mais je ne voulais pas organiser ça avant de t'avoir parlé, continua Laurie. Parce qu'il y a une décision à prendre par avance : que faire si la pathologie chirurgicale révèle qu'il s'agit d'un cancer ? À ce moment-là il sera trop tard pour discuter, parce que je serai sous anesthésie. Si c'est cancéreux, bien sûr, il faudra tenir compte dans une certaine mesure du type de cellules concerné, et voir aussi si les ganglions lymphatiques sont atteints ou pas. Mais ce qui complique tout, c'est que j'ai la mutation du gène BRCA1. Devrais-je plutôt prévoir directement une mastectomie plutôt qu'une simple biopsie ?

– Seigneur, murmura Jack.

Les coudes sur la table et la tête inclinée, il se massait les tempes entre les doigts. Il se redressa subitement pour ajouter :

– Je suis désolé, mais j'ai du mal à encaisser tout ça.

– Le cancérologue et la chirurgienne m'ont conseillé l'un et l'autre d'opter pour la mastectomie, enchaîna Laurie. Mais je ne sais pas très bien quoi en penser. Je sais ce que dirait Angelina Jolie, bien sûr : vas-y, c'est ce qu'il faut faire. En même temps… ça paraît tellement radical, non ? Et puis il y a le problème de mes ovaires. Dois-je opter pour une ovariectomie en même temps, sachant le danger que cette mutation génétique fait aussi peser sur les ovaires ?

– Honnêtement, je pense que ce sont des questions auxquelles tu es seule à pouvoir répondre, dit Jack qui commençait enfin à surmonter le choc. Nous avons déjà parlé de tout ça quand nous avons appris que tu avais la mutation du BRCA1. Tu ne semblais pas du tout enthousiaste, à ce moment-là, à l'idée d'avoir le corps abîmé par une intervention chirurgicale.

– Ça remonte à loin. Les choses sont différentes aujourd'hui. Je suis plus âgée et nous avons deux enfants que nous n'avions pas alors. Maintenant je suis certainement plus disposée à envisager cette solution drastique. Même si elle ne me plaît pas. Mais toi, Jack ? As-tu une idée sur la question, dans un sens ou dans l'autre ?

– L'essentiel, c'est ta santé. Évidemment, il faut que je cogite un peu, mais si tu me demandais de choisir, là, tout de suite, je dirais vas-y, fais immédiatement la mastectomie et l'ovariectomie. Si la pathologie chirurgicale révèle qu'il n'y a pas de cancer dans la grosseur que tu as au sein, la reconstruction sera plus facile. S'il y a cancer, la reconstruction est un peu plus complexe, mais voilà.

– Tu penses donc que je devrais choisir cette solution ? Me faire retirer les deux seins ?

Cette perspective, si raisonnable fût-elle, faisait encore horreur à Laurie.

– Oui, répondit Jack. Mais je dis bien : si tu m'obliges à te donner mon opinion sur-le-champ. Demain, peut-être que je verrai les choses autrement. Enfin je ne crois pas.

– Étant la première concernée par cette histoire, je peux te dire une chose dont je suis absolument certaine…

Laurie s'interrompit car sa voix se brisait. Elle lutta contre les larmes qui montaient et renifla avant de reprendre :

– Je ne veux pas attendre. Si j'ai un cancer qui commence à me ronger le sein, je veux m'en débarrasser tout de suite. Pas demain.

– Je comprends tout à fait. Je suis sûr que je penserais la même chose. C'est comme de se promener en ayant le sentiment d'avoir une bombe à retardement dans le corps, prête à exploser à tout instant.

– Exactement, dit Laurie dans un murmure.

Elle ferma les yeux et respira profondément. Quand elle se sentit assez maîtresse d'elle-même, elle ajouta :

– Bon, je suis contente de t'en avoir parlé, même si c'était difficile. Dire les choses, ça fait déjà du bien.

– Je peux à peine imaginer ce que tu as dû ressentir. Je n'arrive pas à croire que tu aies réussi à travailler tout l'après-midi avec cette nouvelle dans la tête. Comment tu as fait pour supporter cette autopsie d'overdose avec Mlle Sourire ?!

– Le sarcasme est bien vu, dit-elle, réussissant à pousser un petit rire sans joie. De tous les internes que nous avons reçus en stage à l'IML, jamais peut-être il n'y en avait eu de moins agréable que la Dr Aria Nichols.

– Cela signifie donc que le comportement de cette jeune femme, en tout cas vis-à-vis de Chet, n'est pas une simple réaction à sa drague ?

– Son comportement général, sûrement pas, dit Laurie. Mais concernant Chet, il reste un doute. D'après la Dr Nichols, il a proposé qu'ils prennent un verre ensemble, un de ces jours.

– Ah ben voilà. Donc je ne m'étais pas complètement gouré.

– Peut-être pas, convint Laurie. Et malheureusement, je pense que je vais devoir rappeler Chet à l'ordre. Mais pour en revenir à Mlle Sourire, c'est vraiment un drôle d'oiseau en effet. Je me demande même si elle n'est pas un peu sociopathe. Faire preuve de compassion, se mettre à la place des autres, et même simplement un minimum de considération pour autrui, ça a l'air de lui passer complètement au-dessus de la tête. Et elle n'a visiblement que faire de ce que les gens peuvent penser d'elle. Elle m'a laissé entendre que son père était lui, pour le coup, un vrai sociopathe. Te souviens-tu si c'est un trait héréditaire ?

– Pas comme ça, non, répondit Jack avec une moue perplexe.

– Connaissant ta sensibilité sur cette question, je peux te dire que tu serais consterné par les grossièretés qui lui sortent parfois de la bouche. Pour sa défense, quand même, d'après ce qu'elle m'a raconté elle a eu une enfance vraiment difficile. Après avoir été physiquement maltraitée par son père biologique, qui s'est suicidé quand elle était adolescente, elle a été maltraitée et abusée sexuellement par le nouveau conjoint de sa mère.

– Oh là là. Et t'as appris tout ça en faisant cette autopsie avec elle ?

– Elle est d'une candeur assez étonnante. Mais comment savoir où est la vérité ? D'après Chet, elle lui a ouvertement menti.

– Elle n'a pas été très agréable avec moi quand je me suis présenté à la fosse.

– Ne prends pas ça pour toi, Jack. Elle n'aime pas les hommes, de façon générale, et elle le dit clair et net.

– Ouais, eh ben… Elle a quand même intérêt à ne pas trop nous chatouiller, mon franc-parler et moi.

Laurie ne put s'empêcher de rire.

– Tu as bien raison. Toi et elle, ça ne collerait vraiment pas. Mais pour lui rendre tout de même ce qui lui est dû, il faut souligner qu'elle est intelligente. D'après le Dr Henderson, elle est hyper-douée en pathologie chirurgicale. Et à l'IML, alors qu'elle n'est avec nous que depuis huit jours, elle a déjà accumulé un savoir impressionnant sur la médecine légale en observant quelques autopsies. Par-dessus le marché, elle a du talent pour la dissection. Son assurance et son savoir-faire m'ont soufflée.

– Et toi ? As-tu apprécié de faire cette autopsie, même si c'était éprouvant de bosser avec la Dr Nichols ? Je sais à quel point la pratique te manque.

– C'est peu dire, admit Laurie avec un petit soupir. J'ai fait l'autopsie pour évaluer cette interne, en effet, mais aussi parce que cela me manque. Le cas sur lequel nous avons travaillé était en plus une sorte de compromis avec le Centre médical Langone.

Laurie lui expliqua rapidement qui était la victime, dans quelles circonstances elle était décédée, et comment le Dr Henderson et le président du centre médical craignaient que les médias ne s'emparent de l'affaire. Jack poussa un sifflement étonné.

– En tout cas, j'espère que tu ne seras pas submergée de demandes d'autopsies à faire toi-même, à l'avenir, parce que tu auras accepté celle-ci.

– Je l'espère aussi. Heureusement, très peu de gens sont au courant pour cet après-midi. Comme tout le monde ou presque était en salle de conférences, j'ai pu descendre quasi incognito à la fosse. Et j'ai dit à Vinnie et à Marvin de garder ça pour eux.

– Bien tenté, mais un truc pareil, ça ne risque pas de rester secret. Enfin tant pis ! Ce cas t'a-t-il au moins apporté ce que tu en attendais ?

– Complètement, dit Laurie. Rien que le fait de m'éloigner pendant une heure de la prise de tête qu'est ce poste de directrice de l'IML, c'était un délice. Ensuite, le cas est intrigant. Malgré la présence de fentanyl dans la seringue plantée dans le bras de la défunte, il y avait très peu d'œdème pulmonaire et pas d'œdème cérébral. Nous avons eu droit à une sacrée surprise, puisque la jeune femme était enceinte. D'environ dix semaines, vu l'apparence du fœtus. Mlle Sourire s'est prise de passion pour le cas.

– Ah oui ? Et pourquoi ?

– C'est lié à sa méfiance à l'égard des hommes. Comme la défunte n'a été découverte chez elle qu'au bout de deux ou trois jours et que ce n'est pas son petit ami – le père du fœtus, a priori – qui l'a trouvée, la Dr Nichols est convaincue que cet homme a quelque chose à voir avec la drogue qui l'a tuée. C'est une hypothèse osée mais au moins maintenant, elle est réellement motivée. Qui sait, peut-être ai-je gagné une nouvelle convertie à la cause de la médecine légale ?

– Dieu nous en préserve, avec la personnalité qu'elle a ! protesta Jack. Tu t'imagines la recevoir à l'IML comme post-interne ? Ou pire : comme collègue ?!

– Jamais de la vie, dit Laurie en riant. Elle m'a expliqué qu'elle déteste les patients. C'est pour ça qu'elle s'est orientée vers la pathologie : pour ne pas voir de patients. En plus elle ne se rend absolument pas compte, je pense, que nous sommes bien souvent obligés d'affronter des familles endeuillées. Les patients ce sont elles, pas les cadavres. En tant que médecin légiste, en tout cas, elle serait juste épouvantable.

– OK. Oublions un peu cette interne sociopathe, dit Jack en poussant ses pâtes de côté. Je regrette, mais ces nouvelles m'ont coupé l'appétit. Je crois que tu devrais envisager sérieusement la solution ultime. Je le pense encore plus qu'il y a dix minutes.

– Merci. Je suis contente d'avoir ton avis. La nuit me portera conseil. Et d'ailleurs il faut que je me couche.

Si Laurie était quelqu'un du soir, qui avait en général un regain d'énergie après le dîner, aujourd'hui c'était différent. Rien que de penser au mot *sommeil*, elle avait l'impression qu'elle risquait de ne pas avoir assez de forces pour monter à la chambre. Reculant sa chaise, elle se leva sur des jambes de coton.

– Je ne suis même pas sûre de pouvoir rester éveillée assez longtemps pour prendre un bain.

– Vas-y, dit Jack en se mettant debout. Je range et je te retrouve là-haut. Mais d'abord, j'ai besoin d'un câlin.

Laurie et Jack s'enlacèrent un long moment. Après avoir déposé un baiser sur ses lèvres, il recula le buste, sans la lâcher, pour dire :

– Je veux que tu le saches. Tu es toute ma vie.

– Merci, murmura Laurie, la gorge nouée. Ce n'est pas facile, tout ça, mais je suis heureuse qu'on soit tous les deux.

# 12

**8 MAI**
**20 H 32**

– Voilà madame, c'est ici, dit le chauffeur Lyft. Bonne soirée.

Aria descendit de la Toyota noire et s'immobilisa pour observer le restaurant. Elle avait entendu parler de cet endroit, Cipriani, situé dans le quartier de SoHo, mais elle n'y était encore jamais venue. L'établissement n'avait pas l'air bien grand, il faisait peut-être sept ou huit mètres de large. Un auvent jaune d'or s'avançait au-dessus du trottoir où, malgré la relative fraîcheur de la soirée, une demi-douzaine de tables étaient serrées les unes contre les autres. La plupart des panneaux vitrés mobiles composant la devanture étaient ouverts, de telle sorte qu'il n'y avait pas vraiment de séparation entre les tables du trottoir et celles de la salle. Plusieurs parasols chauffants au gaz étaient allumés parmi les tables extérieures, et Aria en sentait la chaleur sur son visage, à présent, jusqu'au bord du trottoir où elle se tenait.

Ayant entendu dire que ce restaurant était très apprécié des New-Yorkais branchés, une raison suffisante pour elle de l'éviter, elle n'était pas étonnée de le trouver bondé. Toutes les chaises qu'elle pouvait voir étaient occupées. Le bar, du côté gauche de la salle, disparaissait presque complètement derrière les clients qui y consommaient debout. Il y avait même un groupe assez nombreux de personnes qui patientaient sur le trottoir à côté de la porte d'entrée – surmontée, étrangement, par un escalier métallique rétractable menant vers un premier étage obscur au-dessus de la salle. Les lumières vives et le brouhaha de la centaine de conversations menées en parallèle paraissaient d'autant plus intimidants que les établissements commerciaux alentour étaient tous fermés pour la nuit et silencieux. Histoire d'ajouter à l'animation, des serveurs en veste blanche et nœud papillon portant des plateaux chargés d'assiettes et de boissons zigzaguaient énergiquement entre les tables et les clients debout. Du point de vue d'Aria, cette scène tumultueuse n'était pas du tout encourageante pour l'entretien qu'elle envisageait.

En sortant du bureau du Dr Henderson, elle avait tout de suite réussi à joindre Madison Bryant au téléphone. Un bon début, semblait-il, mais Madison n'était malheureusement pas rentrée chez elle, comme Aria l'avait espéré. Elle se trouvait dans un taxi, en route pour rejoindre un « ami » avec qui elle devait dîner dans le sud de Manhattan. Détail plus déprimant encore, elle avait l'air éméchée. Consciente de dépasser les bornes, mais de cela elle se fichait complètement, Aria avait déclaré être médecin légiste et avoir besoin de lui parler au plus vite. Madison ne s'était cependant pas laissé impressionner. Au lieu de répondre docilement qu'elle se tenait à sa disposition, elle avait déclaré que si Aria tenait à la voir de façon urgente, elle n'avait qu'à la rejoindre au restaurant où elle se rendait. Aria avait suggéré qu'elles se retrouvent plutôt après son tête-à-tête, mais Madison avait alors gloussé et déclaré qu'elle espérait bien ne pas être libre pour la fin de la soirée. Bref, Aria n'avait eu d'autre choix que de passer chez Cipriani.

À l'intérieur, c'était le chaos comme elle l'avait pressenti du dehors. Elle chercha le maître d'hôtel des yeux pour le prévenir qu'elle avait rendez-vous avec un couple, mais il y avait tellement de monde que cela semblait mission impossible. Aria pénétra plus profondément dans le restaurant en longeant la muraille des clients massés contre le bar, soit assis sur les tabourets hauts, soit debout, et tous un verre à la main.

Quand elle eut réussi à s'enfoncer de quelques mètres dans la salle, elle découvrit que celle-ci était prolongée, à l'arrière du bâtiment, par un espace où se trouvaient uniquement des tables rondes. Et qui semblait aussi beaucoup plus paisible. Le brouhaha et l'ambiance festive se concentraient en fait dans l'avant-salle, le long du bar et des grandes tablées proches de la devanture. Aria soupira en constatant qu'elle ne voyait pas de pupitre de maître d'hôtel. Alors qu'elle songeait à renoncer et à battre en retraite, elle aperçut un homme de type hispanique vêtu d'un complet sombre, d'une chemise blanche et d'une cravate sombre, qui semblait donner des ordres au personnel de service. Elle se présenta, presque obligée de crier pour se faire entendre, et ajouta que Madison Bryant l'attendait.

– Oui ! s'exclama l'homme après un instant de réflexion.

Puis il leva un doigt en l'air et indiqua à Aria de le suivre, slalomant sans effort entre les clients jusqu'à la salle arrière du restaurant. Non seulement il n'y avait là que des clients assis, mais le niveau sonore baissa tout à coup considérablement.

Arrivée près de la table pour deux que le maître d'hôtel lui avait désignée, Aria jaugea du regard ses occupants, tous les deux noirs, Madison ayant le teint considérablement plus clair que l'homme athlétique et barbu assis en face d'elle. La table était entièrement recouverte par leurs assiettes, la corbeille à pain, l'huile d'olive, les verres à vin et à eau. Un grand plat de pâtes en sauce en occupait le centre.

– Je suis la Dr Nichols, dit Aria. Vous êtes Madison Bryant ?

– C'est moi, répondit la femme avec un large sourire, puis elle désigna son compagnon : Et voici Richard Abrams.

Le maître d'hôtel, qui s'était éclipsé, reparut avec une chaise pour Aria. Non sans une certaine élégance, il la disposa devant la table près de Richard et non entre les deux convives pour éviter de bloquer le passage aux serveurs. Sans un instant d'hésitation, néanmoins, Aria attrapa la chaise pour la rapprocher de Madison, avant de s'asseoir. Apparemment vexé par ce petit affront, Richard perdit son air satisfait. Aria l'ignora et dit à Madison :

– Je veux que cette conversation soit aussi brève que possible.

– Désirez-vous quelque chose à boire ? demanda le maître d'hôtel. Un Bellini, peut-être ?

– J'en ai bu deux, ici il est fantastique, déclara Madison avec enthousiasme, et elle leva les yeux vers l'homme pour ajouter : Oui, apportez-lui un Bellini !

– Certainement, dit le maître d'hôtel avant de s'éloigner.

– Je suis donc ici pour parler de Kera Jacobsen, dit Aria.

En un instant, Madison sembla perdre toute sa bonne humeur. Son visage s'assombrit tandis qu'elle répliquait :

– Mais pourquoi ?! Écoutez, je viens de passer la pire journée de ma vie. Mon amie est morte. J'essaie de surmonter ça. J'ai répondu aux questions d'un enquêteur médico-légal à l'appartement de Kera. Après quoi on m'a traînée jusqu'à l'IML et j'ai identifié le corps. J'ai totalement coopéré. Pourquoi vous m'importunez une fois de plus ? Je veux dire… j'ai déjà raconté tout ce que je sais et cette situation me déprime complètement ! D'après Richard, en plus, je ne suis pas obligée de vous parler si je ne le souhaite pas. Il est avocat.

Aria jeta un coup d'œil vers Richard et le maudit en silence de s'être mêlé de ce qui ne le regardait pas. Elle fut tentée de faire remarquer que les conseils de ce type n'étaient pas forcément bons et que l'IML était habilité à interroger les témoins des affaires qu'il prenait en charge, mais elle se retint. D'une part, elle avait menti en se présentant à Madison comme médecin légiste, d'autre part, elle préférait éviter de provoquer une discussion sur les pouvoirs de l'IML qui risquerait de compliquer la situation. Elle s'adressa de nouveau à Madison :

– Les circonstances ont changé. J'ai fait l'autopsie cet après-midi. Et il y a eu une découverte imprévue.

– Quoi donc ? Et comment ça, les circonstances ont changé ? Elle est morte. Ça ne risque pas de changer.

– En effet, mais…

Aria s'interrompit. Elle allait ressortir les poncifs que la Dr Montgomery lui avait déballés dans l'après-midi sur les médecins légistes qui étaient là pour écouter les morts raconter leur histoire. Pas question de tomber dans le panneau. Elle changea de tactique :

– Vous êtes assistante sociale en milieu hospitalier, donc vous connaissez forcément les lois sur la protection des données personnelles, et les contraintes qu'elles nous imposent, à nous les professionnels de santé, en termes de respect de la vie privée des patients. N'est-ce pas ?

– Euh… d'accord, fit Madison, un peu perplexe – sa voix avait perdu sa véhémence.

– Par conséquent, poursuivit Aria, je ne peux pas vous dire noir sur blanc ce qui a été découvert à l'autopsie. À New York, la famille d'une personne défunte ou même un représentant de cette personne peut demander à consulter le dossier de l'IML, et la découverte qui a été faite sera forcément dans le rapport d'autopsie que je vais dicter. Il s'agit donc d'une information médicale qui relève à la fois du domaine public, en quelque sorte, et des lois sur la protection des données des patients.

Aria tourna la tête vers Richard.

– Puisque vous êtes avocat, même vous vous devez comprendre ce que je veux dire.

Richard poussa un rire forcé. Puis il ouvrit la bouche pour parler, mais Aria l'en empêcha en s'adressant de nouveau à Madison :

– Donc voilà : je vais vous poser certaines questions qui vous permettront de comprendre ce que je ne peux pas vous dire. Je sais que c'est un peu ridicule de biaiser comme ça, mais tant pis. D'après David Goldberg, notre enquêteur médico-légal, vous avez dit aux agents de police venus à l'appartement de Kera à la suite de votre appel au 911 qu'elle n'avait pas d'homme dans sa vie en ce moment. Vous vous souvenez d'avoir dit ça ?

– Bien sûr, répondit Madison.

– Et vous vous considériez comme une bonne copine de Kera. Donc si elle avait eu quelqu'un, vous l'auriez probablement su. Oui ou non ?

– Je sais qu'elle n'avait personne à l'automne dernier. Ça, c'est absolument certain. Mais après les fêtes de fin d'année, nous avons cessé de nous voir aussi souvent en dehors du travail. Il n'est pas impossible qu'elle ait rencontré quelqu'un vers Noël ou après. À vrai dire, il y a eu des moments où j'ai vraiment pensé que c'était le cas. Mais quand je lui posais la question, elle répondait non.

– Vous a-t-elle parfois parlé de son ancien petit ami de Los Angeles, Robert Barlow ?

– À l'automne, oui, mais pas ces derniers mois.

– Savez-vous s'il est jamais venu lui rendre visite ici, à New York ?

– Pas à ma connaissance. Elle avait tiré un trait sur lui. J'en suis certaine.

– Avait-elle d'autres amis, des gens dont elle était aussi proche que vous et à qui elle aurait pu se confier ?

– Pas que je sache. Mais, comme je disais, il est possible qu'elle ait rencontré des gens autour de Noël ou après.

– De tout ce que vous dites, je déduis qu'il n'est pas du tout impossible qu'elle ait entamé une relation avec quelqu'un, notamment un homme, dont elle ne vous a pas parlé. Et ça, donc, depuis le début de cette année à peu près.

– C'est ce que j'ai pensé, plusieurs fois, mais je n'en étais pas certaine et je ne voulais pas l'ennuyer. Elle avait bien le droit de vivre sa vie comme elle le voulait, voilà, donc de mon côté je suis passée à autre chose.

Un serveur en veste blanche immaculée se matérialisa à côté d'Aria avec le Bellini. Il posa la flûte à champagne devant elle – dangereusement près du bord de la table surchargée.

– Souhaiterez-vous commander ? demanda-t-il à Aria. Voulez-vous connaître la liste de nos plats du jour ?

– Non, je ne mange pas, dit-elle.

Le serveur hocha la tête et tourna les talons.

Aria plongea la main dans une poche de sa blouse pour en tirer le petit carnet de notes qu'elle avait toujours sur elle, et inscrire son prénom et son numéro de téléphone sur l'une des pages.

– La réalité des choses, c'est qu'après l'autopsie et cette découverte surprenante, la cause du décès n'est plus aussi évidente qu'il y paraissait de prime abord. Et les circonstances de ce décès sont elles aussi à éclaircir, si vous voyez ce que je veux dire. Malheureusement la police ne risque pas de s'intéresser à cette affaire. Pour elle ce n'est qu'une overdose de plus, et à ma connaissance elle n'a pas ouvert d'enquête et ne décidera pas de le faire. C'est totalement compréhensible, bien sûr, quand on sait qu'il y a quatre overdoses fatales chaque jour à New York. Je crois que votre copine mérite que cet amant mystère soit retrouvé, pour qu'il puisse expliquer pourquoi c'est vous, Madison, qui avez été obligée de découvrir le corps en décomposition de Kera, et pas lui. Il faut aussi qu'il explique précisément le rôle qu'il a pu avoir dans l'overdose. Donc voilà. Trouver cet homme, c'est la mission que je suis déterminée à mener à bien.

Aria saisit le Bellini et l'avala en deux gorgées, s'essuya les lèvres avec le dos de la main et reposa la flûte sur la table.

– Voici mon numéro au cas où vous penseriez à quelque chose qui pourrait m'aider à mettre la main sur ce salaud, dit-elle, arrachant la page du carnet pour la tendre à Madison.

Puis elle se leva en prenant soin de ne pas regarder Richard et s'éloigna sans un mot de plus.

# 13

8 MAI
21 H 05

Sitôt dehors, Aria tira son téléphone de sa poche avec l'intention de commander une voiture, mais un taxi jaune s'arrêta au même instant en face du restaurant. En remontant vers la 70e Rue, où elle habitait, elle se mit à repenser à la conversation qu'elle venait d'avoir avec Madison Bryant. Une idée lui vint tout à coup à l'esprit. Après avoir regardé l'heure sur son téléphone, elle dégrafa sa ceinture et se pencha en avant pour parler au chauffeur par l'ouverture ménagée dans la plaque de Plexiglas coupant l'habitacle en deux.

– Je veux changer de destination, dit-elle.

Elle tira de sa poche de blouse la fiche que lui avait donnée David Goldberg et la tourna vers la lumière filtrant par le pare-brise.

– Emmenez-moi au numéro 431 de la 23e Rue Est, s'il vous plaît.

– D'accord, répondit aimablement le chauffeur.

Aria recula contre le dossier de la banquette et rattacha sa ceinture.

Même si l'heure était avancée – déjà vingt et une heures et quelques –, il n'était quand même pas trop tard pour essayer d'interroger Evelyn Mabry, la voisine apparemment trop curieuse de Kera Jacobsen. Madison ayant bien précisé que Kera n'avait aucune autre amie intime, la voisine était peut-être la seule personne au monde susceptible d'avoir certaines infos intéressantes. Il valait donc la peine de tenter le coup sans attendre.

Après avoir payé sa course, Aria descendit de la voiture en levant le visage vers l'immeuble de Kera Jacobsen. C'était un édifice banal, en briques, de six étages, presque identique à ses voisins de droite et de gauche. Signe encourageant, la lumière brillait aux quatre fenêtres du côté droit du quatrième étage : Evelyn Mabry était donc chez elle et, avec un peu de chance, pas encore couchée.

Sans perdre une seconde, Aria poussa la porte du hall de l'immeuble. Elle repéra rapidement l'interphone de l'appartement 4A, pressa le bouton quelques instants, puis patienta en croisant les doigts. Après de longues secondes de silence, elle levait la main pour sonner à nouveau quand le haut-parleur au-dessus des boîtes aux lettres grésilla.

– Qui est-ce ? demanda d'un ton peu amène une voix d'outre-tombe. Il est bientôt vingt-deux heures !

– Bonsoir, je suis la Dr Aria Nichols, dit-elle en se hissant sur la pointe des pieds pour se faire bien entendre. Je suis médecin légiste à l'institut médico-légal, ici à New York. Je m'excuse de vous déranger si tard, mais il faut que je vous parle sur-le-champ à propos de la mort de Kera Jacobsen.

Le silence se prolongea. Refusant de se laisser décourager, Aria s'exclama :

– Evelyn Mabry ! Faut-il que je fasse intervenir la police ? Cette conversation ne devrait pas vous prendre plus d'un quart d'heure.

– Pourquoi faut-il que vous reveniez ? J'ai déjà parlé à votre enquêteur et aux policiers.

– Cet après-midi nous avons fait l'autopsie de Kera Jacobsen. Cette opération a soulevé certaines questions auxquelles vous seule, pensons-nous, pourrez peut-être répondre.

Après un nouveau silence, assez bref, un bourdonnement sonore annonça tout à coup que la porte d'accès au vestibule de l'ascenseur se déverrouillait électroniquement. Elle n'appréciait pas beaucoup les vieux ascenseurs, surtout les petits comme celui dans lequel elle se trouva bientôt confinée. Il tremblotait de façon inquiétante et frottait de temps en temps contre les parois de sa cage, comme s'il était librement suspendu à son câble. Soulagée d'être arrivée au quatrième étage, elle longea le couloir en direction de l'appartement 4A, et s'efforça de respirer par la bouche. Une vieille odeur d'oignons grillés empuantissait les lieux. Après avoir sonné à la porte d'Evelyn Mabry, elle dut à nouveau attendre plus longtemps qu'elle ne l'aurait cru.

– Qui est-ce ? demanda enfin une voix de femme à travers le battant.

Maintenant qu'elle l'entendait sans les interférences de l'interphone, Aria se rendait compte qu'Evelyn avait un fort accent de Brooklyn. Elle fut tentée de répliquer par un sarcasme, mais elle se maîtrisa et se contenta de décliner posément son identité, puis patienta pendant qu'Evelyn la scrutait, à n'en pas douter, à travers son judas. Enfin, des bruits de serrure – au moins trois ou quatre sur la hauteur du battant –, annoncèrent que l'examen préliminaire avait pris fin. La porte s'entrouvrit d'une dizaine de centimètres, retenue par une chaîne, et un œil injecté de sang et un bout de nez apparurent dans l'entrebâillement. Aria resta silencieuse, laissant à Evelyn le temps de la dévisager tout son soûl. Une vingtaine de secondes plus tard la porte se referma, la chaîne fut retirée sans précipitation, puis la porte se rouvrit beaucoup plus largement. L'aperçu qu'Aria eut alors de l'intérieur de l'appartement lui confirma qu'Evelyn était une accumulatrice compulsive. Derrière la femme, elle voyait une pièce remplie de toutes sortes de vieilleries, dont un grand nombre de cartons de tailles diverses, des valises, des piles énormes de journaux et de magazines. Il y avait même un chariot de supermarché bourré de fripes. Le capharnaüm était tel qu'aucun meuble, genre fauteuil ou buffet, n'y était visible. Seul un étroit couloir permettait de traverser cette étrange caverne d'Ali Baba.

– Que voulez-vous me demander ? dit Evelyn.

Elle portait une vieille robe de chambre, ses cheveux étaient enroulés dans des bigoudis et recouverts par une charlotte de douche transparente, et avec la crème de couleur claire dont elle s'était enduit le visage à l'exception du contour de ses yeux, elle avait l'air d'un raton laveur. Aria ne regretta pas de ne pas être invitée à entrer dans l'appartement : l'odeur qui en émanait était pire que celle du couloir.

– Nous avons besoin d'informations sur les visiteurs que Kera Jacobsen recevait en fin de journée à son domicile, dit Aria. Vous avez déclaré à l'enquêteur médico-légal, M. Goldberg, que vous aviez entendu des gens arriver et repartir, généralement les soirs de semaine. C'est bien cela ?

– En effet, acquiesça Evelyn. Mais depuis un mois, environ, ces visites avaient cessé. Dieu merci.

– C'est une seule personne, ou plusieurs, qui venaient ?

– Je crois que c'était une seule personne.

– Vous avez aussi dit que vous ne saviez pas s'il s'agissait d'un homme ou d'une femme.

– Voilà.

– Hmm… C'est curieux, quand même, objecta Aria. Je vois que la porte de Kera Jacobsen est pile en face de la vôtre. Et avec votre œilleton, vous pouvez tout observer sans être vue. Voulez-vous me faire croire que vous n'avez jamais regardé dehors quand vous entendiez ce visiteur du soir arriver ou repartir ? C'est un peu difficile à imaginer.

– J'ai peut-être regardé une fois ou deux, oui, dit Evelyn sur la défensive. Mais seulement quand la personne arrivait. Je suis au lit à dix heures tous les soirs.

– Et cette personne que vous avez vue en de rares occasions, alors, était-ce un homme ou une femme ?

– C'était en général un homme.

– En général ou toujours ? Souvenez-vous, je ne veux pas être obligée de demander à la police de s'en mêler, mais je crois que je le ferai si vous ne coopérez pas.

– C'était un homme.

– Et à votre avis, s'agissait-il du même homme chaque fois ? Le couloir est assez bien éclairé, je pense, pour que vous ayez une idée sur la question.

– Je crois que c'était le même homme. Je dirais cela à cause de sa carrure et de son manteau. Il avait parfois un manteau en laine, couleur poil de chameau. Mon mari, Dieu ait son âme, en possédait un pareil.

– Parfait. Voilà une information précieuse, Evelyn, dit Aria d'un ton encourageant. Et comment était-il, cet homme ? Grand, petit… ?

– Euh… Pas très grand, je crois. Mais pas petit non plus. Je ne l'ai jamais bien vu, vous savez. Il sonnait chez la jeune fille, je le voyais de dos… Une ou deux fois, même, il avait le col du manteau relevé sur la nuque. Voilà, c'est tout.

Aria hocha la tête.

– D'accord. Une dernière question, maintenant, Evelyn, et j'aimerais que vous réfléchissiez avant de répondre. Êtes-vous bien sûre de n'avoir jamais vu son visage ? Ou son profil, au moins ?

Reconnaîtriez-vous cet homme si vous le croisiez dans la rue, par exemple ?

Evelyn cligna des yeux plusieurs fois de suite, en pleine réflexion manifestement.

– Non, je ne le reconnaîtrais pas, j'en suis sûre, dit enfin la femme. Je n'ai jamais vu son visage.

– OK. C'est tout. Je reviendrai si j'ai d'autres questions.

Aria s'éloigna dans le couloir. Derrière son dos la porte d'Evelyn claqua. Même si la conversation avec cette femme lui avait rappelé de désagréables souvenirs de patients qu'elle avait été obligée de prendre en charge pendant ses études de médecine, elle était contente d'être venue. Ses efforts avaient été récompensés. Elle était désormais convaincue de ce qu'elle soupçonnait, à savoir que Kera Jacobsen avait eu une liaison amoureuse, probablement avec un homme qu'elle avait rencontré autour de Noël, et qu'elle n'avait jamais parlé de cette relation à son entourage. La question, bien sûr, c'était pourquoi tant de secrets ? Ayant regardé plus que sa part de séries sentimentales, quand elle était préado, à la propriété de Greenwich, Aria pouvait deviner que c'était parce que Casanova était marié. Et si toutes ces heures d'intrigues à l'eau de rose lui avaient appris une chose, c'était bien que Casanova avait sans doute expliqué à Kera, la main sur le cœur, qu'il comptait divorcer mais devait attendre le bon moment. Et puis patatras, cette grossesse malvenue avait tout gâché et raccourci la vie de Kera.

– Le putain de salopard, grogna-t-elle en frappant les portes de l'ascenseur avec la paume. Je vais te trouver ! Par tous les moyens, je te trouverai !

Comme en réponse à sa petite explosion de colère, l'ascenseur arriva.

# 14

8 MAI
21 H 48

Aria remontait à nouveau vers le nord. Cette fois la voiture empruntait la Huitième Avenue, la circulation était plus fluide et ils roulaient vite. À moitié hypnotisée par le défilé fantasque des lumières de la ville sur sa droite, elle laissa ses pensées errer. Jusqu'à cet après-midi, son stage d'un mois à l'IML l'avait ennuyée à mourir. Maintenant elle était enthousiaste. Quelque part dans cette ville trépidante, Aria en avait la conviction absolue, se trouvait un homme excessivement arrogant, qui se croyait tout permis comme tous les hommes qu'elle avait jamais connus. Un homme qui avait cru pouvoir s'amuser avec Kera Jacobsen, abuser de sa confiance, lui faire accepter de garder le secret sur leur relation, et enfin se montrer irresponsable au point de lui faire un enfant – et cela en toute impunité. Sans oublier bien sûr le rôle qu'il avait peut-être joué dans sa mort. Aria était déterminée à le démasquer. Seul problème : Casanova ayant manifestement pris toutes les précautions pour que son aventure avec Kera reste secrète, elle allait avoir beaucoup de mal à le retrouver. Cela risquait même d'être impossible. À moins de convaincre la police d'ouvrir une enquête. Un inspecteur saurait y faire. Mais d'après David Goldberg, il n'y avait aucune chance pour que la police accepte de s'intéresser à ce cas.

Son portable se mit tout à coup à vibrer dans sa poche. Elle avait coupé la sonnerie avant sa rencontre avec le Dr Henderson pour ne pas risquer d'être dérangée. Surprise, c'était Madison Bryant.

– C'est votre portable qui m'appelle parce que vous venez d'y enregistrer mon numéro et vous vous êtes assise dessus, ou vous voulez vraiment me parler ? demanda-t-elle en guise de salutation.

Madison Bryant poussa un petit rire qui donna à Aria le sentiment qu'elle était nerveuse.

– C'est bien moi qui vous appelle. J'espère ne pas vous déranger, mais je voulais m'excuser d'avoir été un peu distante avec vous chez Cipriani.

– Vous ne m'avez pas paru distante, dit Aria.

– Oh que si, insista Madison. Aujourd'hui j'ai vraiment vécu le pire jour de ma vie. Ce genre de chose, ça ne m'était jamais arrivé. Je n'avais jamais vu de personne morte, et encore moins une proche. J'essayais de ne plus y penser, et puis vous vous êtes pointée pour en parler. Ça m'a fait flipper. Je suis désolée.

– La vie est mal fichue, dit Aria.

Elle ne risquait pas de s'excuser, de son côté, si c'était ce que Madison cherchait à obtenir.

– Quand vous m'avez fait comprendre qu'elle était enceinte, là ça m'a carrément mise par terre. Je me suis sentie très mal. J'ai eu l'impression de l'avoir trahie. D'avoir été au-dessous de tout en tant qu'amie. Ça me bouleverse, ce truc…

– Eh ben je suis sûre que votre compagnon trouvera le moyen de vous remonter le moral.

– Je ne suis plus avec lui. Je l'ai planté là. Quand j'ai essayé d'expliquer ce que je ressentais – et je me suis mise à pleurer –, il a été moins que compréhensif. Il a même réagi avec une sorte de condescendance misogyne hyper-irritante. Alors j'ai vu rouge.

– Je ne suis pas étonnée, dit Aria. Il m'a fait l'effet d'un beau crétin. Et méchamment vaniteux, en plus. À mon avis, vous vous remettrez beaucoup mieux de vos émotions sans lui.

– Je crois qu'en l'ignorant comme vous l'avez fait, vous l'avez bien ramené sur terre. Il est devenu bizarre après votre départ. Mais ne parlons plus de lui. Où êtes-vous, tout de suite ?

Étonnée par la question, Aria regarda par la vitre de sa portière et aperçut sur sa droite le panneau du carrefour avec la 43e Rue. La voiture était arrêtée au feu rouge.

– Je suis dans un Uber, je rentre chez moi.

– Moi aussi, dit Madison. C'est où, chez vous ?

– Dans l'Upper West Side, dit Aria, perplexe que Madison ait posée cette question et tout aussi perplexe de s'entendre y répondre.

– Quelle coïncidence ! J'habite là-bas moi aussi. Écoutez, je voudrais qu'on discute au plus vite d'un moyen de retrouver ce petit ami inconnu et de découvrir quel rôle il a pu jouer dans la mort de Kera. Plus j'y pense, plus je suis d'accord avec vous. Je veux dire, jamais Kera n'a pris de la drogue. Jamais ! Elle avait horreur de ça. En tant qu'assistante sociale, elle était bien placée pour connaître l'impact de la drogue sur la vie des gens. Où êtes-vous exactement ?

Aria regarda à nouveau par la vitre. La voiture redémarrait.

– Au croisement de la 43e sur la Huitième Avenue. Mais je n'ai pas mangé, vous savez…

– Moi aussi je suis sur la Huitième ! Juste quelques rues derrière vous. Et si on se retrouvait quelque part où vous mangerez un morceau, moi je boirai un verre, et nous pourrons discuter ? Je préférerais vous en parler sans attendre, car je crois avoir trouvé une idée assez géniale pour retrouver l'inconnu de Kera.

– Pardon ?! s'exclama Aria.

Pour elle qui venait de se lamenter qu'elle était dans l'impasse à peine son enquête commencée, les paroles de Madison étaient un cadeau du ciel.

– Retrouver cet homme ne va pas être facile, mais je pense savoir comment nous pourrions nous y prendre. Cela vous intéresse ?

– Beaucoup, dit Aria. Vous proposez qu'on se retrouve où ?

– Connaissez-vous Nobu ? C'est à peu près sur notre chemin, au numéro 40 de la 57e Rue Ouest. Le bar est superbe et la cuisine excellente si vous aimez les sushis. Ça vous tente ?

– Parfait. À tout de suite.

Aria coupa la communication le sourire aux lèvres, puis se pencha légèrement en avant :

– Chauffeur, je veux changer de destination.

# 15

**8 MAI**
**22 H 10**

Dès qu'elle en franchit la porte, Aria comprit que Nobu était l'antithèse absolue de Cipriani. Au lieu de pénétrer dans un chaos bruyant, surpeuplé, étouffant et trop brillamment éclairé, elle découvrait une élégante salle à l'éclairage subtil, discret, sous une impressionnante hauteur de plafond. Sur un côté, il y avait un long comptoir, typique des restaurants japonais, au-dessus duquel s'alignaient des barils de saké. L'endroit avait sans doute accueilli de nombreux clients plus tôt dans la soirée, mais il ne s'y trouvait plus qu'une douzaine de personnes et l'atmosphère était très calme, parfaite pour clore la journée en douceur. Derrière le bar se tenaient, presque au garde-à-vous, deux serveurs vêtus de noir. Il paraissait un peu irréel à Aria de visiter le même soir deux établissements à la mode qu'elle ne connaissait que de réputation. Bien que vivant à New York depuis près de quatre ans, elle n'avait jamais éprouvé l'envie de fréquenter l'un ou l'autre.

Repérant une section du comptoir où il y avait cinq tabourets libres contigus, elle s'en approcha et prit le siège du centre. Dès qu'elle fut assise, l'un des serveurs s'approcha et posa une serviette à cocktail devant elle. Puis il tendit la main en disant :

– Bienvenue à Nobu. Je m'appelle Alex. Et vous ?

Aria regarda la main du serveur, puis releva les yeux vers son visage souriant. C'était un homme de taille moyenne, au teint mat, aux cheveux et aux yeux noirs, avec une petite barbe taillée en pointe qui lui donnait un petit côté méphistophélique intéressant, et même séduisant. Elle n'avait pas l'intention de lui serrer la main pour autant.

– Je veux manger quelque chose, dit-elle. Qu'avez-vous à me recommander ?

Sans un instant d'hésitation et sans paraître le moins du monde vexé par la rebuffade, Alex baissa la main et se lança dans l'énumération d'une liste stupéfiante de plats.

– Cela dit, ce soir je vous conseille les rouleaux saumon et avocat, et puis le turbot au miso. À condition bien sûr que les sushis et les sashimis vous conviennent.

– Parfait.

– Quelque chose à boire ? Du vin ? Un cocktail ?

– Je vais prendre un verre de prosecco. À quelle heure vous fermez ?

– À minuit, répondit Alex.

Pendant qu'elle patientait, elle regarda autour d'elle. Il y avait deux couples au comptoir, et les autres clients étaient installés à des tables. Elle leva les yeux vers le plafond. Celui-ci paraissait très loin, car la salle était beaucoup plus haute que large.

Alex lui apporta d'abord son verre. Elle en but une gorgée. C'était un bon prosecco. Jetant un œil vers la porte de la rue, elle se demanda combien de temps elle devrait attendre Madison.

Celle-ci arriva avant ses plats. Aria la vit franchir la porte du restaurant. Leurs regards se croisèrent et Madison vint rapidement dans sa direction.

– C'est gentil d'avoir accepté qu'on se retrouve, dit-elle. Merci de prendre le temps.

Aria garda le silence pendant que Madison retirait une veste légère en jean, la déposait sur le tabouret libre à côté du sien, puis s'asseyait. Attentif, Alex s'approcha aussitôt pour poser une serviette à cocktail devant Madison. Il répéta son topo de bienvenue et tendit à nouveau la main. Contrairement à Aria, Madison lui serra la main et donna son prénom. Bientôt il fut convenu qu'elle n'avait pas faim mais prendrait un verre.

– La même chose qu'elle, précisa-t-elle en désignant le verre d'Aria.

– Qu'est-ce que vous suggérez, alors, pour retrouver le petit ami secret de Kera Jacobsen ? demanda Aria, qui avait hâte d'entrer dans le vif du sujet.

Au même moment Alex apporta les deux plats qu'elle avait commandés. Il disposa aussi devant elle des baguettes, une serviette en tissu, plusieurs coupelles de garniture, et enfin un petit flacon de sauce teriyaki en forme de théière. Bien que Madison ait dit qu'elle ne comptait pas dîner, il apporta aussi des baguettes et une serviette pour elle.

Aria mangea un sushi, ensuite un morceau de sashimi, puis elle poussa les assiettes vers Madison.

– Pas mal, dit-elle. Je suis affamée. Essayez ! Le sashimi est particulièrement bon.

Madison saisit ses baguettes pour goûter à son tour les deux plats.

– Hmm, excellent en effet, dit-elle, puis elle posa les baguettes avant d'enchaîner : Pour vous expliquer ce que j'ai en tête, je dois d'abord vous poser une question. Vous souvenez-vous de l'arrestation, en 2018, du tueur du Golden State ?

– Je crois que oui.

– Vous rappelez-vous comment il a été retrouvé ?

– Si je me souviens bien, il a été identifié par quelqu'un qui a comparé son ADN avec ceux de sites Web de généalogie.

– Exactement ! dit Madison avec animation.

– C'est à cela que vous pensiez ? demanda Aria, déçue.

Elle s'était attendue, au minimum, à obtenir les noms de personnes susceptibles de connaître les secrets de la défunte.

– Oui, c'est exactement à ça que je pense, dit Madison.

– Eh ben je vous arrête tout de suite, ça ne marchera pas, répliqua Aria. Les paramètres qui ont permis l'identification du tueur du Golden State étaient tout à fait différents de ceux de l'histoire qui nous concerne. Pour le tueur, on avait son ADN par son sperme. Nous, nous n'avons ni le sperme de notre bonhomme ni son ADN.

Aria posa ses baguettes, tellement dépitée qu'elle était tentée de s'en aller.

– En effet, convint Madison. Mais il y a de bonnes chances pour que nous puissions reconstruire son ADN.

– Oh, pitié, railla Aria. Reconstruire son ADN ? Qu'est-ce que vous imaginez ?

– Il y a un an, à peu près, ma mère m'a fait cadeau du coffret de test ADN de l'une des grandes plateformes de généalogie en ligne. Là tout de suite, le nom de la société m'échappe. Je crois que c'était Ancestry point com, qui possède la plus grande base de données du secteur. Mais peu importe. Depuis je suis devenue accro aux recherches généalogiques et j'ai fait analyser mon ADN par à peu près toutes les plateformes du marché. Croyez-moi, une fois que vous mettez le pied là-dedans, ça devient vite addictif. Parce que ça fonctionne ! Je me suis retrouvé des ancêtres jusqu'au début du XIXe siècle. Des esclaves, bien sûr, comme vous pouvez imaginer.

– Tant mieux pour vous, dit Aria en regardant l'heure sur son téléphone.

Il était bientôt onze heures, cela expliquait pourquoi elle avait subitement envie d'être dans son lit. En temps normal elle se couchait à dix heures, dix heures et demie au plus tard, pour lire un moment avant de dormir.

– Ce que je veux dire, poursuivit Madison, c'est que j'ai acquis pas mal de connaissances dans le domaine des tests ADN et de la généalogie génétique. C'est un sujet assez complexe, mais si vous êtes du genre opiniâtre, comme moi, vous pouvez à peu près tout comprendre.

– Je regrette, je crois que je vais devoir m'en aller, dit Aria.

Elle tourna la tête vers l'extrémité du comptoir et leva la main pour attirer l'attention d'Alex.

– Je pense qu'il sera assez facile de trouver ce petit ami parce que nous aurons deux sources d'ADN, celui de l'enfant et celui de la mère. Cela signifie que nous avons déjà la moitié de l'ADN du père.

Aria baissa la main et regarda de nouveau Madison.

– C'est sans doute vrai, dit-elle. Mais il nous manquera encore un milliard et demi de paires de base.

– Oui, mais il existe des astuces pour combler ce manque. Avec des outils développés par les plateformes commerciales de généalogie et améliorés par des sites Web d'open data – qui ont des bases de données participatives. Laissez-moi vous expliquer.

Madison pivota sur son tabouret pour faire face à Aria.

– Une fois que vous avez envoyé votre salive à une société comme ancestry.com avec la trousse à prélèvement reçue par la poste, ce que vous obtenez en retour, les résultats personnels que vous attendez, c'est tout un ensemble de données brutes que l'on appelle votre kit ADN. Ce n'est pas du tout le séquençage complet de l'ensemble de votre génome – même si un jour prochain ce sera peut-être le cas. Pour le moment, c'est votre collection perso de certains nucléotides à tout un tas d'endroits bien précis répartis à travers votre génome. À ces endroits-là, on trouve ce qu'on appelle des polymorphismes nucléotidiques. Pour faire plus court, on les appelle aussi des « snips », précisa Madison. Les snips, ce sont un peu comme des empreintes digitales dans le monde de la chimie.

– Je comprends, dit Aria qui commençait à être intriguée.

Madison semblait savoir de quoi elle parlait. Quant à elle, il ne lui était jamais venu à l'esprit d'essayer de retrouver une personne en recréant son ADN à partir de ceux de ses proches parents. Elle avait toujours cru que le processus ne fonctionnait que dans un sens, comme pour le tueur du Golden State, c'est-à-dire en commençant par avoir l'ADN de l'individu recherché.

– Bien sûr vous connaissez la génétique, en tant que médecin, dit Madison. Je suis sûre que vous en savez beaucoup plus que moi sur la mécanique du génome. Mais je vois que vous n'êtes pas au courant des dernières nouveautés en généalogie génétique. Aujourd'hui, certaines sociétés développent et exploitent des techniques vraiment fascinantes pour obtenir des résultats. Je pense en particulier à une société comme GEDmatch.com. L'une de ces techniques, par exemple, s'appelle le phasage. Elle consiste en gros à séparer le génome de l'enfant en deux nouveaux kits ADN, celui de la mère et celui du père. Il y a même une technique incroyable qui permet de fabriquer le kit ADN de ce qu'on appelle « l'anti-jumeau » de l'enfant, c'est-à-dire un kit théorique de l'ADN que l'enfant n'a pas reçu de chacun de ses parents.

Madison s'interrompit un instant pour boire une gorgée de prosecco.

– Mais là, je vais déjà trop loin, reprit-elle. Tout ce que vous devez comprendre pour le moment, c'est que ces nouveaux kits ADN obtenus par phasage peuvent aussi servir à trouver des correspondances généalogiques ancestrales. Des gens qui sont vos parents plus ou moins éloignés, si vous préférez. Dans le cas de Kera, nous ne nous intéresserons qu'aux correspondances du côté paternel, et c'est pour cela que les kits obtenus par phasage seront utiles. Et si nous découvrons des correspondances plus proches que des petits-cousins, alors nous aurons de bonnes chances de parvenir à nos fins. Surtout si les personnes concernées ont fait l'effort de construire des arbres généalogiques. Et si nous arrivons au bout du compte à trouver des correspondances encore plus proches, comme des frères et sœurs, des demi-frères et demi-sœurs, des parents, des tantes ou des oncles, ou même des cousins germains, là ce sera du gâteau.

Aria regardait fixement Madison, éberluée. Ces révélations lui ouvraient tout un monde de possibilités auquel elle n'avait jamais songé, et elle avait du mal à mettre tout cela en perspective.

– Donc, euh… Ça veut dire que nous devrons faire faire des kits à la fois pour Kera et pour son enfant par l'une ou l'autre des sociétés qui proposent des tests ADN…

– Tout juste, dit Madison dont l'enthousiasme ne retombait pas. Et plus nous utiliserons de plateformes différentes, plus nous aurons de chances de trouver des correspondances. Je vais vous convertir à la généalogie génétique, sûr et certain !

Elle poussa un petit rire ravi en voyant Aria écarquiller les yeux, puis poursuivit :

– Ce que je sais pour avoir beaucoup étudié tout ça, c'est que chaque individu, en moyenne, a environ huit cent cinquante relations généalogiques qui vont des proches parents aux petits-cousins. Petite précision, si jamais vous avez oublié, les petits-cousins ont en commun leurs arrière-arrière-grands-parents. Mais ne vous découragez pas en pensant qu'il faudra faire le tri entre huit cent cinquante personnes. Aucun risque. En estimant l'âge de l'amant mystère, nous pouvons déjà diviser ce chiffre par deux. Ensuite, en excluant les femmes des résultats, nous le divisons encore par deux. Et enfin, en nous concentrant sur les résultats trouvés à New York et dans les environs, nous les diviserons encore une fois par deux.

– Alors vous pensez que nous aurions une centaine de candidats, au bout du compte ? demanda Aria.

Elle était à nouveau découragée. Essayer de trouver l'homme qu'elles cherchaient parmi cent individus dans une ville comme New York, ce serait une tâche monumentale – même pour toute une équipe d'enquêteurs professionnels.

– Non, non, dit Madison en agitant la main. Sans doute une vingtaine tout au plus. Élaguer les résultats en fonction de l'âge, déjà, ça réduit le nombre de relations de plus de cinquante pour cent. Beaucoup plus ! Et si nous découvrions une correspondance très proche, comme un frère ou une sœur, un parent, un oncle ou une tante, là nous serions à bien moins de cinq ou six personnes. Nous pourrions tomber sur LA personne. Bingo ! Attrapé, le salopard.

Madison but un peu de prosecco, puis sourit en posant son verre.

– Ça m'excite beaucoup, tout ça, parce que ce travail pourrait avoir une certaine valeur rédemptrice. En démasquant ce type, j'aurais le sentiment de faire quelque chose pour Kera. Même s'il est hélas trop tard pour la sauver.

– Et vous pensez qu'on pourrait commencer quand ? demanda Aria – malgré ses doutes, elle était gagnée par l'enthousiasme de Madison.

– Demain ! Pourquoi pas ? Dès demain, je peux me renseigner pour savoir ce que les compagnies de généalogie génétique voudront comme échantillon pour les tests ADN, puisque nous ne pourrons pas leur fournir de salive comme des clients ordinaires.

– Je suis certaine de pouvoir obtenir des fluides corporels ou même des prélèvements de tissu de la mère et du fœtus. Vous n'aurez qu'à me dire ce que ces compagnies préfèrent.

– Oh, à propos, c'était quoi le sexe du bébé ?

– Il n'était pas encore déterminé, répondit Aria. Selon notre estimation, le fœtus avait environ dix semaines. À ce stade c'est difficile de savoir, parce que le pénis et le clitoris en développement font à peu près la même taille jusqu'à environ quatorze semaines. Mais si je devais me prononcer, je dirais que c'était un garçon.

– Un garçon, ça nous aiderait beaucoup.

– Pourquoi donc ?

– Parce que l'ADN-Y ne vient que du père.

– Mais oui ! C'est le chromosome Y qui détermine le sexe masculin. Mais pourquoi est-ce mieux que l'ADN autosomique, pour la généalogie ?

– Ce n'est pas mieux, c'est juste une information différente et additionnelle, dit Madison. Mais c'est surtout parce que cela pourrait nous livrer un nom de famille. Si nous réussissons à déterminer le nom de famille, le champ des correspondances significatives se réduit considérablement. À condition bien sûr qu'il n'y ait pas un truc qui soit venu tout chambouler, genre une adoption.

– Pourquoi une adoption chamboulerait tout ?

– Le nom de famille change, mais pas le chromosome Y. Cela peut être très problématique quand on essaie de construire un arbre généalogique, or ce sont des arbres généalogiques dont nous aurons besoin si nous ne trouvons pas d'entrée de jeu une correspondance très proche. Et il ne faut quand même pas compter découvrir un proche parent comme ça, en deux secondes. Il y a trop de facteurs en jeu.

– OK, dit lentement Aria.

Elle se rendait compte, petit à petit, qu'elle avait grand besoin de potasser tout ce qui touchait aux tests ADN et à la généalogie génétique. Elle aurait dû en savoir davantage, sans doute, en tant que médecin, mais… elle ignorait tout bonnement que ce domaine était si compliqué. Grâce à ses cours de biologie, elle connaissait quand même la recombinaison génétique, ou le mélange des chromosomes, qui était une des principales causes de la diversité des caractères héréditaires.

– Et l'ADN mitochondrial ? dit-elle.

– Si nous avions le génome du père et si nous cherchions à reconstruire celui de la mère, l'ADN mitochondrial serait bien utile. Comme vous le savez, il se transmet seulement par la lignée maternelle, car le sperme n'apporte pas de mitochondries. Toutes les mitochondries viennent avec l'ovule.

– Bien sûr.

Aria éprouvait une pointe d'embarras à avoir posé cette question. Elle était reconnaissante à Madison de ne pas l'avoir prise de haut.

– Visiblement, dit-elle, il va falloir que j'apprenne un certain nombre de choses sur la généalogie génétique. Y a-t-il des livres en particulier que vous me recommanderiez de lire ?

– Oh oui. Je vous en conseille deux, surtout. Le plus généraliste, c'est un livre signé Blaine Bettinger qui s'appelle le *Guide des tests ADN et de la généalogie génétique*. L'autre, qui sera plus utile pour notre recherche, c'est le *Guide des tests génétiques pour les enfants adoptifs*. L'auteur s'appelle Tamar Weinberg*. Depuis que les tests ADN existent, les enfants adoptifs utilisent la généalogie génétique pour rechercher leurs parents biologiques. Et plus le temps passe, mieux ça fonctionne. L'autre groupe qui a indiscutablement bénéficié de la montée en puissance de la généalogie génétique, c'est celui

* Blaine Bettinger, *The Family Tree Guide to DNA Testing and Genetic Genealogy* (2019) ; Tamar Weinberg, *The Adoptee's Guide to DNA Testing* (2018), livres non traduits à la parution de ce roman.

des personnes conçues par don de sperme. Et les progrès réalisés ces dernières années au bénéfice de ce groupe particulier nous aideront beaucoup, puisque, au fond, nous allons chercher la même chose qu'eux. Et je connais un certain nombre de sites Web qui accepteront peut-être de nous donner un coup de main.

– Tout va bien, mesdames ? demanda Alex. Je vous apporte autre chose ?

Il s'était approché sans bruit et attendait depuis quelques secondes une occasion de parler. Complètement happées par leur conversation, les deux femmes l'avaient à peine remarqué.

– Pas pour moi, j'ai assez bu, dit Aria.

– Moi aussi, dit Madison, et elle vida d'un trait la fin de son prosecco.

– Vous partagerez l'addition ? demanda-t-il encore, désignant les verres et les plats posés devant elles.

– C'est pour moi, dit Madison, et elle ajouta pour Aria : C'est moi qui vous ai demandé qu'on se retrouve ici, donc c'est moi qui invite.

Aria ne répondit pas tandis que Madison sortait une carte de crédit et la tendait à Alex. Si cette fille voulait payer, qui était-elle pour s'en plaindre ?

– Ces deux livres dont vous parlez, on les trouve facilement ? demanda-t-elle. Je voudrais commencer à me renseigner sur le sujet dès que possible.

– Vous savez quoi ? Le plus simple c'est que vous passiez tout de suite à mon appartement, répondit Madison en signant du doigt sur l'écran du terminal de paiement que le serveur avait posé devant elle. Je vous prête volontiers les miens, si ça ne vous ennuie pas d'avoir entre les mains des livres pleins de surlignages et un peu chiffonnés. Je les ai lus tous les deux plusieurs fois.

Elle tendit l'appareil à Alex, lequel lui rendit aussitôt un reçu et sa carte de crédit.

– Merci, mesdames, dit-il. Au plaisir de vous revoir bientôt.

– Vous habitez où, au juste ? demanda Aria à Madison.

– 73e Ouest, entre Columbus et Amsterdam.

– Oh. C'est tout près de chez moi. Je suis dans la 70e entre Columbus et Central Park West.

– Ça, c'est commode, acquiesça Madison. Voulez-vous venir chercher les livres, alors ?

– OK, fit Aria. Prenons un Uber jusque chez vous, et ensuite je pourrai redescendre à pied à mon appartement.

– Bon plan, dit Madison en saisissant sa veste en jean pour l'enfiler.

– Je vous attends ici, dit Aria quand elles descendirent de la voiture devant l'immeuble de Madison.

Il faisait plus frais, à présent, mais c'était encore une agréable soirée de printemps. Comme il n'était pas très tard, il y avait encore pas mal de piétons et de voitures en circulation.

– Comme vous voulez, dit Madison.

Elle aimait autant ne pas faire monter Aria chez elle, car elle avait envie de se mettre au lit le plus vite possible. Plus tôt dans la soirée, elle avait douté de pouvoir s'endormir après la journée très perturbante qu'elle avait passée, mais maintenant qu'elle avait parlé avec Aria et avait devant elle la perspective de faire quelque chose de positif pour Kera, la tension retombait et la fatigue la rattrapait.

Dans son deux-pièces, au troisième étage de l'immeuble, Madison dut examiner avec attention les étagères bien remplies de sa bibliothèque pour repérer les livres dont elle avait parlé à Aria. Elle redescendit ensuite rapidement au rez-de-chaussée. Aria était assise sur l'un des blocs de granite bordant les trois marches du perron. Un homme qui promenait son chien s'était arrêté là et essayait d'engager la conversation. Madison eut un peu de peine pour lui, car il était clair qu'il perdait son temps. Elle se demanda s'il arrivait à Aria de baisser sa garde, au moins avec certaines personnes. Cette fille était vraiment un mystère. Jamais Madison n'avait rencontré quelqu'un d'aussi difficile à cerner. « Imprévisible » était peut-être le mot qui la définissait le mieux. D'un instant à l'autre, elle pouvait passer de relativement sympathique à carrément imbuvable. Madison se demandait si elle était représentative des médecins légistes. Avec l'expérience qu'elle avait eue dans la journée, l'idée lui avait traversé l'esprit que ces gens-là étaient peut-être tous un peu bizarres. Travailler jour après jour avec des cadavres, cela devait avoir certaines conséquences. Elle ne se voyait pas du tout faire ce genre de métier.

Ignorant l'homme au chien, Aria se mit debout et prit les livres que lui tendait Madison.

– Ah ouais, ils sont drôlement abîmés, marmonna-t-elle en les retournant entre ses mains.

Madison retint la réplique qui lui venait aux lèvres et dit simplement :

– Je pense qu'ils vous seront très utiles. Reparlons-nous demain. J'ai des patients toute la journée, mais je vous téléphonerai entre deux rendez-vous, si cela vous convient. Ensuite nous pourrons décider comment procéder.

– Ça me paraît bien, dit Aria. Je vous rendrai bientôt ces livres. Je lis très vite.

– Oh non, dit Madison en agitant la main. Gardez-les aussi longtemps que vous voudrez. Je les connais par cœur.

– OK, fit Aria avant de s'éloigner en direction de Columbus Avenue.

Aria marchait d'un bon pas. Maintenant qu'elle avait ces bouquins de généalogie génétique, elle voulait arriver chez elle au plus vite pour se mettre à lire. Malgré sa déception première, la piste lui paraissait désormais assez prometteuse. De Kera Jacobsen, elle n'avait vu que le cadavre bouffi par les lividités cadavériques, mais il était assez clair qu'il s'agissait d'une femme plutôt intelligente, éduquée et cultivée, et il paraissait donc logique qu'elle ait eu une liaison avec un homme aux caractéristiques et aux centres d'intérêt proches des siens. De là, il était raisonnable de penser que la famille de cet homme appartenait au même milieu social – et Aria faisait l'hypothèse que c'était justement cette frange de la population qui avait le goût des tests ADN et des arbres généalogiques. Tout cela signifiait que retrouver l'amant inconnu grâce au procédé suggéré par Madison ne serait peut-être pas si difficile.

Un peu plus de cinq minutes après avoir quitté Madison, elle montait les dix marches du perron de son immeuble.

Quand elle avait débarqué à New York pour l'internat, elle avait préféré s'acheter tout de suite un appartement plutôt que de louer et d'avoir à se coltiner un propriétaire. La métropole l'avait toujours attirée pour son anonymat. Aria avait décidé de s'installer dans l'Upper West Side pour être près de Central Park, et puis parce que c'était un des quartiers les plus agréables à vivre de Manhattan. Elle avait autour de chez elle tous les commerces et les restaurants dont elle pouvait avoir besoin. Elle ne possédait pas de voiture et n'en voulait pas.

L'appartement sur lequel elle avait fixé son choix se trouvait dans une rue bordée de maisons de ville en grès brun typiques de l'Upper West Side. Si ces « brownstones » avaient autrefois été des maisons individuelles, habitées par une seule famille, beaucoup étaient désormais transformées en copropriétés. De façon un peu étrange, sa propre façade avait été peinte en blanc pour masquer les nombreuses réparations qui y avaient été apportées. Son appartement se trouvait au rez-de-chaussée.

À l'origine, du temps où la maison n'était occupée que par une seule famille, le trois-pièces d'Aria était le petit salon et la salle à manger. La reconversion de l'édifice avait entraîné d'importantes modifications des plans d'étage. Aujourd'hui, lorsque Aria entrait dans son appartement par le hall commun de la copropriété, elle se trouvait directement dans la pièce à vivre, avec cuisine ouverte et grande cheminée à bois. Sur la gauche, un petit couloir menait à la chambre et à la salle de bains. Cet agencement présentait un léger inconvénient, puisque la chambre était côté rue et donc exposée aux bruits du dehors, sirènes d'ambulance et voisins soûls les samedis soir d'été. Sur la droite, une porte donnait sur une dernière pièce, de taille modeste, que l'agent immobilier avait présentée à Aria comme une chambre sans salle de bains. Elle en avait fait un bureau et c'était là qu'elle passait l'essentiel de son temps quand elle n'était pas à l'hôpital ou, en ce moment, à l'IML. L'un dans l'autre, l'appartement était sympa et agréable, surtout avec son plafond à trois mètres soixante qui donnait une belle impression d'espace.

Après avoir déposé sa blouse sur le dossier du canapé, elle alla droit au bureau avec les deux livres de Madison. L'un de ses points forts, c'était qu'elle était capable de se concentrer sur son boulot en faisant complètement abstraction de ce qui se passait autour d'elle. Malgré sa fatigue après la longue journée qu'elle venait d'avoir, elle était décidée à devenir très vite beaucoup plus calée en généalogie génétique qu'elle ne l'était pour le moment.

# 16

**9 MAI**
**5 H 15**

Sensation de déjà-vu, pour Laurie, quand elle comprit qu'elle ouvrait les yeux beaucoup plus tôt qu'elle n'en avait l'habitude. Malheureusement, à peine réveillée elle sentait déjà qu'elle n'avait aucun espoir de se rendormir. Son cerveau s'était mis à turbiner, à ressasser tous les problèmes auxquels elle était confrontée en ce moment – et surtout celui de son sein préoccupant. C'était ainsi qu'elle exprimait maintenant la chose : elle avait ce « sein préoccupant » pour lequel elle devait prendre une décision. Elle préférait ne pas penser au mot « cancer ».

Comme la veille, Laurie tourna la tête pour regarder le réveil et réprima un gémissement en découvrant l'heure. Dehors il faisait à peu près jour, mais le soleil n'était pas encore levé. Ayant mal dormi, elle savait qu'elle allait être fatiguée aujourd'hui, alors qu'elle avait de nombreux défis à relever.

Elle palpa avec précaution le sein où la grosseur avait été découverte. C'était un geste qu'elle était tentée de faire depuis l'examen, mais n'avait pas encore osé.

Comme toujours, elle perçut sous ses doigts de multiples bosses, minuscules, à l'intérieur de son sein. Aucune ne semblait se démarquer des autres. Était-ce rassurant ? En partie, mais elle ignorait laquelle de ces diverses irrégularités était la grosseur qui avait inquiété les radiologues. Elle se sentait trahie par son corps.

Soulevant la couette, Laurie s'assit au bord du lit et glissa les orteils dans ses chaussons qui l'attendaient pile à l'endroit où elle les avait laissés. Hélas, alors qu'elle s'était écroulée de sommeil en se couchant, juste après avoir soupé avec Jack, cela ne l'avait pas empêchée de se réveiller au milieu de la nuit. Elle avait erré un moment à travers l'appartement obscur, passant de pièce en pièce en ruminant la délicate question de son sein préoccupant et de la solution qu'elle devait adopter, puis, incapable de prendre une décision, elle avait fini par entrer dans le bureau où elle avait allumé la lumière et sorti sur sa table les plans d'architecte du bâtiment en projet pour la nouvelle morgue de l'IML. Bizarrement, elle avait réussi à se concentrer et à bien travailler – en tout cas c'était l'impression qu'elle avait eue. Enfin, quand elle avait senti le sommeil revenir, elle avait éteint pour remonter se coucher.

Elle regarda Jack tandis qu'elle enfilait son peignoir. Comme la veille il était allongé sur le dos, une main sur la poitrine, et paraissait tout à fait paisible. Il ne ronflait pas, mais respirait très profondément, et sans doute rêvait-il car ses yeux remuaient sous ses paupières closes. Un sourire monta aux lèvres de Laurie. Si proche pût-elle se sentir de lui chaque jour qui passait, c'était dans ce genre de moment qu'elle se rendait compte qu'ils étaient bel et bien des individus très différents. Au fond, elle n'avait aucun moyen de savoir ce qui se passait réellement dans la tête de Jack.

Comme la veille, elle sortit sans bruit de la chambre et traversa le couloir pour aller voir Emma. Elle contemplait depuis quelques instants le petit ange de quatre ans endormi dans son lit lorsqu'elle eut tout à coup une sorte de révélation. Ses enfants, surtout Emma, avaient besoin d'elle. Bien sûr. Et cela répondait à la question de savoir ce qu'elle devait faire. Sachant qu'elle avait cette fameuse mutation du gène BRCA1, il fallait qu'elle opte pour la prudence, même si ce choix devait bouleverser l'image qu'elle avait de sa propre féminité. Elle devait suivre l'exemple d'Angelina Jolie et accepter la mastectomie et l'ovariectomie. C'était très simple, en fait. C'était même évident.

– Merci, ma fille, murmura-t-elle dans un souffle.

Laurie avait l'impression, soudain, d'être soulagée d'un poids oppressant. En ressortant de la chambre de la petite, elle remarqua, par la fenêtre au bout du couloir, que le soleil venait de passer au-dessus de l'horizon et baignait de sa lumière dorée la citerne d'eau posée sur le toit d'un bâtiment à quelque distance. Cette vision lui parut symboliser la prise de conscience qu'elle venait d'avoir.

Quand elle entra dans la salle de bains pour se doucher après être rapidement passée dans la chambre de JJ, elle songea qu'elle aurait voulu pouvoir téléphoner sur-le-champ au cancérologue et à la chirurgienne, maintenant que sa décision était prise, pour s'organiser avec eux. Elle avait le sentiment que dès qu'elle aurait parlé à ces deux personnes, elle pourrait classer la question « sein préoccupant » dans un coin de sa tête et se concentrer sans arrière-pensées sur tous les autres problèmes qui réclamaient son attention. La rédaction du certificat de décès de Kera Jacobsen, par exemple. Elle sourit pour elle-même en ouvrant le robinet de la cabine de douche et en réglant la température de l'eau. Avec toutes les autres préoccupations, plus générales et assurément plus importantes, qu'elle avait en tête en tant que directrice de l'IML, il y avait quelque chose de pathétique dans l'intérêt qu'elle portait à ce petit cas d'overdose. Mais elle comprenait d'où cela venait. Abstraction faite de la personnalité de l'interne de pathologie, Aria Nichols, elle avait beaucoup apprécié de faire cette autopsie – et elle avait constaté une fois de plus à quel point la rigueur intellectuelle de la médecine légale lui manquait. Était-elle réellement taillée pour ce métier d'administratrice qui l'obligeait à renoncer à faire ce qu'elle aimait le plus ? Elle n'avait pas la réponse à cette question. En tout cas le fœtus découvert pendant la dissection l'avait étonnée et elle se demandait s'il devait être pris en considération, dans l'examen des circonstances du décès, comme la Dr Nichols l'avait suggéré. À vrai dire elle en doutait, si elle regardait le problème d'un point de vue purement statistique, mais elle ne voulait pas empêcher l'interne de creuser la question. Elle aurait sans doute voulu en faire autant à sa place. Une chose était claire en tout état de cause : l'heure qu'elle avait consacrée à cette autopsie avait été le seul moment de la journée, après que le radiologue qui examinait son IRM lui avait annoncé la mauvaise nouvelle, où le problème de son sein préoccupant ne l'avait pas obsédée.

Laurie entra dans la cabine de douche. Tandis que l'eau commençait à ruisseler sur les courbes de son corps, elle se souvint d'une autre chose importante qu'elle devait faire avant huit heures. Il fallait qu'elle appelle l'école Brooks et annonce à Mlle Rossi que Jack et elle avaient décidé de faire évaluer JJ. Avec un peu de chance, la psychologue de l'école pourrait leur recommander un professionnel, psychologue ou psychiatre, de sexe masculin comme le souhaitait Jack. Plus elle réfléchissait à cette question, plus elle était convaincue qu'ils avaient intérêt en tant que parents, pour prendre de bonnes décisions et pour arrondir les angles avec l'école, à obtenir l'avis d'un spécialiste qualifié.

# 17

**9 MAI**
**06 H 45**

Madison avait presque du mal à se souvenir du froid glacial qu'elle avait dû affronter en hiver, pendant les trois minutes de marche qui séparaient son appartement de la 73e Rue de l'entrée du métro au bout du square Verdi, tellement il était agréable d'être dehors, dans l'air matinal frais et doux, en ce milieu de printemps. Même ici, au cœur de la grande ville, elle entendait les oiseaux chanter dans les arbres du minuscule jardin public qu'elle longeait à présent. Son trajet de métro normal, qu'elle faisait matin et soir depuis septembre, consistait à prendre la ligne 2 jusqu'à la 42e Rue, à changer là pour la ligne 7 qui l'emmenait jusqu'à Grand Central, puis à prendre la correspondance pour la ligne 6 jusqu'à la 33e Rue. Ensuite elle avait une plaisante petite promenade de douze minutes jusqu'à l'hôpital. Même si elle avait trois métros différents avec deux changements, le voyage lui prenait en général un peu moins d'une demi-heure porte à porte s'il n'y avait pas de retard sur une ligne ou l'autre.

Lorsqu'elle était arrivée de St. Louis, le métro de New York l'avait beaucoup intimidée. C'était une sorte d'enfer mécanique oppressant, souvent plein de mauvaises odeurs, de raclements métalliques déchirants pour les oreilles, où grouillait une faune étrange composée de tous les profils sociaux imaginables. Mais elle s'était assez vite habituée à cela, et désormais elle cillait à peine devant l'éventail bigarré, allant du grand chic à l'indigence, des gens qu'elle croisait. Comme tant d'autres usagers, en outre, elle pouvait lire sur son smartphone un article de revue professionnelle les jours où elle avait la motivation pour cela, et le *Daily News* les autres jours. Ce matin, elle avait apporté le carnet à spirale dans lequel elle prenait ses notes de généalogie depuis deux ans.

Parvenue à l'entrée du métro, qui se trouvait à l'extrémité du square Verdi dans un bâtiment assez cocasse – une sorte de croisement entre une petite gare et une serre –, Madison se prépara à affronter l'odeur des profondeurs. Celle-ci n'était pas spécialement déplaisante : *particulière*, plutôt. Comme d'habitude Madison avait de la compagnie, puisque des millions de New-Yorkais dépendaient du métro pour se rendre au travail. Elle aimait bien : cela lui donnait le sentiment d'appartenir à un grand tout.

Sur le quai, Madison veillait en général à se tenir bien en retrait de la bordure, qu'elle ne pouvait s'empêcher d'assimiler au bord d'un dangereux précipice. Elle n'aimait pas poser les yeux sur les voies sombres, et sur ce que l'on appelait le troisième rail, électrifié pour l'alimentation des trains. Ce qui l'effrayait encore plus, au début où elle vivait dans cette ville, c'était le moment où le train jaillissait du tunnel et déboulait dans la station avec un grondement profond, évoquant un mini-tremblement de terre, qui allait crescendo. L'arrivée du train était même accompagnée par une soudaine bourrasque et une augmentation de l'odeur caractéristique du métro. Désormais rodée à cette expérience et impassible comme une vraie New-Yorkaise, elle ouvrit son carnet à spirale pour revoir ses notes sur les premiers chapitres du livre de Bettinger et se concentra si bien qu'elle faillit oublier de monter dans la rame archipleine lorsque le métro arriva. Lancée vers le sud à toute berzingue, Madison essaya de continuer à lire debout, mais les tremblements et le roulis du métro lui compliquaient la tâche et elle renonça bientôt.

Depuis un peu plus d'une heure qu'elle était réveillée, Madison s'interrogeait, non sans une certaine fascination, sur la personnalité de la médecin légiste Aria Nichols. D'abord rebutée par sa froideur, son impolitesse et son égocentrisme, elle avait commencé à voir en elle une personne tout à fait unique et intéressante. Il était clair qu'Aria était déterminée à trouver l'homme avec lequel Kera avait eu une liaison – et c'était une quête à laquelle elle voulait elle aussi participer. Si toutes deux arrivaient à leurs fins, la démarche aurait pour Madison un immense pouvoir rédempteur. Il lui paraissait évident, à présent, qu'elle avait pris le manque de disponibilité de Kera bien trop à cœur, et, du coup, n'avait pas été l'amie qu'elle aurait dû être. C'était bien simple : si elle avait réagi autrement, Kera aurait peut-être été encore en vie à l'heure qu'il était.

Le train s'arrêta à la station de la 42e Rue, la plus fréquentée de tout le réseau new-yorkais. Madison et une portion substantielle des autres passagers se dépêchèrent de sortir de la voiture. C'était une sorte de mimétisme animal qui incitait tout le monde à se précipiter à travers les couloirs et les escaliers.

Madison longea le quai en se faufilant entre les gens pour attraper sa correspondance. La station de la 42e Rue étant le second arrêt de la ligne 7, les rames n'étaient en général pas pleines, et Madison s'assit dès qu'elle embarqua dans la voiture. Elle put ainsi lire un petit peu. Elle voyait de mieux en mieux comment Aria et elle allaient devoir s'y prendre pour retrouver l'amant de Kera. D'abord, elle prévoyait d'obtenir des kits pour le fœtus et pour Kera auprès des quatre principales compagnies proposant leurs services au grand public. La création de ces kits ADN pour la mère et l'enfant, c'était la première étape avant d'entamer la recherche, par une méthode ou une autre, de correspondances généalogiques ancestrales. En attendant les kits, Madison contacterait certains des nombreux sites Web qui aidaient les enfants adoptifs à trouver leurs parents biologiques, et, plus judicieux encore, elle demanderait aussi de l'aide aux sites Web consacrés aux personnes nées d'un don de sperme. De façon très concrète, comme elle l'avait dit à Aria, trouver l'identité d'un donneur de sperme, c'était exactement la situation à laquelle elles étaient confrontées avec l'amant de Kera. La comparaison était même parfaite, puisque la plupart des donneurs de sperme prévoyaient de rester dans l'anonymat – à l'instar, de toute évidence, de l'amant de Kera.

Madison quitta la rame à Grand Central et se joignit une fois encore à la cohue des gens qui filaient vers leur correspondance. En descendant l'escalier donnant sur le quai, elle fut soulagée de constater que le train n'était pas là, prêt à repartir. Parvenue à ce qui lui paraissait être un bon endroit pour patienter, elle rouvrit le carnet à spirale. Elle voulait maintenant relire ses notes sur les plus récents outils proposés par GEDmatch pour trouver un maximum de correspondances généalogiques sans multiplier pour autant les faux positifs. Pour en avoir fait l'amère expérience, Madison savait que les faux positifs étaient la plaie des généalogistes, puisqu'ils demandaient autant de temps et d'efforts qu'un résultat valide et n'avaient au bout du compte aucun intérêt. Elle s'était retrouvée dans cette impasse bien des fois.

Captivée par sa lecture, Madison perdit plus ou moins la notion du temps. Au bout d'un moment, néanmoins, elle se rendit compte qu'elle se tenait encore sur le quai de la ligne 6 et que le train n'arrivait pas. Levant les yeux du carnet, elle constata que la foule s'était considérablement épaissie autour d'elle. C'était toujours la même chose quand les trains prenaient du retard.

Elle tira son téléphone de son sac. Bientôt sept heures vingt. L'heure à laquelle elle arrivait d'ordinaire à l'hôpital pédiatrique Hassenfeld. Cela voulait dire qu'elle était plantée là, à lire, depuis un bon quart d'heure. Autour d'elle, les voyageurs commençaient à montrer des signes d'impatience.

Madison ne voulait pas être en retard après avoir été absente la moitié de la journée de la veille, d'autant que certains patients qu'elle n'avait pas pu voir avaient du coup été décalés à ce matin. Elle avait un programme très chargé devant elle. Comme elle ne voyait pas, de l'endroit où elle se tenait, l'écran indiquant le délai d'attente jusqu'à l'arrivée de la prochaine rame, elle se glissa entre deux voyageurs et avança vers la bordure du quai.

La gueule sombre du tunnel était relativement proche d'elle, mais il prenait une courbe vers la droite qui empêchait d'y voir bien loin. Madison ne distinguait que quelques loupiottes, à intervalles réguliers, le long de ses murs. Tout à coup, les phares d'un train percèrent les ténèbres. Aussitôt elle entendit, et perçut dans son corps, le grondement de séisme de la machine. Hypnotisée par la vision du train noir fusant dans sa direction avec fracas, Madison resta une seconde ou deux telle qu'elle était, penchée en avant, la tête tournée. Au moment où le monstre de trois cent cinquante tonnes allait jaillir du tunnel, elle se redressa pour reculer. C'est alors qu'elle sentit qu'on la poussait violemment en avant. Déséquilibrée, elle agita les bras, lâchant son sac et son carnet qui volèrent à travers les airs, mais elle ne réussit pas à se rattraper et bascula vers la voie. Un instant plus tard, tandis qu'un halètement de stupeur collectif s'élevait de la foule, l'énorme train déboula dans la station. Un horrible crissement s'éleva des freins actionnés par le conducteur, mais il était déjà beaucoup trop tard. Si vigoureuse que fût la manœuvre d'arrêt d'urgence, le train mit de longues secondes pour s'immobiliser à moitié dans la station, à moitié dans le tunnel. Madison Bryant avait disparu. Sur le quai, quelques personnes hurlèrent. Plusieurs autres qui avaient été aux premières loges de l'effroyable scène se mirent à crier après un homme assez costaud, aux cheveux noirs et à la barbe hirsute, vêtu d'un imperméable miteux : elles l'avaient vu pousser Madison sur la voie, devant le train, et braillaient à présent qu'il fallait l'arrêter. Mais l'homme, un clochard apparemment, réussit à fuir en montant deux à deux un escalier, puis disparut là-haut dans les couloirs noirs de monde. D'autres voyageurs appelèrent en hâte le 911 sans penser que le conducteur traumatisé de la rame avait déjà signalé l'incident. Une équipe des services d'urgence était en route. Le problème, maintenant, allait être de déloger le corps de la victime de sous le train.

# 18

**9 MAI**
**07 H 40**

Depuis le début de l'internat, Aria arrivait au centre médical au plus tard à sept heures et demie. C'était normal et attendu. À l'IML, par contre, elle s'était pointée de plus en plus tard au fil des jours, depuis le 1er mai, car elle avait remarqué que le travail ne commençait en général pour de bon que vers huit heures, voire huit heures et demie. Ce rythme plus relax ne l'ennuyait absolument pas. À vrai dire, il lui paraissait plus raisonnable. Elle s'était toujours demandé pourquoi la médecine américaine se sentait obligée de démarrer sa journée si tôt, en particulier en chirurgie où les scalpels étaient censés faire leur première incision à sept heures trente tapantes – ce qui impliquait que tous les autres préparatifs avaient été faits auparavant. Elle savait aussi qu'en Europe les habitudes étaient différentes, notamment au Royaume-Uni où la bienséance recommandait semblait-il de ne prendre du service qu'à neuf heures. Bref, elle ne voyait guère de mal à ne sortir de chez elle qu'à sept heures quarante, ce matin, pour monter dans l'Uber qui devait l'emmener à l'IML.

Autre justification de ce départ un peu tardif, elle avait eu une nuit de sommeil beaucoup plus courte que d'ordinaire, car elle avait passé plusieurs heures, après avoir quitté Madison, à découvrir l'univers fascinant de la généalogie génétique. Aria était capable de lire vite et en retenant énormément de choses, un avantage considérable en fac de médecine. Elle avait maintenant lu – ou au moins parcouru, ce qui pour elle voulait dire à peu près la même chose – les deux ouvrages que Madison Bryant lui avait prêtés. Les surlignages au Stabilo et les annotations de l'assistante sociale ne l'avaient absolument pas dérangée, et lui avaient même été utiles dans une certaine mesure. Premier avantage, pour elle, de la lecture de ces bouquins, elle était désormais aussi convaincue que Madison que la généalogie génétique avait de très bonnes chances de leur permettre de retrouver l'homme inconnu qu'elle avait baptisé « Casanova ». Car sur ce point elle avait à nouveau beaucoup réfléchi et la conclusion s'imposait : avec ce qu'elle avait pu apprendre par Madison Bryant et par Evelyn Mabry, il lui semblait à peu près certain que Casanova avait joué un rôle non négligeable dans la mort de Kera. Fallait-il envisager un homicide, même involontaire ? Ça, elle n'était pas prête à l'affirmer. Mais elle était bien résolue à résoudre ce mystère. Maintenant, elle espérait juste que Madison serait aussi efficace pour faire avancer leur projet qu'elle l'avait laissé entendre chez Nobu.

Comme d'habitude la circulation était infernale, surtout le long de Central Park South, l'avenue bordant l'extrémité sud du parc. Aria regarda l'heure sur son téléphone avec une pointe de nervosité. Depuis le début de son stage à l'IML, elle ne s'était pas beaucoup préoccupée de ce que l'on pouvait penser d'elle là-bas, mais à présent elle préférait éviter de se mettre quiconque à dos. Surtout la boss, Laurie Montgomery. Il valait mieux qu'elle reste dans ses bonnes grâces, en tout cas au moins jusqu'à ce qu'elle ait résolu cette affaire.

Aria haussa les épaules et rempocha son téléphone pour se remettre à cogiter au sujet de Casanova. La circulation, elle n'y pouvait rien, donc à quoi bon se tracasser ? Elle avait très vite supposé que cet homme devait être marié, et elle était certaine de faire la bonne hypothèse. En toute logique, un amant marié n'avait sans doute pas accueilli la grossesse de Kera comme un cadeau du ciel.

Tenaillée par l'impatience et le besoin d'agir, Aria se pencha tout à coup sur la banquette pour ressortir son téléphone de la poche arrière de son jean. Ses réflexions lui donnaient envie d'appeler Madison tout de suite, avant qu'elle ne reçoive son premier client de la journée. L'appareil collé contre l'oreille, elle écouta les sonneries électroniques s'enchaîner. À la quatrième, elle eut le pressentiment que Madison ne répondrait pas. Elle devinait pourquoi : il était huit heures passées de quelques minutes et l'assistante sociale avait sans doute déjà accueilli une famille dans son bureau.

Aria patienta, prévoyant de laisser un message vocal pour demander à Madison de la rappeler dès que possible, mais le répondeur ne se déclencha pas. Elle raccrocha avec une moue agacée et envoya la même requête par texto. En tapant en conclusion :

J'ai lu les deux livres. On fonce !

Parvenue à la Deuxième Avenue, la voiture put rouler un peu plus vite. Alors qu'Aria pouvait faire le trajet en un gros quart d'heure quand la circulation était fluide, ce matin elle aurait mis près d'une heure. Quand elle descendit finalement de l'Uber devant l'IML il était huit heures trente-cinq. Elle qui ne voulait pas se faire remarquer, elle arrivait avec plus d'une demi-heure de retard.

En temps normal, Aria commençait par monter à la prétendue « salle des internes », au premier étage, pour y déposer ses affaires – son manteau, quand elle en portait un, et les bouquins ou revues qu'elle pouvait avoir avec elle. Cette salle se situait juste à côté de la « cafétéria » : un titre ronflant pour une simple salle contenant des distributeurs automatiques. Les deux pièces étaient tout bonnement minables, mais la cafétéria possédait au moins des fenêtres qui laissaient filtrer un peu de lumière du jour – quoique sans offrir aucune vue, bien sûr, car le mur du bâtiment voisin de l'IML se trouvait à cinq ou six mètres de distance. La salle des internes, quant à elle, était un grand placard aveugle meublé de deux minuscules bureaux en métal collés l'un contre l'autre. Point positif, toutefois, chaque bureau était équipé d'un moniteur connecté à Internet et d'un microscope haut de gamme.

Étant en retard et n'ayant d'autre vêtement que sa blouse blanche par-dessus son chemisier, Aria traversa deux pièces du service d'identification, où étaient reçues les familles des défunts, pour gagner la salle commune. C'était là, lui avait-on expliqué le premier jour, que les médecins légistes se retrouvaient le matin pour prendre le café ensemble et s'informer des cas qu'ils auraient à autopsier dans la journée. Elle savait aussi que l'un d'eux, de garde pendant la nuit, étudiait les dossiers des cas pris en charge par l'IML depuis la veille au soir et répartissait les autopsies de la journée entre ses collègues – les légistes assuraient cette mission à tour de rôle de semaine en semaine. Lorsque Aria entra dans la pièce, il ne s'y trouvait plus que deux personnes, le Dr Chet McGovern et une femme d'origine indienne, la Dr Riva Mehta. Tous deux étaient assis à la table où s'installait en général le légiste chargé de l'étude et de la distribution des dossiers. Cela voulait dire que les autres s'étaient déjà vu attribuer leurs cas de la journée et étaient descendus à la fosse pour démarrer les autopsies.

– Eh bien, eh bien ! dit Chet. Comme c'est gentil, docteur Nichols, de nous faire l'honneur de votre gracieuse présence.

Aria ignora le sarcasme et se dirigea vers la cafetière commune – à propos de laquelle on lui avait bien fait comprendre qu'elle devait apporter une contribution monétaire. Elle se servit un généreux mug de café au lait en se préparant mentalement à affronter Chet McGovern, ce fat qui l'avait prise à rebrousse-poil dès les premières secondes de leur rencontre. Quelque chose dans sa façon de la regarder, avant même qu'il n'ouvre la bouche, avait mis le sixième sens d'Aria en alerte. Elle connaissait aussi vaguement la Dr Mehta pour l'avoir observée autopsier la victime d'un accident de la circulation – un piéton renversé et traîné sur une centaine de mètres par un taxi. Aria avait trouvé cette dissection à peu près intéressante, même si elle n'avait rien appris. À ses yeux, la pratique de la médecine légale ne demandait guère plus qu'un minimum de bon sens.

– La circulation était pire que d'habitude, dit-elle en revenant vers les deux légistes.

– Mais comment se fait-il que votre binôme, le Dr Muller, se débrouille pour arriver à l'heure tous les jours ? objecta Chet.

Il n'attendait visiblement pas de réponse, et son air à la fois narquois et accusateur donna envie à Aria de le gifler.

– Aucune idée, dit-elle d'un ton égal, mais, incapable de se refréner, elle ajouta : Peut-être parce qu'il s'imagine qu'il risque d'apprendre quelque chose d'utile ici.

Tad Muller lui inspirait peu de respect. Ce lécheur de bottes se comportait encore comme s'il essayait de se faire accepter en fac de médecine, plutôt que comme un spécialiste de pathologie, ou presque, qui n'avait plus qu'un an d'internat devant lui. Aria avait presque honte de faire ce stage avec lui.

– D'accord, dit Chet. Écoutez-moi bien, ma jeune dame. Je me suis donné beaucoup de mal pour convaincre le Dr Stapleton de vous autoriser à travailler ce matin avec lui sur un cas très intéressant de blessures par balles. Au pluriel, les balles, parce que la victime en a pris plusieurs dans le coffre, ce qui rend l'autopsie très difficile. Mais le souci, vous voyez, c'est que le Dr Stapleton étant une véritable dynamo humaine, il est à la fosse depuis sept heures et demie. Autant que je sache, il a peut-être déjà terminé. Je vous conseille de vous remuer et de le rejoindre au plus vite. Ensuite, quand vous aurez terminé, venez me trouver et je vous assignerai un autre cas. Aujourd'hui nous avons beaucoup de travail.

Agacée de plus belle par le ton condescendant et le « ma jeune dame » qu'il s'était autorisé, Aria préféra ne pas répondre. Elle tourna simplement les talons pour sortir de la salle, en emportant son mug alors que McGovern lui avait demandé, dès le premier jour, d'éviter cela. Sans doute une de ces règles idiotes de quasi-bizutage que seuls les internes de passage à l'IML étaient censés respecter. Parvenue à l'ascenseur du fond du bâtiment, elle appuya sur le bouton et patienta. Elle serait allée bien plus vite en passant par l'escalier, mais, en bonne passive-agressive, elle n'avait aucune intention de faire des efforts pour se dépêcher. Une fois au sous-sol elle marcha calmement dans le couloir, passant devant le bureau des techniciens de morgue pour gagner le vestiaire des femmes. Cinq minutes plus tard, elle était en tenue et poussait la porte de la salle d'autopsie. L'odeur qui la prit à la gorge lui rappela aussitôt la dissection de Kera Jacobsen, la veille, et lui fit regretter de ne pas pouvoir couper à l'autopsie de ce matin pour travailler sur l'affaire qui l'intéressait vraiment.

Comme elle s'y attendait, le Dr Jack Stapleton et son technicien de morgue préféré, Vinnie Amendola, travaillaient sur la table numéro 1, tout au fond de la salle. Elle avait entendu dire qu'il s'attribuait toujours cette table et avait d'autres petits privilèges car il commençait avant tout le monde. Avec la casaque qu'elle avait enfilée par-dessus son pyjama médical, les gants qu'elle avait aux mains et la visière qu'elle portait en plus du masque chirurgical, elle avait ce qu'il fallait pour participer au travail. Ensuite, tout dépendait de la bonne ou de la mauvaise volonté du légiste avec lequel elle bossait : au mieux elle assurait elle-même la quasi-totalité de l'autopsie, comme avec la Dr Montgomery la veille, au pire elle restait plantée à côté de la table à se tourner les pouces, comme avec le directeur adjoint, le Dr George Fontworth, deux jours plus tôt. Le plus souvent, on daignait la charger de petites tâches spécifiques à différents moments de la procédure. Comme elle n'avait encore jamais été affectée au Dr Stapleton, elle ne savait pas à quoi s'attendre. La rumeur courait, en effet, qu'il était aussi rapide que Chet McGovern l'avait laissé entendre, et vu les circonstances ce n'était pas pour lui déplaire. En traversant la salle sur sa longueur, Aria regarda l'une après l'autre les tables 8 à 2, qui étaient toutes en service. Les dissections en étaient à divers stades, certains cadavres encore presque intacts, d'autres la poitrine et l'abdomen ouverts, viscères déjà retirés. Le Dr Stapleton, à première vue, semblait avoir bien avancé le boulot. Le défunt était un Blanc, en léger surpoids, âgé de vingt-cinq à trente ans. Le côté droit de son cuir chevelu avait été rasé pour mettre au jour une méchante estafilade causée par une balle qui n'avait apparemment pas pénétré le crâne. Il y avait une autre blessure – un orifice d'entrée, devina Aria – dans la cuisse droite. Elle ne pouvait pas dire si d'autres balles l'avaient atteint au thorax, car celui-ci était complètement ouvert, les chairs écartées sur les côtés.

– Quand on parle du loup ! dit le Dr Stapleton quand il la vit approcher. Vinnie, regarde ! Nos prières ont été entendues. La Dr Nichols accepte tout de même de se joindre à nous, finalement.

Il tenait à la main une baguette en bois d'environ un mètre de long. L'un des photographes de l'IML se tenait à proximité – prêt à prendre des clichés, manifestement, pendant que le légiste positionnait la baguette sur le corps. Aria comprit qu'ils étaient en train de faire le relevé des trajets des balles.

– Bonjour-bonjour, docteur Nichols, reprit Stapleton d'un ton enjoué lorsqu'elle s'arrêta auprès de la table. Avez-vous passé une agréable matinée ?

Tad Muller avait averti Aria, quelques jours plus tôt, que le Dr Stapleton se croyait doté d'un redoutable humour sarcastique et doué pour les expressions à double sens. Elle se demanda si quelqu'un avait averti le légiste qu'elle était complètement insensible à ce genre de pique.

– La circulation était plus difficile que d'habitude, dit-elle d'une voix neutre.

Jack regarda l'interne quelques instants en se remémorant tout ce que Laurie lui avait raconté à son sujet. L'excuse de la circulation difficile était presque comique, mais il s'interdit de réagir à cet enfantillage passif-agressif. Cela n'aurait servi à rien, surtout maintenant que Laurie faisait d'importants efforts pour elle. C'était le sort de Laurie qui le préoccupait, pas celui de cette jeune femme cabossée par la vie. Et puis, si elle était imbuvable, elle était en même temps censée être intelligente et douée, en particulier en pathologie chirurgicale. Chose qui ne lui ressemblait pas, Jack décida donc de se priver de la belle occasion qui se présentait à lui d'entrer en joute verbale avec une personne en qui il percevait un adversaire potentiellement digne de ce nom. Il se racla la gorge pour dire avec calme :

– C'est embêtant ces problèmes de circulation. Mais maintenant que vous êtes là, laissez-moi vous présenter ce cas assez intéressant.

Vinnie, qui s'attendait à voir cette fille se faire rondement remettre à sa place comme elle le méritait, redressa la tête pour regarder Jack avec stupéfaction.

– À combien d'autopsies de personnes tuées par balles avez-vous déjà participé ? demanda Jack d'une voix posée.

– Celle-ci est la première, admit Aria.

Mais la dernière chose dont elle avait envie tout de suite, c'était d'un cours magistral sur le sujet des blessures par balles par le Dr Stapleton. Quelques précisions sur l'approche du légiste en présence d'une victime de violence par arme à feu, oui, d'accord. Mais ensuite, elle voulait se tirer dare-dare de cette salle d'autopsie. Elle avait beaucoup mieux à faire. Avec sa capacité de concentration, elle pouvait absorber en une demi-heure tout un chapitre de livre de cours sur les blessures par balles, et en retenir l'essentiel, sans avoir à rester plantée des heures dans une salle d'autopsie puante en présence de gens qui ne l'intéressaient pas.

Hélas pour Aria, Jack se mit bel et bien en mode professeur. Sans lui épargner aucun détail, car il commença par exposer l'arrière-plan social du cas sur lequel ils travaillaient. Le défunt était un repris de justice qui, pris en flagrant délit de cambriolage, avait résisté à son arrestation en tirant au pistolet sur les policiers qui essayaient de l'arrêter. Lesquels policiers avaient répliqué avec leurs armes et tué l'homme en l'atteignant six fois. La police de New York attendait de la médecine légale qu'elle confirme que ses agents avaient commis un « homicide justifiable ».

– Après avoir fait une radio du corps entier pour repérer tous les projectiles qui y sont logés, dit Jack, il est important de bien examiner le corps habillé. Pourquoi ? Parce qu'il faut chercher les résidus de poudre susceptibles de se trouver sur les vêtements, puisque l'un des principaux objectifs de l'autopsie, ici, est de déterminer la portée des tirs, c'est-à-dire à quelle distance les armes se trouvaient de la victime.

Aria hocha la tête en ravalant les sarcasmes qui lui venaient. Elle devinait qu'elle avait plutôt intérêt à encaisser sans sourciller pendant qu'il continuait à palabrer. Après lui avoir expliqué la nécessité de déterminer, dans la mesure du possible, la séquence exacte des blessures lorsqu'il y avait plusieurs impacts de balles comme c'était le cas ici, il embraya sur l'utilité de bien repérer les blessures d'entrée et les blessures de sortie – un travail de différenciation fondamental.

– Chez cette victime, précisa-t-il, deux des blessures d'entrée sont dans le dos. Ce qui n'est pas de bon augure pour ce que la police espère me voir écrire dans mon rapport, surtout quand on prend en considération l'angle de pénétration des balles. Attendez, vous allez voir ça...

Jack saisit un bras du cadavre et le tendit à Vinnie en disant :

– Aide-moi à lui montrer le dos.

Vinnie tirant sur le bras et Jack soulevant le bord du torse, le cadavre pivota sur son côté gauche.

– Voilà, dit Jack. Ici et ici, il y a deux blessures d'entrée. Celle en haut du dos est circulaire et bien définie. Vous voyez ?

– Bien sûr, répondit Aria.

Après avoir regardé la blessure en question, elle leva les yeux vers la pendule murale. Elle n'en revenait pas qu'il continue à bavasser comme ça, sans s'arrêter, alors qu'elle réagissait si peu à ses propos. Depuis quatre ou cinq minutes, elle s'était remise à réfléchir aux tenants et aux aboutissants de la généalogie génétique.

– Qu'est-ce que vous en pensez, alors ?

La question de Stapleton l'obligea à interrompre ses réflexions.

– Qu'est-ce que je pense de quoi ? demanda-t-elle.

– De ce type de blessure d'entrée radiale ?

Jack pointait un doigt vers le bas du dos de la victime, où était visible une plaie évasée assez semblable à un arbre sans feuilles dessiné par un enfant. La base du tronc pointait vers les fesses, les branches vers la tête de la victime.

– Je dirais que la balle a dû l'atteindre avec un angle aigu, répondit-elle.

– Bravo pour la dame ! dit Jack, impressionné.

Il s'était préparé à se lancer dans une explication détaillée sur les forces à effet de cisaillement qui avaient créé les minuscules marbrures, sur la peau, orientées vers le point de contact initial, mais il tira un trait dessus et enchaîna avec une autre question :

– Puisque vous avez pu tirer cette conclusion si vite, qu'est-ce que cela montre, à votre avis, qui pourrait être important pour le rapport d'autopsie ?

– Je dirais que la victime devait être soit en train de tomber, soit déjà par terre sur le ventre quand la balle l'a touchée.

Jack redressa les épaules et applaudit doucement.

– Vous avez du talent pour la médecine légale. Et je suppose donc que vous avez une petite idée de l'effet que pourra avoir cette information sur la police et le procureur.

– Elle devrait contredire l'hypothèse de l'homicide justifiable. Surtout si l'on tient compte des images de la caméra-piéton. À condition bien sûr que ces images existent.

– OK, dit Jack à Vinnie. Laissons M. Karpas se rallonger sur le dos pour pouvoir continuer notre relevé photographique des trajets de toutes les balles.

Il reprit la baguette en bois qu'il avait à la main lorsque Aria était arrivée, puis s'adressa de nouveau à elle :

– Je vais vous montrer ces traces, y compris celle de la balle qui semble avoir porté le coup de grâce à ce monsieur.

Une demi-heure plus tard, le cas était à peu près terminé. Jack acheva de dessiner un diagramme complexe de toutes les trajectoires des balles pendant que Vinnie allait chercher un brancard. Le technicien avait déjà étiqueté toutes les enveloppes des fragments de balles qu'ils s'étaient appliqués à retirer du cadavre en prenant note de leurs emplacements exacts et de leurs aspects. Comme personne ne prêtait plus attention à elle, Aria tourna les talons et prit la direction de la sortie. Elle espérait que le responsable pédagogique, le Dr Chet McGovern, n'était pas en train de faire une autopsie sur l'une des tables qu'elle longeait, car s'il la voyait partir, il risquait de l'alpaguer pour lui assigner un autre cas. Marchant calmement, elle garda les yeux rivés sur les portes battantes. Quelques instants plus tard elle poussa un soupir de soulagement en débouchant dans le couloir désert de la morgue.

Grosse déception lorsqu'elle prit son téléphone dans les vestiaires : elle n'avait aucun message. Rien du tout. Ni e-mail ni texto, et rien non plus sur sa boîte vocale. Poussant un soupir d'exaspération, elle posa le téléphone et commença à se déshabiller pour remettre ses vêtements de ville.

Elle était presque prête lorsqu'un carillon lui annonça l'arrivée d'un texto. Nouvelle déception. Le message ne venait pas de Madison, mais de la Dr Montgomery. Et il était d'une brièveté peu rassurante. Il disait simplement :

Je dois vous parler. SVP passez à mon bureau.

# 19

**9 MAI**
**10 H 35**

– Voilà donc pour l'essentiel, dit Laurie au Dr George Fontworth.

George était le directeur adjoint de l'IML. Lorsqu'il avait été nommé à ce poste, un peu moins de deux ans plus tôt, Laurie n'avait pas été très enthousiaste à l'idée de l'avoir pour premier collaborateur, car ni Jack ni elle n'avaient jamais pensé qu'il travaillait à la hauteur de son potentiel. En tant que médecin légiste, il avait des références impeccables, peut-être les meilleures de l'IML, notamment parce qu'il s'était formé auprès des grands noms de la discipline. Mais au fil des années il avait toujours paru se satisfaire de faire le minimum et de livrer une prestation globalement médiocre. Et puis, très heureuse surprise pour Laurie, sa nomination au poste de directeur adjoint l'avait comme sorti de sa torpeur – métamorphosé, à vrai dire, au point qu'elle devait maintenant féliciter la commission de sélection du conseil municipal de l'avoir repéré. Depuis un an, en particulier, il apportait une aide précieuse à Laurie sur de nombreux fronts. Jack qualifiait l'évolution de George de *sidérante*.

– Tu as des questions ? demanda-t-elle.

Ils se trouvaient dans son bureau, Laurie installée dans son fauteuil, George assis en face d'elle. Sa table de travail étant dotée de tiroirs à droite et à gauche, elle convenait bien aux séances de travail à deux, en face à face.

– Tout de suite je n'en vois qu'une seule, dit George, le visage grave après la nouvelle que Laurie venait de lui annoncer. Combien de temps penses-tu rester hospitalisée ?

– C'est difficile à dire. Je préférerais le moins longtemps possible, bien sûr, mais tout dépendra de ce que l'intervention révélera.

– Je comprends, dit George.

Laurie lui avait expliqué qu'elle allait subir une opération chirurgicale urgente. Dès qu'elle était arrivée à l'IML en début de matinée, elle avait essayé de joindre la Dr Claudine Cartier, l'une des chirurgiennes les plus demandées du Centre médical Langone, qui était spécialisée dans la chirurgie mammaire. La Dr Cartier avait été recommandée à Laurie par son cancérologue, le Dr Wayne Herbert, qu'elle connaissait quant à lui depuis plusieurs années par l'entremise de son interniste, la Dr Sue Passero, qui était aussi une ancienne copine de fac. Laurie s'était déjà entretenue la veille avec Claudine Cartier et avec Wayne Herbert, et la chirurgienne comme le cancérologue lui avaient conseillé de prendre rapidement une décision concernant la biopsie à envisager. Quand la Dr Cartier l'avait rappelée, une heure et quelque plus tôt, Laurie lui avait annoncé qu'elle avait résolu d'opter pour la « méthode Angelina Jolie », c'est-à-dire pour une mastectomie bilatérale et une ovariectomie préventives. Sa décision était prise, et elle souhaitait programmer l'intervention pour le plus tôt possible. La Dr Cartier avait dit qu'elle comprenait tout à fait et qu'elle allait consulter son planning pour la rappeler au plus vite, sans doute dès cet après-midi. Chose encourageante, elle avait précisé que les chances de faire l'opération dans les tout prochains jours étaient élevées, car elle venait d'avoir plusieurs annulations de patients souffrant de la grippe.

– Je préviendrai tout le monde dès que l'opération sera programmée, dit Laurie à George. Mais je voulais t'en parler d'abord car c'est sur tes épaules, pour l'essentiel, que tout va retomber. Nous n'avons rien de très important prévu pour les prochains jours, c'est une chance, sinon qu'il faut finaliser le projet de la nouvelle morgue pour lancer les appels d'offres. Mais même ça, ça peut attendre un peu. Dieu merci, je me suis débarrassée hier matin de la réunion avec la commission santé du conseil municipal. Je n'aurais pas voulu t'imposer ce supplice.

– Il faudra peut-être quand même que j'y passe, après ce qui est arrivé hier soir. Tu ne crois pas ?

– J'espère bien que non.

Laurie savait pourtant qu'il n'était pas impossible que George ait raison. En arrivant au bureau ce matin, avant d'appeler la chirurgienne, elle avait dû régler une nouvelle petite catastrophe en ayant une discussion aussi longuette que déplaisante avec le chef du service des transports mortuaires de l'IML. Alors que vingt-quatre heures plus tôt, devant la commission santé, elle avait affirmé que le problème des cadavres intervertis était désormais réglé une fois pour toutes, un cafouillage similaire s'était de nouveau produit pas plus tard que la veille au soir. Comme lors du précédent événement, les défunts avaient le même nom de famille – cette fois c'était Cooper. Contrairement aux deux Norton, cependant, ils avaient des prénoms différents. Et cela signifiait donc que le technicien de morgue responsable avait vraiment salopé son travail. Comment avait-il pu confondre une Arlene Cooper et un Alan Cooper, un homme et une femme par-dessus le marché ? Par chance, la permutation avait tout de suite été repérée par la première entreprise de pompes funèbres qui avait reçu l'un des corps. Les familles ne sauraient donc jamais que leurs êtres chers avaient fait un petit voyage supplémentaire en fourgon mortuaire avant de pouvoir être préparés pour leurs obsèques.

George prit appui sur le bord de la table pour se mettre debout. Laurie l'imita en disant :

– Merci d'avance de prendre les rênes en mon absence.

Elle était sincèrement reconnaissante à George de l'épauler. Maintenant qu'elle savait qu'il tiendrait le gouvernail pendant qu'elle serait à l'hôpital, puis en convalescence à la maison si cela s'avérait nécessaire, elle avait un souci de moins.

– Je suis là pour ça, Laurie, dit-il avec le sourire. Nous voudrons tous te voir revenir le plus vite possible. J'espère que tout se passera parfaitement bien.

– Merci pour ces pensées et ces encouragements, dit-elle en le raccompagnant à la porte. Je te tiens au courant dès que j'ai davantage d'informations. Jusqu'à ce que je fasse une annonce générale, toutefois, je préférerais que tu gardes l'info pour toi.

– Cela va sans dire. Viendras-tu à la réunion cet après-midi ?

– J'en ai bien l'intention.

Après que George eut traversé l'antichambre pour regagner son propre bureau, Laurie informa Cheryl qu'elle attendait la Dr Nichols et que celle-ci n'aurait qu'à entrer directement. Elle laissait sa porte entrouverte.

Elle se rassit dans son fauteuil et se laissa aller en arrière en respirant profondément. Elle avait besoin de quelques instants pour souffler, car elle n'avait pas arrêté depuis qu'elle était arrivée. Mais cela ne devait pas être possible. Tout à coup, Aria poussa la porte et s'avança dans la pièce. Laurie l'observa en se demandant si l'expérience qu'elles avaient partagée la veille lors de l'autopsie aurait une influence sur l'attitude hautaine, sinon parfois franchement hostile, qui semblait caractériser la jeune femme. La plupart des gens qui entraient ici étaient un peu intimidés par la taille du bureau et par le titre de Laurie. Mais pas Aria. Sans même jeter un coup d'œil autour d'elle, comme si l'environnement dans lequel elle se trouvait lui était indifférent, elle traversa tout droit la pièce et s'assit, avant d'y avoir été invitée, sur la chaise que venait d'occuper George. Ce n'est qu'à ce moment-là qu'elle daigna lever les yeux vers Laurie – et pour la fixer avec une expression ennuyée, voire légèrement méprisante. Laurie dut faire un effort conscient pour réprimer l'irritation qu'elle lui inspirait déjà.

Les deux femmes se dévisagèrent quelques instants, chacune attendant que l'autre brise le silence. Laurie fut la première à parler :

– Après notre séance de travail d'hier, n'ai-je pas droit au moins à un « Bonjour, docteur Montgomery » ?

– C'est vous qui m'avez demandé de venir ici, pas l'inverse.

– Certes.

Laurie se força à sourire. Elle préférait ne pas insister. D'une part, elle n'était pas du genre à exiger que ses visiteurs se montrent déférents envers elle, d'autre part, elle n'oubliait pas qu'elle était face à une personne qui avait manifestement des problèmes psychologiques. C'était d'ailleurs une des raisons pour lesquelles elle avait voulu voir Aria maintenant. Ce matin, comme presque tous les matins, malgré le boulot qu'elle avait sur les bras, elle avait fait ce qu'elle appelait sa « tournée de chef ». Juste après neuf heures, elle était descendue à la fosse et était passée de table en table pour écouter chaque légiste lui présenter brièvement le cas qu'il avait en cours. C'était une bonne façon pour elle de rester en contact direct avec son équipe. À l'occasion, elle pouvait aussi apporter son expérience et ses connaissances à l'analyse de certains cas difficiles – c'était d'ailleurs la raison officielle de cette tournée. Les plus jeunes médecins légistes et les post-internes en pathologie autopsique de passage à l'IML appréciaient ce coup de pouce qu'elle était susceptible de leur donner. Les légistes chevronnés n'avaient guère besoin d'elle, bien sûr, mais les échanges de points de vue avaient toujours du bon. Pour Laurie elle-même, cette visite était à la fois un plaisir et une preuve chaque jour renouvelée que la pratique de la médecine légale lui manquait. Vers neuf heures et quart, en arrivant en vue de la table numéro 1, celle que Jack utilisait toujours, elle s'était rendu compte qu'Aria se trouvait avec lui. Les choses semblaient bien se passer. Jack parlait du cas d'un ton quelque peu professoral et la jeune femme avait l'air de l'écouter. Néanmoins, Laurie s'était dit qu'elle ne voulait pas être l'étincelle qui risquait de déclencher une explosion entre ces deux personnalités potentiellement inflammables. Elle avait donc tourné les talons en adressant simplement à Vinnie, qui l'avait aperçue, un petit signe de la main. Mais sa curiosité était aiguillonnée. Remontée à son bureau un petit moment plus tard, elle avait envoyé un texto à Aria pour la prévenir qu'elle voulait la voir. Découvrir pourquoi Jack et Aria n'en étaient pas venus aux mains n'était qu'une des raisons de cette convocation.

– Comment se passe votre journée, jusqu'à maintenant ? demanda-t-elle.

– C'est de ça que vous voulez parler ? répliqua Aria d'un air incrédule.

– Je crois savoir que vous avez travaillé ce matin sur un cas de blessures par balles. L'avez-vous trouvé intéressant ?

– Ah non ! Quelle corvée ! Le Dr Stapleton aime beaucoup trop s'écouter parler, et il s'étend en explications même pour des choses parfaitement évidentes.

– En général, la plupart des gens ne prennent pas comme une « corvée » de travailler avec le Dr Stapleton, objecta Laurie. Bien au contraire.

Elle ne pouvait s'empêcher de défendre Jack. Qui de Jack ou d'Aria s'était fait violence pour que l'autopsie se passe bien ? Quand elle avait découvert qu'ils étaient ensemble autour de cette table, elle avait regretté de n'avoir pas conseillé à Chet d'éviter de les associer. Mais elle avait manifestement eu tort de s'inquiéter. Maintenant elle était encore plus intriguée.

– En général, répliqua Aria, la plupart des gens préfèrent sans doute se garder de dire la vérité au sujet de Jack Stapleton parce que c'est le mari de la chef.

– Possible, convint Laurie.

Il y avait peut-être un fond de vérité dans cette affirmation. C'était une question à laquelle elle n'avait jamais beaucoup réfléchi. Malgré quoi elle avait hâte d'entendre ce que Jack aurait à dire de cet étrange épisode – elle se doutait qu'il avait dû se forcer à se maîtriser, pour quelque raison mystérieuse, afin d'éviter une prise de bec avec l'interne. Cette question évacuée, elle passa à la véritable raison pour laquelle elle avait voulu voir Aria.

– Avez-vous avancé dans l'affaire Kera Jacobsen ? demanda-t-elle.

– Un peu. Pas beaucoup. Assez tout de même pour me rendre compte que je me heurte à un mur.

En lisant les deux livres de Madison, Aria avait découvert que l'univers de la généalogie génétique s'était pour ainsi dire approprié cette expression courante, *se heurter à un mur*, pour évoquer certains problèmes auxquels étaient parfois confrontées les personnes qui cherchaient à établir leurs arbres généalogiques. Et de façon assez drôle, l'expression s'appliquait au cas de Kera alors qu'Aria n'avait même pas encore entamé ses recherches en généalogie génétique.

– Mais encore ? relança Laurie. Je ne suis pas sûre de comprendre.

– Puisque vous insistez, j'ai parlé avec l'enquêteur médico-légal qui a traité le dossier. Il m'a aidée, c'est vrai, dans la mesure où il m'a donné les coordonnées des deux seules personnes susceptibles de m'aider à retrouver Casanova : l'amie intime et collègue de Kera, qui s'appelle Madison Bryant, et une voisine indiscrète, parano et assez tordue, qui s'appelle Evelyn Mabry. J'ai déjà longuement parlé avec ces deux femmes. C'est Madison Bryant, de loin, qui m'a été la plus utile. Evelyn Mabry n'est qu'une vieille imbécile. Elle a aperçu Casanova un certain nombre de fois par le judas de sa porte, mais elle prétend ne jamais avoir vu son visage. Enfin l'essentiel, ici, c'est que Casanova a tout de même réussi à ne pas se faire connaître de ces deux femmes. Et ça renforce les soupçons que j'ai à son sujet.

– Casanova, répéta Laurie avec un léger sourire. C'est donc le nom que vous avez décidé de donner au père inconnu ?

– Voilà. Il me paraît bien coller au bonhomme. J'ai la conviction que Kera et lui ne se voyaient pas beaucoup en société. Je pense qu'ils se retrouvaient juste chez elle pour coucher ensemble, et que c'était très probablement lui qui voulait cela. Ce qui m'oblige à supposer qu'il est marié.

– Vous faites beaucoup de suppositions. Je me dois de vous rappeler que le médecin légiste, quand il cherche à élucider une affaire, doit essayer de rester neutre, en laissant ses sentiments personnels de côté. Notre travail, c'est de trouver la vérité sur la cause et les circonstances du décès. À d'autres le soin de porter des accusations si celles-ci sont justifiées.

– Pour moi tout ça c'est des conneries, rétorqua Aria. Pitié, pas de cours magistral ! J'en ai assez bavé ce matin. Cette belle neutralité, c'est peut-être l'objectif que vous visez, vous autres, mais ce n'est pas réaliste. Ni pour moi ni d'ailleurs pour votre petit mari, vous savez. Hier après-midi, je les ai bien entendus, lui et le flic qui était là, raconter tout ce que leur inspirait le fumier qui avait plongé cette pauvre gamine dans une baignoire d'eau bouillante. J'en pense autant au sujet de Casanova, voilà tout, et je veux le retrouver.

– Dans certains cas il est difficile de rester neutre et de garder ses émotions pour soi, oui, je vous l'accorde. Il n'empêche que plus vous vous obligerez à garder la tête froide, mieux vous ferez votre travail. Faites-moi confiance. La médecine légale est une ressource fantastique pour des tas de raisons, notamment parce qu'elle peut aider la justice. Mais elle a aussi ses limites, et cette tragédie Jacobsen est peut-être l'un de ces cas où notre profession ne peut pas répondre à toutes les questions. À moins que nous n'apprenions quelque chose d'étonnant de la part du labo de toxicologie, ou que nous n'ayons droit à une découverte surprise comme une empreinte digitale ou de l'ADN sur la seringue, je pense que nous allons devoir conclure à une overdose accidentelle dans notre rapport. Dites-moi, avez-vous dicté le compte rendu d'autopsie comme vous deviez le faire ?

– Pas encore. Je m'en occuperai ce matin. Hier, après l'autopsie, j'ai fait beaucoup de choses.

– Il est préférable de régler la question du compte rendu aussitôt après le cas pour éviter d'oublier certains détails importants, dit Laurie avec une pointe de reproche dans sa voix.

– Pas de panique, dit Aria. Faites-moi confiance, je ne risque pas d'oublier le moindre détail.

– Je vous ferai confiance après avoir lu votre compte rendu et constaté que vous n'aurez rien oublié.

– J'ai passé une grande partie de la nuit à étudier une nouvelle piste, enchaîna Aria. Je crois que la médecine légale, au contraire, a encore beaucoup à dire sur cette affaire. Et malgré le mur auquel j'ai l'impression de me heurter, je pense que je peux retrouver Casanova.

– Ah bon ? Et comment comptez-vous vous y prendre ?

– En tirant parti du fait que l'Institut médico-légal de New York possède ce qui est peut-être aujourd'hui le plus grand et le meilleur laboratoire d'analyses ADN du monde, dit Aria en s'avançant au bord de sa chaise – il y avait tout à coup une certaine excitation dans sa voix. Ce dont je vais avoir besoin, c'est que le service de génétique moléculaire fasse équipe avec certaines compagnies d'ADN ancestral. Ou de généalogie génétique, comme on dit aussi. En très peu de temps, ces dernières années, la généalogie génétique est devenue un outil extrêmement puissant, car nous avons maintenant plus de quinze millions de gens qui ont été encouragés par les compagnies commerciales à ajouter leurs profils ADN aux bases de données généalogiques.

Laurie regarda l'interne de pathologie assise en face d'elle en se demandant comment lui répondre. Elle percevait son entrain et sa détermination à agir, bien sûr, qu'elle jugeait positifs et ne voulait pas réprimer. En faisant l'autopsie de Kera avec cette jeune femme difficile, après tout, l'un de ses objectifs avait bien été de l'intéresser à la médecine légale. Assez, en tout cas, pour qu'elle se comporte correctement jusqu'à la fin de son stage, et pour éviter que l'IML n'ait des soucis avec le service de pathologie du centre médical. Néanmoins, l'idée que le laboratoire d'analyses ADN de l'IML collabore avec une société commerciale de généalogie génétique dans le cadre d'une enquête ne tenait pas la route. D'un point de vue administratif, c'était une impossibilité totale.

– Je sens que vous n'y croyez pas, reprit Aria face au silence de Laurie. Je dois admettre que j'ai eu la même réaction au début. Le plus drôle, c'est que c'est l'amie et collègue de Kera qui m'a fait penser à cette solution en me parlant de l'arrestation, il n'y a pas très longtemps, du tueur du Golden State en Californie. Vous vous en souvenez ? Les médias en ont beaucoup parlé.

– Oui, je me souviens parfaitement de cette affaire.

– Savez-vous que pour retrouver ce type, les enquêteurs sont remontés jusqu'à des arrière-arrière-arrière-grands-parents qui vivaient au début du XIXe siècle ? Ensuite ils ont dû construire une vingtaine d'arbres généalogiques différents, avec des milliers de correspondances, c'est-à-dire de parents plus ou moins éloignés du tueur, mais ils ont fini par le démasquer. C'est assez extraordinaire, quand on y pense.

– Je suis de votre avis. Mais pour le tueur du Golden State, les paramètres étaient différents de ceux de l'affaire Kera Jacobsen. La police avait l'ADN de cet homme. Elle en avait même beaucoup, puisque c'était un tueur en série. Il a suffi, en quelque sorte, de faire correspondre cet ADN avec celui d'un individu donné.

– C'est exactement ce que j'ai répondu à Madison Bryant quand elle m'a suggéré cette idée. Mais je ne savais pas à quel point le domaine de la généalogie génétique a progressé, ces toutes dernières années, et je n'étais pas au courant du succès qu'il a rencontré auprès du grand public. D'un jour à l'autre, pratiquement, il s'est créé une petite armée de généalogistes amateurs qui s'investissent complètement dans le truc. Au début, ces gens cherchaient juste à reconstituer leurs arbres généalogiques personnels. Et puis ils se sont pris de passion pour cette activité, et maintenant ils ne demandent pas mieux que d'aider d'autres personnes à résoudre leurs problèmes de généalogie. Je crois que nous pourrions faire travailler toute une troupe de ces amateurs éclairés sur le cas de Kera.

– Oui, c'est tout à fait intéressant, dit Laurie. Mais il y a une réalité, ici, dont je dois vous faire prendre conscience. Sans même parler du fait que nous n'avons pas l'ADN du père, ce qui est un vrai problème.

– Nous n'avons pas tout l'ADN du père, c'est vrai, mais avec l'ADN du fœtus nous en avons cinquante pour cent d'entrée de jeu. Nous avons aussi l'ADN complet de la mère, ce qui veut dire que nous n'avons pas à deviner quelle moitié de l'ADN du fœtus est celle du père. Ce qui est intéressant, c'est que cette situation est parfaitement identique à celle d'un enfant conçu par don de sperme. Beaucoup de personnes qui sont dans ce cas ont le désir de retrouver leur père biologique, quand elles arrivent à l'âge adulte, ne serait-ce que pour éprouver un lien de filiation avec quelqu'un. En un rien de temps, ces dernières années, des quantités de sites Web et d'organisations ont vu le jour pour aider ces personnes, ainsi que toutes sortes d'outils statistiques fascinants qui permettent d'établir des correspondances dans la vaste base de données ADN qui existe déjà, et qui continue de grandir de jour en jour. Je suis sûre que ça marchera.

Laurie s'éclaircit la voix en cherchant ses mots pour expliquer à Aria, sans paraître trop négative, que ce qu'elle proposait ne risquait pas de se produire. Les coudes sur la table, elle joignit les extrémités de ses doigts devant son visage et observa la jeune femme. Persuadée d'avoir raison, celle-ci soutint son regard avec aplomb.

– Apparemment, vous avez bien réfléchi à votre idée. Mais…

– Tu parles, Charles ! s'exclama Aria. J'ai passé une grande partie de la nuit à étudier la généalogie génétique. C'est un domaine étonnamment complexe, d'ailleurs, et je suis assez soufflée que tant de gens qui n'ont aucune formation en biologie et en statistiques réussissent à l'assimiler et à se l'approprier.

– Je regrette de devoir vous décevoir, Aria, mais ici nous sommes face à une impossibilité juridique malheureusement insurmontable.

– Hein ? Arrêtez votre délire, répliqua Aria – et elle resta un instant la bouche ouverte, l'air interdit, avant de marmonner : Vous racontez quoi, là, putain ?

Laurie serra les dents. La vulgarité de la jeune femme était vraiment confondante.

– Je sais que vous aimez être franche, comme vous dites, mais je vous remercie de m'épargner vos « putain » et autres grossièretés. Je vous le dis une fois pour toutes.

Aria leva les yeux au ciel avec une petite moue dédaigneuse.

– Je vois que vous ne comprenez pas, reprit Laurie. Tant pis. Quoi qu'il en soit, voici la situation. Ici, dans l'État de New York, le législateur a créé une commission bien particulière, la Commission des sciences médico-légales, dont l'une des attributions est de délivrer aux laboratoires d'analyses ADN l'accréditation dont ils ont impérativement besoin pour que les résultats de leurs travaux soient acceptables devant les tribunaux. Le service de génétique moléculaire de l'IML est accrédité, comme vous pouvez vous en douter, et il faut bien entendu qu'il conserve cette accréditation qui n'est jamais acquise. Et cela demande de sa part des efforts constants. Les entreprises de généalogie commerciales, qui proposent des tests ADN au grand public, ne sont pas des laboratoires accrédités. Si notre service de génétique moléculaire devait avoir la moindre relation avec l'une de ces entreprises, nous perdrions aussitôt notre accréditation. Comprenez-vous ce que je suis en train de dire ?

C'était maintenant au tour d'Aria de regarder Laurie d'un air incrédule.

– Votre silence semble confirmer que vous ne comprenez pas, reprit Laurie. Laissez-moi vous donner un exemple. Dans un tribunal, les preuves présentées doivent avoir une chaîne de possession très claire, qui ne peut être remise en question. Or les laboratoires commerciaux d'ADN acceptent les échantillons de salive, pour leurs analyses, sans la moindre chaîne de possession. Tout ce qu'ils ont, concernant l'origine des prélèvements qui leur sont envoyés, c'est la parole des clients. Et il en va de même pour le traitement des prélèvements : pas de chaîne de possession, pas de traçabilité garantie. Ici à l'IML, de toute évidence, nous sommes obligés de faire les choses de façon bien différente. Notre laboratoire doit notamment respecter tout un ensemble de règles précises pour la formation des employés et pour les processus opératoires, de façon à pouvoir repérer très vite les actes de négligence ou de mauvaise conduite.

Les labos commerciaux n'ont pas tout cela. Leur monde et le nôtre n'ont rien en commun, et ne peuvent ni travailler ensemble ni avoir la moindre relation.

– Je trouve ça lamentable, dit Aria. C'est des conneries bureaucratiques. Là, nous avons l'occasion de démasquer un témoin clé, et il faut renoncer ? Pour moi c'est complètement absurde. Jamais de la vie !

– C'est votre opinion et vous y avez droit. Mais les choses sont ainsi et pas autrement. Peut-être pouvons-nous trouver un autre cas qui vous intéressera assez pour vous donner envie de vous investir comme…

Aria se leva brusquement en déclarant :

– Pas question que je renonce à ce cas. Même si le labo de génétique moléculaire de l'IML ne peut pas être impliqué. Comme vous l'avez dit hier, j'écoute ce que Kera Jacobsen veut me raconter. Je trouverai une solution.

– Comme vous voudrez. Mais je souhaite que vous me teniez informée de vos progrès et je vous dis très clairement que vous ne devez solliciter en aucune façon notre service de génétique moléculaire. Très vite, aussi, j'aimerais que vous dictiez le compte rendu d'autopsie.

– OK, dit Aria, et elle tourna les talons.

Laurie la regarda s'éloigner et sortir du bureau sans un mot de plus, et sans un au revoir. Comme elle repensait à leur conversation et s'émerveillait à nouveau de la personnalité pour le moins complexe d'Aria, elle envisagea quelques instants d'appeler Jack pour qu'il lui parle de l'autopsie qu'il avait faite avec elle. Elle avait encore du mal à croire qu'ils aient réussi à travailler en bonne entente. Mais elle n'avait pas le temps de s'autoriser ce petit plaisir : elle attendait un coup de fil imminent des architectes du nouveau bâtiment de la morgue.

# 20

**9 MAI**
**11 H 25**

Dès qu'elle eut achevé le compte rendu de l'autopsie de Kera, Aria se déconnecta du service de dictée automatique, descendit les pieds du coin de la table en métal cabossé qui lui avait été attribuée et sortit son téléphone. Elle ne l'avait pas senti vibrer, et en effet, elle n'avait ni e-mail, ni texto, ni message vocal, rien du tout. C'était très énervant. Il y avait déjà près de quatre heures qu'elle avait demandé à Madison de la contacter. Le manque de fiabilité des gens ne laissait jamais de la sidérer.

Tout à coup, elle prit la décision de rendre une petite visite aux services sociaux de l'hôpital pédiatrique Hassenfeld. Après l'entrain dont Madison avait fait preuve la veille à l'idée de retrouver Casanova, Aria était choquée qu'elle n'ait pas pris la peine de la joindre d'une façon ou d'une autre de toute la matinée. Aria savait qu'elle aurait pu se contenter de passer un coup de fil à l'hôpital pour demander à parler à Madison, mais il lui semblait que cela reviendrait à peu près au même, si jamais Madison n'était pas disponible immédiatement, que de déposer un nouveau message sur son téléphone – une démarche qui avait prouvé son inutilité. La solution, très simple finalement, consistait à aller jusque là-bas et à débarquer dans le bureau de Madison, qu'importe ce qu'elle serait en train de faire, pour lui parler de vive voix. Ce n'était pas loin : l'équivalent à peu près de quatre blocs. En tant qu'interne de pathologie, Aria connaissait par cœur l'immense complexe du Centre médical Langone, et elle savait donc où se trouvait la consultation des services sociaux du Hassenfeld.

Aujourd'hui encore le temps était magnifique, avec un ciel azuréen limpide et un soleil étincelant qui paraissaient à un univers de distance de la salle d'autopsie sans fenêtre de l'IML. Marchant vers le nord sur la Première Avenue, Aria passa devant l'entrée principale, toujours très animée, du centre médical – taxis et voitures encombraient la contre-allée –, longea ensuite les Urgences, puis poursuivit son chemin jusqu'au Kimmel Pavilion, un tout nouvel hôpital du complexe, ultramoderne, qui était voisin de l'hôpital pédiatrique Hassenfeld. Tournant à droite dans la 34e Rue, elle contourna la gigantesque et rigolote sculpture d'un dalmatien tenant un taxi jaune grandeur réelle en équilibre sur le bout de sa truffe, puis pénétra dans l'hôpital Hassenfeld. Avec sa blouse blanche et son badge d'identification, elle ne risquait pas de s'entendre demander où elle allait par le personnel de sécurité.

Le hall était plein d'enfants de tous âges accompagnés de leurs familles. Évitant le comptoir de réception, Aria entra dans le couloir des services sociaux et marcha droit jusqu'à la porte de son minuscule bureau des rendez-vous. Deux secrétaires y travaillaient sur des tables installées en vis-à-vis. Aria dut attendre que l'une d'elles lève la tête et lui fasse signe d'approcher quand elle eut un instant de répit.

– Je peux vous aider, docteur ? demanda la femme.

– Je cherche Madison Bryant, dit-elle. Vous pouvez me dire où se trouve son bureau ?

Au lieu de répondre, la secrétaire regarda sa collègue d'un air affolé, comme si elle l'appelait au secours. La seconde femme, qui avait entendu la question d'Aria, pinça les lèvres et haussa les épaules.

– Son bureau, c'est la troisième porte dans le couloir de droite, plus loin, dit la secrétaire. Mais elle n'est pas là. Elle est en soins intensifs à l'hôpital Bellevue.

– Quoi ? fit Aria, estomaquée. Mais pourquoi ? Elle a un problème ?

– Un accident horrible, d'après ce qu'on nous a raconté, répondit la femme en échangeant de nouveau un regard avec sa collègue. La pauvre, elle est tombée sous le métro.

Stupéfaite, Aria se retourna et repartit vers le hall de l'hôpital. Elle savait que les accidents n'étaient pas rares dans le métro de New York. À vrai dire ils étaient même assez courants, puisque deux à trois fois par mois, en moyenne, des gens se jetaient sur les rails ou y étaient poussés.

– Putain de saloperie de merde ! jura-t-elle entre ses dents dès qu'elle fut hors de portée de voix des secrétaires.

Aria n'en revenait pas. Un accident pareil, ce n'était vraiment pas le moment ! Maintenant tout le boulot à faire avec les compagnies commerciales d'ADN ancestral reposait sur ses épaules. Puis une autre pensée lui vint : dans certains cas, elle s'en souvenait tout à coup, les gens tombés sur les voies du métro se débrouillaient pour se recroqueviller entre les rails et laisser la rame passer au-dessus d'eux, et ils s'en sortaient avec un minimum de dégâts, peut-être juste une jambe ou quelques côtes cassées. Madison n'était pas à l'IML attendant d'être autopsiée, mais dans un service de soins intensifs au Bellevue. Un hôpital qu'Aria connaissait bien. En tout cas il était clair que Madison était en vie. Dans quel état, par contre, c'était toute la question.

Aria activa son téléphone et tapa comme mots-clés « accident de personne métro » sur les sites du *Daily News* et du *New York Post*, deux canards qui adoraient ce genre de fait divers croustillant. Comme elle s'y attendait, ils évoquaient une femme tombée sur la voie, apparemment poussée par quelqu'un, à la station Grand Central, en début de journée, à l'approche d'une rame de la ligne 6, mais ils ne faisaient que reprendre une simple brève d'agence de presse qui ne disait rien sur la situation de la victime, sinon pour confirmer qu'elle avait été emmenée à l'hôpital Bellevue. Frustrée par ces maigres informations, Aria décida de mener elle-même sa petite enquête. Si Madison n'était pas trop grièvement blessée, il y avait encore une chance pour qu'elle puisse participer à la mission Casanova. Et l'expérience qu'elle avait des compagnies de tests ADN pouvait faire toute la différence. Aria n'oubliait pas qu'elle avait de son côté une contrainte de temps : elle n'avait plus qu'une grosse quinzaine de jours de stage à l'IML. Lorsqu'elle retournerait à ses occupations habituelles d'interne de pathologie, elle n'aurait plus le loisir de poursuivre ses investigations au sujet de Kera Jacobsen.

Avant de se mettre en route, elle appela le standard principal du Bellevue pour savoir où se trouvait Madison. C'était une précaution utile, car l'hôpital possédait plusieurs unités de soins intensifs. Aria supposait que Madison avait été prise en charge par les soins intensifs du service de traumatologie, près des Urgences, mais il s'avéra qu'elle se trompait : la victime du métro était dans une unité située au premier étage de l'aile ouest et qui comportait des chambres particulières. D'une certaine façon c'était une bonne nouvelle, qui donnait à penser que Madison était non seulement vivante, mais dans un état raisonnablement stable.

Marchant à vive allure, Aria parcourut rapidement les quatre blocs du Centre médical Langone, passa devant la façade de l'IML, puis longea plusieurs bâtiments anciens, en briques, qui avaient appartenu à l'ancien hôpital Bellevue et étaient toujours debout. Comme cela lui arrivait souvent quand elle circulait d'un hôpital à l'autre, Aria se demanda quelles histoires épouvantables ces murs auraient racontées s'ils avaient pu parler.

Au Bellevue aussi, le badge d'identification du Centre médical Langone-Université de New York lui permettait d'avoir accès à diverses zones de l'hôpital. Slalomant entre les gens qui encombraient le hall et les couloirs, elle gagna les ascenseurs de l'aile ouest et monta au premier étage.

En tant qu'interne de pathologie, elle avait rarement à fréquenter les soins intensifs, mais elle connaissait cette unité pour y être venue de temps en temps pendant un stage d'anatomopathologie au Bellevue. À plusieurs reprises elle avait assisté à la visite du chef de service, et les lieux lui étaient donc familiers. Les chambres individuelles étaient un vrai plus pour les patients, car elles rendaient leur séjour aux soins intensifs un peu plus agréables et les protégeaient dans une certaine mesure des calamités affectant les autres malades – deux facteurs qui contribuaient à leur épargner un trouble de stress post-traumatique. Il y avait relativement peu de temps que les souffrances psychologiques induites par une hospitalisation en soins intensifs recevaient l'attention qu'elles méritaient. La lumière allumée en permanence, les va-et-vient, les bruits des respirateurs et des moniteurs cardiaques avaient de quoi rendre fous les malades.

Aria savait donc à qui elle devait s'adresser. C'était l'infirmière en chef qui dirigeait pour ainsi dire l'unité tout au long de la journée, même s'il y avait des internes de réanimation dans la place, ou des praticiens hospitaliers. Quand elle poussa la porte du service, Aria fut surprise de voir un certain nombre de policiers regroupés sur le côté du large couloir et discutant les uns avec les autres. Il y en avait plusieurs en uniforme, d'autres en civil qu'elle supposa être des inspecteurs. Elle trouva l'infirmière en chef au bureau central, qui était en quelque sorte le cerveau des soins intensifs, avec ses innombrables moniteurs affichant signes vitaux et autres paramètres de surveillance de tous les malades de l'unité. Chaque patient avait une infirmière dédiée, qui lui consacrait soixante-quinze à quatre-vingts pour cent de son temps. En ce moment, l'infirmière en chef était Maureen D'Silva, une femme de tête qui menait ses troupes à la baguette. Aria dut patienter pour pouvoir lui glisser un mot.

– Je viens voir Madison Bryant, dit-elle dès qu'elle en eut l'occasion.

– Comme tout le monde, marmonna Maureen.

L'instant d'après, elle dut répondre à une requête d'une collègue, puis elle fut obligée de crier à une autre personne qu'une certaine analyse sanguine devait être faite illico presto. Enfin, elle reporta son attention sur Aria pour demander :

– Qui vous venez voir, déjà ?

– Madison Bryant.

– Ah oui, la victime du métro. Chambre 8.

– Est-elle consciente ? Elle peut parler ?

Maureen dodelina de la tête, l'air de dire « plus ou moins ».

– Elle a des moments de lucidité, précisa-t-elle, et quand elle est là, elle paraît raisonnablement orientée dans le temps et l'espace. Vu ce qui lui est arrivé, elle a eu une sacrée chance dans sa malchance. Médicalement elle est stable. C'est pour ça d'ailleurs qu'ils l'ont amenée ici.

– Vous plaisantiez, en disant que tout le monde voulait la voir ? demanda Aria.

– Pas du tout. Tous ces messieurs-dames de la police sont ici pour elle. Et il y a plusieurs grands personnages dans sa chambre en ce moment même.

– Pourquoi tant de bazar ?

– Apparemment un SDF l'a poussée, dit Maureen avec une moue perplexe. En tout cas c'est ce qu'on raconte.

– Qui il y a d'important dans sa chambre alors ?

– Le président du Centre médical Langone par exemple, répondit Maureen, visiblement impressionnée. C'est la première fois que je vois cet homme pour de vrai. Et il y a aussi quelques responsables de l'École de médecine de l'université de New York, des chefs de service, et aussi le patron des Urgences du Bellevue.

– Le président du Langone ? répéta Aria. Vous voulez dire que Vernon Pierce est ici ?

De l'endroit où elle se tenait près du bureau central, elle voyait l'intérieur de la chambre 8. La pièce semblait en effet pleine de monde. Plusieurs personnes commencèrent à en sortir. Parmi elles se trouvait quelqu'un qu'elle reconnut immédiatement : le Dr Carl Henderson.

– C'est lui, Vernon Pierce, dit Maureen en désignant discrètement le premier homme qui était apparu dans le couloir.

Il était relativement grand et il avait un large torse bombé. Ses cheveux bruns étaient peignés en arrière et vers la gauche. Son visage était épais, mais pas flasque, il avait le teint mat et une ombre de barbe sur les joues. Aria songea en le regardant que s'il n'avait pas été président d'un grand centre médical new-yorkais, il aurait pu passer pour un parrain de la mafia.

– De quoi souffre la patiente, au juste ? demanda-t-elle, toujours inquiète de savoir si elle pouvait compter sur l'aide de Madison pour démasquer Casanova.

– Elle a deux fractures aux jambes, quelques côtes cassées, une fracture du crâne et un bras cassé. Mais le pire, c'est qu'elle a perdu un pied juste au-dessus de la cheville. Elle a eu la chance d'atterrir entre les rails, sauf ce pied.

*Putain de merde*, pensa Aria. Une fracture du crâne, cela voulait dire une commotion cérébrale ou pire. Ce n'était pas bon signe pour leur projet commun, en tout cas pas dans l'immédiat. Aria se sentait de moins en moins l'envie de faire l'effort d'entrer dans la chambre pour lui parler. Elle était même carrément agacée. Cette idiote devait s'être tenue beaucoup trop près de la ligne jaune peinte en bordure du quai ! Un peu comme ces crétins de piétons de New York qui s'agglutinaient au bord de la chaussée aux carrefours, en attendant le feu rouge, comme s'ils mettaient les taxis et les voitures au défi de les faucher. Ce qui arrivait d'ailleurs assez souvent.

Aria soupira. Elle se demandait si elle devait quand même essayer de voir Madison, ou juste s'en aller, lorsqu'une voix masculine l'apostropha :

– Docteur Nichols !

Le Dr Henderson venait dans sa direction en entraînant le patron de la pègre dans son sillage. Si elle avait pu se débiner, elle l'aurait fait, mais il était trop tard.

– Quelle coïncidence, dit Carl, s'immobilisant assez près d'Aria pour qu'elle respire son haleine parfumée au café. Je parlais justement de vous à notre président il y a cinq minutes. Vernon, voici la Dr Aria Nichols qui s'est occupée de l'autopsie de Kera Jacobsen. Vous vous souvenez, vous m'avez demandé son numéro de téléphone ?

– Bien sûr, dit Vernon avec l'irritation d'un homme chroniquement stressé.

Il tendit la main. À contrecœur, Aria se força à la serrer. Vernon Pierce et ses yeux noirs globuleux lui inspiraient déjà de l'antipathie. Il n'avait vraiment pas la tête qui convenait à la fonction qu'il occupait.

– La direction du Centre médical Langone vous remercie de votre compréhension pour ce qui est du caractère sensible de la tragédie Jacobsen, dit Vernon.

Aria hocha la tête. Le bonhomme avait tout de même de l'autorité dans la voix.

– Nous espérons que vous continuerez de rester discrète sur cette affaire. Surtout avec ce regrettable accident qui a déjà attiré l'attention des médias. Comme vous le savez, nous préférons éviter d'apparaître dans les tabloïds.

Aria choisit de ne pas répondre et cela créa un petit moment de gêne.

– Eh bien… voilà, dit enfin Vernon. Enchanté d'avoir fait votre connaissance, docteur Nichols, et merci encore. Maintenant je dois m'occuper des inspecteurs qui sont ici. Avec un peu d'espoir, nous réussirons à minimiser les retombées de ce nouvel et très regrettable épisode.

Il inclina légèrement la tête en guise d'au revoir, puis tourna les talons pour s'éloigner. Carl resta à sa place.

– C'est une surprise de vous trouver ici, dit-il. Qu'est-ce qui vous amène ?

– Je voulais essayer de voir Madison, dit Aria. Est-elle en état de parler ?

– Ah oui, je comprends. Parler, non. Vraiment pas. En tout cas pas tout de suite. Peut-être demain ou après-demain. Elle a eu un accident affreux. Sur une note plus positive, en revanche, j'avais prévu de vous contacter cet après-midi. J'ai vérifié, et il n'y a rien dans la littérature sur la canalopathie et le fentanyl.

– Je ne m'intéresse plus vraiment aux canalopathies pour cette affaire, dit Aria.

– C'est sans doute mieux. Et comment avance cette investigation médico-légale pour retrouver le père ?

– Je me heurte pour ainsi dire à un mur, répondit-elle, reprenant à nouveau l'expression qu'elle avait lue plusieurs fois pendant la nuit. Mais j'ai une nouvelle idée. Je vais aller regarder du côté de la généalogie génétique.

– Ah ! En voilà un concept intéressant, dit Carl, et il hocha la tête plusieurs fois, l'air approbateur, semblant retourner l'idée dans sa tête. C'est très inventif ! Cela impliquerait, fondamentalement, d'essayer de reconstituer le génome du père, ou en tout cas une partie de ce génome, à partir du fœtus, et puis de s'appuyer là-dessus comme cela a été fait pour le tueur du Golden State.

– En gros c'est ça, dit Aria.

Elle était proprement impressionnée qu'il comprenne comment la recherche devait être menée, et qu'il se rende compte que l'idée avait un certain mérite. Mais pour trouver quoi, au juste, ça elle n'en savait rien elle-même.

– J'imagine que ce ne sera pas très facile, ajouta Carl. Mais bonne chance. Comme je disais hier, j'ai l'impression que vous tirez beaucoup plus de choses de votre stage à l'IML que la plupart des internes de pathologie. Je vous félicite.

– Attendons de voir ce que ça peut donner, avant de chanter mes louanges.

– S'il vous plaît, tenez-moi au courant de vos découvertes. Je trouve tout cela fascinant.

– Ouais, entendu. Mais mon petit doigt me dit que M. Pierce, par contre, ne risque pas de partager votre fascination.

– Comment cela ?

– Si on retrouvait le père, ça pourrait attirer l'attention des médias sur l'affaire. Surtout s'il s'avérait que cet homme est impliqué d'une façon ou d'une autre dans l'overdose de Kera.

– Je comprends, dit Carl, songeur. Vous avez raison. Mais en même temps, Vernon n'a pas de formation médicale. C'est un technocrate. C'est dommage, mais il ignore à quel point la génétique est en train de transformer la médecine et le travail de la police. En tout cas, ne nous préoccupons pas tout de suite de ce qu'il risque de penser.

– Croyez-moi, cela ne me préoccupe pas du tout.

Soudain, Carl tendit le bras et étreignit brièvement l'épaule d'Aria. Cela se passa si vite qu'elle n'eut pas le temps de s'écarter. Elle n'aimait pas être touchée de cette façon. D'un autre côté, elle comprenait que ce geste s'était voulu simplement rassurant ou encourageant.

– Continuez comme ça ! dit Carl qui ne se rendait pas compte de ce qu'elle ressentait. Pensez-vous essayer tout de même de parler avec Madison Bryant ? Je ne vous le recommande pas.

– Non, je suppose que je reviendrai demain.

– C'est sans doute mieux. Bon, en tout cas on reste en contact.

Là-dessus, il partit en direction de Vernon qui avait engagé la conversation avec trois hommes. Eux, contrairement à lui, avaient tout à fait la tête de l'emploi : tant par leurs fringues que par leurs mines blasées, ils ressemblaient bien à des inspecteurs de police new-yorkais. Aria se demanda en passant si elle n'avait pas jugé Carl un peu trop vite. Au lieu d'être une sorte de copie de son père, peut-être se comportait-il plutôt comme la figure paternelle qu'elle aurait voulu connaître et dont elle avait toujours été privée.

# 21

**9 MAI**
**12 H 45**

Pour gagner l'entrée du vieux bâtiment mal en point de l'institut médico-légal, à l'angle de la Première Avenue et de la 30ᵉ Rue, Aria dut passer sous un échafaudage un peu étrange, car il ne semblait pas y avoir le moindre travail en cours, ravalement ou autre, pour justifier sa présence. Mais elle ne s'en étonnait plus vraiment. Les échafaudages inutiles, c'était un phénomène qu'elle observait depuis qu'elle était installée à New York. Dans tous les quartiers de la ville, on en voyait qui restaient en place pendant des mois, des années, sans raison apparente. Et personne n'avait l'air de s'en préoccuper. Même le somptueux Plaza Hotel avait un échafaudage semi-permanent, équipé d'un éclairage, au bas de sa façade, sans qu'il ne semble rien se passer derrière. Elle le voyait depuis des années, car elle passait devant presque tous les matins sur le chemin du centre médical.

Dans le hall de l'IML, elle présenta son badge à Marlene Wilson. Installée derrière un comptoir surélevé, la réceptionniste assurait l'accueil et gardait l'entrée du service d'identification, où se rendaient la plupart des visiteurs qui venaient pour des proches décédés, et l'entrée du reste du bâtiment, où se trouvaient notamment, au rez-de-chaussée, les bureaux de la directrice et de son adjoint. À l'exception du labo de toxicologie, de la morgue et de l'ensemble des médecins légistes qui attendaient un édifice rien que pour eux, la plupart des autres services de l'IML avaient déménagé dans la nouvelle tour rutilante située au numéro 421 de la 26e Rue Est, quatre blocs au sud sur l'avenue. Espérant ne pas croiser le Dr McGovern, Aria prit l'escalier pour monter au premier étage.

Elle essaya de se faire discrète en arrivant à hauteur de la porte grande ouverte de la cafétéria. Le Dr McGovern s'y trouvait souvent à l'heure du déjeuner. Aria jeta un coup d'œil à l'intérieur : il semblait y avoir pas mal de monde, mais apparemment pas de McGovern. Le Dr Tad Muller, son binôme de l'internat, était en revanche assis à la table la plus proche du couloir avec trois techniciens de morgue. Malheureusement il l'aperçut et l'apostropha. Réprimant un soupir, elle vira vers la porte et s'immobilisa à l'entrée de la salle.

– Salut, Aria, dit-il à mi-voix en se penchant vers elle. Content de te voir. Je voulais te prévenir que le Dr McGovern te cherche. Il n'a pas l'air très jouasse. Il paraît que tu ne réponds ni à ses textos ni à ses messages vocaux ?

– Si tu le revois, ne lui dis surtout pas que tu m'as croisée.

Aria baissa les yeux sur les techniciens de morgue assis à la table de Tad. Il était clair qu'ils écoutaient la conversation. Elle les toisa l'un après l'autre comme pour les mettre au défi de se mêler de ce qui ne les regardait pas.

– Il avait l'air en rogne, tu sais, ajouta Tad. Je te conseille quand même de l'appeler. Je sais qu'il est arrivé quelques cas intéressants, ce matin, et il veut qu'on observe les autopsies.

– J'en suis sûre, dit-elle. Mais là, je suis très prise par le cas dont je me suis moi-même occupée hier et qui promet de m'en apprendre bien plus sur la médecine légale que si je reste encore à ne rien branler à la fosse.

– Je pense que tu fais une erreur, objecta Tad, visiblement vexé.

– Tu as le droit de penser ce que tu veux.

Elle fut tentée d'ajouter « et tu es un incorrigible lèche-cul », mais elle se retint. Elle regarda de nouveau les techniciens de morgue. Leurs expressions bovines avaient fait place à des petits sourires narquois. Bon, ils semblaient au moins avoir le sens de l'humour.

Aria poursuivit dans le couloir pour gagner la salle des internes. Elle retira sa blouse, la suspendit au dossier du vieux fauteuil de bureau et s'assit devant le moniteur. Quelques instants plus tard elle était sur Internet. Premier objectif : découvrir quelles grandes sociétés commerciales de généalogie génétique seraient les mieux à même de l'aider à trouver Casanova. Madison Bryant avait proposé de se charger de ce travail, mais maintenant qu'elle avait trouvé le moyen de se rendre incapable de lui donner un coup de main, Aria était bien obligée de s'y coller.

Parmi toutes ces sociétés, c'était ancestry.com qui possédait la plus grande base de données. Cela pouvait être un avantage pour trouver les correspondances, c'est-à-dire les gens qui partageaient de plus ou moins longs segments d'ADN avec le fœtus de Kera, dont elle allait avoir besoin. Le site Web de la société, comprit-elle rapidement quand elle y accéda, se divisait en deux grandes sections. Dans la première, les clients pouvaient construire leurs arbres généalogiques en exploitant diverses bases de données. Aria conclut sans délai que ce service serait susceptible de lui livrer des informations sur la famille de Kera, mais ne l'aiderait guère pour celle du père du fœtus. Elle passa donc à l'autre section du site : FAITES UN TEST ADN ET DÉCOUVREZ VOS ORIGINES. La page suivante possédait un bouton promettant des explications sur LE CONTENU DE VOS RÉSULTATS PERSONNELS. Après avoir cliqué dessus, elle trouva un menu déroulant proposant un onglet ORIGINES ETHNIQUES, qui ne l'intéressait pas beaucoup dans l'immédiat, et un autre intitulé CORRESPONDANCES ADN. Pile ce dont elle avait besoin. Sur la page qui s'ouvrit, elle put consulter un exemple de résultat d'analyse obtenu par un client d'ancestry.com. Le site lui avait permis d'identifier soixante-douze correspondances génétiques, et parmi elles un certain nombre de cousins germains et de cousins issus de germains.

Pour Aria, c'était déjà encourageant. Si elle réussissait à obtenir un résultat similaire, des cousins germains ou issus de germains, son projet de retrouver Casanova pourrait avoir de vraies chances d'aboutir. Avec un petit frisson d'excitation, elle retourna à la page d'information sur les tests proposés par ancestry.com. La procédure ne coûtait pas grand-chose – c'était même une affaire si l'on songeait aux conséquences qu'elle pouvait avoir. Aria ouvrit l'onglet LES ÉTAPES DE VOTRE TEST ADN. Tout d'abord, elle devait commander un kit ou une trousse à prélèvement. Ensuite il fallait « activer » ce kit, c'est-à-dire sans doute compléter une inscription en ligne, puis faire le prélèvement de salive avec le matériel reçu. Elle avait déjà réfléchi à cet aspect des choses, puisqu'il était exclu d'obtenir de la salive de Kera ou du fœtus. Son idée, c'était de prendre contact avec la compagnie pour s'assurer qu'elle pouvait envoyer du sang à la place. Mais ce ne devait pas être un problème. D'après ses lectures, elle savait que le sang était préférable pour les analyses de toute façon.

Aria eut alors un choc en découvrant la dernière ligne de l'écran d'informations qu'elle avait sous les yeux : ancestry.com précisait que les résultats des tests étaient disponibles en ligne… six à huit semaines après réception des prélèvements.

Elle se renversa en arrière dans le fauteuil et poussa un profond soupir. Elle n'arrivait pas à y croire. Ces tests n'étaient-ils pas totalement automatisés et assurés par des puces à ADN ? Pourquoi diable leur fallait-il six à huit semaines ? Elle n'avait plus que deux à trois semaines de stage à l'IML. Reprenant la souris en main, elle chercha un numéro de téléphone pour joindre ancestry.com. Si le site était plutôt agréable à parcourir, et expliquait clairement ce qu'il avait à expliquer, trouver ce numéro de contact lui demanda par contre pas mal de persévérance. Et quand elle réussit enfin à joindre le service clients, l'employée qu'elle eut au bout du fil fut incapable de justifier ce délai de six à huit semaines, sinon en insistant sur le fait que la boîte avait un volume très important de prélèvements à traiter. Qui plus est, elle semblait n'avoir aucune connaissance technique sur les tests ADN, et elle n'était pas en mesure de mettre Aria en relation avec une personne susceptible de lui fournir davantage de renseignements. Exaspérée, Aria finit par lui raccrocher au nez pendant qu'elle revenait à la charge sur la qualité des services offerts par sa société une fois les résultats des tests obtenus.

Avec un sentiment de frustration croissant, Aria visita rapidement les sites des autres grandes sociétés d'ADN ancestral mentionnées dans les livres qu'elle avait lus pendant la nuit, à savoir Family TreeDNA, 23andMe et MyHeritage. Si ces trois-là annonçaient des délais de traitement un peu moins longuets qu'Ancestry, la donne restait fondamentalement la même : la plus « rapide », 23andMe, promettait des résultats disponibles en ligne entre trois et cinq semaines après réception du prélèvement de salive. Bravo, mais c'était encore beaucoup trop long pour Aria. Elle téléphona aux trois sociétés, par acquit de conscience, mais pour se heurter aux mêmes obstacles que chez Ancestry : dans chacune, elle tomba sur un employé du service clients qui n'avait aucune connaissance sur les technologies utilisées pour obtenir les résultats des tests ADN. En même temps, toutes ces personnes semblaient raisonnablement bien informées sur les grands principes de la génétique, et elles savaient notamment que leurs entreprises s'appuyaient sur les « snips », alias les polymorphismes nucléotidiques, qui faisaient la spécificité du génome de chaque individu et aidaient à déterminer comment les membres d'une même famille étaient diversement similaires entre eux selon leur degré de parenté.

Aria bascula de nouveau en arrière dans le fauteuil pour réfléchir. Allait-elle devoir renoncer à sa petite croisade avant même qu'elle n'ait réellement commencé ? Dès qu'elle en aurait terminé avec ce stage à l'IML – qui était presque des vacances, de son point de vue –, elle se remettrait à faire des journées de dix à onze heures de travail avec de vraies responsabilités. Mais la déconvenue qu'elle venait d'avoir lui donnait aussi une idée. La généalogie génétique, ou recherche en ADN ancestral, était de toute évidence un secteur en pleine croissance : la longue attente des résultats des tests ADN le prouvait bien. De nombreuses start-up innovantes devaient avoir envie d'entrer dans la danse en rivalisant avec les quatre mastodontes accaparant l'essentiel du marché.

Se remettant au clavier, elle tapa « tests généalogie ADN » sur Google, et comme d'habitude Google ne la déçut pas. Un site attira tout de suite son attention au milieu de la page de résultats : il annonçait recenser trente à quarante compagnies de tests ADN. Aussi vite qu'elle le put, elle cliqua sur tous les liens proposés et examina les sites Web correspondants en essayant de repérer les sociétés qui se lançaient. Quand elle en eut trouvé une poignée de création relativement récente, elle chercha leurs adresses avec l'espoir que l'une d'elles soit basée à New York. Quelques minutes après elle décrocha la timbale : GenealogyDNA était une start-up débutant sur la scène de l'ADN ancestral, et son siège se trouvait… à Manhattan – plus précisément dans le Meatpacking District, un quartier aux dimensions modestes, mais très en vogue auprès des designers, des start-uppers et des touristes, centré sur la 13e Rue Ouest. C'était d'ailleurs dans cette rue qu'était installée GenealogyDNA. Quand elle visita l'adresse indiquée sur Google Maps et passa en Street View, Aria fut un peu étonnée par l'image qu'elle découvrit : il s'agissait d'un immeuble en briques quelconque de six étages, mais il y avait une boutique et un restaurant très chic au rez-de-chaussée, et les espaces industriels des cinq niveaux supérieurs semblaient avoir été modernisés et transformés en bureaux. Elle supposa qu'ils étaient proposés à la location pour un loyer décent – pas trop indécent en tout cas pour Manhattan – qu'une start-up pouvait s'offrir.

En explorant le site de GenealogyDNA, qui n'était pas aussi complet que ceux des quatre grandes compagnies d'ADN ancestral, mais plus stylé, elle fit une découverte très prometteuse : la page Contact et le numéro de téléphone de la société étaient faciles à trouver, ce qui donnait à penser que GenealogyDNA encourageait ses clients potentiels à l'appeler. Plus important encore du point de vue d'Aria, il y avait un numéro réservé aux personnes recherchant des opportunités d'investissement – une preuve supplémentaire que la start-up était une jeunette dans le milieu.

Pendant quelques secondes elle garda les yeux fixés sur ce numéro en songeant à la déception que lui avaient valu ses appels aux services clients des autres compagnies. Si elle voulait avoir une chance de contourner le problème du délai d'obtention des résultats, il fallait qu'elle parle avec quelqu'un d'un peu plus important qu'un simple chargé de clientèle. Et si elle réussissait à avoir l'un des dirigeants au bout du fil, ce serait évidemment encore mieux. Pour que sa démarche aboutisse, elle devait aussi éviter de raconter qu'elle essayait de retrouver l'amant d'une femme décédée d'une overdose aux opiacés. Il fallait qu'elle trouve beaucoup mieux. Aria connaissait assez la nature humaine pour savoir qu'on obtenait toujours plus facilement quelque chose en offrant autre chose.

Elle leva les jambes et croisa les pieds au coin de la table – c'était sa position préférée pour cogiter. Qui étaient les gens qui avaient créé GenealogyDNA ? Que voulaient-ils, ces start-uppers ? Tant pis pour les stéréotypes : elle allait supposer qu'il s'agissait d'un groupe de jeunes geeks dans le moule de la Silicon Valley, des hommes pour la plupart, tous toqués d'informatique depuis l'adolescence. Suivant ce raisonnement, elle essaya de trouver un scénario alléchant, et même sexy, susceptible de leur plaire… Après tout, comme le prouvait l'existence de ce fœtus, il y avait bel et bien du sexe dans l'histoire de Kera. Mais rien ne lui venait à l'esprit qui n'était pas éclipsé par le problème de l'overdose qui avait tué cette femme. Une toxico, ça n'était pas sexy du tout. De fait, comprit-elle soudain, il valait mieux qu'elle fasse l'impasse sur la drogue. Kera n'était pas morte d'une overdose. Le scénario qu'elle voulait concocter devait parler de vie, pas de mort. Autrement dit, il fallait retrouver le père… pour sauver la vie de l'enfant ! Ça, c'était le genre de fable auquel les gens avaient envie de s'accrocher. Surtout, espérait-elle, les dirigeants d'une jeune start-up de généalogie génétique qui essayaient de se faire un nom au milieu de géants.

Tout à coup, une bouffée d'inspiration livra à Aria la solution dont elle avait besoin. Il fallait un enfant, oui, parce que les enfants faisaient toujours vibrer la corde sensible. Fermant les yeux, elle s'imagina un tout petit enfant, angélique, atteint d'une maladie rare… le genre de maladie qui s'apparente à une condamnation à mort dans l'esprit de la plupart des gens. Spécialiste de pathologie, elle put porter en un instant son choix sur une leucémie agressive – une maladie qui tuait ses victimes il y avait peu de temps encore, mais contre laquelle la médecine avait fait de grands progrès tout récemment.

– Parfait, dit-elle en ramenant les pieds par terre pour se rasseoir face au moniteur.

Son récit s'écrivit en un éclair dans sa tête : un petit enfant de trois ans, conçu avec un don de sperme, était en phase terminale d'une leucémie gravissime. Seule une greffe de moelle osseuse pouvait le sauver. Mais la situation était compliquée par le décès de sa mère, survenue quelques jours plus tôt seulement… parce qu'elle avait le cœur brisé ? Aria sourit. Bien sûr, il lui fallait beaucoup mieux que cela. Un accident de voiture, par exemple, alors que la femme se rendait en urgence à l'hôpital pour voir son enfant.

– Qui resterait insensible à une histoire pareille ? se demanda-t-elle à voix haute.

Ce qui était parfait, aussi, supposait-elle, c'était que les dirigeants de GenealogyDNA verraient dans cette affaire une merveilleuse occasion de se faire de la pub. Et ce, même si elle leur précisait qu'à cause des lois sur la protection des données personnelles des patients, elle ne pouvait pas leur communiquer les noms de l'enfant malade ou de la mère décédée.

Beaucoup plus confiante qu'elle ne l'était encore un moment plus tôt, elle prit son téléphone pour composer le numéro dédié aux investisseurs potentiels sur le site de GenealogyDNA. Lorsque, dès la deuxième sonnerie, elle entendit une voix masculine dans l'écouteur, son optimisme grimpa encore d'un cran. Avec les autres compagnies de tests ADN, elle avait dû attendre dix sonneries ou plus avant d'avoir quelqu'un.

– GenealogyDNA, dit l'homme. Puis-je vous renseigner ?

– Je suis la Dr Aria Nichols, dit-elle. Je suis interne au Centre médical Langone.

Ayant l'habitude, depuis toute petite, de ne pas toujours strictement coller à la vérité, elle savait que pour faire passer un gros mensonge, le mieux était de commencer par quelques faits bien réels.

– Et je suis Vijay Srinivasan, dit l'homme d'un ton aimable. Que puis-je faire pour vous, docteur Nichols ?

– Je vous appelle parce que nous avons un très gros problème à l'hôpital pédiatrique Hassenfeld, dit-elle, improvisant les détails de son scénario. Et je voudrais pouvoir penser que GenealogyDNA sera en mesure de nous aider, parce que je sais que la généalogie génétique a permis de retrouver le tueur du Golden State. Je présume que vous vous souvenez de cette histoire ?

– Bien entendu, dit Vijay. Elle a valu énormément de très bonne presse à notre métier.

– Cela se comprend. Nous aussi, nous avons besoin de retrouver un homme disparu, mais j'aimerais parler si possible avec un responsable de votre société plutôt qu'à une personne du service clients.

– Je suis l'un des associés fondateurs de GenealogyDNA.

– Oh. Eh bien c'est parfait, dit Aria qui ne s'attendait pas à décrocher si vite le gros lot. Avant de commencer, je dois m'assurer que vous savez que nous devons protéger la vie privée de nos patients, et qu'il existe même à ce titre des lois très contraignantes ?

– Je comprends bien le principe de la confidentialité des données médicales, assura Vijay. Et… oui, je peux supposer qu'il existe des lois pour cela. Mais je ne les connais pas vraiment.

– Moi non plus, pour être franche. Mais elles existent, c'est certain. L'essentiel, pour aller droit au but, c'est que je ne serai pas en mesure de vous donner les noms des personnes concernées par notre problème. Même si l'une d'elles est décédée. Vous ne serez pas davantage autorisé à citer le nom de notre hôpital quand vous utiliserez cette histoire, si nous en arrivons là, pour faire de la publicité à votre entreprise. C'est clair ?

– Je pense que c'est tout à fait clair, dit Vijay.

– Alors voilà le problème en quelques mots. Nous avons ici un enfant en bas âge, très malade, qui a été conçu par don de sperme et dont la mère est malheureusement décédée il y a quelques jours. L'espoir un peu fou que nous avons, c'est de retrouver le père pour avoir un donneur de moelle osseuse. Avez-vous quelque expérience, chez GenealogyDNA, pour ce qui est d'aider les personnes nées de don de sperme à retrouver leurs pères biologiques ?

– Oui, tout à fait. Et nous sommes très fiers de ce que nous avons déjà accompli sur ce terrain. Je ne sais pas si vous connaissez le domaine de l'ADN ancestral, et en particulier les processus utilisés pour établir des correspondances entre les profils génétiques, mais c'est justement là que notre société excelle. Pour trouver ces correspondances, il faut des algorithmes. Nous estimons que les algorithmes de GenealogyDNA sont sans doute les meilleurs du marché. Saviez-vous que ces algorithmes sont toujours propriétaires, c'est-à-dire que chaque société de généalogie génétique développe et utilise les siens ?

– Je l'ignorais, dit Aria.

– Non seulement nous découvrons un nombre inégalé de correspondances à partir des kits ADN de nos clients, mais nous avons aussi très peu de faux positifs. Nous sommes peut-être les petits nouveaux de la bande, mais nous sommes certains d'avoir de meilleurs outils que nos concurrents. C'est la raison pour laquelle nous avons souhaité défier les compagnies bien établies et avons réussi à convaincre des investisseurs de nous soutenir.

– Depuis combien de temps votre société existe-t-elle ? demanda Aria.

– GenealogyDNA fêtera son premier anniversaire le mois prochain, dit Vijay avec fierté. Si vous avez envie d'investir, c'est le moment idéal.

– Ce dont j'ai envie, c'est de résoudre le problème dont je vous parlais. Mais il y a un autre souci à propos duquel je dois vous poser une question.

– Je vous en prie. D'après ce que vous me racontez, cette situation pourrait nous être mutuellement bénéfique.

La remarque de Vijay enchanta Aria.

– Pour ne rien vous cacher, nous avons déjà approché certaines des compagnies d'ADN ancestral les plus réputées. Mais je dois dire que chez aucune d'entre elles je n'ai eu le plaisir de discuter avec un membre de la direction comme vous-même.

– Merci. C'est très aimable.

– L'autre problème auquel je me suis heurtée, c'est la lenteur inacceptable de ces compagnies pour ce qui est de produire des résultats, dit Aria. Il leur faut plusieurs semaines rien que pour analyser les prélèvements d'ADN, alors que, dans la situation où nous sommes, nous n'avons que quelques jours si nous voulons sauver la vie de cet enfant.

– Cela ne m'étonne pas, dit Vijay. Le délai de traitement des prélèvements, c'est un autre point sur lequel GenealogyDNA tient à se démarquer de la concurrence. Bon nombre des compagnies de généalogie génétique commerciales sous-traitent leurs analyses. Chez GenealogyDNA, pas question. Nous avons notre propre labo, ce qui nous permet d'avoir une intégration verticale complète, et nous louons nos puces ADN haute densité, de telle sorte que nous les remplaçons chaque fois que de nouvelles puces, plus performantes, deviennent disponibles. Notre objectif, tout simplement, c'est d'avoir toujours une longueur d'avance.

– Votre labo est ici, en ville ? demanda Aria – cette conversation l'enthousiasmait de plus en plus.

– Non, pas en ville, répondit Vijay. Il est à Long Island, à environ une heure de route de nos bureaux.

– Mais donc vous seriez en mesure d'avoir des résultats bien plus rapidement que vos concurrents ?

– Absolument. Dans une situation d'urgence comme celle que vous évoquez, si l'amplification de l'ADN se passe bien, nous pourrions les avoir en vingt-quatre heures.

– C'est fantastique, dit Aria avec sincérité. Maintenant, un dernier souci. La mère étant décédée tout récemment, nous ne pouvons pas vous fournir de salive comme le demandent les autres sociétés. Du sang vous conviendrait-il ?

– Bien entendu, dit Vijay. Vous savez, on utilise la salive parce que le prélèvement est très facile pour le client, mais en réalité la salive crée un problème supplémentaire, qui est que nous devons gérer l'ADN des bactéries et des champignons de la flore buccale. Cela rajoute une étape, autrement dit, pour isoler l'ADN humain. Le sang est bien préférable et nous simplifie grandement le processus d'amplification.

– Tout cela paraît très encourageant, dit Aria. Permettez-moi de vous donner quelques détails supplémentaires sur notre situation. L'enfant souffre d'une forme agressive de leucémie myéloïde, qui résiste à tous les traitements, même les plus récents. Notre seul espoir, maintenant, c'est donc une greffe de moelle osseuse, et le père serait le meilleur donneur possible. Sans cela l'enfant est perdu. Et nous n'avons que quelques jours devant nous. Une semaine, deux peut-être tout au plus. Pensez-vous pouvoir nous aider ?

– Très certainement, dit Vijay. Sans rien pouvoir vous garantir, bien sûr. Pour que nous trouvions un résultat, vous le comprenez, il faut que certains parents génétiques du père au moins aient ajouté leurs profils aux bases de données et créé des arbres généalogiques familiaux. Mais pour ce qui est de la mise en œuvre, nous pouvons assurément produire très vite les kits ADN de la mère et de l'enfant. Pour une telle cause, par ailleurs, je ne demande pas mieux que de charger nos programmeurs maison, moi-même y compris, de s'investir dans la recherche des correspondances et de construire un arbre généalogique pour ce bambin malade. À propos, avez-vous des raisons de croire que le père inconnu habite à New York ou dans la région ?

– Oui, dit Aria. Je suis à peu près certaine que c'est le cas.

– Cela pourrait nous aider. Parfois il est difficile de convaincre les gens de partager leurs informations généalogiques. Au besoin, une rencontre face à face peut faire toute la différence.

– Ce sont des très bonnes nouvelles, dit Aria. Quand pouvons-nous commencer ?

– Quand pouvez-vous nous fournir les échantillons de sang ?

– Cet après-midi, ça irait ? Je peux vous les apporter moi-même.

– Excellent. Je ne bougerai pas de l'après-midi. Quand vous arrivez, demandez simplement à la réceptionniste à me voir.

– Je ne serai pas longue.

En coupant la communication, Aria vit sur l'écran du téléphone qu'elle avait trois textos et deux messages vocaux du Dr Chet McGovern. Elle haussa les épaules et empocha l'appareil en attrapant sa blouse sur le fauteuil.

# 22

**9 MAI**
**14 H 05**

Aria fut passablement impressionnée quand elle pénétra dans le labo de toxicologie au cinquième étage de l'IML. C'était la première fois qu'elle venait ici depuis bientôt dix jours qu'avait commencé son stage. Alors que le bâtiment devait être rasé dans un avenir pas très lointain, le labo avait de toute évidence été rénové récemment, et doté de vastes paillasses de travail sur lesquelles s'alignaient toutes sortes d'appareils high-tech. Seules les fenêtres paraissaient vieillottes et mal en point. Deux techniciens en tenue de laboratoire surveillaient les machines, qui travaillaient pour l'essentiel de façon autonome. Aria se dirigea vers la personne la plus proche, une grande femme noire dont la charlotte couvrait complètement la chevelure.

– Je suis la Dr Nichols, dit-elle. J'ai besoin d'échantillons de sang sur des prélèvements qui vous ont été envoyés hier. Comment ça se passe ?

– Faut en parler avec le Dr DeVries, répondit la femme en désignant la porte ouverte d'un bureau. C'est le directeur.

Aria traversa la salle et entra dans le bureau. Un homme mince, assez âgé, aux cheveux blancs clairsemés, était penché sur une pile de rapports qu'il semblait être en train de signer. Aria répéta sa requête, mais s'entendit répondre de s'adresser au directeur adjoint, Peter Letterman, dans le bureau voisin.

Letterman était un type menu, beaucoup plus jeune que DeVries, aux cheveux blonds presque blancs et à l'air timide.

– Quel nom, dites-vous ? demanda-t-il avec un sourire agréable après qu'Aria se fut présentée et eut répété sa requête.

– Kera Jacobsen. À l'autopsie nous avons aussi découvert un fœtus. Qui n'a pas de nom, bien entendu, mais peut-être un autre numéro de dossier. Je ne sais pas comment s'organisent ces choses-là.

– Je me souviens, dit Peter. C'était une overdose.

– Voilà.

– Et vous avez besoin d'échantillons de sang pour quoi ?

– Des analyses ADN.

– Il a déjà été envoyé du sang au labo de génétique moléculaire du 421, fit remarquer Peter. Pour des analyses…

– C'est pour d'autres analyses, coupa Aria avec irritation.

– Combien de sang il vous faudrait ? demanda Peter. Vu son âge et sa taille, le fœtus n'en avait pas beaucoup.

– Donnez-moi ce que vous pourrez, dit-elle en faisant basculer le poids de son corps d'un pied sur l'autre.

Peter la dévisagea quelques instants. Elle rouvrait la bouche pour lui remonter les bretelles, lorsqu'il se mit debout et dit avec le sourire :

– Je reviens.

Elle sourit aussi, mais avec moins de sincérité.

Pour patienter, elle embrassa du regard son bureau sans fenêtre. La pièce avait été rénovée comme le labo, visiblement, mais la table sur laquelle il travaillait était aussi vieille et minable que celle d'Aria dans la salle des internes. Les photos de deux gamins étaient punaisées sur un tableau d'affichage en liège, et sur la table il y avait le portrait d'une femme en surpoids au sourire niais.

Aria songeait à partir à la recherche de Peter, lorsqu'il reparut enfin. Il lui tendit deux petits tubes capuchonnés et étiquetés. L'un d'eux contenait environ un centimètre cube de sang, l'autre le quart de ce volume.

– Désolé, c'est tout ce que nous pouvons laisser partir pour le fœtus, dit-il. Nous risquons d'être obligés de refaire le screening s'il y a un problème avec le premier échantillon.

Aria se contenta de hocher la tête et sortit du bureau. Sans perdre une seconde, elle traversa le labo en diagonale pour regagner le hall des ascenseurs, direction le Meatpacking District. Après avoir appuyé sur le bouton d'appel, elle regarda l'heure sur son téléphone et fit la grimace en découvrant qu'il était déjà quatorze heures passées. Le moment était mal choisi pour se balader au rez-de-chaussée, car la réunion de l'après-midi, dirigée par le Dr McGovern, devait bientôt commencer. Mais elle n'avait pas vraiment le choix. Elle aimait autant ne pas croiser McGovern, mais bon, si cela arrivait ce ne serait pas non plus la fin du monde.

Il s'avéra qu'elle n'aurait pas dû s'inquiéter de le rencontrer au rez-de-chaussée. L'ascenseur s'immobilisa tout à coup au troisième étage et Aria eut le déplaisir de voir les portes s'ouvrir sur le responsable pédagogique.

– Bonté divine ! s'exclama-t-il avec une mimique de surprise exagérée en entrant dans la cabine. Le Fantôme en personne ! La chance que j'ai, ma parole ! Quelle chouette coïncidence. Et moi qui croyais que vous ne nous feriez pas l'honneur de votre présence avant demain matin.

Aria inspira profondément pour garder son flegme devant ce vieux play-boy qui se permettait de l'affubler d'un sobriquet complètement débile.

C'est alors qu'il changea subitement d'attitude.

– Où étiez-vous passée ? demanda-t-il d'un ton agressif. Je vous ai envoyé des SMS. Je vous ai laissé des messages. Là, ma jeune dame, ça devient absurde.

Elle serra les dents. Une fois de plus, il revenait à la charge avec ce « ma jeune dame » condescendant et stupide.

– Je ne comprends vraiment pas votre attitude, reprit-il. Le Dr Stapleton était plutôt élogieux à votre sujet, ce matin, mais il m'a aussi dit que vous vous étiez volatilisée à la fin, pendant qu'il terminait le travail. Et puis vous étiez supposée venir me retrouver pour que je vous assigne un autre cas. Vous étiez passée où, bon sang ?

– Je travaille encore sur le cas d'hier, dit Aria. Observer les autopsies et les faire soi-même, ce n'est pas du tout la même chose. Et pour l'observation, j'en ai soupé.

– Comment ça, le cas que vous avez fait ? L'autopsie de la Dr Montgomery, vous voulez dire ?

– Oui. Elle m'a laissé le scalpel. C'est moi qui ai fait la dissection de bout en bout et c'est elle qui a observé. C'est bien plus convenable quand on sait que je serai le mois prochain en quatrième et dernière année d'internat de pathologie. Et maintenant, je fais une sorte d'enquête de suivi pour essayer de déterminer la cause réelle du décès. Le plus important, c'est que j'apprenne quelque chose. Vous devriez approuver, puisque vous êtes censé être le responsable pédagogique.

– Épargnez-moi vos sarcasmes, dit Chet.

– Vous avez le droit d'être condescendant et je ne peux pas être sarcastique ? répliqua-t-elle d'un ton exagérément étonné. Vous trouvez ça juste ?

– En quoi suis-je condescendant avec vous ?

– Alors là, votre question est vraiment pathétique, dit Aria alors que les portes de l'ascenseur s'ouvraient au rez-de-chaussée.

Elle n'attendit pas sa réaction. En un clin d'œil elle sortit de la cabine et partit à grands pas vers la façade de l'immeuble.

– Une seconde ! lança Chet. Vous ne venez pas à la réunion ?

Aria ne se fatigua même pas à se retourner. Elle lui tendit son majeur par-dessus son épaule, puis poussa la porte donnant sur le hall public de l'IML.

# 23

**9 MAI**
**14 H 35**

En descendant du taxi qu'elle avait attrapé en hâte sur la Première Avenue au cas où McGovern l'aurait poursuivie, Aria leva les yeux vers l'immeuble de GenealogyDNA. La façade n'était pas plus séduisante en vrai que sur Google Maps. Dans le hall, sur le panneau listant les occupants, elle constata que l'endroit était pour ainsi dire désert : GenealogyDNA, au cinquième étage, en était pour le moment l'unique locataire. Elle prit l'ascenseur.

– Je peux vous aider ? demanda une fille assise derrière un comptoir de réception dans le petit hall d'accueil de la société.

Elle avait les cheveux lavande, elle était habillée grunge chic et elle avait toute une collection de piercings sur les pavillons des oreilles, ainsi qu'un anneau dans le nez.

– Je viens voir Vijay Srinivasan, dit Aria.

– Vous êtes la Dr Aria Nichols ?

La fille baissa les yeux sur la blouse blanche qu'Aria avait décidé de garder pour donner davantage de crédibilité à son histoire de leucémie.

– En effet.

– Allez-y, dit la fille en désignant une double porte en verre. Je le préviens que vous êtes là.

La vaste salle qu'Aria découvrit n'avait pas grand-chose à voir avec un bureau, ou même un open space, au sens classique du terme. Elle avait tout de la start-up telle qu'on se l'imagine : c'était un loft aux poutres apparentes, au plancher de larges lattes, avec d'immenses fenêtres nues. Au plafond, les conduites et tuyaux avaient été peints en blanc. Les deux éléments de mobilier les plus volumineux étaient une table de ping-pong et un poste de gaming composé d'une immense télévision, d'un PC et de fauteuils baquets. Et les deux étaient en cours d'utilisation. Il y avait quelques tables, mais bien davantage de canapés, de fauteuils et de Sacco – des sièges dont Aria savait qu'ils avaient eu leur heure de gloire bien avant sa naissance. Certaines stations de travail étaient de simples planches de bois posées sur des tréteaux. Ce qui frappait le plus Aria, cependant, c'étaient les multiples écrans d'ordinateurs sur lesquels travaillaient une ribambelle de jeunes gens qui avaient tous des têtes d'intellos coincés et des tenues très décontractées, sinon franchement négligées. Ce fut en tout cas sa première impression jusqu'à ce que l'un d'eux se lève pour venir à sa rencontre. Lui, il portait en fait une chemise blanche sans un faux pli et un jean de marque. Sous son épaisse chevelure noire, il avait une peau très mate qui faisait paraître son sourire plus blanc que blanc. Il était séduisant comme un jeune premier d'un film de Bollywood.

– Docteur Nichols, je présume ? dit Vijay avec le léger accent indien qu'elle lui avait déjà entendu pendant leur conversation téléphonique, en lui tendant la main avec un nouveau sourire étincelant.

Au lieu de la serrer, elle tira de la poche de sa blouse les deux petits tubes à prélèvement et les offrit à son interlocuteur.

Sans la moindre hésitation et sans se formaliser de la petite impolitesse d'Aria, il les prit en disant :

– Ah oui ! Les échantillons de sang. Merci. Ils vont partir tout de suite à notre labo. J'ai prévenu là-bas et nous allons nous y mettre sans attendre.

– Merci à vous. Nous vous sommes très reconnaissants de votre aide.

– Avez-vous quelques minutes devant vous ?

– Possible, répondit Aria en se demandant ce qu'il avait en tête – ici, au milieu de tous ces geeks, elle ne se trouvait pas vraiment dans son élément.

– J'ai expliqué votre problème à toute l'équipe, dit Vijay, et nous avons commencé à en discuter. Nous allons tous participer. Mais cela vous ennuierait-il que je vous présente ?

– Si vous voulez.

Vijay désigna de la main un espace dégagé au milieu des tables et des fauteuils, dont la plupart semblaient venir d'un marché aux puces. Aria remarqua que les douze ou quatorze personnes qui se trouvaient dans la salle avaient toutes interrompu leurs activités pour la dévisager – y compris les joueurs de ping-pong. Soudain, elle sentit la main de Vijay effleurer son bras, puis le saisir pour l'inviter à s'immobiliser. Il la lâcha avant qu'elle n'ait pu réagir pour se libérer de son étreinte. Ils se tenaient à présent au centre de la salle. Directement devant eux, sur un vieux canapé en cuir d'une taille impressionnante, étaient assis deux jeunes mecs qui avaient l'allure de tous les frappés d'informatique qu'elle avait jamais pu connaître – le genre de garçons qui étaient incapables de sortir avec des filles au lycée, mais montaient par contre leurs propres PC et jouaient à *League of Legends* comme des cracks. Ces deux-là, vautrés dans leur siège avec des mines blasées, portaient des survêtements et des baskets montantes aux lacets desserrés.

– OK, écoutez-moi, tout le monde ! commença Vijay pour obtenir le silence. Je vous présente la Dr Nichols. Si vous avez des questions sur le projet leucémie, c'est maintenant. Elle vient de me donner les échantillons de sang de la mère et de l'enfant, donc nous aurons sans doute les deux kits ce soir, ou demain au plus tard.

Vijay pivota sur lui-même pour regarder ses collaborateurs. Une main se leva. Elle appartenait à un type maigrichon à peine sorti de l'adolescence. Les poils de son visage ne s'étaient pas encore transformés en barbe et il était criblé d'acné.

– On a combien de temps avant que l'enfant meure ? demanda-t-il.

Vijay se tourna vers Aria en haussant les sourcils.

– C'est difficile à estimer, répondit-elle. Entre quelques jours et deux à trois semaines.

Vijay tourna de nouveau la tête à droite et à gauche. Personne ne prit la parole.

– Avez-vous des questions pour nous ? demanda-t-il à Aria.

– Vous dites que toute l'équipe va travailler sur le problème, alors ?

Elle avait du mal à croire ce que Vijay lui avait annoncé. Cela paraissait presque trop beau pour être vrai.

– Absolument, répondit-il. Nous pensons qu'un tel projet pourrait contribuer à nous faire connaître à notre juste valeur. Je vous ai expliqué que nos algorithmes sont les meilleurs du marché, avec moins de faux positifs qu'aucun autre.

– Et… vous allez faire du phasage et de la triangulation, c'est ça ?

Grâce aux livres de Madison, elle savait maintenant quelques petites choses sur ces deux techniques très importantes en généalogie génétique. Sur la triangulation, en particulier, qui permettait de déterminer mieux qu'aucune autre méthode si les correspondances repérées étaient bien réelles, c'est-à-dire s'il s'agissait de correspondances par descendance d'ancêtres communs. Elle se rappelait que le processus d'analyse entre deux profils génétiques consistait à comparer d'infimes variations de paires de base, les fameux snips, observables ici et là le long des chromosomes, c'est-à-dire pas à comparer les chromosomes sur toute leur longueur, mais elle savait aussi qu'un jour ou l'autre, lorsque le séquençage serait plus rapide et meilleur marché – un horizon qui se rapprochait sans doute plus vite que la plupart des gens ne s'en rendaient compte –, le travail serait infiniment plus facile, beaucoup plus précis, et risquerait de porter un coup fatal au concept de vie privée.

– Bien entendu, répondit Vijay. C'est le cœur de la généalogie génétique. Repérer des correspondances, c'est relativement facile. Mais trouver ce que l'on appelle des identiques par descendance, c'est-à-dire de vraies correspondances entre des individus ayant un ancêtre commun plus ou moins récent, c'est bien plus compliqué. Et c'est là que nous avons besoin de la triangulation.

– D'accord. Je pense que je n'ai pas d'autre question, dit Aria qui sentait la joie l'envahir.

Avec quelques pieux mensonges, elle avait réussi à mettre toute une équipe d'informaticiens spécialistes en génétique sur le problème de la quête de Casanova.

– Avant que vous ne repartiez, laissez-moi vous montrer le genre d'arbre généalogique que nous allons construire pour l'enfant. Avez-vous encore le temps ?

– Je vais le prendre, répondit Aria.

# 24

**9 MAI**
**16 H 30**

– Toc toc, dit Jack en tapotant le chambranle de la porte ouverte du bureau de Laurie.

Celle-ci redressa la tête et sourit. Elle examinait une fois encore le projet de la nouvelle morgue, qui comprendrait une salle d'autopsie dernier cri et des bureaux individuels pour tous les médecins légistes. Après s'être penchée sur ces plans au milieu de la nuit, elle avait estimé en avoir à peu près terminé avec eux. Et puis à la lumière du jour elle avait révisé certains de ses jugements. Si le laboratoire de toxicologie se trouvait toujours dans l'ancien bâtiment de l'IML, le laboratoire d'histologie avait quant à lui déménagé dans la nouvelle tour de l'institut. Problème, ces deux laboratoires collaboraient étroitement entre eux et avec les médecins légistes. Laurie n'oubliait pas qu'elle s'était souvent rendue en personne dans l'un ou l'autre, à l'époque où elle faisait des autopsies, lorsqu'elle avait eu besoin de certaines analyses ou informations pour compléter ses investigations et signer les certificats de décès. Pour l'organisation du travail de tout le monde, il n'était pas très logique que les deux laboratoires se trouvent dans des bâtiments différents. Elle avait donc repris l'examen des plans pour voir ce qu'elle pouvait faire.

– Est-ce un bon moment pour causer ? demanda Jack.

– Ouaip, répondit Laurie. Tu sais bien, si la porte du bureau est ouverte c'est que je suis disponible. Et puis j'attends depuis ce matin d'avoir l'occasion de te parler. Entre !

Elle essayait de se montrer sereine, presque insouciante, car elle sentait que Jack était nerveux.

Après avoir fermé la porte derrière lui, il alla droit au canapé – sa destination habituelle dans cette pièce. Il portait encore un pyjama médical, car il avait passé la plus grande partie de la journée à la fosse.

– Tu as des nouvelles pour ton opération ? demanda-t-il tout de go. Ça s'organise, alors ?

Il s'assit, mais pas pour s'affaler dans le canapé comme il le faisait le plus souvent. Penché en avant, les coudes sur les genoux, il regardait fixement Laurie en attendant sa réponse. Un autre signe qu'il était stressé.

– Où est mon Jack blagueur, ironique et plein d'esprit ? demanda-t-elle pour essayer de dédramatiser.

– En congé sans solde jusqu'à ce que l'eau de cette vilaine histoire ait coulé sous les ponts, dit-il. Arrête de me torturer ! Comment ça se présente ?

– J'ai déjà parlé deux fois au téléphone avec la Dr Claudine Cartier. Elle est super arrangeante. Elle comprend complètement que j'aie besoin de régler cette histoire au plus vite. Je ne peux pas m'empêcher de penser que si ma grosseur suspecte d'un centimètre est effectivement cancéreuse, je prends un risque à chaque minute qui passe. Pour faire basculer le pronostic dans le rouge, il suffit qu'une cellule sur des milliards se détache du lot et aille établir sa petite base perso quelque part ailleurs.

– Je te comprends, dit Jack. Mais elle veut procéder comment, alors ?

– Plusieurs de ses opérations programmées viennent d'être annulées parce que les patients ont attrapé la grippe. Du coup elle ne demande pas mieux que de me glisser dans son planning. Pour le choix de l'hôpital, elle veut m'installer au Kimmel Pavilion, qui est tout neuf et où les chambres sont paraît-il super. Maintenant, tout dépend du programme du bloc. Nous attendons leur retour. Je suppose que je peux être appelée d'une minute à l'autre, ou presque, mais ça ne me gêne pas. Maintenant que j'ai décidé de faire cette opération, je veux y aller.

– Donc ça pourrait se faire à tout moment, c'est ça ?

– J'exagère un peu. Pas exactement à tout moment, puisque, d'après Claudine, je serai prévenue au moins huit à douze heures auparavant. C'est une anesthésie générale, quand même, donc il faut que je sois préparée.

Jack hocha la tête avant de demander :

– Notre cher directeur adjoint est-il informé qu'il va piloter le vaisseau un certain temps ?

– Absolument. Je lui en parlé ce matin, donc tout est en ordre de ce côté-là. Bien entendu, je lui ai demandé de garder le silence tant que l'opération n'est pas programmée.

Jack hocha de nouveau la tête, songeur, puis soupira.

– J'aimerais tant passer à ta place sur le billard. Ce serait beaucoup plus facile pour moi.

– Tout ira bien, affirma Laurie, autant pour le rassurer que pour se donner à elle-même du courage. Parlons d'autre chose, maintenant. Quand j'ai fait ma tournée à la fosse ce matin, j'ai aperçu notre interne préférée à ta table. Comment ça s'est passé ? De loin, vous aviez l'air calmes. J'avoue que ça m'a un peu étonnée. J'ai même préféré garder mes distances de peur de provoquer un incident.

– Non, dit Jack. Y a pas eu de problème particulier.

– C'est un petit miracle, à mon sens, connaissant Aria. Et toi aussi, d'ailleurs, mon chéri…

Laurie pouffa de rire. Jack bascula en arrière dans le canapé, un sourire au coin des lèvres.

– Pour être honnête, je dois dire que j'ai fait cet effort pour toi.

– Comment ça, pour moi ?

– Tu te décarcasses pour cette fille. Tu l'as prise sous ton aile pour un cas et tu lui as laissé le scalpel alors que c'était ta première autopsie depuis je ne sais combien de temps. C'est vraiment sympa. Et puis je suis de ton avis. Un souci avec une interne, ça ne vaut pas la peine de risquer une mésentente avec le service de pathologie du Langone. Il est clair que cette fille n'est pas tombée amoureuse de la médecine légale. Tu sais qu'il était déjà huit heures et demie, ou même un peu plus, quand elle s'est pointée à la fosse ?

– A-t-elle juré comme un charretier ? Elle a vraiment été grossière avec moi et je sais que c'est un truc qui te fait démarrer au quart de tour.

– Nan. Pas le moindre gros mot. Ma seule critique, si je devais en avancer une, c'est qu'à la fin du travail elle s'est volatilisée. Elle était là, à côté de la table, et une seconde plus tard, boum, disparue. Pas un merci, pas un au revoir, pas de puis-je vous aider à boucler le cas ? L'esprit d'équipe, ça n'a pas l'air d'être son truc.

– La sociabilité et elle, ça fait deux. Quant à savoir si elle a un problème neurologique ou si c'est la conséquence de son éducation, je n'en ai pas la moindre idée.

– Du bon côté des choses elle est drôlement intelligente, par contre.

– Je suis d'accord. Le Dr Henderson aussi. Et il faut reconnaître qu'elle s'investit beaucoup dans le cas que j'ai fait hier avec elle.

Elle s'investit tellement, même, qu'elle me rappelle toi et moi quand nous avons démarré dans le métier.

– De quelle façon, au juste, elle s'investit ?

– Elle est persuadée qu'il est impératif de trouver le père du fœtus que nous avons eu la surprise de trouver à l'autopsie. Et comme c'est une milléniale, elle a imaginé une solution assez innovante pour essayer de découvrir ce père, à laquelle ni toi ni moi n'aurions pensé je crois. Elle veut faire appel à la généalogie génétique.

Laurie exposa rapidement à un Jack épaté le plan imaginé par Aria.

– Je n'y aurais jamais pensé, continua Laurie. Hélas, il est facile d'être largué à notre époque. La technologie évolue si vite. Enfin ! Moi aussi je trouve son idée fascinante, et je l'ai donc encouragée à poursuivre. Tout en lui disant très clairement que notre laboratoire de génétique moléculaire ne pouvait absolument pas être mêlé à ce truc. Pas question de perdre notre accréditation.

– Bien sûr.

– Donc je lui ai dit de continuer sur sa lancée, à condition qu'elle me tienne régulièrement au courant de ses progrès, s'il y en a, et respecte à la lettre les règles de confidentialité sur les données des patients. Pour quelqu'un qui ne choisira jamais de devenir légiste, et même si elle ne réussit pas à retrouver le père au bout du compte, elle en apprend sans doute davantage sur le potentiel de la médecine légale en faisant ce travail d'investigation qu'en observant tout un tas d'autopsies.

– Possible, convint Jack.

Le voyant de l'interphone se mit à clignoter sur la console téléphonique de Laurie. Elle décrocha le combiné. Cheryl l'informa que le Dr McGovern désirait la voir.

Quelques instants plus tard, un Chet McGovern furieux fit irruption dans le bureau.

– Je laisse tomber ! s'exclama-t-il. Je ne sais pas comment gérer cette femme. Elle me rend dingue !

Il venait droit vers la table de Laurie, lorsque, parvenu au milieu de la pièce, il aperçut Jack sur le canapé et s'immobilisa.

– Oh, désolé, dit-il d'une voix plus calme. Je vous dérange, vous deux ? Je ne savais pas que vous étiez occupés.

– Pas de souci, assura Jack en se levant. Je m'en vais.

– Non, reste ! protesta Chet.

Il soupira profondément, puis passa une main sur ses cheveux clairsemés et caressa son bouc pour mettre de l'ordre dans ses pensées.

– Je cherchais Aria Nichols depuis qu'elle avait disparu ce matin après le cas de Jack, quand soudain, coup de chance, je tombe sur elle dans l'ascenseur. Mais là, quand je lui demande où elle était passée, elle me reproche d'être condescendant. Vous imaginez ça, un peu ?

– As-tu été condescendant avec elle ? demanda posément Laurie.

– Mais non ! répondit Chet. À moins qu'il ne faille considérer que l'appeler « ma jeune dame », c'est condescendant.

– Eh oui, Chet. Dire « ma jeune dame » à une interne de troisième année, c'est condescendant, objecta Laurie, et elle regarda Jack pour demander : Tu en penses quoi ?

Jack brandit les mains devant lui.

– Seule la directrice de l'institut médico-légal est habilitée à trancher. Je revendique mon droit au silence.

– Trouillard, dit-elle en pouffant de rire.

– Hé ! grogna Chet. Vous êtes dans quel camp, vous deux ? C'est moi la victime, ici.

Il se rendit compte, alors, de l'impression qu'il donnait, et un sourire gêné lui monta aux lèvres.

– D'accord, j'ai pigé. Peut-être que je prends ça un peu trop à cœur.

– Je peux sympathiser avec toi dans une certaine mesure, admit Laurie. Je la trouve aussi très agressive et difficile à supporter. On dirait qu'il n'y en a que pour elle et qu'elle est incapable de se mettre à la place des autres.

– Elle est carrément hostile, cette nana, marmonna Chet. Quand on est sortis de l'ascenseur, je lui ai demandé si elle venait à la réunion. Vous voulez savoir comment elle a réagi ?

– Difficile à imaginer. Vu son attitude envers toi en d'autres occasions, je veux dire, précisa Laurie avec un sourire amusé.

– Par un doigt d'honneur ! s'exclama Chet, à nouveau très indigné. Elle m'a même pas répondu.

– D'une certaine façon elle en a fait autant avec moi, dit Laurie. Hier, quand on a terminé le cas, je lui ai demandé d'aider Marvin à ranger. Elle m'a déclaré qu'elle n'avait pas le temps et elle est partie. Le doigt d'honneur n'y était pas, mais c'était tout comme.

– Je ne sais pas ce qui cloche avec vous deux, intervint Jack. Je me suis très bien entendu avec elle, ce matin. Elle a été tout à fait charmante.

– Sérieux ?! demanda Chet – puis il comprit à l'air faraud de Jack qu'il les faisait marcher.

– Ne te laisse pas avoir, dit Laurie. Jack s'est fait violence pour moi en se forçant à bien se tenir avec la Dr Nichols. C'est drôle, d'ailleurs, nous parlions d'elle juste avant que tu arrives.

– Ça me rappelle un truc, tiens, dit Chet. Elle a justifié son absence en disant qu'elle travaillait encore sur le cas d'hier, que tu lui as paraît-il laissé faire. Elle enquêterait sur la cause du décès. C'est vrai, tout ça ?

– Oui. Elle a fait l'autopsie. À propos, c'est une question qu'il faudrait aborder, je crois, dans un proche avenir. Nous devrions peut-être décider de laisser de temps en temps les internes de pathologie se charger des dissections, plutôt que de les obliger à observer passivement le travail. Ils opéreraient bien sûr sous la surveillance constante et avec les conseils du légiste, lequel reste responsable au bout du compte du certificat de décès. D'un point de vue pédagogique, ça se défend complètement. Surtout quand on sait où ces internes en sont dans leur formation. Et sinon, oui, la Dr Nichols mène une sorte d'enquête sur le cas d'hier. Mais je la tiens à l'œil.

– En attendant, qu'est-ce que je dois faire ? demanda Chet d'un air dépité. Demain matin, quand je la verrai, je ne donne pas cher de ma réaction.

– Je la prends pour mon premier cas de la journée, suggéra Jack. Laurie dit qu'elle est douée avec le scalpel, et j'ai bien vu qu'elle est futée. Éventuellement, ça ne me gêne pas de la laisser travailler, du moment qu'elle ne traîne pas. C'est bizarre, mais il est possible que nous arrivions à nous entendre, elle et moi. Et puis si nécessaire, je verrai si je peux la recadrer un minimum.

– Tu es sûr que c'est une bonne idée ? demanda Laurie.

– Ça ira, assura Jack. Je te promets de continuer à bien me tenir avec la « jeune dame ». Vu ce que vous racontez tous les deux, je suis de plus en plus intrigué.

– Elle est pénible, Jack, insista Laurie. Disons même exaspérante.

– Je prendrai comme un défi d'essayer d'arrondir les angles pour tout le monde. Rien de ce qu'elle pourra dire ne me vexera, j'éviterai d'être condescendant et je serrerai les dents si elle dit des gros mots. Faites-moi confiance.

– Je te fais confiance, dit Chet avec enthousiasme. À toi de jouer !

# 25

**9 MAI**
**17 H 05**

Aria était ressortie de l'immeuble de GenealogyDNA depuis un quart d'heure lorsque son téléphone se mit à vibrer avec insistance dans sa poche de jean. Plutôt que d'attraper un taxi, elle avait décidé de s'offrir une balade sportive en couvrant à pied les trois à quatre kilomètres qui séparaient le Meatpacking District de l'IML. D'ailleurs, elle allait sans doute plus vite en marchant qu'en voiture, car la circulation était juste épouvantable à cette heure de l'après-midi.

Voyant le nom de David Goldberg sur l'écran, elle prit l'appel.

– Je suis content de réussir à vous joindre, dit-il. La mère de Kera Jacobsen vient d'arriver de Los Angeles. Elle est en salle d'identification au 520, pour confirmer que la défunte est sa fille. Je suis en route, je veux la voir pour lui poser quelques questions. Êtes-vous dans le bâtiment ?

– Non, mais je suis sur le chemin du retour, dit Aria. J'arrive dans pas longtemps. En tout cas avant six heures.

– Vous voudriez lui parler, vous aussi ? demanda David.

– Peut-être.

Au point où elle en était dans son enquête, Aria ne pensait pas que la mère puisse lui apporter grand-chose, mais d'un autre côté…

– En fait, si, je lui poserais bien quelques questions, moi aussi, ajouta-t-elle.

– OK. Ça devrait le faire. Nous serons au service d'identification, dans une salle ou une autre. Rejoignez-nous si vous voulez.

Aria coupa la communication et pressa le pas. Parvenue à la Première Avenue, elle héla un taxi pour remonter vers le nord. La circulation était très dense, mais pas congestionnée. Lorsqu'elle arriva à l'IML, le voyage ne lui avait pris en tout qu'une demi-heure, ce qui n'était pas mal pour ce moment de la journée. Comme promis, elle trouva David Goldberg dans l'une des pièces où le personnel du service d'identification recevait les familles endeuillées ou toute autre personne à même d'identifier les défunts. Les Polaroïd d'autrefois avaient été remplacés par des clichés numériques présentés sur écran. Les familles pouvaient aussi voir les corps au sous-sol, si elles l'exigeaient, mais elles le faisaient rarement. Dans la salle, il y avait une table en Formica avec un moniteur d'ordinateur et une boîte de mouchoirs en papier, ainsi qu'une demi-douzaine de chaises en plastique. Les murs étaient nus.

– Docteur Nichols, je vous présente Mme Shirley Jacobsen, fit David dès qu'il l'aperçut.

Sans quitter son siège, la mère de Kera leva mollement une main qu'Aria ne serra pas. Elle voulait que la rencontre soit aussi brève que possible. Appuyant les fesses au bord de la table, elle croisa les bras sur la poitrine. Shirley ressemblait à des tas de femmes mûres d'origine scandinave qu'elle avait déjà vues : traits fins, pommettes hautes, et un teint quelque peu cireux qui donnait l'impression qu'elle habitait dans le Minnesota plutôt qu'à Los Angeles. Ses yeux humides, d'un bleu vif, lui rappelaient ceux de Kera – en tout cas par leur couleur. Idem pour ses cheveux qui avaient sans doute été blonds autrefois, mais avaient viré au châtain, avec des racines sombres. Contrairement à Kera, en outre, Shirley avait aussi quelques cheveux gris çà et là. Enfin, il était clair qu'elle venait de pleurer.

– J'ai juste quelques questions à vous poser, dit Aria. Si j'ai bien compris, votre fille avait rompu avec son compagnon de longue date avant de s'installer à New York à l'automne dernier. Et il s'appelait, je crois, Robert Barlow. C'est bien ça ?

– Oui, dit Shirley après avoir pris une profonde inspiration. Mais Kera avait accepté cette rupture. Et elle avait même décidé que c'était l'occasion de venir vivre ici. New York, c'était son rêve depuis toujours. Autant que je sache, elle n'était pas démoralisée outre mesure d'avoir perdu Robert. Sûrement pas, en tout cas, au point de se mettre à se droguer.

– Au lycée, elle en prenait ?

– Mais non ! Je veux dire… Elle a essayé les joints, comme tous les adolescents, mais ce n'était pas son truc. Elle m'a toujours parlé très ouvertement de ce qui se passait dans sa vie, vous savez. C'est la même chose avec ma seconde fille. Ni l'une ni l'autre n'ont jamais été attirées par la drogue. C'est pour ça que je suis tellement choquée.

– À votre connaissance, Robert Barlow est-il venu rendre visite à Kera à New York ? Il y a environ deux mois, en particulier ?

– Non. J'en suis certaine, dit Shirley. Kera m'en aurait parlé. En plus, il est étudiant en médecine et il ne va jamais nulle part. Il n'a pas le temps. Ça a toujours été un problème entre eux quand ils étaient ensemble. C'est peut-être même une des causes de leur séparation.

Aria désigna David en disant :

– Vous avez expliqué hier à M. Goldberg, si je ne me trompe pas, que Kera vous avait paru un peu déprimée, ces derniers temps, quand vous l'aviez au téléphone. C'est bien ça ?

– En effet. Mais uniquement ces toutes dernières semaines. C'était assez vague, au début. Sa sœur et moi, nous avons mis ça sur le compte de la météo de New York, ou sur le fait que Los Angeles lui manquait un peu. En tout cas on se disait que c'était juste une mauvaise passe, en attendant l'arrivée du printemps. Et puis elle nous a surprises la dernière fois que nous avons parlé, samedi, en laissant entendre qu'elle envisageait de revenir en Californie. C'était assez énorme pour nous, parce que jusque-là nous étions persuadées qu'elle adorait cette ville et qu'elle était partie pour devenir une vraie New-Yorkaise.

– Je vois, dit Aria. Kera vous parlait-elle des gens qu'elle fréquentait ici ?

– Oh oui ! Elle nous parlait souvent de Madison Bryant, une collègue assistante sociale à l'hôpital, surtout pendant l'automne dernier. Je crois qu'elles étaient devenues très copines.

Aria se demanda comment Shirley Jacobsen aurait réagi si elle lui avait révélé que Madison Bryant était en ce moment même en soins intensifs au Bellevue, un peu plus bas sur l'avenue, après être passée sous un métro. New York n'avait pas franchement fait de cadeaux à ces deux femmes.

– Et ses relations amoureuses ? enchaîna-t-elle. Elle vous a parlé de quelqu'un ?

Elle se triturait maintenant les méninges pour essayer d'évoquer la grossesse de Kera sans enfreindre les lois sur la protection des données personnelles des patients. Elle aurait volontiers dit les choses tout net, sans se soucier de ces règles, mais avec David Goldberg assis à côté, impossible de prendre un tel risque.

– Non, elle ne nous a jamais dit qu'elle avait rencontré un homme, répondit Shirley.

– Ça ne vous paraissait pas un peu étrange ? On raconte quand même que New York regorge d'hommes disponibles.

– Je suppose que cette idée m'a traversé l'esprit, convint Shirley d'un air hésitant. Mais… je pensais que c'était juste une question de temps. Et puis Kera avait l'air tellement prise par son installation dans sa nouvelle vie et par toutes les activités culturelles qu'il y a à New York…

– Hmm, fit Aria. Nous n'avons pas encore le rapport du laboratoire de toxicologie, mais un test de dépistage rapide nous a appris que la substance avec laquelle votre fille se droguait était un mélange à base d'opiacé – du fentanyl, en l'occurrence. Nous pensons qu'elle n'était pas utilisatrice régulière, et sans doute même qu'elle venait tout juste de commencer. Nous aimerions découvrir où elle se procurait cette drogue.

Shirley se tamponna les coins des yeux avec le mouchoir qu'elle avait à la main.

– Nous pensons aussi que Kera avait une relation intime avec un homme qui doit encore se faire connaître. Nous voudrions le retrouver et l'interroger au sujet de la drogue qu'elle prenait. Avez-vous la moindre idée de qui il pourrait s'agir ?

– Non, non, bafouilla Shirley, et elle renifla avant d'ajouter : Comme je vous disais, Kera ne m'a absolument pas parlé de ce genre de chose depuis qu'elle était à New York. Et je sais qu'elle m'en aurait parlé.

– Apparemment, cette liaison était peut-être clandestine. Donc je ne suis pas étonnée qu'elle ne vous en ait pas parlé. Mais pour être claire, nous sommes sûrs qu'elle avait une relation avec quelqu'un.

Aria dévisagea Shirley quelques instants. Y avait-il autre chose qu'elle pouvait essayer de tirer de cette femme ? Ne trouvant rien, elle posa les yeux sur le faciès pâteux de David, au cas où il aurait voulu mettre son grain de sel, mais manifestement il n'avait rien à dire. Elle se redressa et sortit de la salle.

Elle n'avait plus qu'une envie, rentrer chez elle. Après avoir si peu dormi la nuit précédente et traversé Manhattan de part en part au pas de charge, elle était épuisée. Mais lorsqu'elle parvint dans le hall public, elle se souvint que la Dr Montgomery lui avait demandé plusieurs fois de la tenir informée des progrès de son enquête. Or, elle avait déjà accompli une belle performance en persuadant une douzaine de cracks de l'informatique et de l'ADN ancestral de se mettre à chercher Casanova. Cette pensée lui donnait tout à coup très envie d'aller voir si la boss était encore à l'IML. Aria cherchait rarement à obtenir la reconnaissance de quiconque – elle ne doutait ni de sa propre valeur ni de ses compétences. Aujourd'hui, cependant, elle estimait que sa prouesse méritait d'être applaudie. Même si elle n'avait bien sûr aucune intention d'expliquer par quelle ruse elle avait obtenu ce résultat.

Alors qu'il n'était encore que six heures moins le quart, elle trouva les bureaux de l'administration déserts. Toutes les secrétaires étaient parties, notamment, laissant leurs économiseurs d'écran hypnotiques tourner en boucle dans l'obscurité. Mais le bureau de la chef était allumé. Elle était la seule, apparemment, encore au travail.

Aria s'immobilisa sur le seuil du bureau. Penchée en avant dans son fauteuil, coudes sur la table et la tête en appui sur les mains, la Dr Montgomery examinait d'immenses plans d'architecte. Sans frapper ni annoncer sa présence, Aria s'avança dans la pièce et s'assit sur la chaise qu'elle avait occupée le matin même. Elle avait certes marché sans bruit, mais elle constata avec surprise que Laurie n'avait même pas senti sa présence. Elle devait elle aussi avoir une très forte capacité de concentration.

Aria se racla discrètement la gorge. Laurie redressa la tête en sursautant. Les deux femmes se dévisagèrent plusieurs secondes avant que Laurie ne dise :

– Quelle surprise ! Je ne m'attendais pas à vous revoir dès ce soir.

Aria ne put réprimer un sourire suffisant.

– Vous m'avez demandé de vous tenir au courant des avancées de mon enquête sur Casanova. J'ai eu un coup de chance qui devrait vous intéresser, je pense. Je ne vous révélerai pas comment je m'y suis prise, mais je me suis arrangée pour faire analyser les génomes de Kera Jacobsen et de son fœtus en un temps record, c'est-à-dire d'ici demain matin, alors que normalement il faut des semaines, sinon un mois et demi environ, pour obtenir ces résultats que l'on appelle des « kits ADN ». Et ce n'est pas tout. Une équipe complète de geeks spécialisés dans l'ADN ancestral, dans une société qui s'appelle GenealogyDNA et qui est basée ici à Manhattan, va se charger d'analyser les résultats. Parce que bien sûr, c'est une tâche impossible pour une novice en la matière comme moi. Si la généalogie génétique doit permettre de retrouver Casanova, cela pourrait donc se faire assez vite.

Laurie observa quelques instants Aria, abasourdie.

– C'est formidable, lâcha-t-elle enfin.

Elle était un peu à court de mots, de fait, car elle était très impressionnée. La généalogie génétique semblait bien ouvrir à la médecine légale des perspectives tout à fait fascinantes.

– J'ai pensé que je devais vous prévenir, dit Aria en se levant avec le même sourire arrogant. C'est ce que vous vouliez, non ? Je vous tiens au courant dès que j'ai davantage d'informations.

– Oui. S'il vous plaît.

Aria se tournait pour repartir vers la porte sans un au revoir, comme toujours, lorsque Laurie l'apostropha :

– Un instant, docteur Nichols, si vous voulez bien.

La jeune femme se retourna.

– C'est bien que vous me teniez au courant de vos progrès, et tout cela paraît prometteur, reprit Laurie. Mais je veux vous dire autre chose. On m'a informée que vous n'arriviez pas ici le matin à sept heures et demie, comme cela vous a été demandé au début de votre stage. J'aimerais que vous ne soyez plus jamais en retard. Jusqu'à la fin du mois. Et à l'avenir, aussi, je préférerais que vous vous annonciez quand vous venez à mon bureau.

Aria ne répondit pas, mais son sourire s'était évanoui. Un instant plus tard, elle avait disparu.

# 26

**10 MAI**
**03 H 05**

L'heure était venue et l'heure était grave. Il avait réfléchi au problème toute la journée, et il avait finalement décidé que le meilleur moment pour agir serait entre trois et quatre heures du matin. C'était l'heure pendant laquelle le personnel de l'équipe de nuit prenait sa pause repas. Par conséquent il y aurait moitié moins de médecins, d'infirmiers et d'aides-soignants en maraude dans le service.

Quittant le fauteuil dans lequel il venait de passer quelques heures – il avait d'abord essayé de lire, en vain, avant de tuer le temps en regardant des vidéos idiotes de YouTube sur la tablette –, il se dirigea vers le miroir fixé au dos de la porte de son bureau. Il commença par essayer de mettre la perruque noire en place sur sa tête, mais il était trop fébrile. Un rush d'adrénaline se répandait dans son organisme depuis qu'il s'était levé, et ses mains tremblaient si bien qu'il n'arrivait à rien.

– Du calme ! s'ordonna-t-il.

Il se figea, les bras ballants, les yeux fermés, et respira plusieurs fois très profondément. Quelques secondes plus tard il se sentait déjà mieux. Beaucoup mieux. S'il voulait réussir ce coup, et il n'avait pas d'autre choix que de le réussir, il devait surmonter son anxiété et ne jamais perdre de vue qu'il avait tout organisé dans les moindres détails. Son plan fonctionnerait, et fonctionnerait même parfaitement. Il se souvenait de sa mère, quand il était gosse, lui expliquant qu'il ne fallait pas mentir, car les mensonges avaient tendance à engendrer d'autres mensonges. Personne ne lui avait dit qu'il en allait de même avec les meurtres, mais bon, il aurait dû s'en douter. Chaque éventualité devait être prise en compte, même les plus improbables. Il était presque certain que Kera n'avait pas parlé de lui à Madison Bryant, mais il ne pouvait prendre aucun risque. Surtout maintenant que cette femme avait miraculeusement survécu à sa chute sous le métro, une issue qu'il n'avait bien sûr jamais envisagée.

Une fois calmé, constatant que ses mains ne tremblaient plus, il recommença à mettre la perruque en place. Composée de véritables cheveux teints en noir, elle était de longueur moyenne pour un homme et avait une raie bien nette au milieu, de telle sorte que ses côtés dissimulaient complètement les pattes qu'il avait sous les oreilles. Quand elle fut correctement positionnée, il mit un peu d'ordre dans ses mèches rebelles avec un peigne large. Puis il se contempla dans le miroir avec satisfaction. Cette simple perruque, c'était déjà une vraie petite métamorphose. Il était devenu quelqu'un d'autre – un chef d'orchestre, peut-être, lui murmura son imagination tandis qu'il s'observait en tournant la tête de droite et de gauche. Mais il n'avait pas terminé. L'accessoire suivant était une paire de lunettes à monture épaisse, de couleur noire, qui lui rappelait Woody Allen. Quand il la chaussa, il écarquilla les yeux. Il se reconnaissait à peine !

Dernier élément de sa panoplie, il enfila une longue blouse blanche de médecin. Il voulait avoir l'air d'un chirurgien, et il fut certain d'avoir atteint son but quand, la blouse boutonnée, il glissa une pince hémostatique et des ciseaux à bandage dans la poche de poitrine. Deux stylos à bille et une lampe stylo, aussi, pour faire encore plus vrai. Dernière touche : le stéthoscope. Il le suspendit un peu de traviole autour de son cou. Enfin, il recula d'un pas et s'observa avec attention. Son déguisement était juste parfait.

Il retourna à sa table de travail pour attraper la seringue de dix millilitres remplie à bloc qu'il s'était procurée dans la soirée. Pour la seringue elle-même, aucun problème, il y avait des centaines d'endroits où il pouvait en trouver. Les choses avaient été un petit peu plus compliquées, par contre, pour le liquide qu'il voulait y mettre : une solution de chlorure de potassium, ou KCl, qui était parfaite pour un meurtre car elle agissait presque instantanément, avec un effet garanti, et était pour ainsi dire indétectable. Obtenir du KCl n'était pas évident, a priori, mais il en avait trouvé un plein carton, parmi des poches d'intraveineuses et d'autres fournitures, dans une réserve des Urgences. Le produit n'était même pas sous clé comme d'autres substances dangereuses.

Fin prêt, il sortit de son bureau et prit les escaliers pour ne pas risquer de rencontrer quelqu'un dans l'ascenseur même si c'était improbable à cette heure – et même s'il était certain que personne ne le reconnaîtrait de toute façon. Une fois dehors, il rejoignit la Première Avenue en marchant à bonne allure, car la température était descendue autour des quinze degrés, puis tourna vers le sud.

À cette heure de la nuit, l'entrée principale de l'hôpital Bellevue était à peu près déserte. Il franchit la porte à tambour et traversa le hall où ne se trouvaient qu'une poignée de gens. Au comptoir d'information, plusieurs agents de sécurité en uniforme étaient en grande conversation. Ici encore il évita l'ascenseur. Il n'avait qu'un seul étage à monter de toute façon. En débouchant de la cage d'escalier, il alla tout droit vers l'aile ouest et l'unité de soins intensifs.

Il y avait un peu plus de monde, pour l'essentiel des infirmières ou des aides-soignantes, mais cela n'avait rien d'étonnant. Quelle que soit l'heure de la journée, le niveau d'activité demeurait élevé, pour d'évidentes raisons, dans les unités de soins intensifs.

Sans la moindre hésitation, il se dirigea vers le bureau central où il apercevait plusieurs personnes en train de papoter ; des infirmières, mais aussi des médecins hospitaliers ou des internes. Parvenu au comptoir, il s'immobilisa. De cet endroit, il voyait bien l'intérieur des chambres, y compris la numéro 8 où était installée Madison Bryant. Chose encourageante, il ne semblait y avoir qu'une seule infirmière dans la pièce pour le moment. Il n'était pas surpris : en se renseignant sur la situation de Madison quelques heures plus tôt, il avait appris que son état s'était stabilisé, et qu'elle quitterait sans doute les soins intensifs dès le lendemain. Regardant autour de lui, il put constater qu'il y avait davantage d'activité dans la plupart des autres chambres de l'unité que dans celle de sa cible. Dans la numéro 2 il apercevait même beaucoup d'agitation, signe que le patient devait être dans une situation critique.

Comme il s'y attendait, grâce à son déguisement personne ne prêtait attention à lui. Tant mieux. Il n'était qu'un individu parmi tant d'autres impliqués dans le fonctionnement de l'un des services les plus animés de l'hôpital. Ici, les gens allaient et venaient sans arrêt – surtout les médecins.

– Excusez-moi, dit-il à l'une des infirmières assises derrière le comptoir. Qui est l'infirmier ou l'infirmière en chef, cette nuit ?

Il prenait un risque en se renseignant sur cette personne, mais il espérait être arrivé pendant sa pause. Néanmoins, s'il se trompait et se retrouvait soudain nez à nez avec elle, il savait comment réagir. Il avait tout envisagé.

– C'est Barbara Strassman, répondit l'infirmière.

– Elle est ici ?

– À la cafète. Mais elle ne devrait pas tarder à revenir.

– OK, merci.

Il était content. Il savait qu'une unité de soins intensifs fonctionnait toujours mieux quand son infirmière en chef était dans la place, car elle avait pour mission de protéger en permanence l'ensemble des patients – elle était une sorte de gardienne attentive qui savait tout ce qui se passait, à tout instant, pour tous les malades placés sous sa responsabilité. Moins il y avait de monde susceptible d'anticiper un problème, mieux c'était. Pour ce qu'il avait en tête, il n'avait besoin que d'une dizaine de secondes.

Se détournant du bureau central, il se dirigea tranquillement vers la porte ouverte de la chambre 8. C'était une pièce sans fenêtre. Le lit était contre le mur du fond. Au-dessus de la tête de Madison, ses signes vitaux, son ECG et son rythme cardiaque s'affichaient sur deux moniteurs. L'infirmière qu'il avait aperçue venait de remplacer la poche de solution de la perfusion intraveineuse et ajustait le débit du goutte-à-goutte. La patiente semblait dormir, en tout cas ses yeux étaient fermés. Tout cela était parfait. Plus encore, peut-être, qu'il n'aurait pu l'espérer.

En s'avançant dans la pièce, il distingua l'insigne de l'infirmière et comprit qu'il s'agissait en fait d'une aide-soignante. Tant mieux. Les infirmières avaient tendance à se montrer plus curieuses que les aides-soignantes, en particulier dans les services de soins intensifs.

– Comment va-t-elle ? demanda-t-il à voix basse en s'approchant du lit du côté droit de la patiente – la voie veineuse se trouvait à son bras droit.

– Bien, murmura l'aide-soignante. Elle dort, maintenant, mais elle a beaucoup parlé et elle a déjà pu avaler des liquides.

– Sait-elle ce qui lui est arrivé ?

– Oui, mais parce qu'on lui a raconté. Elle a un peu d'amnésie post-traumatique. Elle se souvient d'avoir descendu l'escalier menant au quai de la ligne 6, et ensuite c'est le vide.

– Vous voulez bien m'apporter de la gaze et du ruban adhésif ? Je voudrais jeter un œil au moignon, voir si ça saigne.

– Bien sûr, docteur, dit l'aide-soignante. Je reviens tout de suite.

– Merci, dit-il.

Elle sortit de la chambre et tourna à droite dans le couloir. Par l'ouverture de la porte, il avait une vue dégagée sur le bureau central. Personne ne regardait dans sa direction. Très vite, il sortit la seringue de sa poche, retira le capuchon couvrant l'aiguille et inséra celle-ci dans le site d'injection de la tubulure au-dessus du cathéter enfoncé dans le bras droit de Madison. Aussitôt après avoir vigoureusement poussé sur le piston de la seringue pour injecter l'intégralité de son contenu, il observa une élévation soudaine du niveau de fluide dans la chambre compte-gouttes. C'était le stade critique : il savait pour l'avoir lu que Madison devait éprouver une douleur considérable tandis que le chlorure de potassium filait par la veine en direction de son cœur.

Elle ouvrit tout à coup les yeux, ses lèvres s'écartèrent et une plainte rauque commença à enfler dans sa gorge. Il l'empêcha de jaillir en lui plaquant une main sur la bouche et en la forçant à serrer les mâchoires. Le hurlement que Madison avait failli pousser se transforma en marmonnement étouffé que couvrirent sans difficulté les bips monotones du moniteur cardiaque. Par pur réflexe, elle gesticula désespérément et essaya, avec la main de son bras qui n'était pas cassé, d'arracher la main qu'il appuyait sur son visage – mais il se pencha et pesa sur elle de tout son poids pour l'empêcher de se débattre. Sur le moniteur cardiaque, il vit les signes annonciateurs de l'imminente défaillance cardiaque dont elle allait être victime, puisque la dose massive de chlorure de potassium qu'il avait injectée interromprait d'un coup la conduction électrique du cœur. Un instant plus tard, l'organe cessa effectivement de battre et devint une masse tremblante de contractions musculaires désorganisées – un phénomène appelé fibrillation ventriculaire. En même temps, le bruyant signal sonore de l'alarme du moniteur cardiaque se mit à résonner entre les murs de la chambre.

Sachant qu'il n'avait que quelques secondes avant que la pièce ne soit envahie par des médecins, des infirmières et une équipe de réanimation, il lâcha le visage de Madison, rempocha la seringue et abaissa le rail latéral du lit. Au moment où la première personne fit irruption dans la pièce, il avait déjà grimpé sur le lit pour administrer un massage cardiaque à sa victime.

– Elle est en fibrillation, dit quelqu'un qui se précipitait vers lui.

– Je sais, dit-il d'un ton anxieux en commençant les compressions thoraciques.

D'autres personnes cernèrent bientôt le lit, dont l'équipe de réanimation qui prit rapidement le relais. Un homme le remplaça pour le massage cardiaque. D'autres écartèrent le lit du mur afin que quelqu'un intube la patiente pour la ventiler avec cent pour cent d'oxygène.

Il recula pour laisser l'équipe travailler. Dix, peut-être vingt personnes se bousculaient à présent dans la chambre. Il en profita pour se déporter discrètement vers la porte.

– Passez-moi les palettes du défibrillateur ! cria le chef des réanimateurs.

Un instant plus tard retentit le choc sourd de la décharge du défibrillateur, puis il y eut un bref silence pendant que tout le monde regardait les tracés de l'électrocardiogramme avec l'espoir de voir le cœur se remettre à battre normalement. Il savait que cela ne se produirait pas. Il savait aussi qu'il était déjà trop tard pour sauver Madison. Pendant que tout le monde continuait de s'activer autour du lit et que le chef d'équipe criait qu'il fallait défibriller une seconde fois, il sortit dans le couloir. Personne ne se trouvait plus au bureau central, ce qui était parfait. Très satisfait par ce qu'il avait réussi à accomplir, il prit la direction des ascenseurs. Après l'anxiété qui l'avait miné presque toute la journée, il éprouvait un soulagement immense. Il se sentait aussi épuisé physiquement et mentalement. Il avait besoin d'un remontant costaud.

# 27

**10 MAI**
**06 H 45**

Il faisait un temps splendide et pendant quelques minutes au moins Jack put ne penser à rien, ne s'inquiéter de rien, juste prendre du plaisir en écoutant le vent siffler dans son casque. Penché sur son Trek, un vélo de course qu'il avait acquis assez récemment, il poussait à fond sur les pédales pour filer vers le sud sur West Drive, le long de Central Park.

Sa nuit n'avait pas été très bonne, ce qui était un peu ironique si l'on songeait que Laurie, elle, avait dormi tout à fait paisiblement. Maintenant qu'elle avait pris la décision de se faire opérer, elle pouvait se détendre. Mais l'imminence de cet événement avait l'effet exactement inverse sur Jack. Aujourd'hui, c'était lui qui s'était réveillé aux aurores et avait erré un moment à travers l'appartement, passant par les chambres de ses enfants pour les observer dormir. Comme il l'avait dit à Laurie la veille, il aurait préféré être à sa place. Dans ce cas, il en était certain, il aurait roupillé comme un loir jusqu'à ce que le réveil sonne, et il n'aurait pas eu l'esprit torturé comme cette nuit par les sombres pensées que lui inspirait son inquiétude pour la santé de Laurie.

Parvenu à Grand Army Plaza, Jack s'élança sur la Cinquième Avenue comme il en avait l'habitude. À cette heure matinale, la circulation était clairsemée. Quelques années auparavant, Jack s'amusait encore à faire la course avec les taxis, mais plus maintenant. Depuis qu'il avait des responsabilités de père de famille, il se montrait plus prudent.

Comme toujours, il était heureux de se rendre à l'IML. Il avait même hâte d'y arriver. Le travail aidait beaucoup Jack à surmonter ses angoisses, et chaque fois qu'un problème l'enquiquinait, eh bien il travaillait encore plus que d'habitude. La veille il avait fait quatre autopsies, cinq le jour d'avant, de telle sorte que les dossiers s'empilaient sur son bureau. Rassembler toutes les données nécessaires à la signature des certificats de décès était une tâche ingrate dont il ne raffolait pas. Sauf lorsqu'il fallait vraiment mener l'enquête – même si, en théorie, il était censé laisser cet aspect du boulot aux enquêteurs médico-légaux. Le souci, c'est qu'il avait été formé à la médecine légale dans une institution qui encourageait les légistes à investiguer chaque fois que cela se révélait utile. Depuis qu'il travaillait à l'Institut médico-légal de la ville de New York, il avait plus d'une fois contrevenu aux règles de la maison.

Il avait reparlé d'Aria Nichols avec Laurie la veille. Elle prévoyait de dire à Chet de gérer la situation comme il l'entendrait, mais elle était aussi contente que lui, Jack, essaie de donner un coup de main – à condition bien sûr qu'il n'aggrave pas la situation en pétant les plombs devant l'interne. Jack avait promis de se tenir à carreau. Comme tous les matins, il entra dans la cour de l'IML où stationnaient les fourgons mortuaires. Là, il grimpa sur le quai de déchargement, pénétra dans le sous-sol du bâtiment et attacha le Trek à son endroit habituel. Puis il monta au rez-de-chaussée pour gagner la salle commune où les légistes avaient l'habitude de démarrer la journée. Comme il n'était que sept heures et quart, il n'y avait que deux personnes dans la pièce : la Dr Jennifer Hernandez et Vinnie Amendola. Jennifer était ici car, ayant encore relativement peu d'ancienneté à l'IML, elle faisait partie des légistes astreints à tour de rôle à répondre aux urgences de la nuit et, surtout, à analyser au petit matin tous les cas arrivés depuis la veille pour sélectionner ceux qui méritaient une autopsie et les distribuer entre ses collègues. Vinnie, l'un des techniciens de morgue les plus chevronnés de la maison, était ici pour que la transition entre l'équipe de nuit et l'équipe de jour se fasse en douceur. Peut-être plus important pour la famille IML, c'était aussi lui qui préparait chaque matin le café dans la grande cafetière collective.

En passant devant lui, Jack donna une petite claque sur le journal qu'il tenait à deux mains devant son visage, totalement absorbé par la lecture des pages sportives. Vinnie ne réagit pas, pour la simple raison que ce petit jeu se produisait tous les jours. Arrivé devant Jennifer, Jack demanda :

– Alors, comment a été la nuit ? Des gens meurent-ils toujours d'envie d'être accueillis chez nous ?

– Très drôle, dit Jennifer. Oui, la nuit a été assez chargée.

Jack était connu pour son humour noir, que certaines personnes trouvaient assez fin. Certaines personnes seulement.

– Il y a plusieurs cas vraiment intéressants, je crois, continua Jennifer. Enfin… si l'on peut dire que passer sous le métro est intéressant.

– Accidentel ou volontaire, le plongeon ? demanda Jack.

Ces cas n'étaient pas rares, puisque l'IML en traitait une trentaine par an. Quand une personne se jetait sous un train, la cause de son décès n'était pas franchement une énigme. Jack aimait les énigmes et les défis.

– Ni accidentel ni volontaire, dit Jennifer. D'après l'enquêteur médico-légal, c'est un cas sans doute un peu compliqué. Et l'enquêteur, c'est Bart Arnold.

– Compliqué comment ?

– Pour la chute sous le métro, ce n'est ni un accident ni un suicide.

– Tu veux dire que quelqu'un a poussé la victime sur le quai ?

Ça non plus, ce n'était pas nouveau, hélas.

– Exactement. D'après Bart, c'était apparemment un SDF et il a pris la fuite. La police est encore en train d'analyser les images de la surveillance vidéo. Pour le moment elle n'a arrêté aucun suspect. Il y a aussi plusieurs témoins de la scène. Mais voilà le truc : en fait il s'est écoulé près de vingt-quatre heures entre l'accident et le décès. La patiente a passé la journée d'hier aux soins intensifs de l'hôpital Bellevue, où elle était consciente et bien orientée dans le temps et l'espace. Elle avait survécu à sa chute et au métro qui lui était passé dessus. Ce qui l'a tuée, c'est une crise cardiaque.

– Hmm, fit Jack. Le mystère s'épaissit. Je vois la complication. Si un bon avocat réussissait à convaincre un jury que le décès est de la responsabilité de l'hôpital, le gars qui l'a poussée pourrait s'en sortir avec une tape sur la main.

– C'est ce qui est à craindre, acquiesça Jennifer.

– Tu me laisses regarder ?

Elle lui tendit le dossier. Jack parcourut le rapport de Bart Arnold sur la morte, une certaine Madison Bryant. Bart était le chef du service des enquêteurs médico-légaux, et un investigateur chevronné. Après son bref portrait de la victime, il exposait le problème posé par son décès. Avant la crise cardiaque, ou plutôt la fibrillation ventriculaire qui l'avait tuée, Madison n'avait aucun antécédent de maladies cardio-vasculaires. Et durant la journée qu'elle avait passée aux soins intensifs du Bellevue, rien n'avait indiqué qu'elle risquait un problème cardiaque imminent.

– Je prends, dit Jack. Je peux commencer la journée avec ça ?

– Je t'en prie, répondit Jennifer. Combien tu en veux d'autres ? Aujourd'hui nous avons de quoi occuper tout le monde.

– Autant que tu penses devoir m'en donner, dit Jack avec bonne humeur.

Normalement, il aurait passé toute la pile de dossiers en revue pour voir quels autres cas étaient susceptibles de lui plaire, mais le décès de cette Madison Bryant faisait déjà son affaire.

– Tiens, il y a aussi le cas d'un lycéen, joueur de base-ball, qui a l'air intéressant, dit Jennifer. Il a reçu la balle en pleine poitrine.

– Parfait, approuva Jack. Et au fait… Si l'interne de pathologie daigne se pointer, tu veux bien la prévenir que c'est avec moi qu'elle doit bosser aujourd'hui encore ?

– D'accord. Je te l'enverrai.

Jack retourna vers Vinnie, qui était toujours vautré dans son fauteuil, et tenta de lui arracher le journal des mains. C'était leur petite routine du matin.

– Pourquoi tu ne commences pas à huit heures, voire à neuf heures comme n'importe quel médecin légiste civilisé ? geignit Vinnie comme d'habitude.

– L'avenir appartient aux lève-tôt, mon petit monsieur, répéta Jack pour la millième fois. Au fait, tu te souviens de la charmante débutante qui nous a assistés hier matin sur le premier cas ?

– La Dr Nichols, tu veux dire ?

– Elle-même. Je l'ai réinvitée au bal ce matin.

– Mais pourquoi ?! protesta Vinnie.

– C'est une trop longue histoire pour ta cervelle de moineau. Mais aujourd'hui, pour une fois, je veux que tu te tiennes bien, dit Jack, et il lâcha le dossier de Madison Bryant sur les genoux de Vinnie. On y va, mon grand.

Pour le premier cas de la journée ils avaient l'habitude de tout faire en tandem : Jack aida Vinnie à apporter le corps de Madison Bryant sur la table numéro 1 et à installer les films de la radio sur le négatoscope. La sonde endotrachéale avec laquelle elle avait été intubée pendant la tentative de réanimation était encore en place – c'était la procédure classique. Jack la retira après s'être assuré qu'elle avait été correctement insérée.

– Elle n'est pas du tout en mauvais état, pour quelqu'un qui s'est fait passer dessus par un métro, observa-t-il en poursuivant l'examen externe du corps.

Sur les radios, Vinnie et lui n'avaient pas manqué l'humérus gauche cassé, les trois côtes cassées et la fracture de l'os crânien. Ainsi bien sûr que le pied gauche amputé.

– On a vu pire avec des gens tombés de leur perron, acquiesça Vinnie.

– Je dirais qu'elle a dû atterrir la tête la première sur les rails, dit Jack – il était en train regarder la plaie du crâne qui avait été suturée aux Urgences après que les cheveux alentour avaient été rasés. Si le métro ne l'avait pas privée de son pied, elle aurait presque pu rentrer chez elle.

– Là je sais pas, dit Vinnie d'une voix dubitative. Ça paraît difficile, tout de même, avec le risque de commotion cérébrale.

– Mais oui, dit Jack. J'exagère. Il est évident qu'elle a dû s'évanouir sur le coup. Mais elle est en bien meilleur état que ma dernière victime du métro, qui donnait l'impression d'avoir été écorchée vive.

Jack prit des clichés de toutes les blessures avec un appareil photo. Il les dessina aussi sur un schéma de corps féminin en précisant leurs tailles et leurs positions par rapport à certains points de repère anatomiques. Il venait de faire des prélèvements d'urine, de contenu gastrique et d'humeur vitrée, lorsqu'il vit étonné la Dr Nichols entrer dans la salle d'autopsie. Et elle était déjà en tenue – avec visière, gants, la totale. Regardant la jeune femme venir dans sa direction, il fut frappé par sa démarche très assurée et son port altier, pour ne pas dire hautain, comme si elle avançait en terrain conquis. La matinée risquait d'être plus difficile que prévu.

Sans un bonjour, sans même regarder Jack ou Vinnie, Aria s'approcha de la table d'autopsie.

– Putain de merde ! s'exclama-t-elle.

Vinnie grimaça. Pas très correct.

– Je vous demande pardon ? marmonna Jack en s'efforçant de garder son calme. Docteur Nichols, ces grossièretés me sont très désagréables et je dois vous demander de vous en passer. Ce genre de jurons est irrespectueux envers moi, envers la défunte et envers l'institution.

– Mais je connais cette femme ! fit Aria avec colère. C'est elle qui devait m'aider pour le cas Jacobsen que j'ai fait il y a deux jours. Elles travaillaient ensemble et elles étaient copines. Nom de Dieu, je n'arrive pas à y croire !

Jack sentit le sang lui monter aux joues, sidéré par la vulgarité de l'interne mais aussi par l'absence totale d'empathie dont elle faisait preuve vis-à-vis de la défunte. Mais il ne pouvait pas se permettre de la mettre à la porte de la salle d'autopsie.

– Quelqu'un doit avoir fait une belle connerie aux soins intensifs au Bellevue, reprit Aria – puis, pour la première fois depuis qu'elle était arrivée, elle regarda Jack en ajoutant : Je suis passée là-bas hier. Son état était stable. Elle allait bien. Comment elle a pu mourir, bordel ? Autant que je sache, elle était jeune et en bonne santé.

– C'est justement ce que nous devons déterminer ici, réussit à répondre Jack plus ou moins calmement.

– Où est le dossier ? demanda Aria d'un ton autoritaire totalement déplacé.

– Sur la paillasse, là, dit Vinnie avec un geste de la main.

Aria gagna la paillasse en deux enjambées, ouvrit le dossier d'une chiquenaude et en brassa les documents pour trouver le rapport d'investigation de Bart Arnold. Pendant qu'elle le lisait, Jack et Vinnie se regardèrent à nouveau. Vinnie se gardait d'ouvrir la bouche. Il voyait bien que Jack faisait un gros effort pour garder son calme, et il ne voulait pas être l'étincelle qui déclencherait une explosion.

– Fibrillation ventriculaire ! s'exclama-t-elle.

Elle remit les documents dans le dossier et revint vers la table. Jack et Vinnie n'avaient pas bougé.

– Pour moi, fibrillation ventriculaire c'est un signe clinique, pas un diagnostic, reprit-elle.

Pour la première fois elle parlait d'une voix posée, réfléchie, comme si sa hargne s'était évaporée à la lecture du rapport de l'enquêteur médico-légal.

– Vous avez raison, dit Jack d'un ton miraculeusement égal. À quoi pensez-vous pour expliquer le déclenchement de cette fibrillation ventriculaire ?

– Vous vous préparez encore à me faire un laïus, là ? répliqua-t-elle. Parce que j'aimerais autant être épargnée, si ça ne vous dérange pas.

– J'essaie juste de comprendre comment vous envisagez les choses avant que vous ne commenciez l'autopsie, dit Jack.

Les yeux d'Aria s'arrondirent.

– Vous voulez me laisser faire la dissection ? demanda-t-elle d'une voix tout à coup beaucoup moins agressive.

– C'est bien ce que je vous propose.

Confier d'entrée de jeu la responsabilité de l'autopsie à la jeune femme, c'était sans doute une bonne solution pour la canaliser et pour surmonter le problème de son exaspérante asociabilité – ou, à tout le moins, pour avoir la paix un moment.

– Eh bien c'est un pas dans la bonne direction, dit-elle. D'accord. Voilà ce que je pense. En général, les fibrillations ventriculaires sont associées à des problèmes cardiaques préexistants, par exemple un infarctus ancien, une anomalie cardiaque congénitale ou des antécédents de canalopathie. Bien sûr, une cardiomyopathie peut aussi provoquer une fibrillation ventriculaire, de même que certaines drogues comme la cocaïne ou la méthamphétamine. Enfin, pour les dernières pistes à garder à l'esprit, j'envisagerais un choc électrique à cause d'un appareil défectueux, ou bien une anomalie des électrolytes : potassium, magnésium ou calcium.

– C'est très bien dit, observa Jack, impressionné. Avec tout cela à l'esprit, que pouvez-vous vous attendre à trouver dans le cas qui nous intéresse ? relança-t-il.

– Statistiquement parlant, je tablerais sur une maladie cardiaque passée, soit acquise soit congénitale, répondit Aria. La partie la plus importante de l'autopsie sera sans doute l'examen du cœur, auquel il faudra accorder beaucoup d'attention. Mais sachant qu'elle a passé près de vingt-quatre heures dans une unité de soins intensifs, et avec une intraveineuse au bras, je voudrais aussi avoir un dosage de ses électrolytes et un screening toxicologique. Et puis il y a toujours la possibilité d'une thrombose veineuse profonde et d'une embolie, surtout après le traumatisme qu'elle a subi.

– Vinnie ! Veux-tu donner un scalpel à la dame, je te prie ? dit Jack. Le temps file, braves gens. Que la fête commence !

# 28

**10 MAI**
**07 H 52**

Comme Laurie pendant l'autopsie de Kera Jacobsen, Jack ne tarda pas à se rendre compte qu'Aria était une prosectrice talentueuse. Elle maniait le scalpel avec beaucoup d'assurance et ses gestes étaient excellents. Il l'observait attentivement, se tenant prêt à lui faire des remarques ou des suggestions, mais cela ne lui parut à aucun moment nécessaire. Mieux encore, de son point de vue, la jeune femme travaillait en silence, complètement absorbée par sa tâche. Après avoir ouvert le corps vite et bien pour exposer le sternum, les côtes et les intestins, elle prit la cisaille à os que lui tendait Vinnie et coupa les côtes exactement comme Jack l'aurait fait lui-même. Remontant ensuite le sternum vers la tête de la défunte – Jack le retirait, en général, mais ce n'était pas obligatoire et il n'intervint pas –, elle écarta le tissu adipeux du thymus pour mettre au jour le cœur.

– Tout me paraît normal, dit-elle à personne en particulier tandis qu'elle palpait du bout des doigts l'organe encore recouvert par son péricarde.

Sans lever les yeux, elle demanda à Jack s'il voulait le toucher.

– Ce n'est pas nécessaire, répondit-il. Je me fie à votre jugement et, de visu, je ne remarque rien d'anormal non plus.

Sans perdre une seconde, Aria prit les ciseaux de dissection préparés par Vinnie pour couper le tissu fibreux du péricarde et dévoiler le cœur. De la main droite, elle palpa l'organe gros comme une mangue quelques instants, avant de déclarer qu'il paraissait lui aussi normal. Quand elle retira sa main, Jack se pencha pour imiter son geste et parvint à la même conclusion. Prenant une grande seringue avec une aiguille 14 Gauge, Aria souleva la base du cœur pour voir la face postérieure de l'oreillette gauche. Elle y planta la seringue et en tira un échantillon conséquent pour la toxicologie.

Ce prélèvement fait, elle posa des clamps doubles sur toutes les grandes veines et artères du cœur, puis coupa celles-ci pour libérer l'organe. Elle profita de cette tâche pour chercher d'éventuels gros caillots, en particulier dans les veines.

– Pour le moment, pas d'embolie, annonça-t-elle.

Elle souleva le cœur de l'espace où il était niché entre les deux poumons. Après l'avoir pesé, elle le posa sur une planche à découper que Vinnie venait d'apporter au bord de la table avec un couteau de boucher classique. Pendant le quart d'heure qui suivit, elle ouvrit avec précaution l'organe pour scruter l'intérieur de ses différentes cavités, puis, munie de ciseaux de dissection fins, suivit minutieusement chaque artère coronaire.

À partir de huit heures et quart, divers médecins légistes et techniciens de morgue entrèrent dans la salle pour commencer leurs cas de la journée. Quelques-uns firent un détour par la table numéro 1 pour jeter un œil sur le « cas du métro », qui avait un certain attrait morbide. Ils essayèrent d'engager la conversation, et certains d'entre eux lancèrent même des traits d'humour noir, mais chacune de ces interactions resta assez brève car Jack faisait clairement comprendre aux visiteurs qu'il observait avec attention le travail d'Aria. Les choses se passèrent ainsi, en tout cas, jusqu'à l'arrivée de Chet McGovern. Aria étant penchée à ce moment-là sur les coronaires, Jack décida qu'il pouvait la laisser seule et entraîna Chet à l'écart.

– C'est un numéro, celle-là. Mais tu ne vas pas le croire, elle connaissait personnellement la victime. C'est pour ça qu'elle s'est mise à débiter des grossièretés. Elle était furax que la défunte se soit fait passer dessus par un métro, et puis qu'elle ait eu par-dessus le marché le culot de mourir peu de temps après. Je crois que tant d'égocentrisme et d'insensibilité, je n'avais jamais vu ça de ma vie.

– Je peux t'assurer qu'elle se fiche complètement de ce que je peux ressentir moi aussi, dit Chet. Sa goujaterie, j'en ai fait les frais.

– Il paraît que tu lui as proposé de boire un verre ? Tu es son supérieur hiérarchique. Comment as-tu pu avoir une idée pareille à l'époque que nous vivons ?

– Ben… j'ai pas beaucoup réfléchi, dit Chet, un peu gêné. On venait de faire connaissance, elle m'a dit qu'elle était célibataire et… il y a quelque chose d'un peu séduisant chez elle, quand même, non ? Tant qu'elle n'ouvre pas la bouche pour t'insulter, en tout cas.

– Tu dois être plus désespéré que je ne le croyais. C'est vraiment la dernière personne au monde avec qui tu devrais vouloir prendre un verre. D'une certaine façon elle t'a peut-être rendu service. Enfin bon ! Laurie m'a demandé de te prêter main-forte, Dieu sait pourquoi vu comment je suis capable de partir au quart de tour, mais nous y voilà.

– Tu la laisses faire l'autopsie, alors, comme Laurie ?

– Ouais. Je peux même lui proposer de se charger aussi du cas suivant. Ça te fera une journée de moins à te tracasser. Et si elle continue à bosser en silence, j'y arriverai.

– Adjugé, elle est à toi. Je te souhaite bien du plaisir !

Jack retourna à la table d'autopsie. Aria avait presque terminé.

– Je suis surprise, ce cœur est tout à fait normal, dit-elle, et elle fit un pas de côté. Contrairement à ce que j'avais envisagé, il n'y a pas le moindre signe de maladie ou de malformation congénitale. Bien sûr il ne faut pas exclure une canalopathie, mais bon, si elle avait eu une canalopathie cardiaque, il est probable qu'elle aurait eu des soucis d'arythmie par le passé. Le rapport de l'enquêteur médico-légal précise que ce n'est pas le cas. Donc nous sommes revenus à la case départ.

– Je suis étonné, moi aussi, dit Jack.

Il saisit l'organe, examina rapidement l'intérieur de ses cavités et les coronaires, puis le reposa sur la planche à découper en ajoutant :

– Je suis d'accord. Ce cœur est clean. J'aurais parié sur une malformation anatomique. Il faudra sans doute attendre le résultat des analyses toxicologiques pour avoir des réponses, ou le rapport du labo de biologie moléculaire. Nous aurons certainement besoin de l'intégralité de ses données médicales, non seulement celles de sa dernière admission au Bellevue, mais aussi celles de tous les séjours à l'hôpital qu'elle avait pu faire depuis sa naissance dans le Missouri. En attendant, que diriez-vous de terminer cette autopsie ?

La suite du travail se fit rapidement, puisqu'il n'y avait pas de pathologie notable chez la défunte, sinon sur sa tête où il était important de mettre au jour toute la trace de la fracture du crâne. Aussitôt qu'elle eut terminé, Aria retira ses gants, les jeta sur le cadavre et tourna les talons pour se diriger vers la porte. Jack, qui achevait à ce moment-là un schéma des blessures externes de Madison, fut à nouveau pris de court.

– Hé ! s'exclama-t-il. Docteur Nichols ! Une minute.

Schéma et stylo à la main, il rattrapa Aria qui avait déjà traversé la moitié de la salle. Elle se retourna, le regard sombre.

– Ici, à l'IML, nous autres légistes nous ne terminons pas les autopsies de cette façon, dit-il. Il est de coutume de donner un coup de main pour retirer le corps de la table, et d'aider aussi le technicien à organiser les prélèvements, à désinfecter les conteneurs et à veiller à ce que tout soit bien étiqueté.

Aria se déporta légèrement pour jeter un coup d'œil au fond de la salle. Vinnie était en train d'approcher un brancard de la table. Elle fixa de nouveau Jack. Ils ne se voyaient pas bien, car ils portaient encore leurs masques chirurgicaux et leurs visières en plastique.

– Je ne suis ni médecin légiste ni technicien de morgue, déclara-t-elle d'un ton catégorique. Et j'ai plus important à faire.

– Il est prévu que vous continuiez de travailler avec moi sur mon prochain cas, dit Jack. Je veux vous proposer de vous charger aussi de cette autopsie, mais il faut que vous fassiez votre part, c'est-à-dire que vous aidiez Vinnie.

– Je reviens, dit Aria. J'apprécie que vous me donniez le scalpel plutôt que de me laisser plantée à côté de vous à me tourner les pouces. C'est d'ailleurs plus que mérité quand on sait que dans un mois je serai en dernière année d'internat. Mais je ne suis ni technicien de morgue ni agent d'entretien.

– Ce n'est pas une négociation, dit Jack. Vinnie a besoin d'un coup de main. Tous les autres techniciens de morgue sont occupés, comme vous pouvez vous en rendre compte en regardant autour de vous.

– C'est leur problème, pas le mien, dit Aria avec dédain. Si je suis devenue médecin, ce n'est pas pour m'occuper de ce genre de conneries.

Elle tourna les talons et repartit vers la porte.

Une fois de plus Jack était sidéré. Avant de pouvoir s'interroger sur le bien-fondé de sa réaction, il la rattrapa en trois enjambées et lui agrippa le bras pour l'obliger à s'arrêter. Aria fit aussitôt volte-face en lui assénant une sorte de coup de karaté, avec le tranchant de la main, pour libérer son bras.

– Ne vous avisez pas de me toucher ! s'écria-t-elle.

La plupart des gens l'entendirent et les conversations cessèrent tandis que tout le monde se figeait. Les regards convergèrent quelques instants sur Jack et Aria qui se toisaient comme des pugilistes. Puis Aria repartit tout à coup vers la porte. Elle ouvrit sèchement l'un des battants, bras tendu et paume en avant, à la façon d'un joueur de rugby repoussant un adversaire, et disparut.

Aussitôt, d'un bout à l'autre de la salle, chacun reprit ses activités et ses discussions comme s'il ne s'était rien passé. Inspirant profondément, Jack se rendit compte qu'il avait les poings serrés sur le stylo et le schéma – la feuille était maintenant froissée. Un peu honteux, il embrassa la pièce du regard pour voir si quelqu'un l'observait, mais personne ne semblait faire attention à lui. Sauf Chet, qui vint à sa rencontre.

– Elle t'a dit d'aller de te faire foutre, à toi aussi ? demanda Chet avec un petit rire.

Jack jeta un regard noir à son ancien « coloc », comme ils disaient à l'époque où ils partageaient un bureau.

– Commence pas, dit-il, puis il s'esclaffa doucement à son tour – il savait que Chet n'avait pas tort de le taquiner.

– Veux-tu revenir sur ta proposition de te la coltiner pour un autre cas ? Je trouverai quelqu'un, pas de problème. Tu as peut-être besoin d'une pause.

– Non, je vais le faire. J'ai dit à Laurie que je donnais un coup de main, donc je le fais. Tant pis, je boirai le calice jusqu'à la lie.

– Et demain ? Si ce n'est pas trop demander… ?

– Ouais, pourquoi pas ? répondit Jack avec humour. Demain, normalement, je serai blindé.

Aria avait de la peine à y croire. Pile au moment où elle commençait à se dire que ce stage de médecine légale n'était pas une perte de temps complète, on essayait de l'obliger à jouer les domestiques. Les techniciens de morgue, qui étaient tous des mecs salement aigris, lui tapaient déjà assez sur le système comme ça. En aucun cas elle ne risquait de se laisser culpabiliser pour faire leur boulot.

Dans les vestiaires, un sourire lui monta aux lèvres quand elle récupéra son téléphone. Vijay Srinivasan lui avait envoyé un texto peu après huit heures. Il lui demandait simplement de le rappeler. Bien que la réception ne fût pas très bonne au sous-sol de l'IML, elle composa aussitôt le numéro de GenealogyDNA. La communication s'établit sans problème, mais ce fut une femme qui répondit. Elle dit qu'elle allait chercher Vijay. La start-up étant logée dans une seule grande pièce, Aria se demanda pourquoi cela prenait si longtemps.

– Pardon pour l'attente, dit Vijay quand il prit enfin le combiné. J'étais sur une autre ligne, mais avec l'excuse de travailler à notre projet leucémie.

– Ça avance, alors ? demanda Aria – elle n'avait pas plus que d'habitude l'envie de papoter.

– C'est la raison pour laquelle je voulais vous parler. Les kits de la mère et de l'enfant ont été terminés dans la soirée. Au lieu de fermer le labo comme d'habitude à dix-sept heures, nous avons préféré nous y mettre au plus vite. À propos, nous les avons nommés Hansel et Gretel. Hansel c'est l'enfant, bien sûr, et la maman est Gretel. Et la sorcière c'est la leucémie. Ne me demandez pas pourquoi ces noms-là, puisque nous avons une mère et son fils au lieu d'un frère et d'une sœur comme dans l'histoire. Ce n'est pas moi qui ai pris la décision. Ces noms plaisent à l'équipe, et voilà. Ça vient peut-être d'un garçon qui est l'un de nos meilleurs programmeurs et qui a commencé par faire des études de lettres, mais je n'en suis pas sûr.

– Je préférerais quand même que vous me parliez de vos recherches, dit Aria avec impatience.

– Aussitôt les kits prêts, l'équipe s'est mise au travail, dit Vijay. Nous avons créé des kits par phasage, notamment celui de l'anti-jumeau, et chargé le tout dans notre système. Notre logiciel a automatiquement créé un kit Fantôme pour le père inconnu, là encore par phasage, en mettant les ADN de l'enfant et de son anti-jumeau en regard de celui de la mère, mais c'est sans doute déjà trop entrer dans les détails pour vous. Le fin mot de l'histoire, c'est que nous avons découvert une correspondance d'entrée de jeu, et qu'elle est meilleure, en termes de génération, que ce que les gens travaillant sur le génome du tueur du Golden State ont obtenu au départ. Cette correspondance que nous avons trouvée, c'est un arrière-arrière-grand-père paternel de Hansel dont le patronyme est Thompson. Nous l'avons eu par une analyse d'ADN-Y, lequel provient comme vous le savez de la lignée paternelle. Et chose particulièrement significative, il est déjà confirmé qu'il s'agit de ce que l'on appelle un identique par descendance. Maintenant, nous allons charger les kits dans le système de GEDmatch, et puis voir aussi si la base de données de Family Tree DNA comporte un projet au nom de Thompson.

– C'est encourageant, dit Aria. Au stade où vous en êtes, avez-vous une idée, au pifomètre, du temps qu'il vous faudra pour trouver le père ?

– Non, et je ne veux pas vous entraîner dans le piège de ce genre d'idée, dit Vijay. Ce n'est pas parce que nous avons déjà fait certains progrès significatifs que nous avons la moindre garantie de réussite au bout du compte. N'oubliez pas que tout dépend finalement du nombre de membres de la famille de Hansel, côté paternel, qui se sont laissé prendre par l'engouement pour les tests ADN et la généalogie génétique.

– Mais vous êtes optimiste ? demanda Aria.

– Bien sûr que je suis optimiste, dit Vijay. Je ne pousserais pas mon équipe à travailler si dur si je n'étais pas optimiste. Nous allons activement rechercher des correspondances en utilisant les bases de données d'autres compagnies de généalogie génétique via GEDmatch. Et si nous réussissons à trouver un proche parent, je deviendrai plus optimiste encore.

– Qu'est-ce que vous considérez comme un proche parent, dans le cas de Hansel ?

– Tout degré de parenté en deçà du petit-cousin, ce serait formidable. Et si nous tombons sur des cousins germains ou des oncles et des tantes, là nous serons presque sûrs de parvenir à nos fins. À condition, toujours, que des arbres généalogiques soient disponibles. Si nous avons ces proches correspondances mais qu'il n'existe pas d'arbres généalogiques, nous pourrons commencer à en construire un pour Hansel, mais cela prendra du temps. Donc espérons que des arbres existent déjà et qu'il suffira d'y ajouter Hansel.

Aria se souvenait de ce que Madison lui avait expliqué chez Nobu. Vijay lui disait à peu près la même chose.

– Et si vous trouviez des demi-frères ou sœurs de Hansel ? demanda-t-elle.

À son sens, il était assez probable que ces demi-frères ou demi-sœurs existent, car elle était persuadée que Casanova était marié et qu'il avait des enfants.

– Alors là, l'affaire serait réglée, puisque leur père serait l'homme que nous cherchons. Mais pour ma part, je pense que les chances que cela arrive sont statistiquement négligeables. Ne mettons pas la charrue avant les bœufs. Pour le moment, j'espère que GEDmatch nous livrera un certain nombre de nouvelles correspondances avec lesquelles nous pourrons faire de la triangulation.

– Vous me tenez au courant dès que vous avez du neuf ?

– Je suis sûr que nous aurons quelque chose dans les prochaines heures, dit Vijay. Le mieux serait peut-être que vous passiez à notre bureau, pour que nous vous montrions tout ce que nous aurons déjà fait.

– Pourquoi pas ? dit Aria.

L'optimisme prudent de Vijay lui plaisait bien.

Aidé par Jack, Vinnie remporta le cadavre de Madison Bryant à la chambre froide, nettoya la table, puis étiqueta et organisa les prélèvements. Ils installèrent ensuite Jonathan Jefferson, leur prochain patient, sur la table. Pendant que Vinnie sortait des conteneurs à prélèvements et des instruments propres, Jack découvrit le rapport d'autopsie rédigé par Steve Mariott, un enquêteur médico-légal de l'équipe du soir. Il rapportait l'histoire de cet ado de seize ans qui avait été frappé à la poitrine par la balle d'un lanceur pendant qu'il jouait au base-ball dans Central Park. Les entraîneurs lui avaient aussitôt administré la réanimation cardio-pulmonaire. À leur arrivée sur place, les ambulanciers avaient déterminé que le garçon était en fibrillation ventriculaire. Ils l'avaient défribrillé, mais sans réussir à faire repartir le cœur. La réanimation cardio-pulmonaire avait été poursuivie pendant le trajet jusqu'à l'hôpital, où huit autres tentatives de défibrillation avaient été menées en parallèle à l'administration des divers produits de réanimation cardiaque ordinaires. Tout cela sans résultat.

Jack inspira un grand coup et remit le rapport dans le dossier d'autopsie. Les autopsies d'enfants étaient toujours des moments stressants sur le plan émotionnel, et plus jeune était l'enfant, plus c'était difficile – comme avec la minuscule gamine ébouillantée deux jours plus tôt. Mais ce petit gars lui fichait aussi un coup. La voix de Vinnie interrompit ses méditations :

– Les radios sont sur le négatoscope, si tu veux y jeter un œil.

Jack se dirigea vers les moniteurs. Comme il l'avait supposé, les films étaient complètement normaux. La mort subite du sportif, qui touchait principalement des hommes jeunes et en bonne santé, était un problème connu. Ses victimes se trouvaient surtout chez les joueurs de base-ball, même si d'autres sports – le softball, le hockey, le karaté et le lacrosse – entraient dans le bilan d'environ dix mômes décédés chaque année pour ce motif rien qu'aux États-Unis. Elle survenait lorsque la personne recevait un coup à la poitrine, à un moment très bref et très spécifique du rythme cardiaque normal, qui détraquait subitement tout le système de conduction du cœur, déclenchant la fibrillation ventriculaire.

Jack se tenait encore devant le négatoscope, s'efforçant de maîtriser ses émotions, lorsqu'il perçut une présence près de lui. Tournant la tête, il eut la surprise de constater qu'Aria se tenait là et observait les radios de l'adolescent. Elle ne décrocha pas les yeux des films pendant qu'il scrutait son profil.

– Qu'est-ce qui lui est arrivé, à ce garçon ? demanda-t-elle. Je ne vois aucune fracture.

– À mon avis c'est un cas de *Commotio cordis*, répondit Jack. Il a été touché à la poitrine par une balle de base-ball et il est parti en fibrillation ventriculaire. Le *Commotio cordis*, c'est quelque chose que vous connaissez ?

– J'ai lu quelques trucs sur le sujet, dit Aria. Et vous ?

– Pareil. J'avais la chance de n'en avoir encore jamais eu à autopsier, mais je sais que la Dr Montgomery en a eu un cas la première année où elle travaillait ici. Sur le plan affectif, elle a trouvé ça difficile.

Jack se sentait un peu idiot d'appeler sa femme « Dr Montgomery », mais, vu les circonstances, cela lui paraissait plus convenable.

– Vais-je trouver quelque chose à l'autopsie ? demanda Aria, tournant enfin la tête pour regarder Jack.

– Sans doute pas. Mais c'est un diagnostic par élimination. En ce sens, le travail sera similaire à celui de Madison Bryant.

– Allons-y, alors, déclara Aria. J'ai des choses à faire. Le scalpel est-il toujours pour moi ?

De nouveau ce ton suffisant. Jack serra les dents. Il s'était promis de réagir en adulte, mais elle le prenait déjà à rebrousse-poil. Soudain, elle pivota pour retourner vers la table d'autopsie d'un pas tranquille. Si ce cas la chagrinait ou la troublait le moins du monde, elle le cachait bien. Jack la suivit en se répétant qu'il devait rester zen.

Aria observa avec attention la poitrine de l'adolescent, et palpa la région du sternum, mais elle ne trouva rien qui indiquât qu'il avait été frappé au thorax par une balle de base-ball. Il n'y avait ni ecchymose ni surface d'abrasion d'aucune sorte. Poursuivant l'examen externe, elle ne releva rien d'anormal ailleurs sur le corps. Comme pour l'autopsie de Madison Bryant, Aria se tenait à la droite de la victime, Jack et Vinnie en face d'elle.

– Scalpel, dit-elle, et elle tendit la paume vers Vinnie qui avait le chariot à instruments à côté de lui.

– Et si on regardait l'intérieur de la bouche, au cas où ce gamin se serait étouffé avec quelque chose ? dit Jack du ton le plus neutre possible.

Sans un mot, Aria ouvrit la bouche du garçon, en examina l'intérieur et palpa la gorge. Ensuite elle prit le scalpel que lui tendait Vinnie pour entamer la dissection par l'incision en Y habituelle.

Comme avec Madison Bryant, elle travailla vite mais avec beaucoup d'adresse. Lorsque le cœur fut à découvert, mais encore enveloppé par le péricarde, elle se pencha pour l'examiner.

– Je ne vois aucun signe de traumatisme. Rien du tout, dit-elle en se redressant.

Elle ouvrit avec précaution le péricarde et retira bientôt le cœur de son logement entre les poumons. Jack, qui continuait d'observer ses gestes avec attention, eut tout de suite la conviction que le cœur était complètement normal, en tout cas de l'extérieur. Plus précisément, il ne voyait aucun signe de lésion. Au moment où Aria commençait à ouvrir l'organe sur la planche à découper, il aperçut Laurie qui entrait dans la salle pour sa tournée matinale. Il avait envie d'aller lui parler, mais il resta à sa place car il hésitait à laisser Aria seule au moment le plus important de cette dissection. Comme d'habitude, Laurie démarra sa visite par la table numéro 8, la plus proche des portes du couloir.

– L'intérieur du cœur est normal, déclara Aria, semblant de nouveau se parler à elle-même. Du coup, il ne nous reste qu'une seule possibilité. L'anomalie vasculaire. D'accord ?

Jack, qui l'avait rejointe de son côté de la table, se pencha quelques instants sur le cœur, puis hocha la tête en se redressant.

– Oui. Passons à l'examen des artères coronaires.

Quand il eut la certitude que tout se passait bien, il se résolut à la laisser sous la supervision de l'excellent Vinnie pour toucher un mot à Laurie. Cinq secondes plus tard, il l'intercepta alors qu'elle passait de la table 4 à la table 3.

– J'allais venir jusque chez toi, dit-elle à mi-voix quand ils se furent déportés sur le côté de la salle pour ne déranger personne. Apparemment ça fonctionne, avec la Dr Nichols… ?

– Impression un peu trompeuse, dit Jack. C'est plutôt le calme après la tempête.

– Que s'est-il passé ? demanda Laurie avec inquiétude.

Elle tourna quelques instants la tête vers le fond de la salle, où Aria travaillait tranquillement sur la planche à découper.

– Rien du tout, dit Jack. Ne te tracasse pas. Au bout du compte je me suis maîtrisé, même si ça m'a demandé tout le self-control dont je suis capable. Non seulement elle n'a pas l'esprit d'équipe, mais elle est clairement asociale, cette fille. Elle n'a absolument aucune considération pour les gens, zéro empathie. Pour te donner un exemple assez délirant, il s'est avéré qu'elle connaissait personnellement la défunte de notre premier cas de la matinée. Au lieu d'avoir de la peine, elle s'est mise en rogne parce que la nana avait eu le culot de se faire d'abord passer dessus par un métro, puis de mourir en soins intensifs.

– Quoi ? La personne que vous avez autopsiée était une de ses amies ? demanda Laurie avec stupéfaction.

– Euh… amies, non. Je me demande si cette fille est capable d'avoir ce que l'on appelle des amis. Mais apparemment elles se connaissaient. Aria était donc furax parce que la défunte était censée l'aider pour le cas que vous avez fait ensemble l'autre jour.

– Kera Jacobsen, tu veux dire ?

– Ouais.

– Alors là, c'est une double coïncidence, dit Laurie, perplexe. Comment s'appelle cette victime du métro ?

– Madison Bryant.

– C'est extraordinaire ! En effet, je me souviens, la Dr Nichols m'avait parlé d'elle. Cette femme était censée être la meilleure amie de Kera.

– Bon, tu vas me torturer encore longtemps ou tu me dis quand l'opération est prévue ? demanda Jack après un silence.

– La Dr Cartier a pris ses dispositions pour m'opérer demain en début d'après-midi. Elle a deux interventions le matin, donc je serai ce que le bloc opératoire appelle un cas « à suivre ». Mon opération commencera quand la Dr Cartier sera libérée de ses obligations du matin et quand une salle d'op sera libre. Je suis censée me présenter aux admissions à midi, sans avoir rien avalé à part de l'eau.

– Et elle t'a dit combien de temps l'intervention prendrait, à peu près ?

– Tout dépendra du travail qu'il y aura à faire. Et évidemment elle découvrira ça sur le moment. Si la grosseur suspecte s'avère cancéreuse, elle devra opérer davantage. Mais dans quelle mesure au juste, ça dépendra de plusieurs variables, notamment la présence ou non de cellules cancéreuses sur les ganglions lymphatiques. Je n'ai pas besoin de te faire un dessin.

– Et si la grosseur est bénigne, tu auras juste la double mastectomie et la reconstruction, c'est ça ?

– Et l'ovariectomie, précisa Laurie, puis elle se pencha vers Jack qui baissait la tête en soupirant. Hé, n'en faisons pas un drame national. Tout va très bien se passer.

– D'accord. Excuse-moi, dit-il. Oui, tout va bien se passer. Je suis juste...

Il ne termina pas sa phrase.

– Quoi ? relança Laurie.

– Tu sais bien. J'ai cette angoisse, depuis... Cette angoisse d'être un danger pour les gens que j'aime...

– Arrête ça tout de suite, dit Laurie d'une voix sans réplique où pointait de la colère. Je ne veux plus entendre ce genre d'absurdité. Nous avons déjà eu cette conversation. Tu n'es pas responsable de la tragédie qui a tué ta première famille. Ni des problèmes de santé de nos enfants. Tu le sais aussi bien que moi. Du nerf, Jack !

– OK, OK. Changeons de sujet ! Et pour la direction de l'IML ?

– Il sera annoncé officiellement cet après-midi que George Fontworth tiendra le gouvernail pendant que je serai à l'hôpital pour une petite opération chirurgicale. Plus important, enchaîna Laurie, j'ai eu Caitlin et mes parents au téléphone. Ils vont bien nous aider pour les enfants. Ça, c'est mon principal souci. Je te fais confiance pour tenir ton rôle avec les enfants... Donc, pas de basket le soir, tu veux bien ? Il ne nous manquerait plus que tu te blesses pendant que je suis à l'hôpital. Promets-moi que tu ne joueras pas au basket pendant que je règle mon problème de santé.

– Parole de scout, dit Jack en levant trois doigts. En attendant, je ferais bien de retourner auprès de notre chère et difficile interne, et à l'autopsie en cours. À propos, je crois que tu as raison. Les internes que nous recevons ici devraient avoir plus souvent l'occasion de se charger eux-mêmes des autopsies. Ça les implique davantage.

– Elle, c'est sûr qu'elle a besoin de s'impliquer, commenta Laurie. C'est super, je trouve, que tu lui aies confié les deux cas.

– Tout baigne de ton côté, alors ? demanda Jack, soutenant son regard.

– Tout baigne. Ne te fais pas de souci. Je crois que je suis plus sereine que toi, dans cette histoire.

– Peut-être, convint-il. Allez, il vaut mieux que je retourne auprès de Mlle Sourire avant que Vinnie et elle ne s'écharpent.

# 29

**10 MAI**
**10 H 20**

Marchant au pas de charge dans le couloir de la morgue, tellement elle était en rogne, Aria tendit le bras, paume en avant, et donna une violente bourrade sur la porte des vestiaires des femmes. Elle ouvrit son casier sans plus de délicatesse et y plongea la main pour saisir son téléphone. Elle pressentait qu'elle allait trouver un nouveau message de Vijay et… elle ne se trompait pas. Le texto n'était pas bien long, mais encourageant :

Une excellente correspondance de plus. On va dans la bonne direction. Nous serons ravis de vous revoir tout à l'heure et espérons avoir d'autres nouvelles positives à ce moment-là.

Tout à coup très excitée, Aria tira ses vêtements du casier pour se changer en vitesse. Son intuition lui disait que ses efforts seraient bientôt récompensés. À ce moment-là, elle éprouverait une euphorie quasi orgasmique. Si son enquête était couronnée de succès, ce serait comme une revanche sur la gent masculine qui lui en avait tant fait baver.

Comme la veille, le trajet pour GenealogyDNA fut rapide. Moins de vingt minutes après avoir quitté l'IML, elle pénétrait dans le bâtiment en briques presque désert. Quand elle débarqua de l'ascenseur à l'étage de GenealogyDNA, la réceptionniste aux cheveux lavande la reconnut et l'informa qu'elle était attendue.

Aria marqua une pause sur le seuil du vaste loft reconverti. L'atmosphère n'était pas la même que la veille. Personne ne jouait au ping-pong. La station de gaming était éteinte. Il y avait autant de personnes présentes, peut-être même quelques-unes de plus, mais un silence studieux régnait sur la salle. Tout le monde semblait concentré sur son travail, devant un ordinateur portable, soit à une table, soit dans un fauteuil, soit sur un Sacco. Alors qu'elle embrassait la salle du regard, Vijay quitta le canapé en cuir bordant l'espace dégagé au centre de la pièce pour venir à sa rencontre. Comme Aria, il portait la même tenue que la veille, avec une chemise blanche impeccable.

– Bienvenue, docteur Nichols, dit-il avec un sourire avenant.

Cette fois, il se retint de tendre la main et attendit qu'Aria fasse elle-même le geste. Comme elle ne réagissait pas, il désigna simplement le siège qu'il venait de quitter.

– Installons-nous là, si vous voulez. À moins que vous ne préfériez être à une table ?

Elle haussa les épaules.

– Peu importe.

– Allons sur le canapé, alors, dit Vijay aimablement.

Précédant son hôte, Aria se dirigea dans cette direction en slalomant entre divers éléments de mobilier. Quelques personnes levèrent les yeux pour la regarder brièvement avant de se replonger dans leurs écrans. Comme elle l'avait remarqué la veille, la grande majorité des geeks qui travaillaient ici étaient des hommes, mais elle aperçut aussi quelques geekettes aux cheveux en pétard – et aux couleurs flashy pour deux d'entre elles. Elle qui se considérait comme une jeune milléniale, elle avait l'impression d'être beaucoup plus âgée que tous les gens qu'elle découvrait ici.

Vijay l'invita d'un geste à prendre place sur le canapé, puis s'assit à distance respectueuse. Entre eux se trouvait une petite liasse de documents.

– Je voudrais vous montrer ce que nous avons déjà pu faire. Certains aspects de notre travail à tout le moins.

Il saisit la première feuille de la liasse, sur laquelle était imprimé un arbre généalogique, et la tendit à Aria.

ARBRE GÉNÉALOGIQUE DE HANSEL – BRANCHE PATERNELLE

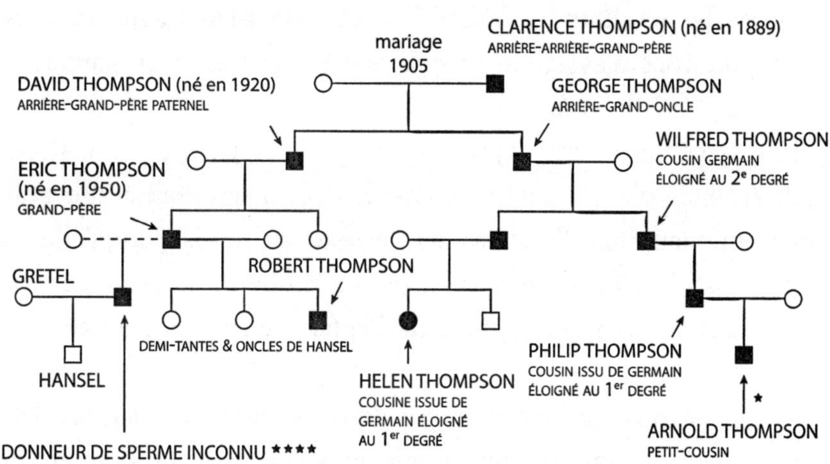


– Voici la toute première correspondance que nous avons trouvée : Arnold Thompson, dit-il en pointant un doigt. De là, nous avons pu remonter l'arbre jusqu'à Hansel en passant par son arrière-arrière-grand-père, puis son arrière-grand-père. C'est une prouesse de nos algorithmes propriétaires, puisque ce Arnold Thompson est au mieux un petit-cousin de Hansel, ce qui veut dire qu'ils ont très peu d'ADN en commun. Vous savez que ce qu'est un petit-cousin, n'est-ce pas ?

– Je n'en suis pas certaine, dit Aria, un peu gênée de devoir admettre qu'elle était relativement inculte en matière de généalogie.

Elle avait absorbé tellement de choses en lisant les livres de Madison, deux nuits plus tôt, que certaines informations s'embrouillaient dans sa tête.

– Les petits-cousins ont pour ancêtre commun un arrière-arrière-grand-parent, expliqua Vijay. Donc en général ils partagent très peu d'ADN. Moins de un pour cent en moyenne, à dire vrai. Pour certaines compagnies de généalogie génétique, cela ne suffit pas pour établir des correspondances. Parce qu'elles craignent que ces résultats ne soient de faux positifs. Mais notre logiciel a automatiquement combiné les résultats de l'ADN-Y avec les résultats autosomiques. À propos, vous n'aviez pas précisé que l'enfant était un garçon.

– Ah bon ? fit Aria.

Elle se composa une expression un peu perplexe, comme si elle était étonnée d'avoir oublié ce détail, alors qu'en réalité elle avait volontairement fait l'impasse sur le sexe du fœtus puisqu'elle ne l'avait pas identifié. Si elle avait pris le risque de se prononcer, et qu'elle s'était trompée, sa fable de l'enfant leucémique aurait volé en éclats.

– Nous avons été bien contents de constater qu'il s'agissait d'un garçon, pour la raison précise que je viens de vous donner. Le chromosome Y ne se recombine pas comme les autosomes – les chromosomes non sexuels. Et son taux de mutation n'est pas non plus le même. C'est la raison pour laquelle il est plus utile dans les estimations de l'ethnicité que les études généalogiques. Dans le cas qui nous intéresse, en tout état de cause, il a été déterminant. Ce que nous avons fait, c'est que nous avons contacté ce petit-cousin potentiel. Le Arnold Thompson qui est ici, précisa Vijay en désignant de nouveau le schéma. Et là, coup de chance pour nous, il se trouve que ce monsieur est amateur de généalogie. Il n'a pas demandé mieux que de nous fournir les résultats qu'il a obtenus pour une cousine germaine éloignée au premier degré qui s'appelle Helen Thompson. Savez-vous ce que signifie *éloigné au premier degré ?*

– Je crois, dit Aria. C'est une histoire de génération, non ? Pour un individu donné, un cousin germain éloigné au premier degré signifie que l'ancêtre qu'ils ont en commun est un arrière-grand-parent de cet individu, mais le grand-parent du cousin. Donc ils sont liés génétiquement, mais séparés par une génération.

– Exactement, dit Vijay. Quand nous avons comparé Hansel à ce nouveau kit, nous avons eu le plaisir de découvrir que la correspondance était significativement meilleure : jusqu'à près de six pour cent. Cela signifiait que le petit-cousin potentiel était bel et bien un petit-cousin par filiation, et donc que nous avions un arrière-arrière-grand-parent légitime. Lequel s'appelait Clarence Thompson.

– Cela signifie-t-il que le nom du père de Hansel est Thompson ? demanda Aria, ébahie.

GenealogyDNA ne travaillait sur ce projet que depuis quelques heures, et les résultats étaient déjà extraordinaires.

– C'est ce que nous avons pensé, dit Vijay. Mais maintenant, il nous semble que nous nous heurtons à un mur.

– Oh non.

Grâce à ses lectures, Aria savait que l'expression « se heurter à un mur », en généalogie génétique, faisait référence à la situation où il semblait y avoir une rupture, dans une lignée, qui ne pouvait être résolue en suivant la piste des documents officiels tels que les certificats de naissance et les actes de mariage. La conception par don de sperme – le cas de figure de son scénario leucémie – était l'un des facteurs susceptibles de dresser ce fameux « mur » devant les généalogistes. Il en allait de même avec les adoptions, les parentés incertaines, et même les inversions de bébés à l'hôpital – toutes ces choses se traduisaient par une soudaine cassure dans l'arbre généalogique familial créé grâce à la génétique.

– Oui, c'est dommage, dit Vijay. Et décourageant. En utilisant de nombreuses astuces techniques que nous avons à notre disposition et en exploitant l'immense base de données d'ADN ancestral qui existe aujourd'hui, nous avons suivi l'arbre généalogique de la famille Thompson jusqu'à l'emplacement où nous aurions dû trouver notre cible. Mais grosse déception, nous n'avons pas ce résultat. Il y a une heure, à peu près, nous avons même découvert ce que nous pensons être des demi-frères et demi-sœurs du père de Hansel en utilisant le kit Fantôme que nous avons développé pour le donneur de sperme inconnu. L'un de ces demi-frères, qui s'appelle Robert Thompson, a lui-même créé un arbre généalogique familial très complet, jusqu'à Clarence Thompson, qu'il a bien voulu nous communiquer. Cela nous a donné le grand-père paternel de Hansel, ainsi que plusieurs demi-tantes et demi-oncles. Toutes ces données auraient dû amplement suffire, mais… nous n'avons toujours rien. Malheureusement, le grand-père paternel, Eric Thompson, n'a pas été aussi obligeant que son fils. Quand nous avons essayé de lui expliquer la situation, il a rétorqué que nous nous trompions et qu'il n'avait que trois enfants, ses deux filles et Robert, que nous avions déjà tous sur l'arbre généalogique Thompson. Il a aussi nié avoir jamais donné son sperme. Bien sûr, cela contredit tout ce que la généalogie génétique essaie de nous montrer, à savoir que c'est un fils d'Eric Thompson, en toute probabilité, qui doit être le donneur de sperme qui a permis la création de Hansel. Quand ce genre de problème se présente, c'est très contrariant. Ce que nous commençons à penser, désormais, c'est qu'il y a une adoption en jeu.

– Mais ça signifie quoi, au bout du compte ? demanda Aria avec impatience.

Après tous ces efforts, elle allait se retrouver le bec dans l'eau ? Ce n'était pas juste.

– C'est fini ? reprit-elle avant que Vijay ne réponde. La recherche est terminée, pour ce qui vous concerne ?

L'ambiance dans la salle donnait plutôt l'impression du contraire, mais qu'en savait-elle après tout ?

– Non, pas encore. Nous n'avons pas baissé les bras, assura Vijay. À partir de maintenant, nous nous concentrons sur la branche maternelle de la famille du donneur de sperme inconnu. Autrement dit sur la grand-mère paternelle de Hansel, qui serait la mère de l'homme que nous cherchons. Si nous réussissons à la trouver, et si elle est coopérative, et s'il y a eu adoption comme nous le soupçonnons, et si cette adoption n'a pas été confidentielle, je veux dire que l'identité des parents biologiques n'est pas tenue secrète et protégée par la loi, nous aurons le père. Dans le cas contraire, impossible de dire ce qui arrivera, puisque dans l'État de New York, seul un juge peut décider de faire ouvrir un dossier d'adoption confidentielle.

– Dans une situation de vie ou de mort comme la nôtre, la procédure ne serait-elle pas simplifiée ? demanda Aria.

Elle contemplait le diagramme qu'elle avait à la main, dépitée que tout le travail qu'elle avait fourni ne livre peut-être au bout du compte aucun résultat.

– Autant que je sache, l'État de New York a certaines des lois les plus restrictives du pays en matière de protection des données des adoptions confidentielles. Y compris en cas de problème médical. L'ouverture des dossiers peut se faire si toutes les parties sont d'accord, mais c'est une procédure qui prend du temps. Des mois, sinon une année entière. D'un autre côté, je crois que le procureur peut prononcer la réquisition du dossier dans les situations criminelles, mais c'est une procédure exceptionnelle.

– Merde, dit Aria qui était de plus en plus déprimée.

– Alléluia ! cria soudain quelqu'un.

Alors qu'Aria redressait la tête avec étonnement, l'ensemble de l'équipe de GenealogyDNA, Vijay y compris, se mit à applaudir et à pousser des cris et des sifflements de joie. Elle vit alors le jeune homme maigrichon et boutonneux qui avait été le seul à lui poser une question la veille lever les bras en l'air comme un cycliste professionnel vainqueur sur la ligne d'arrivée.

– Je suis tombé sur un autre cousin germain, mais cette fois du côté maternel du père, cria-t-il. Et la correspondance est bonne, un peu plus de huit cents centimorgans.

Aria savait que le centimorgan était une unité de mesure compliquée permettant d'évaluer des distances sur les chromosomes. Plus il y avait de centimorgans, meilleure était la correspondance. Les applaudissements et l'enthousiasme de l'équipe lui redonnaient aussi espoir.

– C'est reparti, alors ? demanda-t-elle.

– Espérons-le, dit Vijay. Ce résultat devrait nous donner la grand-mère que nous cherchons. Excusez-moi, je reviens tout de suite.

# 30

**10 MAI**
**16 H 50**

Hésitant quelques instants au bord du trottoir, Aria leva les yeux vers l'immeuble dans lequel elle s'apprêtait à entrer. Elle connaissait assez bien New York pour savoir que cet édifice de la Cinquième Avenue avait probablement été bâti entre la fin du XIX^e siècle et la Seconde Guerre mondiale, et comptait de ce fait, avec d'autres de la même période, parmi les adresses les plus convoitées de la ville. Vue de la rue, la façade de quinze à vingt étages n'avait à son sens rien de très folichon : de la pierre, quelques ornements simples et des balcons en retrait les uns des autres tout en haut. Devant la porte, l'inévitable marquise arrondie typique de Manhattan, celle-ci en toile bleue, s'avançait au-dessus du trottoir jusqu'à la chaussée. Dans le hall se tenait un portier en uniforme marine, pas très fringant, qui observait les allées et venues sur l'avenue.

Aria était ici pour rencontrer une femme dénommée Diane Hanna que Vijay et son équipe avaient réussi à retrouver avec leurs outils de magiciens en généalogie génétique. Une petite heure après que le geek maigrichon s'était écrié « Alléluia », l'une des rares geekettes de l'équipe était tombée sur un kit de résultats ADN tout récent chez AncestryDNA, la compagnie de généalogie génétique qui possédait la plus grande base de données du marché : une femme de trente-deux ans, non mariée, Patricia Hanna, qui partageait une énorme quantité d'ADN – vingt-cinq pour cent – avec le kit Fantôme du donneur de sperme inconnu. Vijay avait alors expliqué à Aria que vingt-cinq pour cent d'ADN en commun, cela signifiait que cette femme était forcément soit une tante, soit une demi-sœur de l'individu qu'ils recherchaient. Et vu son âge, il ne pouvait s'agir que d'une demi-sœur. Ce qui signifiait que sa mère, Diane Hanna, née Carlson, était en toute probabilité la mère du père de Hansel. En contactant Patricia, ils avaient appris que Diane, qui avait aujourd'hui soixante-cinq ans, se portait comme un charme et menait l'existence épanouie d'une dame de la bonne société new-yorkaise mariée à un avocat de renom. Bien entendu, à aucun moment de la conversation téléphonique Vijay n'avait expliqué à Patricia, qui croyait être enfant unique, pour quelle raison précisément il s'intéressait à sa mère.

Aria se creusait un peu la tête, tout de suite, car elle n'avait encore aucune idée de ce qu'elle allait dire à Diane Hanna. Si cette femme était la mère de Casanova, cela posait plusieurs problèmes. D'abord, elle devait être tombée enceinte de Casanova dans sa prime jeunesse, et même sans doute à l'adolescence, ce qui impliquait que l'adoption de son bébé avait de grandes chances de s'être faite sous le sceau du secret. Aria ne se préoccupait pas beaucoup des sentiments d'autrui, de façon générale, mais elle se rendait bien compte que Diane risquait de ne pas beaucoup apprécier d'être confrontée à un problème désagréable, et potentiellement ennuyeux pour sa réputation, ressurgi tout à coup d'un passé lointain. Autre pépin, le scénario qu'Aria avait concocté pour intéresser GenealogyDNA à l'affaire ne pouvait pas servir avec Diane. En apprenant que l'enfant leucémique imaginaire était son petit-fils, elle serait forcément émue d'une façon ou d'une autre, et chercherait à en savoir plus. Aria ne pensait pas non plus pouvoir dire la vérité, à savoir qu'elle soupçonnait le fils de Diane confié à l'adoption d'avoir joué un rôle dans l'overdose qui avait tué une jeune femme. C'était trop lourd, trop négatif pour tout le monde.

– Je peux vous aider ? demanda le portier.

Voyant Aria plantée au bord du trottoir, sous la marquise, il avait poussé la porte pour sortir de l'immeuble.

– Une seconde.

Aria avait horreur que les gens, surtout les hommes, fassent intrusion dans sa bulle. Elle détourna les yeux de la mine intriguée du type et regarda distraitement les arbres de Central Park, de l'autre côté de l'avenue, qui retrouvaient leur feuillage.

Tout à coup une idée lui vint. Peut-être pouvait-elle essayer d'émouvoir Diane en prétendant être elle-même le produit d'un don de sperme de Casanova. Cela signifierait qu'elle et Diane seraient parentes biologiques et qu'elle cherchait des informations sur son héritage génétique. Un sourire lui plissa les commissures des lèvres. C'était de loin la meilleure idée qu'elle avait eue jusqu'à maintenant, et elle pouvait fonctionner.

Sa décision prise, elle se retourna pour rejoindre le portier qui n'avait pas bougé.

– Je viens voir Mme Hanna, dit-elle. Diane Hanna.

– Votre nom, je vous prie ?

– Dr Aria Nichols.

Le visage du portier se détendit et il dit d'un ton plaisant :

– Oui ! Elle vous attend. C'est l'appartement 7A.

Aria hocha la tête et s'avança dans le hall de l'immeuble. Une fois dans l'ascenseur, elle se répéta les grandes lignes de l'histoire qu'elle voulait raconter. Plus elle y songeait, plus ce bobard lui plaisait. À bien des égards, elle n'en revenait pas d'avoir déjà fait autant de chemin. Avant d'appeler Diane de chez GenealogyDNA avec le numéro que leur avait fourni Patricia, elle s'était demandé si cette femme accepterait seulement de la recevoir – car elle craignait d'être obligée d'expliquer sur-le-champ pourquoi elle avait besoin de lui parler. Mais finalement cela n'avait pas été nécessaire : lorsqu'elle avait annoncé, au début de la conversation, qu'elle était médecin au Centre médical Langone et souhaitait s'entretenir personnellement avec Diane, celle-ci avait déclaré qu'elle avait un moment de libre vers dix-sept heures, à son domicile, et qu'Aria pouvait passer si elle le souhaitait. L'ascenseur s'immobilisa avec un soubresaut. Quand les portes s'ouvrirent, Aria se demanda une nouvelle fois pourquoi ces immeubles vieux d'un siècle faisaient tant fantasmer : le couloir était étroit à rendre claustrophobe, et ses murs d'un jaune pâle écœurant. La porte 7A s'ouvrit sur une femme asiatique vêtue d'une robe noire semblable à un uniforme, avec un collet en dentelle. En franchissant le seuil de l'appartement, Aria révisa aussitôt son jugement sur les attraits de l'antique édifice. Dès le vestibule, elle eut le sentiment de pénétrer dans un lieu grandiose de plafonds hauts, de moulures ouvragées, de plinthes élégantes, de splendides parquets étincelants. Et quand elle fut introduite dans ce qui était manifestement la bibliothèque – tout un mur de la pièce était couvert de rayonnages de livres –, l'impression d'espace fut encore plus spectaculaire, notamment grâce aux larges fenêtres donnant sur la verdure immense de Central Park.

Une femme qu'elle supposa être Diane Hanna se leva du canapé où elle était assise. Pour soixante-cinq ans, elle était bien conservée. Elle avait une silhouette relativement mince et son visage avait eu droit au bistouri d'un plasticien et à quelques injections. Au lieu d'être couverte de rides et de crevasses, sa peau était tendue sur ses pommettes. Ses lèvres étaient aussi un peu trop pleines. Une fois debout, elle ne bougea plus, mais leva la main droite en une sorte de signe de bienvenue.

Aria traversa la pièce et lui serra la main – une vraie concession de sa part, mais elle tenait à faire aussi bonne impression que possible. Diane désigna un fauteuil en face du canapé, puis se rassit. Aria remarqua que son élégante coiffure ne remuait pas d'un iota, comme si elle était vitrifiée.

– Quel genre de médecin êtes-vous ? demanda Diane.

Sa voix était légèrement nasale et elle s'exprimait sur un ton mesuré qui sonnait faux.

– Je suis interne en pathologie, dit Aria.

Il valait toujours mieux commencer par la vérité. Comme elle portait sa blouse, en outre, elle avait la tête de l'emploi.

– En pathologie ? répéta Diane. C'est un choix particulier.

– Et qui me convient bien, je pense. La pathologie est une spécialité très intellectuelle. Surtout la pathologie chirurgicale.

– Sans doute, dit Diane, mais elle ne semblait pas convaincue.

– Permettez-moi de vous parler un peu de ma vie, enchaîna Aria.

Au pied levé, elle inventa une histoire compliquée dans laquelle elle se dépeignit comme l'enfant d'un couple de lesbiennes mariées qui s'étaient adressées à une banque de sperme pour sa conception, ainsi que pour la conception de son frère. Mais voilà, ajouta-t-elle : il s'avérait que son frère et elle avaient tous deux un léger problème de santé qui les obligeait à trouver des informations sur leur ascendance génétique.

Aria marqua une pause pour voir si son hôtesse avait suivi son récit, et si elle avait éventuellement quelque chose à lui demander.

– C'est très intéressant, dit Diane d'une voix monocorde. Mais pourquoi vous me racontez tout cela ?

– Je suis contente que vous posiez cette question. Mon frère et moi, nous avons fait appel à une société de généalogie génétique pour essayer de retrouver nos ascendants. En particulier notre père. Il y a trente ans, vous le savez sans doute, les hommes qui donnaient leur sperme avaient l'assurance que leur générosité resterait anonyme. Mais la situation a évolué, depuis lors, pour la raison que je viens d'évoquer. Au terme d'un gros travail, la société de généalogie a déterminé que notre père avait été adopté. Nous nous heurtons par conséquent à un mur pour ce qui est de découvrir son identité.

Aria s'interrompit de nouveau, à ce moment clé de son récit imaginaire, et dévisagea Diane pour voir si elle semblait saisir la direction prise par la conversation. Hélas non : la femme la regardait fixement, sans avoir l'air de comprendre. Elle avait même l'air de commencer à s'ennuyer.

– Permettez-moi une question, dit Aria qui se demandait encore comment lâcher le morceau. Avez-vous la moindre idée de la raison pour laquelle je vous raconte tout cela ?

– Non, dit Diane avec une petite moue hautaine. Quand vous avez dit au téléphone que vous étiez médecin au Centre médical Langone, j'ai cru que vous me contactiez parce que mon mari et moi sommes d'assez généreux soutiens financiers de cette institution. Est-ce la raison de votre présence ?

– Mais non, bon sang !

Aria se mordit la lèvre. Elle avait presque crié.

– Alors peut-être devriez-vous vous expliquer, dit Diane. Je vais à l'opéra avec mon mari, ce soir, et il va rentrer d'un moment à l'autre.

– La société de généalogie génétique que mon frère et moi avons employée a déterminé, avec un degré de certitude élevé, que notre père est votre fils.

Quelques secondes durant, Aria eut le sentiment que la Terre avait cessé de tourner. Même les oiseaux de Central Park, qui faisaient un instant plus tôt un joyeux raffut, semblaient s'être tus.

Elle n'entendait plus non plus les klaxons et les sirènes qui faisaient partie du bruit de fond ordinaire de New York.

Dans le même intervalle, elle vit une transformation notable s'opérer sur le visage de Diane. Ses lèvres trop charnues se compressèrent au point de presque disparaître, les narines de son nez artificiellement petit se dilatèrent et son visage badigeonné de fond de teint vira au rouge. Un réflexe fit reculer Aria contre le dossier du fauteuil pour encaisser la réplique qui s'annonçait.

– Je n'ai pas de fils ! déclara Diane d'un ton tranchant, et elle se mit debout en la toisant comme pour la mettre au défi de la contredire.

Aria se souvenait d'avoir lu dans le livre de Bettinger, dans un chapitre sur les difficultés de l'adoption, qu'il était parfois « difficile de s'aventurer sur ce terrain miné où peuvent surgir bien des problèmes moraux ». N'empêche, cette femme poussait un peu trop loin le bouchon de l'indignation. Elle resta assise, pour sa part, essayant de projeter une impression de calme.

– Vous m'avez entendue ? demanda Diane presque en criant.

– Oui, dit Aria. Mais je peux vous montrer plusieurs arbres généalogiques, construits par la société de généalogie génétique, qui expliquent comment la conclusion s'est imposée. Vous rappelez-vous à tout hasard avoir connu un certain Eric Thompson à l'époque où vous étiez encore Diane Carlson ?

– Sortez d'ici avant que j'appelle la police ! hurla Diane.

La question semblait la rendre folle de rage. Comme si Aria avait besoin d'aide pour trouver son chemin, elle agitait le bras en pointant l'index vers le vestibule de l'appartement.

Aria comprenait qu'elle n'avait plus beaucoup d'espoir de réussir à la convaincre de se rasseoir, mais elle dit quand même :

– J'essaie juste de retrouver mon père, vous savez.

– Je veux que vous sortiez d'ici et je ne veux plus jamais vous voir ! cria Diane.

– Très bien. Comme vous voulez, dit Aria, et elle se leva tranquillement avant d'ajouter avec mépris : Pauvre conne ravalée et botoxée ! De toute façon vous n'auriez sans doute rien pu faire pour moi.

Déçue et dégoûtée, elle prit la direction de la porte.

# 31

**10 MAI**
**17 H 35**

En sortant de l'immeuble de Diane Hanna sur la Cinquième Avenue encombrée par la circulation de l'heure de pointe, Aria s'immobilisa au bord du trottoir sous la marquise. Elle avait besoin de prendre quelques instants pour respirer un grand coup. L'intransigeance de cette femme, son refus catégorique de parler du bébé qu'elle avait confié à l'adoption avait sans doute mis un terme définitif à la mission qu'elle s'était donnée. C'était une déception particulièrement cuisante après l'après-midi plutôt enthousiasmant qu'elle avait passé en compagnie de la troupe de geeks coincés du bulbe de GenealogyDNA.

Regardant la verdure attirante du parc, de l'autre côté de l'avenue, au-delà des voitures, des taxis et des bus avançant à touche-touche et empestant les gaz d'échappement, Aria songea qu'elle avait plutôt intérêt à rentrer chez elle à pied qu'à prendre un Uber et à se morfondre dans les embouteillages. La marche lui ferait du bien.

Elle allait s'élancer sur la chaussée lorsque la remarque de Vijay sur le pouvoir de réquisition des procureurs sur les dossiers confidentiels d'adoption lui revint tout à coup à l'esprit. Ce détail l'avait frappée, parce qu'elle se rappelait avoir entendu dire, au début de son stage chez les médecins légistes, que l'institut médico-légal entretenait des liens étroits avec le bureau du procureur de Manhattan. Pour de nombreux cas d'homicides – une personne était assassinée chaque jour en moyenne à New York –, les deux organisations devaient collaborer de près pour que la justice prévale. La directrice de l'IML devait forcément connaître certaines personnes au bureau du procureur, et sans doute l'actuel procureur de Manhattan lui-même. Peut-être y avait-il moyen de contourner le problème de ces dossiers d'adoption confidentiels et scellés. En tout cas, Aria était soudain persuadée que cela valait la peine d'essayer.

Elle activa l'écran de son téléphone. Coïncidence, il était presque la même heure que la veille quand elle avait trouvé Laurie Montgomery seule dans son bureau. Elle était prête à parier que la chef avait l'habitude de rester tard à son poste. Un taxi s'arrêtait justement devant elle pour déposer un résident du 812. Elle grimpa à l'arrière.

Vingt minutes plus tard, elle paya sa course et descendit du taxi devant l'IML. L'agent de sécurité de nuit lui ouvrit la porte donnant sur les profondeurs du bâtiment. Comme la veille, les bureaux et les couloirs étaient dans la pénombre, et la lumière ne brillait que chez la chef. S'immobilisant à l'entrée du bureau, Aria constata que la Dr Montgomery était dans la même position que la veille : coudes sur la table, la tête entre les mains, penchée sur ce qui était peut-être bien les mêmes plans d'architecte.

– Bonsoir, bonsoir ! lança-t-elle en s'avançant dans la pièce.

Laurie lui avait demandé de s'annoncer au lieu d'entrer sans bruit et de la prendre à nouveau par surprise. Du point de vue d'Aria, une porte ouverte était une porte ouverte, mais enfin, puisqu'elle projetait de demander à cette femme de lui rendre service, il était préférable qu'elle respecte ses désirs.

– Entrez donc et prenez une chaise, docteur Nichols ! dit Laurie alors qu'Aria était déjà presque en face d'elle. J'ai l'impression que nous avons un peu les mêmes horaires, vous et moi.

– On dirait, acquiesça Aria, choisissant de rester debout plutôt que de s'asseoir. Je voulais vous informer de ce qui se passe, ou plutôt de ce qui ne se passe pas, hélas, dans l'affaire qui nous intéresse. Beaucoup de choses ont été accomplies, mais je crains que le mur auquel je me heurtais, et dont je vous ai déjà parlé, ne soit maintenant infranchissable.

– Je suis désolée de l'apprendre, dit Laurie.

Elle se renversa en arrière dans son fauteuil en dévisageant la jeune femme. Il lui semblait déceler un changement subtil dans son attitude – elle avait moins cet air bravache et rentre-dedans qu'elle affichait auparavant.

– Que se passe-t-il, au juste ? relança-t-elle.

– D'abord, je vais vous montrer des arbres généalogiques, dit Aria.

Elle se pencha pour poser sur la table, devant Laurie, deux feuilles de papier qu'elle venait de tirer de sa poche.

– Le premier, comme vous pouvez voir, c'est celui de la famille Thompson, qui est la famille génétique du fœtus que nous avons trouvé pendant l'autopsie de Kera Jacobsen. Cet arbre remonte jusqu'à l'arrière-arrière-grand-père, c'est-à-dire vers la fin du XIX^e siècle à peu près. Et à propos, le fœtus, c'était un garçon.

– Intéressant ! dit Laurie, examinant l'arbre généalogique des Thompson tandis qu'Aria semblait se résoudre à s'asseoir sur la chaise qui lui faisait face. Vous pensez donc que le nom de famille de l'homme que vous avez appelé Casanova serait Thompson ?

– C'était l'idée. Malheureusement, c'est là que le fameux mur des généalogistes s'est dressé devant nous. Comme vous le voyez sur l'arbre Thompson, le dénommé Eric Thompson est le père de Casanova. Quand cet homme a été contacté, aujourd'hui même, il s'est montré assez peu coopératif. Mais assez coopératif tout de même pour nier catégoriquement avoir jamais eu d'autres enfants que les trois que vous voyez sur le schéma. Avec sa femme Clara, s'entend.

– J'espère que ce n'est pas vous qui avez parlé à ce monsieur…

– Non. C'est l'un des dirigeants de GenealogyDNA qui l'a appelé. Mais quelle importance ?

– Au début de ma carrière, j'ai appris à mes dépens que mener soi-même une enquête pouvait vous mettre en danger.

– Ça, je m'en fous, marmonna Aria.

– Je pensais la même chose jusqu'à ce que je manque de me faire assassiner par des hommes de la mafia, dit Laurie, préférant ignorer la grossièreté de l'interne. Je vous donne juste un conseil. Faites-en ce que vous voulez.

– OK, fit Aria d'un air blasé. Le hic, c'est que Casanova a donc apparemment été adopté, et il a par conséquent aujourd'hui un nom de famille différent de celui que son chromosome Y pourrait suggérer.

– D'accord, acquiesça Laurie, regardant à nouveau le schéma. Je comprends. Une adoption peut créer une rupture dans l'arbre généalogique, et dans le cas présent cela veut dire que la généalogie génétique ne peut pas faire plus pour retrouver le père du fœtus. Je suis tout de même impressionnée. Il est clair que la généalogie génétique pourra être utile à la médecine légale dans l'avenir.

– Moi aussi je pensais que c'était terminé, dit Aria. Mais GenealogyDNA avait d'autres tours dans son sac. En l'occurrence, créer un arbre généalogique de la grand-mère paternelle du fœtus. C'est le second schéma que vous avez là.

Aria tendit le bras pour tirer la seconde feuille de sous la première et la poser devant Laurie.

– La grand-mère paternelle du fœtus, comprenez-vous de qui il s'agit ? demanda-t-elle.

– Euh… oui, répondit Laurie. Ce doit être la mère de Casanova, non ?

– Tout juste. L'idée qu'a eue GenealogyDNA, c'était qu'Eric Thompson n'avait peut-être pas menti en affirmant n'avoir que trois enfants. Autrement dit, il est bien possible qu'il ait engendré un enfant dans sa jeunesse, voire à l'adolescence, et ne l'ait jamais su. Ce n'est pas la norme, mais nous savons tous que cela arrive.

– En effet.

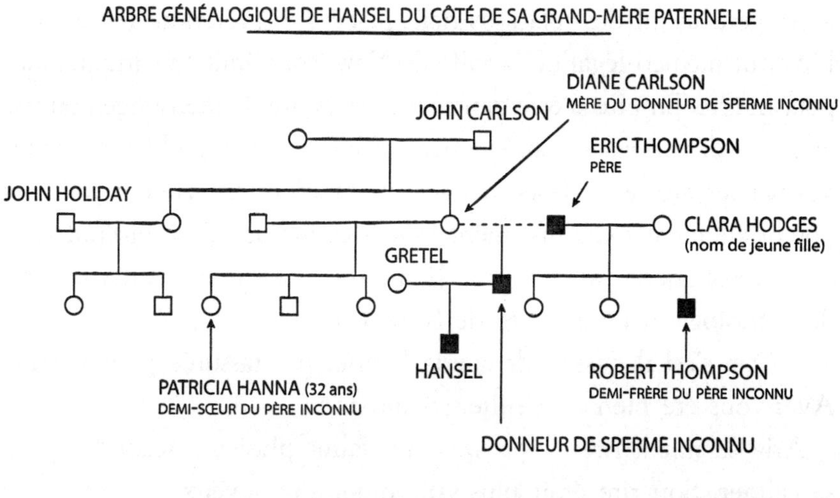


– L'équipe de GenealogyDNA a donc orienté ses recherches sur la branche de la grand-mère paternelle. Elle a d'abord eu un petit coup de chance, qui lui a permis de trouver un parent éloigné, et puis en suivant cette piste elle a décroché le pompon. Une sorte de cadeau du ciel, sous la forme d'une trentenaire, Patricia Hanna, qui venait de mettre en ligne son kit généalogique et qui s'est avérée être une demi-sœur de Casanova. Cette découverte implique que la mère de cette femme, Diane Hanna, née Carlson, est la mère de Casanova et la grand-mère paternelle du fœtus.

– Je vois cela, dit Laurie qui regardait le second arbre généalogique, puis elle releva les yeux vers Aria pour demander : Et puis ? Quelqu'un a-t-il essayé de la contacter ?

– Je l'ai appelée moi-même, dit Aria. Mais je n'ai pas essayé d'engager la conversation au téléphone. Je préférais lui parler en personne. Et c'est donc ce que j'ai fait. À vrai dire, je sors tout juste de son très chic appartement de la Cinquième Avenue avec vue sur le parc.

– Mon Dieu, dit Laurie. J'espère que vous n'avez pas commis l'erreur de vous faire passer pour un médecin légiste.

L'idée qu'Aria, dans le cadre de son enquête, avait pu rendre visite à des gens ayant des relations haut placées et prétendre représenter l'Institut médico-légal de la ville de New York était très inquiétante pour Laurie. En plus d'être dangereux, ce genre de mensonge pouvait avoir de désastreuses conséquences juridiques. Les problèmes soulevés par les grossesses hors mariage et les adoptions étaient toujours potentiellement explosifs, même avec les mœurs d'aujourd'hui.

– Absolument pas, dit Aria. Je me suis présentée comme interne de pathologie à l'université de New York.

– Que s'est-il passé ? demanda Laurie, pas rassurée pour autant. Avez-vous été bien accueillie, au moins ?

Aria se mit à rire si fort qu'il lui fallut plusieurs secondes pour se calmer. Son rire était plus sardonique que joyeux.

– Pardon, dit-elle. Non, je n'ai pas été bien accueillie. Enfin ce n'est pas tout à fait exact. Au début l'accueil a été correct, mais l'ambiance a changé du tout au tout quand j'en suis arrivée à parler de la question qui m'avait amenée là-bas : à savoir que cette femme a eu un fils avec un homme du nom d'Eric Thompson il y a peut-être une cinquantaine d'années.

– Je peux imaginer la scène, dit Laurie.

Tout à coup ce n'était plus de l'inquiétude qu'elle éprouvait, mais presque de l'effroi. Elle commençait à redouter sérieusement d'entendre parler de cet épisode par le bureau du maire. Il ne faisait aucun doute, dans son esprit, que si une plainte était déposée et déclenchait une enquête, l'IML serait rapidement mis sur la sellette.

– Elle a pété les plombs, dit Aria. Elle m'a quasiment jetée à la rue.

– Ça ne m'étonne pas, dit Laurie avec anxiété. Vais-je devoir essuyer les conséquences de cette histoire ? Avez-vous parlé de l'IML, ou raconté quoi que ce soit sur la mort de Kera Jacobsen ?

– Mais non ! Ne vous inquiétez pas. Je n'ai absolument pas parlé de l'IML ou de Kera. Si vous voulez tout savoir, j'ai inventé une jolie fable dans laquelle j'étais moi-même l'enfant d'un don de sperme anonyme. Avec un donneur qui aurait donc été le fils qu'elle n'a pas reconnu. Et j'ai juste prétendu que j'avais besoin de trouver certaines informations sur mon héritage génétique. J'ai fait l'effort de présenter la chose de façon aussi peu embarrassante que possible pour cette femme, sinon même un peu flatteuse, dans la mesure où mon histoire faisait d'elle ma grand-mère. Mais ça n'a pas marché. Cette salope qui se prend pour une dame du monde n'est qu'une vieille carne botoxée qui a eu assez d'opérations de chirurgie esthétique pour avoir une bouche de mérou.

– Bon, fit Laurie, s'efforçant de se calmer. Peut-être devrions-nous tout de même réfléchir aux retombées de l'incident. S'il devait y en avoir. Pensez-vous que Mme Hanna risque de se montrer assez vindicative pour chercher à se renseigner sur vous ?

– Aucun risque, affirma Aria en agitant la main. Et sa réaction prouve bien qu'il ne se passera rien du tout. Si elle devait faire un esclandre, se plaindre par exemple auprès de quelqu'un de ma visite, la vérité éclaterait au grand jour. Et ça, pour elle, il n'en est pas question. À mon sens c'est évident, et cela devrait vous sauter aux yeux.

– Peut-être avez-vous raison, convint Laurie – le raisonnement d'Aria se tenait et la rassurait jusqu'à un certain point. Puis-je supposer, maintenant, que puisque ni la mère ni le père n'acceptent de reconnaître leur fils, l'homme que vous recherchez, vous les laisserez tranquilles ?

– De leur côté, ouais, je laisse tomber. En fait je n'ai jamais eu beaucoup d'espoir que l'un ou l'autre puisse m'être utile. Et surtout pas le père. Ils n'auraient servi de toute façon que si l'adoption avait été ouverte, au moins du côté de la mère. Rétrospectivement, bien sûr, les chances étaient minces. Mais il fallait bien que j'essaie.

– Qu'aviez-vous l'intention de faire, au juste, si vous aviez pu découvrir l'identité de Casanova ? J'espère que vous ne vous imaginiez pas vous confronter à lui ?

– Ce que j'aurais fait personnellement, vous voulez dire ?

Aria médita la question quelques instants et haussa les épaules.

– Je ne m'étais pas projetée aussi loin, mais je crois que… non, je ne me serais pas confrontée à lui. Je veux juste que ce type soit démasqué. Cela m'exaspère qu'il soit dans la nature, tranquille, sans avoir à répondre de la mort de Kera. Ce qui m'amène à la raison de ma visite.

– Mais encore ?

– Il n'y a plus qu'une chose qui m'empêche de découvrir l'identité de Casanova : les lois sur l'adoption, qui sont très strictes dans l'État de New York. Les dossiers sont confidentiels, mais d'après ce qu'on m'a dit, un procureur peut donner l'ordre de les rendre consultables. Ce que j'espère, c'est que vous voudrez bien persuader le procureur de Manhattan de faire ça. Je sais que l'IML et son bureau travaillent beaucoup ensemble, alors j'ai pensé… Enfin vous comprenez, quoi.

Laurie détourna les yeux pour se donner le temps d'assimiler la suggestion de l'interne. Elle ne voyait pas de réel inconvénient à parler de cette histoire à l'une des personnes avec lesquelles elle était régulièrement en contact au bureau du procureur, mais avec cette opération qui l'attendait, ce n'était pas vraiment le bon moment. Reportant son attention sur Aria, elle dit :

– D'accord. J'en parlerai au bureau du procureur. Pour être tout à fait franche, néanmoins, je vois tout de suite deux problèmes potentiels. Le premier, c'est que notre relation avec le procureur est fondée sur des faits, pas sur des conjectures. Ce que je veux dire par là, c'est que l'idée que Casanova ait pu jouer un rôle dans l'overdose de Kera, c'est une conjecture, pas un fait. Second problème, c'est pour une raison bien précise que les dossiers d'adoption sont scellés. Ou confidentiels, comme vous dites. Il s'agit de protéger les parties prenantes d'informations qui sont susceptibles d'être bouleversantes. Ensuite, en plus de ces deux soucis, il y a une question de timing dont je dois vous faire part puisque nous en sommes là. Demain je dois être opérée au Centre médical Langone. Ce sera une intervention assez sérieuse, et elle m'empêchera à coup sûr de réfléchir à la moindre question professionnelle pendant tout le week-end. Sur le plan physique, ce sera un peu plus long encore. Quoi qu'il en soit, prévoyons de nous reparler au téléphone lundi ou mardi. Comme ça, j'aurai le temps de repenser à tout ce que vous m'avez raconté. Cela vous paraît-il acceptable ?

– Sans doute, dit Aria d'une voix monocorde.

Elle n'était pas convaincue. La chef ne cherchait-elle pas simplement à se débarrasser d'elle ?

– De quoi allez-vous être opérée ?

– Peu importe. Je vous fais déjà une confidence. Permettez-moi d'ailleurs d'ajouter que vous êtes la seule au courant, pour le moment, et que vous ne devez rien dire à personne. Même si demain, l'ensemble du personnel de l'IML devra être informé. J'ai aussi une autre requête. J'aimerais que vous laissiez l'affaire Jacobsen reposer jusqu'à ce que nous en reparlions.

Laurie saisit les deux arbres généalogiques pour les tendre à Aria.

– Nous sommes d'accord ?

Aria se leva, prit les feuilles, hocha la tête et s'éloigna.

– Une seconde ! l'apostropha Laurie.

Déjà à mi-chemin de la porte, Aria se retourna.

– Je voulais vous demander ce que vous aviez pensé de vos autopsies de ce matin. Quand je suis descendue à la fosse pour ma tournée, vous étiez concentrée sur la dissection d'un cœur.

– Tout s'est bien passé, dit Aria. Nous avons eu un accident de métro et un *Commotio cordis*.

– J'ai appris que la victime de l'accident de métro, Madison Bryant, était une amie de Kera Jacobsen. C'est une drôle de coïncidence. Et un accident vraiment tragique.

– Sans doute, dit Aria, et elle sortit du bureau.

Laurie la regarda s'éloigner, ébahie par la complexité de cette personne à la fois brillante et exaspérante qu'était Aria. L'espace d'un instant elle eut un peu de peine pour Carl Henderson, car au bout du compte c'était à lui de gérer le problème Aria Nichols, pas à l'IML – à condition bien sûr qu'elle soit canalisée jusqu'à la fin de son stage. En tout cas Jack avait raison : si l'insolence, le côté manipulateur et l'absence d'empathie d'Aria, pour ne nommer que quelques-uns de ses défauts, faisaient d'elle une personne difficile à vivre et même asociale, elle ne souffrait cependant sûrement pas d'un véritable trouble de la personnalité antisociale. Elle fonctionnait beaucoup trop bien en société pour cela. Laurie secoua la tête, perplexe, en pivotant vers la table pour se remettre à son travail. Il lui semblait qu'un bon psychiatre ou un bon psychologue aurait pu drôlement s'amuser à essayer de percer l'odieuse carapace d'Aria Nichols.

# 32

**10 MAI**
**18 H 25**

Plus découragée encore que lorsqu'elle était arrivée, Aria traversa l'administration et sortit dans le hall de l'IML. Une dizaine de personnes, dont la plupart pleuraient, étaient rassemblées là, sur le côté, occupant la plupart des sièges disponibles. Aria s'immobilisa pour les observer. Elle éprouvait une sorte d'affinité avec ces gens, même si la déprime qui la tenaillait lui inspirait davantage de colère que de chagrin. Se retrouver si près de découvrir l'identité de Casanova et voir ce succès lui échapper, c'était vraiment trop injuste. Mais que pouvait-elle faire de plus ? En consultant la directrice de l'IML afin qu'elle l'aide auprès du procureur, elle avait pour ainsi dire joué sa dernière carte. À part frapper elle-même à la porte du bureau du procureur le lendemain matin, ce qui serait bien sûr une perte de temps, elle n'avait plus aucune idée pour aller au bout de sa quête et démasquer le père inconnu du fœtus. Raconter son histoire à la police ? C'était exclu. David Goldberg lui avait bien fait comprendre que la police n'aimait pas remplir de la paperasse pour rien et ne risquait pas de soupçonner un homicide dans l'overdose de Kera.

Soupirant, elle franchit la porte de la rue. Malgré le bruit et la pollution de la circulation de l'heure de pointe, se retrouver dehors lui fit tout à coup du bien. L'atmosphère était vraiment agréable, et le soleil déclinant baignait le sommet des buildings d'une somptueuse lumière dorée. Aria tira son téléphone de sa poche pour commander une voiture qui la ramènerait chez elle. Avoir l'appareil en main lui rappela soudain le texto surprenant qu'elle avait reçu du Dr Carl Henderson, l'avant-veille, pendant qu'elle parlait avec David Goldberg – à peu près à l'heure, d'ailleurs, qu'il était maintenant. Par curiosité, elle ouvrit le message pour le relire. Un moment après, elle avait rendu visite au chef du service de pathologie dans son bureau. Une rencontre un peu bizarre, mais ce dont elle se souvenait, tout de suite, c'était que le Dr Henderson avait approuvé son projet de retrouver Casanova et lui avait demandé de le tenir au courant de ses avancées. Quand elle lui avait parlé de son intention de faire appel à la généalogie génétique, en outre, il avait trouvé l'idée formidable.

Le regard d'Aria se perdit dans le spectacle chaotique des innombrables véhicules avançant au pas sur l'avenue. En tant que chef du service de pathologie d'un très grand centre médical universitaire, le Dr Carl Henderson devait par définition avoir de nombreuses relations dans le monde médical et ailleurs. Non content de s'être déclaré prêt à l'aider, il avait peut-être donc les ressources dont elle avait besoin pour débloquer la situation. Dès que cette idée prit forme dans sa tête, Aria se demanda pourquoi elle n'y avait pas pensé plus tôt. C'était tellement évident !

Sans une seconde d'hésitation, elle appela Carl en cliquant sur l'icône du téléphone au-dessus de son texto. Il n'était certainement pas trop tard ; l'autre jour, elle lui avait même téléphoné un peu plus tard encore. À chaque sonnerie, son optimisme diminua. Après la quatrième, enfin, il décrocha.

– Aria ?

– J'espère ne pas vous déranger, dit-elle sans excès de sincérité – c'était le cadet de ses soucis.

– Pas du tout, assura Carl. Quoi de neuf ?

– Je me demandais si vous étiez libre pour discuter un peu. J'ai beaucoup avancé pour ce qui est de trouver l'amant inconnu, mais je rencontre maintenant un problème. J'ai besoin de votre aide, mais je préférerais vous expliquer ça en personne. Et puis j'ai aussi quelque chose à vous montrer qui vous intéressera énormément, je crois.

– Haha ! Je suis intrigué. Aucun problème, je peux vous voir. Êtes-vous dans le coin ?

– Oui, je suis à l'IML. Vous êtes dans votre bureau ?

– Non, mais je peux y retourner en trois minutes. Je suis à mon labo, tout près. Drôle de coïncidence, votre question sur les canalopathies et le fentanyl a aiguillonné ma curiosité, et comme je n'ai rien trouvé sur le sujet dans la littérature, je lance une demande de financement pour une étude.

– Je peux être à votre bureau dans dix minutes, dit Aria que la question du rapport entre canalopathies et fentanyl indifférait.

– Parfait. À tout de suite, dit Carl d'un ton enjoué.

Portée par un regain d'enthousiasme, Aria gagna le Centre médical Langone et monta à l'étage en un peu plus de cinq minutes. L'ambiance était exactement la même que lors de sa précédente visite – il y avait même les agents d'entretien en train de passer l'aspirateur sur la moquette du couloir et des bureaux déserts. La porte du bureau d'angle du Dr Henderson était entrouverte, également, et Aria y entra de nouveau sans hésitation.

Cette fois, cependant, il la vit dès qu'elle apparut. Comme il se levait pour faire le tour de sa table de travail, elle dit d'un ton autoritaire :

– Restez donc à votre place, docteur Henderson.

Elle n'avait aucune envie de rejouer la scène du canapé, et de toute façon elle voulait poser les diagrammes des arbres généalogiques sur la table pour qu'il puisse les étudier tout son soûl. Elle ne doutait pas qu'ils le captiveraient.

– Bien sûr, dit-il d'un ton aimable. Mais je pensais que nous avions convenu de nous appeler par nos prénoms.

– Ça marche, dit-elle en forçant un sourire.

Sans demander la permission, elle alla chercher une des chaises de la table de réunion au fond du bureau en évitant de poser les yeux sur les multiples cadres photographiques et souvenirs exposés à travers la pièce. Tout cela lui rappelait trop le bureau de son père lorsqu'elle était ado. Carl se renversa en arrière dans son confortable fauteuil ergonomique et leva les mains derrière sa nuque comme pour s'étirer.

– C'est une agréable surprise, dit-il après avoir dévisagé Aria quelques instants, puis il se pencha en avant pour ajouter : Bon, vous avez bien aiguillonné ma curiosité. Que vouliez-vous me montrer ?

Elle tira les deux arbres généalogiques de sa poche de blouse, les déplia et les aplanit avec la main. Au même moment, le bruit des aspirateurs augmenta, signe que les agents d'entretien pénétraient dans l'antichambre du bureau. Secouant la tête d'un air agacé, Carl se leva et alla fermer la porte.

– Désolé, dit-il en se rasseyant.

– Pas grave.

Elle se redressa légèrement, le bras tendu, pour poser les deux diagrammes côte à côte devant Carl, puis elle lui répéta presque mot pour mot ce qu'elle avait raconté à Laurie à leur sujet.

Son explication terminée, elle patienta tandis qu'il examinait les deux feuilles. Elle voyait bien qu'il était fasciné. Enfin, il releva les yeux en disant d'un air ébahi :

– C'est incroyable, Aria, que vous ayez abouti à ce résultat si vite. Quand vous m'avez annoncé que vous vouliez vous lancer dans la généalogie génétique pour essayer de trouver le père du fœtus, je voyais cela prendre des semaines, sinon des mois.

– Tout ça, c'est grâce aux petits génies des algorithmes de GenealogyDNA, la compagnie qui m'a aidée. Et grâce en particulier à l'un de ses fondateurs, Vijay Srinivasan. Même en y passant des mois, je n'aurais rien trouvé du tout par mes propres moyens.

– Que je sois sûr de bien comprendre, dit Carl. Ces deux arbres généalogiques sont donc ceux du père inconnu, c'est bien cela ?

– Ben oui, dit Aria, en se retenant tant bien que mal d'ajouter un commentaire désobligeant.

– Mais pourquoi l'embryon s'appelle-t-il Hansel ?

– Ignorez ce détail. Aucune importance. C'est juste un sobriquet que je ne sais quel geek de la boîte a donné au fœtus parce qu'il n'avait pas de nom. L'essentiel à retenir, ici, c'est que Diane Hanna, née Carlson, est la mère du père inconnu. Et Eric Thompson est son père. Avec ça tout est dit. Affaire résolue !

– Mais cela veut dire que le père doit s'appeler Thompson ! dit Carl qui scrutait à nouveau les deux schémas. Pourquoi il n'a pas ce nom sur les arbres généalogiques ?

Il releva des yeux étonnés vers Aria. Elle sourit.

– Je suis contente que vous posiez cette question. Au téléphone, je vous ai dit que j'avais besoin de votre aide. Le dernier morceau du puzzle à trouver, c'est justement le nom du père du fœtus. Il a été déterminé que ce nom n'est pas Thompson car il y a eu une adoption qui a séparé l'arbre généalogique génétique de l'arbre généalogique familial. Apparemment, le père inconnu est un enfant naturel de Diane Carlson et d'Eric Thompson, conçu dans leur jeunesse, avant leurs mariages à tous les deux, et aucun des deux n'est prêt à simplement reconnaître que cet événement béni ait jamais eu lieu.

– Vous avez parlé à ces gens ?! s'exclama Carl.

Son émerveillement devant le travail d'investigation d'Aria semblait grimper en flèche. Il se replongea dans la contemplation des schémas, qui le scotchaient comme elle l'avait escompté.

– Ce n'est pas moi qui ai parlé avec Eric Thompson. Vijay Srinivasan, l'un des dirigeants de GenealogyDNA, s'en est chargé. Par contre je me suis entretenue avec Diane Carlson, dont le nom de famille est aujourd'hui Hanna. À vrai dire j'étais chez elle il y a un peu plus d'une heure.

– C'est vrai ? demanda Carl en relevant les yeux vers Aria. Elle habite à New York, alors ?

– Sur la Cinquième Avenue. Un appartement avec vue sur le parc. J'en reviens tout juste, en fait.

– Son mari, est-ce le célèbre avocat Michael Hanna ? demanda encore Carl, l'air impressionné.

– Aucune idée. Diane vit dans un appartement plutôt somptueux, et elle a la tête et l'attitude d'une femme du monde, donc je présume que son bonhomme doit avoir certaines responsabilités.

Carl se carra dans son fauteuil et observa un moment Aria.

– Et je présume que vous avez montré ces arbres généalogiques à Diane Hanna ?

– Non. Je n'ai pas pu aller aussi loin. Dès que je lui ai dit que, d'après GenealogyDNA, elle avait eu un fils qui avait selon toute vraisemblance été confié à l'adoption, tout a été terminé. Elle m'a quasiment fichue à la porte de chez elle.

Carl poussa un petit rire gras.

– Elle ne veut pas être confrontée à ses dévergondages de jeunesse, en somme. Mais de quelle façon puis-je vous aider ? Vous pensez que je pourrais avoir un moyen de trouver cette dernière pièce du puzzle, c'est ça ? Le nom du père ?

– Exactement. Je voulais vous demander si, par hasard, vous connaîtriez quelqu'un qui serait peut-être en relation, d'une façon ou d'une autre, avec le procureur de Manhattan.

Aria se rendait compte qu'elle aurait pu formuler sa requête avec moins de circonlocutions, mais elle voulait espérer que Carl aurait un lien quelconque, si ténu fût-il, avec le bureau du procureur.

– La réponse à cette question est facile, dit-il alors avec un grand sourire, parce que je connais quelqu'un, oui, et je le connais même plutôt bien. C'est moi ! Je suis très copain avec Paul Sommers, le procureur de Manhattan, parce que nous étions autrefois au pensionnat ensemble. Mais pourquoi vous intéressez-vous à lui ?

– Dans l'État de New York, la divulgation des dossiers d'adoption confidentiels est à peu près impossible. Protection de la vie privée et tout ça. Mais il paraît qu'un procureur peut donner l'ordre d'ouvrir ces dossiers. La seule chose qui nous manque, c'est le nom de famille de la famille d'adoption.

– À mon sens, ça ne devrait pas être trop difficile, dit Carl. Et vous savez quoi ? Cette histoire va me donner une bonne excuse pour voir Paul. Il y a des semaines que nous essayons d'organiser ça. C'est l'excuse qu'il nous faut. Ou mieux encore, maintenant que j'y pense, je vais peut-être passer chez lui dès ce soir avant de rentrer à la maison. Je sais qu'il meurt d'envie de me montrer le nouvel appartement qu'il vient d'acheter sur Central Park West. Il est dans ce splendide immeuble de Robert Stern, au numéro 15, près du carrefour de la 61e Rue. Le connaissez-vous ?

– Oui, je vois bien, répondit Aria. C'est dans mon quartier. J'habite dans la 70e Rue, entre Central Park West et Columbus Avenue.

– Ah mais oui, c'est vrai ! Il y a vous et deux autres internes du service qui habitez dans l'Upper West Side. Je m'en souviens, maintenant, parce que avec ma femme nous avons étudié la liste des internes. Attendez, attendez… Si ma mémoire est bonne, vous êtes au… numéro 45 ?

– En effet, dit Aria, impressionnée. C'est un coin vraiment sympa, avec des tas de restaurants et de boutiques à deux pas, sur Columbus Avenue, et le parc tout près aussi de l'autre côté.

– Tant mieux, dit Carl en redressant le buste, et il tapota de la main l'arbre généalogique de la famille Thompson sur la table. Je dois vous féliciter, vraiment, pour cette remarquable prouesse. Je suis soufflé par ce que vous avez réussi à accomplir. C'est un travail génial. Mais du coup… Avez-vous changé d'avis, alors, au sujet de la médecine légale ? Vous envisageriez de vous orienter dans cette direction ?

– Carrément pas ! dit Aria avec un petit rire narquois. Personnellement, cette discipline me sort par les trous de nez. Les patients sont morts, d'accord, c'est un avantage, mais devoir se taper les familles… Bonjour ! Non, c'est sans doute la dernière sous-spécialité de pathologie que j'envisagerais pour faire carrière. En même temps, je ne nie pas que cette enquête a été prenante, même si elle a eu aussi des côtés frustrants.

– La Dr Montgomery est-elle au courant de tout ce que vous avez accompli ?

– Oui, je lui ai montré les arbres généalogiques. Je sortais de son bureau quand je vous ai appelé. Elle était très intéressée, bien sûr, et elle pense que mon travail prouve que la généalogie génétique est un atout pour la médecine légale. Mais je dois dire qu'elle était surtout inquiète des retombées que ma visite chez Diane Hanna pourrait avoir. Moi, je pense qu'il ne se passera rien. Je n'imagine pas cette femme prendre le risque de faire parler de cet enfant naturel qu'elle a mis sous le tapis depuis… depuis toujours, quoi.

– En dehors du personnel de la compagnie de généalogie génétique, quelqu'un d'autre a-t-il vu ces arbres généalogiques ?

– Non. Seulement la Dr Montgomery il y a un moment.

– Et lui avez-vous demandé d'intercéder en votre faveur auprès du bureau du procureur ?

– En effet, mais elle a répondu qu'elle voulait y réfléchir pendant le week-end, et qu'elle me donnerait sa réponse lundi ou mardi. Elle n'avait pas l'esprit libre, je crois, parce qu'elle doit subir une opération chirurgicale demain.

Aria n'avait pas oublié que Laurie lui avait ordonné de ne parler de cela à personne, mais quelle importance ? Elle n'en saurait rien de toute façon.

– Désolé pour elle, dit Carl. Elle se fait opérer ici, au centre médical ?

– Voilà.

– J'espère que tout se passera bien. En procédant de cette façon, en tout cas, je veux dire si je m'occupe de cette mission, je crois pouvoir vous promettre que le dossier d'adoption sera consultable. Je suis sûr que mon amitié de longue date avec Paul nous facilitera bien plus les choses que n'importe quel employé du bureau du procureur que la Dr Montgomery serait susceptible de consulter. Si elle acceptait de le faire, en outre.

– J'en suis convaincue aussi, dit Aria.

– Je peux les garder ? demanda Carl en prenant les deux schémas en main. Si je les montre à Paul, ça m'aidera à lui faire comprendre la nécessité d'ouvrir le dossier d'adoption en question.

– Sans problème. Vous pouvez même lui donner, si vous voulez. Et s'il a besoin de me parler, je peux me rendre disponible.

Aria devait faire un effort pour contenir son enthousiasme. La discussion se passait encore mieux qu'elle n'aurait pu l'imaginer.

– J'ai envie de vous demander une chose, dit Carl, l'air songeur. Cette affaire se révèle tellement intéressante que j'aimerais que vous la présentiez à notre réunion de service de jeudi prochain. Je crois que tout le monde sera fasciné. Qu'en dites-vous ? Nous pourrions projeter les arbres généalogiques sur l'écran de la salle pendant que vous expliquerez comment ils ont été construits.

– Je vais y réfléchir, dit Aria.

L'idée avait du mérite, bien sûr, mais elle n'avait jamais aimé le surcroît de travail qu'exigeaient les présentations à la réunion de service.

– Merci d'accepter de m'aider à boucler mon enquête, reprit-elle. Je n'étais pas sûre que vous accepteriez, dans la mesure où votre principale préoccupation, c'était d'éviter que les médias ne s'intéressent à la mort de Kera Jacobsen. S'il s'avère que le père du fœtus a effectivement joué un rôle dans l'overdose de Kera, il sera sans doute difficile de les empêcher d'en parler.

– Vernon Pierce est moins inquiet, et c'est à cause de lui que j'étais préoccupé au départ. Apparemment, le second décès, la tragédie du métro, a mis les médias dans notre camp. C'est comme si en ayant perdu cette collaboratrice, nous étions enfin applaudis pour avoir souligné depuis longtemps la nécessité de rendre nos transports publics plus sûrs.

Aria se leva.

– Je vous remercie de votre aide, docteur Henderson, dit-elle. Vous me sauvez la mise.

– Carl, je vous en prie. Et je crois que c'est vous, Aria, qui vous êtes sauvé la mise en venant me voir.

– Si vous le dites. Sinon, comme vous pouvez vous en douter, j'aimerais être prévenue dès que votre ami le procureur aura donné son accord pour le dossier d'adoption.

– Bien entendu, dit Carl, le sourire aux lèvres, et il leva l'index et le majeur en V de la victoire. Vous serez la première informée, c'est promis.

# 33

**10 MAI**
**19 H 30**

Aria était d'excellente humeur. Pour la première fois depuis qu'elle s'était lancée sur les traces de Casanova, non seulement elle avait la quasi-certitude de le retrouver, mais elle pouvait même envisager la suite des événements. Quand elle aurait le nom de cet homme, le plus simple serait évidemment de mettre David Goldberg sur le coup, mais elle était à peu près certaine que l'enquêteur médico-légal la décevrait en se contentant de refiler le bébé à l'un de ses contacts dans la police. Par conséquent, elle fantasmait déjà un peu sur l'idée de dégoter par elle-même des renseignements supplémentaires sur le père du fœtus, puis, peut-être, de s'organiser d'une façon ou d'une autre pour le rencontrer et lui faire comprendre qu'elle avait le pouvoir de jeter une bonne poignée de sable dans les rouages de son existence, surtout s'il était marié et avait des enfants comme elle l'imaginait. En même temps, elle se souvenait de la mise de garde de Laurie et reconnaissait qu'il n'était pas impossible que cette démarche lui fasse courir un danger si cet homme avait joué un rôle dans la mort de Kera. Donc la décision ne serait pas évidente. Mais le simple fait de se trouver bientôt en situation de devoir prendre une telle décision était déjà une grande source de satisfaction.

Arrivée à son appartement, elle se doucha rapidement puis enfila un jean et un pull léger propres pour ressortir. Emportant l'un des livres de généalogie génétique de Madison, elle se rendit à pied au Café Luxembourg, l'un de ses restaurants préférés du quartier, pour déguster une salade à base de quinoa et une mitonnée de loup de mer.

Après ce délicieux dîner, Aria rentra chez elle pour regarder en replay, comme elle en avait l'habitude, l'émission d'information *PBS Newshour*. À vingt-deux heures trente, elle eut un petit creux et décida de grignoter quelque chose avant de se mettre au lit pour lire. Une soirée des plus classiques, l'un dans l'autre, jusqu'à ce que le bourdonnement de l'interphone ne perce le silence.

– C'est quoi ça ? marmonna-t-elle.

Elle n'avait que très rarement de la visite, surtout après vingt heures. Quelqu'un avait sans doute appuyé sur le mauvais bouton. Le tableau de l'interphone étant mal éclairé, elle avait eu sa part de coups de sonnette erronés depuis qu'elle vivait ici. Mais sa curiosité l'emporta et elle se leva pour aller répondre.

– Oui ? dit-elle en appuyant sur le bouton de communication.

– Aria, c'est vous ? demanda une voix méconnaissable – il y avait toujours de la friture sur cet interphone.

– Qui la demande ?

– C'est moi, Carl ! Il est tard, je sais bien, mais je sors tout juste de chez Paul Sommers, et comme je suis dans le quartier et que j'avais promis de vous prévenir dès que j'aurais des infos pour le dossier d'adoption Carlson, j'ai eu envie de prendre le risque de voir si vous étiez encore debout.

Un sourire monta aux lèvres d'Aria. Elle avait eu un pressentiment positif en sortant de chez Carl, et voilà que celui-ci venait déjà lui apporter de bonnes nouvelles ! Elle appuya sur le bouton pour le laisser entrer dans le hall de l'immeuble. Tout à coup, elle était bien contente de ne pas s'être mise en pyjama. Après avoir allumé le plafonnier – elle n'allait quand même pas accueillir un presque inconnu dans une ambiance de lumières tamisées –, elle ouvrit la porte de l'appartement. Vêtu d'un imperméable sombre et d'un feutre mou un peu étonnants vu la température plutôt douce, Carl marchait à sa rencontre à travers le hall. Il avait un sac de courses en carton à la main.

– C'est gagné ! dit-il d'entrée de jeu avec un grand sourire. L'affaire est réglée. Puis-je entrer pour vous raconter tout ça ?

– Bien sûr.

Aria fit un pas de côté et il s'avança dans la pièce à vivre.

– Chouette appart, dit-il.

– Il n'est pas mal, convint-elle en retenant un sourire – elle sentait que Carl essayait d'avoir l'air cool, et c'était un peu pathétique. Je prends votre manteau ?

– Pas la peine. Je n'ai que quelques minutes. Par contre, je veux bien m'asseoir.

– Pourquoi pas ?

Elle désigna le canapé. Il s'y installa en posant le sac à ses pieds et elle prit place dans le fauteuil club qui lui faisait face. Entre eux, sur la table basse, se trouvaient les deux livres de généalogie génétique bien usés de Madison.

Carl regarda Aria quelques instants avant de dire :

– Finalement, Paul et moi avons dîné ensemble. Vraiment, merci de nous avoir donné cette occasion de nous retrouver ! Et je dois dire que son nouvel appartement est un rêve.

– Comment avez-vous mis sur le tapis la question du dossier d'adoption ?

– Je lui ai montré les arbres généalogiques que vous avez fait créer et je lui ai raconté toute l'histoire. Qui est tellement palpitante. Eh oui ! Paul a tout de suite été pris au jeu. D'ailleurs je lui ai laissé les arbres généalogiques un peu vite, je m'en suis aperçu après. J'aurais dû faire des photocopies. Vous pensez que nous pourrons en avoir d'autres exemplaires ?

– Bien entendu. GenealogyDNA les a en fichiers...

– À propos de GenealogyDNA, l'interrompit Carl, Paul se posait justement une question. Il voudrait savoir si le personnel de cette compagnie est au courant du décès de Kera Jacobsen.

– Ah non, pas du tout. Ils n'ont jamais entendu ce nom. D'entrée de jeu, j'ai prévenu que le nom de la patiente était protégé par les lois sur la confidentialité des données médicales.

– Tant mieux. C'était un détail qui rendait Paul un peu soucieux.

– Les gens de GenealogyDNA ne savent même pas que le sujet qu'ils ont appelé Hansel est un fœtus mort, précisa Aria. Pour éveiller leur intérêt et leur donner envie de travailler avec moi, j'ai inventé un scénario qui n'a aucun rapport avec l'histoire de Kera Jacobsen.

– Très rusé de votre part, dit Carl d'un air approbateur. Et vous pouvez me dire ce que c'était, ce scénario ?

– Il m'a semblé qu'il fallait quelque chose de plus accrocheur qu'un fœtus déjà mort dans le ventre d'une toxico décédée d'une overdose, dit Aria. Quelque chose de plus urgent, aussi, pour motiver mes interlocuteurs. Alors je leur ai raconté que le sujet était un jeune enfant, conçu par don de sperme, atteint par une forme très agressive de leucémie myéloïde qui ne répondait pas aux traitements. Et notre dernier espoir était donc une greffe de moelle osseuse. La mère étant hélas décédée récemment dans un accident de voiture, et l'enfant n'ayant pas de frères et sœurs, il fallait retrouver d'urgence le donneur de sperme.

Carl et Aria se dévisagèrent en silence. Au bout d'une minute, comme il ne réagissait pas, elle finit par se demander si elle en avait trop dit. Ou bien était-il juste soufflé par la créativité de ce scénario et l'impressionnante capacité de dissimulation de son auteur ?

– Waouh ! dit enfin Carl.

– Normalement, les sociétés de généalogie génétique mettent des semaines à traiter les prélèvements d'ADN qu'elles reçoivent, ajouta-t-elle. Il fallait que je présente le problème comme une situation d'urgence absolue.

– Je comprends. Et ça a fonctionné. Tout ce que vous avez obtenu en si peu de temps !

– La chance a compté. Tout reposait sur l'espoir que des membres de la famille biologique du père inconnu, côté paternel et côté maternel, se soient pris de passion comme tant de gens aujourd'hui pour la généalogie aidée par la génétique.

– Je comprends, répéta Carl. En tout cas, Paul sera content de savoir que GenealogyDNA ne connaît pas l'histoire qui nous intéresse. C'était le seul point qui le tracassait. Maintenant, il va pouvoir nous trouver sans délai le nom de la famille adoptive.

– Bien, dit Aria.

– Bien ? Je crois que c'est mieux que bien, dit Carl en pouffant de rire. Hé ! Ça mérite même une petite fête. Alors je suis venu avec quelques munitions. Attendez…

Ouvrant le sac de courses entre ses pieds, il y pêcha deux flûtes à champagne en cristal ciselé qu'il posa sur la table basse, une devant Aria et une devant lui. Ensuite, il tira du sac un manchon isotherme.

– Aimez-vous le prosecco ? demanda-t-il.

– Assez, répondit-elle en le regardant extraire la bouteille de mousseux du manchon.

D'ordinaire elle n'appréciait pas les faveurs, surtout de la part des hommes, parce qu'elle les soupçonnait toujours de vouloir quelque chose en échange. Mais pour cette occasion, elle ne disait pas non. Carl avait raison : son succès méritait d'être fêté.

Il lui présenta la bouteille comme un sommelier dans un restaurant.

– Filanda Rosé, de Bortolomiol, dit-il en désignant l'étiquette. J'ignore l'origine de ce nom, Filanda, qui fait un peu Finlande en italien, mais ce prosecco vient de Vénétie – la région de Venise. Et je sais qu'il est excellent.

Il détortilla le fil de fer retenant la capsule métallique au sommet du bouchon, retira la capsule elle-même, et les déposa avec précaution dans le sac à ses pieds. Puis il empoigna le bouchon et le fit tourner pour le libérer doucement du col de la bouteille. Un petit bruit explosif annonça le débouchage.

– Et voilà !

Il se pencha en avant pour remplir la flûte d'Aria, puis la sienne. Après avoir posé la bouteille, il saisit la flûte d'Aria et la lui offrit.

– À votre santé ! Et encore une fois, bravo pour ce travail sensationnel !

Aria inclina le buste pour trinquer, puis se redressa en buvant une gorgée.

Carl guettait sa réaction.

– Comment vous le trouvez ? demanda-t-il. Il vous plaît ?

– Il est bon.

De fait, elle le trouvait très goûteux. Elle appréciait aussi sa jolie teinte rosée.

– À mon sens, c'est le meilleur que je connaisse, dit-il. Et des prosecco, j'en ai essayé pas mal parce que je ne suis pas fan de champagne. Même un très, très bon champagne ne m'excite pas beaucoup, tandis qu'un bon prosecco, c'est tout de suite un peu l'été en bouteille.

Aria but une autre gorgée, plus conséquente. Après les hauts et les bas qu'elle avait connus au cours de la journée, le pétillant et le goût agréable du vin lui procuraient un vrai plaisir. Était-ce juste une impression, ou ce Filanda avait davantage de saveur que le prosecco qu'elle avait pris chez Nobu ? C'était peut-être parce qu'il s'agissait d'un rosé, ou parce qu'elle n'était pas dans le même état d'esprit que ce soir-là. Au bar de Nobu, elle venait d'avoir deux conversations décourageantes, d'abord avec Madison Bryant puis avec Evelyn Mabry. Ce soir, en revanche, elle savourait l'euphorie de son succès.

– N'hésitez pas, dit-il. Nous avons toute une bouteille.

Il se resservait déjà. Quand il l'interrogea du regard, elle tendit sa flûte pour qu'il la remplisse à nouveau.

– Et au fait, dit-il, comment vous est venue cette idée tellement astucieuse de faire appel à la généalogie génétique pour retrouver le père ?

– C'est Madison Bryant qui m'en a parlé, répondit-elle. Moi, franchement, je n'y aurais jamais pensé, parce que je croyais qu'il fallait avoir l'ADN de la personne recherchée pour aboutir à un résultat.

– Ah oui, je comprends. C'est intéressant que vous ayez discuté avec Madison Bryant. Vous avez fait ça quand on s'est vus au Bellevue, dans l'unité de soins intensifs ?

– Non, la veille au soir, dit Aria.

Après avoir bu une autre bonne gorgée de prosecco, elle se laissa aller en arrière dans le fauteuil en ayant l'impression de s'y enfoncer très agréablement, comme si la force de pesanteur avait augmenté. Le vin lui procurait une sensation merveilleuse – elle se sentait parfaitement détendue. Tout à coup, l'idée d'aller se mettre au lit lui parut divinement attirante.

– Cela veut dire que vous avez vu Madison Bryant après que nous avons parlé, vous et moi, dans mon bureau, reprit Carl. Eh bien, vous étiez drôlement motivée ! Mais du coup je me demande…

Aria porta à nouveau la flûte à ses lèvres pour boire du savoureux mousseux. En déglutissant, elle éprouva une sensation nouvelle. Une sorte de vertige qui n'était pas si agréable. En même temps, elle se rendit compte que les propos de Carl n'avaient aucun sens à ses oreilles. Elle voyait qu'il continuait de parler, et elle entendait des mots, mais ceux-ci lui étaient incompréhensibles. Puis sa vision se brouilla. Clignant des yeux plusieurs fois, elle bascula en avant pour poser la flûte. La tête lui tournait. Soudain apeurée, elle essaya de se mettre debout.

– Que se passe-t-il ? demanda Carl.

Penché au-dessus de la table basse, il tendit la main vers Aria. Il avait peur qu'elle ne tombe du fauteuil. Elle s'efforça de parler :

– Il faut…

Mais elle ne put terminer sa phrase. Lentement elle s'écroula sur le côté, et elle serait tombée par terre si Carl ne s'était levé pour la repousser en arrière dans le fauteuil. Puis il sortit une paire de gants en latex de sa poche et les enfila.

# 34

**11 MAI**
**05 H 45**

Jack était réveillé depuis bientôt une heure, mais il était resté allongé, sans bouger, à se ronger les sangs au sujet de la journée à venir. À présent le soleil se levait. Ce matin il voulait absolument éviter de réveiller Laurie, car il fallait qu'elle dorme tout son soûl. Comme elle devait être placée sous anesthésie générale aux alentours de midi, elle ne serait pas en mesure de petit-déjeuner. Elle avait uniquement le droit de boire de l'eau avant de se rendre à l'hôpital.

Il la contempla quelques instants. Elle était couchée sur le flanc, tournée vers lui, ses beaux cheveux auburn encadrant son visage. Il savait qu'elle avait pris un cachet de zolpidem avant de se coucher pour être sûre de dormir. Les rares fois où cela lui arrivait, elle se payait en général des nuits étonnamment longues. Il espérait que la biopsie se révélerait négative et que son opération se passerait tout à fait bien. À la salle de bains, il se rasa en deux temps trois mouvements, puis se doucha encore plus vite. Laurie et lui avaient agencé les pièces de leurs quartiers de telle sorte qu'il pût ensuite gagner le dressing sans avoir à repasser par la chambre.

Une fois habillé, il commença par aller voir Emma. Elle dormait à poings fermés, aussi adorable que jamais. Il ne se faisait pas de souci pour elle pour la journée à venir, car elle n'aurait bien entendu pas la moindre idée du danger que courait sa mère. Malheureusement on ne pouvait en dire autant de JJ, avec qui Jack et Laurie avaient discuté de la situation la veille au soir. Le petit avait très bien compris. Ils avaient noté qu'il préférait se montrer brave, voire faire celui que le sort de sa mère ne tracassait pas outre mesure. Mais Jack connaissait son fils. Derrière l'attitude du garçon désinvolte, il avait bien senti que l'idée de savoir Laurie à l'hôpital l'effrayait.

Refermant la porte d'Emma sans bruit, Jack marcha jusqu'à la chambre de JJ. Il ne put que sourire quand il le découvrit tout entortillé dans sa couette, comme s'il s'était bagarré avec elle – même si tout de suite il était l'image de la tranquillité absolue. Jack se souvenait de l'enfant exubérant et parfois un peu bagarreur qu'il avait été en CM1. Aurait-il été obligé de se faire examiner par un psy, lui aussi, s'il avait été élève dans l'école de JJ et s'était comporté comme il le faisait autrefois dans l'Indiana ? Bien sûr la question avait quelque chose d'absurde, et n'attendait pas de réponse, mais il s'interrogeait malgré tout. Il s'était résigné à l'idée de cette évaluation psychologique pour faire plaisir à Laurie, mais il n'avait pas changé d'avis. Il était hors de question de mettre JJ sous médicaments – ou alors il faudrait que le diagnostic soit corroboré par de très nombreux spécialistes, et avec des arguments béton.

Le réveil de JJ n'était réglé pour sonner que dans une quinzaine de minutes, mais Jack s'accroupit près du lit, saisit l'épaule de l'enfant et la secoua gentiment. Il dut recommencer ce geste plusieurs fois, en y mettant plus de vigueur, pour réussir à le réveiller. Quand JJ ouvrit les yeux et vit son père, il se redressa en sursaut dans le lit.

– Il est quelle heure ? demanda-t-il d'un ton anxieux, comme s'il redoutait d'avoir dormi trop longtemps.

– Il est encore tôt, répondit Jack à mi-voix. Tout le monde dort. Je voulais juste te parler un peu avant de partir au travail.

– De quoi ? marmonna JJ en se frottant les yeux.

– De l'opération de maman aujourd'hui. Tu y as repensé, depuis qu'on en a parlé tous ensemble hier soir ?

– Hmm… un peu.

– Ça te fait peur ? Es-tu inquiet de savoir que maman va peut-être passer quelques jours à l'hôpital ?

– Je sais pas. Enfin si, quand même. Je peux ne pas aller à l'école aujourd'hui ?

Jack se retint de sourire et dévisagea son fils, essayant de lui accorder le bénéfice du doute. Peut-être était-il vraiment déboussolé par la situation de sa mère.

– Tu sais que si tu restes à la maison, tu auras très, très peu l'occasion de jouer sur l'ordinateur ?

– Oh, fit JJ d'un air dépité. Pourquoi ?

– Parce qu'il faudra que nous demandions à l'école de nous envoyer le travail que les autres font en classe, pour que tu le fasses ici. Mais je vais te dire un truc. Si tu es soucieux pour maman parce qu'elle va à l'hôpital, ce serait sans doute mieux que tu sois à l'école pour avoir l'esprit bien occupé. C'est pour ça que je vais travailler tout de suite, moi, et que je vais même travailler très fort. Qu'est-ce que tu en penses ?

– Je pense que je devrais aller à l'école, répondit JJ.

– Je t'appellerai dès que je saurai que l'opération est terminée. D'accord ?

– Oui.

Tu descends avec moi et on petit-déjeune ensemble ?

– D'accord, dit JJ en gesticulant pour libérer ses jambes de la couette.

Le petit déjeuner n'était pas une affaire compliquée pour le petit garçon : du jus d'orange et un bol de céréales avec du lait froid. Ils discutèrent du week-end qui approchait, Jack promettant qu'ils iraient faire du vélo et s'entraîner au lacrosse au parc. Quand ils eurent terminé, JJ remonta s'habiller pour l'école et Jack rédigea un petit mot pour Laurie. Il avait proposé de rester à la maison ce matin pour l'accompagner à l'hôpital en voiture, mais elle avait refusé. Elle préférait le savoir à l'IML, disait-elle, prêt à donner un coup de main à George Fontworth en cas de besoin – même s'il était peu probable que survienne un problème assez grave pour que George ait besoin de lui. Elle avait aussi insisté pour que Jack ne fasse pas toute une histoire de cette « petite opération », et affirmé qu'elle aimait autant se rendre seule à l'hôpital. Il n'avait pas discuté.

Avant de partir, Jack parla brièvement avec Caitlin pour lui donner quelques dernières instructions et l'encourager à ne pas hésiter à l'appeler en cas de besoin, même si là encore c'était une éventualité peu probable. Enfin, après avoir dit au revoir à JJ, il enfourcha son Trek.

La météo printanière et l'exercice physique intense qu'il s'offrit pendant la descente vers le sud à travers Central Park lui éclaircirent bien les idées. Après le parc, dans le centre de Manhattan, la circulation lui parut plutôt clairsemée et il se montra plus tolérant avec les automobilistes que d'ordinaire. Il était pile sept heures et quart quand il entra dans la salle commune pour donner sa claque rituelle au journal de Vinnie et demander à Jennifer si la nuit leur avait apporté des cas intéressants.

– Non, cette nuit a été plutôt calme, répondit-elle tandis qu'il se dirigeait vers la cafetière collective pour se servir un mug. Mais j'ai un cas, tout de même, qui pourrait t'intéresser. Un décès par pendaison pour lequel la police n'arrive pas à décider s'il s'agit d'un homicide ou d'un suicide.

– La victime avait laissé un mot ?

– Je ne sais pas. Je n'ai pas lu le rapport de l'enquêteur médico-légal. Vu l'indécision de la police, il m'a paru évident qu'il fallait une autopsie, donc j'ai juste mis le dossier dans la pile des autopsies du jour.

– Montre voir, dit Jack.

Il posa son mug sur la table de Jennifer, saisit le dossier qu'elle lui tendait, le feuilleta jusqu'à trouver le rapport de l'enquêteur médico-légal. Les cas problématiques, il aimait toujours ça. La première chose qu'il remarqua fut que l'enquêteur était en fait une enquêtrice, et nulle autre que Janice Jaeger, une grande pro avec laquelle il avait travaillé sur de très nombreux cas au fil des années, et dont il admirait profondément l'expérience et la perspicacité. Souvent, elle pressentait que le cas allait nécessiter certaines informations supplémentaires, et se chargeait de les dégoter avant même que Jack ne les lui réclame.

Parcourant le rapport en diagonale, Jack apprit que la victime était un homme de type caucasien, âgé de vingt-huit ans, retrouvé pendu au portail de sa résidence – portail qui ne faisait pourtant qu'un peu plus d'un mètre cinquante de hauteur. Après avoir passé une soirée bien arrosée dans un bar, et s'être bagarré là-bas avec quelqu'un qui avait menacé, d'après des témoins, de le tuer, il avait été raccompagné jusque chez lui par des copains. Ceux-ci avaient déclaré à la police qu'il était soûl et assez déprimé au moment où ils l'avaient laissé devant son portail. Quelques heures plus tard, il avait été découvert par un passant. Le rapport se concluait par un P.-S. de Janice : « Voir le schéma et les photos. »

Surpris, Jack rouvrit le dossier, qui était en fait une pochette cartonnée assez épaisse pour tous les documents et toutes les étiquettes nécessaires à chaque cas, et trouva rapidement le schéma en question, qui représentait le portail et la victime, ainsi que plusieurs photographies. Le mort y apparaissait assis le dos au portail, jambes tendues devant lui, le col de son vêtement coincé dans le loquet du portail.

Jack remit tous les papiers dans le dossier en disant à Jennifer :

– Je le prends. Et aussi, je te préviens que j'aimerais être bien occupé aujourd'hui. Alors tu vois le tableau. N'hésite pas à m'envoyer autant de cas que tu veux.

– Comme toujours, dit Jennifer avec le sourire.

Elle ne mentait pas. Chaque fois qu'elle était de garde pour la semaine et se trouvait confrontée à des cas problématiques, elle savait qu'elle pouvait solliciter Jack – et le faisait en général.

– Autre chose, dit-il. Quand la Dr Nichols daignera se pointer, envoie-la-moi.

– Ah pitié ! gémit Vinnie derrière son journal. Ne me dis pas qu'il va falloir encore se la farcir.

– Hélas, mon bon, répondit Jack en se tournant vers lui. J'ai fait cette promesse à mon épouse et au Dr McGovern.

Comme Vinnie ne réagissait pas, Jack marcha dans sa direction et lui arracha son journal. Au lieu de sursauter comme Jack s'y était attendu, le technicien leva les yeux au ciel.

– Si tu as les mains expertes de cette lamentable salope, grogna-t-il, tu n'as pas besoin de moi.

– Ne devenons pas trop aigres, quand même, et surveille ton langage ! admonesta Jack, un peu frustré par l'absence de réaction de Vinnie quand il lui avait chipé son canard. En route, mon grand.

Il tendit la main pour aider Vinnie à se lever.

– Mettons-nous au boulot, ajouta-t-il. Et j'espère que nous avons une grosse journée devant nous.

Il ne s'imaginait pas à quel point ses paroles étaient prémonitoires.

Il y avait déjà six ans que Juliana Santos et son petit frère, Luiz, avaient réussi à quitter Belém, au Brésil, pour immigrer aux États-Unis. Au début, quand ils étaient arrivés à Miami, tout avait été très difficile. Mais avec le soutien de quelques parents éloignés et, plus généralement, de la communauté brésilienne de Miami, ils s'en étaient sortis. Profitant d'une opportunité que leur offrait un oncle, ils étaient alors montés à New York pour lancer une petite entreprise de nettoyage à domicile baptisée Very Clean. Là, leur fiabilité et la qualité de leur travail leur avaient permis de commencer à se faire une bonne clientèle par le bouche-à-oreille, ils avaient relativement prospéré et ils avaient bientôt été en mesure de recruter cinq jeunes femmes et d'acheter un break Subaru d'occasion et trois aspirateurs. Conduites par Luiz, les femmes opéraient en tandem chez les clients. Tout au long de la journée, il restait en contact avec elles et faisait la navette au volant du Subaru pour les transporter d'une adresse à l'autre.

Premier arrêt ce 11 mai, l'immeuble au numéro 45 de la 70e Rue Ouest. Juliana et sa partenaire du jour, Antônia, descendirent du véhicule bourré à craquer.

– *Adeus, vejo você mais tarde*, dit Juliana à Luiz.

Elle portait l'aspirateur d'une main, le tuyau passé autour des épaules, et un sac de chiffons et un rouleau de papier essuie-tout de l'autre. Antônia avait les seaux, les serpillières et les produits d'entretien. Embarrassées par leur barda, elles grimpèrent avec quelque difficulté les marches de granite assez raides du perron.

Devant la porte, Juliana posa tout ce qu'elle trimballait pour sortir un volumineux trousseau de clés de son sac. Après avoir repéré la bonne clé, elle l'inséra dans la serrure – et s'aperçut à ce moment-là que le pêne n'était pas enclenché et qu'il lui aurait suffi d'un coup de hanche pour pousser le battant.

– *Merda*, marmonna-t-elle.

Elle récupéra son matériel et franchit péniblement le seuil de l'immeuble. C'était le tuyau de l'aspirateur, surtout, qui était enquiquinant. Une fois à l'intérieur, elle retint la porte avec le pied pour Antônia. Au bout d'un petit couloir étroit contournant l'escalier plutôt monumental, en comparaison, qui dessinait une courbe élégante sur sa droite, Juliana posa à nouveau son attirail et répéta le petit jeu des clés. Contrairement à la porte de la rue qu'elle trouvait assez fréquemment mal refermée, à vrai dire, la porte de l'appartement était toujours verrouillée.

Juliana n'avait rencontré cette cliente qu'une seule fois, déjà plusieurs années auparavant. Elle savait qu'elle était docteur et elle avait le souvenir d'une jeune dame pas excessivement aimable. Bon point, par contre, elle payait toujours en temps voulu et ne se plaignait jamais. Des clients, il y en avait vraiment de toutes les trempes. Juliana était émerveillée par la diversité des caractères qu'elle rencontrait. Dans une même journée, elle et ses employées travaillaient tour à tour chez des gens hyper-condescendants, d'autres très amicaux, d'autres encore qui ne semblaient même pas les voir. Par chance, Juliana n'avait que rarement à les affronter car la plupart travaillaient à l'extérieur.

Elle poussa la porte en grand et ramassa une fois de plus l'aspirateur et le reste. Dès qu'elle pénétra dans l'appartement, une odeur rance, bizarre, qu'elle ne reconnaissait pas, lui chatouilla les narines. En tant que professionnelle de la propreté, elle sentait que quelque chose, quelque part, avait besoin d'être nettoyé, mais elle n'avait aucune idée de ce que cela pouvait être. Elle ouvrait la bouche pour demander à Antônia si cette odeur étrange la dérangeait aussi, lorsqu'elle s'aperçut que la cliente se trouvait là, dans la grande pièce à vivre, assise en face d'elle dans un fauteuil tourné de telle façon qu'elle ne voyait pas son visage.

– Bonjour ! lança Juliana.

Elle regrettait tout à coup de ne pas avoir sonné à l'interphone ou frappé à la porte. En même temps, il n'était jamais arrivé que la cliente soit chez elle.

– Bonjour ! répéta-t-elle un peu plus fort.

Comme la femme ne répondait toujours pas, Juliana posa l'aspirateur et traversa la pièce. À l'instant où elle aperçut son visage, elle laissa échapper un cri d'effroi – et Antônia en fit autant par mimétisme. Quelques secondes plus tard, elle réussit à se ressaisir suffisamment pour prendre son téléphone en main et composer le 911.

– Bon ! dit Jack à Vinnie. Armés de toutes les informations que nous ont livrées cette autopsie splendidement réalisée et du superbe rapport de notre enquêtrice de choc, que penses-tu que l'institut médico-légal va répondre à la police au sujet de ce cas ?

Il était neuf heures passées, à présent, et l'activité battait son plein dans la salle d'autopsie, les huit tables étant en service. Quand il était arrivé vers huit heures, Chet était passé voir Jack pour demander si Aria Nichols s'était présentée comme prévu. Jack répondant par la négative, Chet avait poussé un grognement de dérision avant de retourner à sa table pour se mettre au travail.

– Je présume que tu veux parler de la cause du décès, dit Vinnie en réponse à la question de Jack.

Il se redressa et fit quelques étirements pour soulager son dos. Jack et lui venaient d'effectuer une dissection assez longuette et fastidieuse du cou de la victime, procédure qui ne se justifiait que dans les cas comme celui-ci, c'est-à-dire lorsqu'il y avait de toute évidence un traumatisme au niveau du cou. La partie principale de l'autopsie, portant sur le contenu du thorax et de l'abdomen, avait révélé que l'homme n'avait aucune maladie, pas de malformation congénitale et zéro blessure. Seule trouvaille étonnante : des gélules partiellement dissoutes, dans son estomac, donnant à penser qu'il avait pris quelque médicament ou drogue en même temps qu'il avait bu de l'alcool. Pour ces gélules, il faudrait attendre l'analyse du labo de toxicologie. Idem pour la teneur en éthanol dans son sang.

– Eh ben… ce n'est carrément pas un homicide, ajouta Vinnie.

– Et qu'est-ce qui te permet d'affirmer ça ?

– Vu l'hémorragie dans les muscles du cou, on sait qu'il n'était pas mort au moment où il s'est retrouvé suspendu par le col de sa chemise.

Vinnie aimait bien ces échanges avec Jack. Au fil des années, ils lui avaient permis d'accumuler énormément de connaissances en médecine légale.

– Et puis en plus, reprit-il avec un petit rire, je n'ai jamais vu d'homicide dont l'arme du crime était un col de chemise.

Leur dissection attentive du cou avait révélé que l'os hyoïde et le cartilage thyroïde étaient tous deux intacts, alors qu'ils étaient souvent détériorés dans les cas où il y avait eu pendaison sous une forme ou une autre. En dehors de l'hémorragie dans les muscles du cou, la seule autre pathologie qu'ils avaient trouvée était une occlusion de l'artère carotide gauche et de la veine jugulaire gauche à un emplacement qui correspondait à un sillon très marqué, ou une sorte d'entaille sans coupure, visible sur la peau du cou de l'homme à mi-chemin de sa gorge et de son oreille.

– Je suis d'accord, les chances qu'il s'agisse d'un homicide sont à peu près nulles, dit Jack. On raconte quoi à la police, alors ?

– Je ne sais pas, dit Vinnie. L'enquêtrice précise dans le rapport que ses amis le trouvaient déprimé. J'imagine que ça peut être un suicide.

– Sans mot d'adieu ? objecta Jack.

– Pas un facteur qui compte, à mon sens.

– Et je suis content de te l'entendre dire ! Les deux tiers des gens qui se suicident, d'après les estimations, ne laissent pas de mot d'adieu. Et puis si ce type était soûl et déprimé, il n'allait sûrement pas chercher un bloc et un crayon pour expliquer son envie d'en finir. Mais après avoir fait l'autopsie et relu le rapport de Janice Jaeger, j'ai une idée de ce qui s'est passé. Tu veux savoir ?

– À fond, dit Vinnie.

– Je crois que ce pauvre type était tellement soûl que quand il a essayé d'ouvrir le portail de sa résidence, il s'est juste écroulé, à peu près droit, comme si ses jambes étaient en caoutchouc, sans tomber en arrière mais en pivotant pour se retrouver dos au portail, et au passage le col de sa chemise s'est accroché au loquet. Ça ne l'a pas vraiment pendu, mais ça a créé assez de pression sur le col de la chemise pour pincer la carotide et la jugulaire gauche. Et comme il était trop cuit pour réagir, bye-bye. Ça a été terminé en quelques instants.

– Décès accidentel, donc.

– C'est mon interprétation, et c'est ce que je vais mettre dans le rapport.

– Docteur Stapleton ! lança une voix.

Jack se retourna pour trouver Sal d'Ambrosio, un technicien de morgue, derrière lui.

– Désolé de vous déranger, dit Sal, mais on me demande de vous prévenir que Bart Arnold est ici. Il a besoin de vous parler d'urgence.

Il désigna la double porte battante du couloir de la morgue. Derrière la vitre grillagée, Jack aperçut Bart qui lui faisait signe de le rejoindre.

– Pourquoi il ne met pas une surblouse en vitesse pour venir jusqu'ici ? protesta-t-il.

Bart, qui dirigeait le service des enquêteurs médico-légaux, travaillait pour la maison depuis des lustres et avait l'habitude de passer à la fosse quand c'était nécessaire.

– Aucune idée, docteur, dit Sal. Mais il a l'air assez nerveux, je ne sais pas pourquoi.

– Oh la barbe, grogna Jack.

Être dérangé en pleine autopsie, c'était toujours un truc qui l'agaçait. En même temps il savait qu'il avait passé plus de temps qu'il n'aurait dû sur cette dissection de cou – il avait un peu traînassé, à vrai dire, parce qu'il craignait de ne pas avoir d'autre cas à faire de la journée. De bien des façons, la salle d'autopsie était un refuge pour lui.

Il posa les ciseaux à bouts arrondis avec lesquels il avait disséqué le cou de l'homme, demanda à Vinnie d'ouvrir la boîte crânienne pour avancer le boulot, puis se dirigea vers la porte.

– Qu'est-ce qui se passe ? demanda-t-il quand il se trouva devant Bart.

Le chef des enquêteurs médico-légaux était un homme obèse dont le crâne chauve et luisant était couronné d'un liseré de cheveux gris hirsutes. Alors qu'il était d'ordinaire d'un calme olympien – il avait à peu près tout vu, au cours de sa longue carrière d'enquêteur médico-légal, et plus rien ne l'émouvait –, il semblait très agité.

– Il est arrivé quelque chose de très surprenant et de très triste. L'un des deux internes de l'université de New York que nous avons ce mois-ci en stage à l'IML est soit déjà en chambre froide, soit en route pour arriver bientôt ici.

– Mon Dieu ! dit Jack à mi-voix. Lequel des deux ?

– La femme, dit Bart, chuchotant presque à son tour alors qu'il n'y avait personne dans le couloir pour les entendre.

– La Dr Nichols, vous voulez dire ? demanda Jack avec incrédulité.

– Mais oui, exactement ! acquiesça Bart en hochant la tête. Nous avons appris la nouvelle il y a une petite heure. Elle a succombé à une overdose. Les ravages, quand même, cette épidémie d'opiacés !

Et aujourd'hui la victime est une des nôtres. Je suis stupéfait. Mais donc, sachant les répercussions que cette histoire pourrait avoir, j'ai préféré m'en occuper moi-même plutôt que de confier le dossier à quelqu'un de mon équipe. Je suis allé sur le lieu du décès, c'est-à-dire chez la Dr Nichols. Scène classique d'une overdose, avec matériel de toxico sur la table basse. Et aussi, particularité qu'on voit de temps en temps, elle avait encore la seringue avec laquelle elle s'est piquée dans le bras. Vu sa température et la rigidité cadavérique, je dirais qu'elle était morte depuis huit à dix heures.

Le cerveau de Jack s'emballait, essayant de déterminer le meilleur moyen de gérer la situation.

– J'ai appelé la Dr Montgomery, précisa Bart.

– Ce n'était pas la chose à faire, protesta Jack.

Laurie se serait certainement passée de ce genre de nouvelle juste avant d'entrer au bloc.

– Je n'avais pas vraiment le choix, dit Bart. Je sais bien qu'elle se fait opérer cet après-midi, mais…

– Vous auriez pu appeler George Fontworth ! C'est lui qui remplace Laurie en son absence.

– Mais j'ai essayé, évidemment ! Impossible de le joindre. J'ai laissé un message, mais comme il ne rappelait pas, il fallait que j'en parle à Laurie. C'était assez urgent, tout de même.

– OK. Ce qui est fait est fait, de toute façon. Qu'est-ce qu'elle vous a dit ?

– Elle m'a demandé de venir vous parler et c'est la raison pour laquelle je suis ici, expliqua Bart. Elle veut que vous preniez l'affaire en main et fassiez l'autopsie. Elle aimerait aussi que vous appeliez le Dr Henderson pour vérifier qu'il sait ce qui est arrivé. Et elle demande que vous alertiez Mme Donnatello pour que le service de relations publiques soit prêt à gérer les médias.

– Mais elle ne vous a pas dit qu'il fallait que je la contacte ? insista Jack.

Pour lui, c'était la question prioritaire. Si Laurie était bouleversée ou inquiète à cause de ce drame, il devait l'appeler.

– Je ne pense pas qu'elle s'attende à ce que vous l'appeliez, dit Bart. C'est l'impression que j'ai eue.

– Bon, très bien. Votre rapport est-il prêt ?

– Je fais le nécessaire pour que vous l'ayez dans le dossier dans un petit moment. Mais je peux vous assurer que vous n'aurez aucune surprise. Comme je disais, c'était une scène d'overdose tout à fait banale.

– Merci d'être venu, dit Jack. C'est gentil d'avoir fait tout le chemin jusqu'au 520.

Bien installés dans leur confortable open space du 421, la nouvelle tour de l'IML, les enquêteurs médico-légaux faisaient désormais rarement le déplacement jusqu'à leur ancien repaire.

– Je vous en prie, dit Bart. Apparemment, la mère doit venir de Greenwich pour l'identification. Si j'ai d'autres infos, je vous préviens.

– En remontant là-haut, pouvez-vous me rendre un service ? demanda Jack. Dites à la Dr Hernandez que je m'occupe de l'autopsie Nichols.

– Sans problème. Et appelez-moi, s'il vous plaît, si jamais vous découvrez quelque chose de surprenant.

Tout à coup débordant d'énergie, Jack poussa la porte battante et traversa à grands pas la salle d'autopsie. La nouvelle de Bart était affreuse, et il ne souhaitait à personne de mourir avant son heure, même à quelqu'un d'exaspérant comme Aria Nichols. Mais la disparition choquante de l'interne allait lui permettre de se changer les idées dans les grandes largeurs. Lui qui avait désespérément besoin d'avoir l'esprit occupé pour ne pas penser à l'opération de

Laurie, voilà qu'il était servi. Il se demandait également si, malgré l'antipathie qu'elle avait inspirée à la plupart des gens de l'IML, et surtout aux techniciens de morgue, elle manquerait tout de même un peu à quelqu'un.

– Bon, il faut boucler ce cas en vitesse, dit-il à Vinnie en arrivant à leur table.

Efficace comme toujours, son assistant préféré avait déjà découpé la calotte crânienne. Alors que Jack se plaçait au bout de la table et allait soulever l'os pour accéder au cerveau, Vinnie agita la main devant sa visière pour attirer son attention. Ils avaient si souvent travaillé ensemble, et depuis si longtemps, qu'ils se connaissaient comme des amis intimes.

– Qu'est-ce qui se passe, boss ? Tu as l'air stressé.

Jack se redressa et soutint un instant le regard de Vinnie.

– Pas stressé, mais… Tu ne devineras jamais pourquoi Bart Arnold me réclamait.

– Tu sais quoi ? Je vais même pas essayer.

– Hélas, je dois t'informer que la raison pour laquelle la Dr Nichols ne s'est pas présentée ici ce matin, c'est qu'elle sera notre prochain cas.

– Pardon ?

Vinnie, qui venait de saisir la cuvette métallique destinée à recevoir le cerveau du défunt, écarquillait les yeux.

– La Dr Nichols est notre patiente suivante, dit Jack, et il se remit à travailler.

– Nom de Dieu, murmura Vinnie qui s'était figé, les yeux dans le vague.

– Tu veux bien approcher un peu plus la cuvette ? demanda Jack.

Il avait sorti le cerveau de la boîte crânienne et le tenait avec précaution entre ses mains. Du fait de sa texture et de sa consistance, l'organe était diablement glissant. Jack préférait éviter de le voir tomber sur le carrelage.

– Pardon ! dit Vinnie, et il tendit le bras pour que Jack puisse lâcher le cerveau dans la cuvette. Mais c'est pas possible ! Comment elle est morte ?

– Encore une overdose, on dirait.

– Seigneur tout-puissant ! Jamais je n'aurais pensé que cette fille se droguait. Bon débarras, en tout cas !

– Ne devenons pas méchants, veux-tu ?

Jack posa le cerveau sur la planche à découper et l'entailla en plusieurs endroits avec un couteau de boucher.

– Comme on pouvait s'y attendre, le cerveau a l'air un peu enflé et congestionné, dit-il avant de reprendre l'organe entre ses mains pour le placer dans un bocal avec un liquide fixateur.

Pendant ce temps-là, Vinnie remit la calotte crânienne en place puis commença à refermer le cadavre.

Quelques minutes plus tard, tout était à peu près terminé. En silence, les deux hommes étiquetèrent les conteneurs à prélèvements et firent un peu de nettoyage. Enfin, Jack aida Vinnie à mettre le corps sur un brancard.

– Merci pour ce travail rondement mené comme d'habitude, dit-il. Je dois passer un coup de fil. Je n'en ai pas pour longtemps, donc vas-y, lance la machine pour notre prochaine patiente. La Dr Nichols. Tu es d'attaque ?

– Je suppose, dit Vinnie. Et toi ?

– Il faudra bien, dit Jack avec un haussement d'épaules. Mais c'est étrange, quand même.

Sur le plan émotionnel, cette autopsie allait assurément les faire entrer en territoire inconnu.

# 35

**11 MAI**
**10 H 48**

Dans l'ascenseur, tandis qu'il montait à son bureau au troisième étage, Jack eut quelques instants pour essayer d'imaginer la conversation qu'il allait avoir avec le chef du service de pathologie du Centre médical Langone. Elle ne serait sans doute pas des plus plaisantes. Jack avait déjà croisé cet homme, au moins une fois si sa mémoire était bonne. Il se rappelait qu'il avait le sens de l'humour – tant mieux, car il en aurait besoin quand Jack lui parlerait d'Aria Nichols.

Il ne voulait pas faire attendre Vinnie et pressa le pas, mais se ravisa tout à coup quand il dépassa la porte de Chet McGovern qui était penché sur son microscope.

– T'es au courant, pour notre interne préférée ? demanda Jack.

Chet redressa la tête en pivotant sur son tabouret.

– Tu l'attendais pour un cas et elle n'est pas venue travailler. C'est ce que tu m'as dit tout à l'heure, non ?

– Mais tu ne sais pas pourquoi elle ne s'est pas pointée, alors ? Jack était étonné, car ce genre de nouvelle faisait en général le tour de l'IML à la vitesse de la lumière.

– Ben non, fit Chet. Dis-moi. Faut que je devine ?

– Elle est morte.

– Arrête !

Secouant la tête, Chet regardait Jack d'un air mi-amusé, mi-sceptique.

– Je ne plaisante pas. Elle est au frigo. Vinnie et moi, on va l'autopsier tout de suite.

– C'est une blague ? répliqua Chet, à présent stupéfait.

– Pas du tout. Ça paraît incroyable, mais elle a fait une overdose.

– Oh, fit Chet avec une mine faussement attristée. Quelle tragédie. Une fille si douée.

– Je pensais bien que la nouvelle te bouleverserait, dit Jack.

– Il y a du bon dans toute tragédie, quand on y regarde de près. Mais quel gâchis, tout de même.

Jack acquiesça en levant le pouce, puis poursuivit dans le couloir jusqu'à son bureau. Aussitôt assis dans son fauteuil, il appela le service de pathologie du Centre médical Langone. Pendant qu'il attendait que la communication s'établisse, il se rappela que Carl Henderson avait demandé, au moment du décès de Kera Jacobsen, à se charger lui-même de l'autopsie. Jack était curieux de savoir s'il allait entendre la même requête pour Aria Nichols, à laquelle il devrait évidemment répondre par la négative.

Une secrétaire du service l'invita à patienter.

– Docteur Henderson, fit une voix grave et sonore au bout de quelques minutes. Je présume que vous voulez me parler de la Dr Aria Nichols ? La police nous a déjà informés de sa disparition. Quelle terrible histoire !

– Eh oui, acquiesça-t-il. Ma femme, la Dr Laurie Montgomery, m'a demandé de vous contacter pour m'assurer que vous étiez au courant. Vous savez donc qu'il s'agit apparemment d'une overdose ?

– Oui, nous l'avons appris. Encore une, hélas ! C'est la seconde personne de nos services à suivre ce chemin tragique rien que cette semaine. Tant de jeunes gens qui consomment de la drogue ! Je ne sais pas ce que cela dit de notre époque. Il faudra bien un jour prendre des mesures radicales.

– Je suis tout à fait de votre avis, dit Jack en songeant qu'il valait peut-être mieux commencer par éviter de donner des cachets aux enfants dès l'école primaire sous prétexte qu'ils étaient hyperactifs.

– Pour Kera Jacobsen, nous avions proposé de nous charger nous-mêmes de l'autopsie, afin que cette histoire reste entre nos murs. Mais votre femme n'avait pas accepté. Notre président, Vernon Pierce, est naturellement encore plus inquiet après cette seconde overdose. Pensez-vous pouvoir accéder à notre demande cette fois ? Nous ne voudrions surtout pas que notre institution devienne synonyme de toxicomanie.

– Bien sûr, mais nous devons faire l'autopsie ici, à l'institut médico-légal, comme la loi le prévoit.

– Mais vous comprenez, j'espère, que je devais faire cette suggestion. Nous espérons, cette fois encore, que vous saurez limiter les fuites dans les médias.

– Nous prendrons toutes les précautions nécessaires, assura Jack.

– Merci. Pour revenir à la Dr Nichols, je dois dire que je ne suis pas surpris outre mesure. C'était une jeune femme très douée, mais elle était aussi très perturbée. Je peux vous dire, en tant que chef de service, que ses années d'internat chez nous n'ont pas été faciles. D'après votre femme, c'était aussi compliqué à l'IML. Dans les premiers jours en tout cas.

– La Dr Nichols et notre responsable pédagogique avaient certaines divergences, dit simplement Jack.

Il ne voyait pas l'intérêt de s'étendre sur le sujet, mais Carl ajouta :

– Lors de nos conversations téléphoniques, votre femme m'a dit qu'elle avait le sentiment que la Dr Nichols ne prenait pas son stage à l'IML au sérieux. Et puis elle a changé son fusil d'épaule.

– Oui, sans doute parce que ma femme lui a donné la possibilité de faire elle-même l'autopsie de Kera Jacobsen au lieu de se contenter d'observer. La décision n'a pas été prise sur un coup de tête. Ma femme juge que le stage de médecine légale que l'IML offre aux internes de pathologie n'a pas reçu l'attention qu'il mérite, et qu'il faut maintenant donner davantage de responsabilités aux internes.

– En tout cas, ça a merveilleusement fonctionné pour la Dr Nichols. La découverte de ce fœtus inattendu la captivait. À tel point qu'elle a décidé de retrouver le père de l'enfant en faisant appel à la généalogie génétique. La transition a été radicale, chez elle, entre son désintéressement, pour ne pas dire son apathie vis-à-vis de la médecine légale, et l'enthousiasme avec lequel elle s'est lancée dans son enquête. Vous-même, docteur Stapleton, avez-vous constaté ce changement d'attitude chez elle ?

– J'ai vu cela, oui, plus ou moins, répondit Jack. Et ma femme m'a parlé de l'espèce de passion qui avait saisi la Dr Nichols pour cette histoire. Je dois admettre que l'idée d'exploiter le potentiel de la généalogie génétique pour une enquête de médecine légale me paraît tout à fait intéressante. Je suppose que cette approche pourrait présenter de vrais avantages pour la résolution de certains cas d'homicides.

– La Dr Nichols partageait assurément cette opinion, dit Carl. Elle m'a montré certains arbres généalogiques très impressionnants qu'elle avait réussi à faire établir afin de retrouver le père. Les avez-vous vus ?

– Non. La Dr Nichols travaillait sous la supervision de ma femme, pour ce cas, et je n'y ai pas été associé. Par contre, j'ai fait deux autopsies avec elle hier, et je dois dire qu'elle m'a impressionné par ses compétences et ses connaissances, même s'il faut bien reconnaître qu'elle n'était pas la personne la plus facile avec laquelle travailler.

– C'est une façon charitable d'exprimer la chose, dit Carl. Comme je l'ai expliqué à votre femme, la Dr Nichols n'avait pas franchement l'esprit d'équipe. Cela dit, j'ai eu l'impression qu'elle s'entendait bien avec votre femme. Assez bien en tout cas pour que Laurie lui confie qu'elle doit se faire opérer prochainement. Est-ce dans notre centre médical qu'elle subira cette intervention ?

– En effet, répondit Jack, puis, jetant un coup d'œil à l'heure affichée sur son moniteur, il ajouta : D'ailleurs, elle est sans doute en route pour les admissions en ce moment même. C'est la raison pour laquelle elle m'a chargé de vous appeler à sa place.

– Je m'en doutais un peu, et c'est pour cela que je me permettais de vous poser la question, dit Carl. J'espère que tout se passera bien et je suis certain, à vrai dire, que ce sera le cas. Merci de votre appel, docteur Stapleton.

Et là-dessus, il raccrocha avant que Jack n'ait pu répondre.

Jack écarta le combiné de son oreille et le regarda comme s'il pouvait lui expliquer la raison de cette interruption abrupte de la conversation. Il avait la désagréable impression d'avoir été interrogé, mais pour quelle raison et à propos de quoi, il n'aurait su dire. Il raccrocha puis prit son portable pour appeler Laurie. Elle lui avait dit qu'il ne devait pas se tracasser, juste se concentrer sur le boulot à l'IML, et que tout allait très bien se passer, mais il ne pouvait pas s'en empêcher. Elle décrocha très vite, comme si elle avait déjà son téléphone en main.

– Tu es en route pour l'hôpital ou encore à la maison ?

– Je suis dans un Uber, répondit Laurie d'un ton enjoué.

– Je voulais te raconter ce qui se passe, pour la catastrophe Aria Nichols.

– C'est gentil. Quel choc ! C'est affreux.

– Je suis bien d'accord. Quand Bart m'a annoncé ça, j'étais scié. Mais je voulais que tu saches que je m'occupe de tout. Je vais entamer l'autopsie dans trois minutes et j'ai appelé le Dr Henderson comme tu voulais. Il était déjà au courant. La police l'avait appelé. Ou Vernon Pierce, peut-être. En tout cas, il savait.

– Bien. Ça t'a facilité les choses. Au centre médical, ils doivent être tout retournés. Ça fait quand même deux overdoses en une semaine. Pour leur réputation, ce n'est pas très bon.

– Il a proposé de faire l'autopsie là-bas. Je lui ai dit que l'IML devait s'en charger, parce que c'est la loi.

– Je pense qu'il a juste dit ça parce qu'il subit des pressions d'en haut, observa Laurie. Mais je suis contente que tu aies remis les pendules à l'heure.

– Plus important, comment tu vas ? demanda Jack. Je sais, on en a parlé hier soir, mais je culpabilisais quand même ce matin de partir au boulot en te laissant seule…

– Je vais très bien, l'interrompit Laurie. Ne te tracasse pas. Et puis je suis convaincue qu'il vaut mieux pour toi et pour l'IML que tu travailles.

– Mais je pourrais te retrouver aux admissions, si tu veux…

– Jack ! Non. Ce n'est pas la peine, dit Laurie avec une pointe d'agacement dans la voix. Combien de fois je dois te le répéter ? Je vais bien. D'après ce que j'ai compris, je dois aller direct en salle de préparation, et puis zou, l'intervention. Ensuite, bien sûr, je devrai passer en salle de réveil avant d'être emmenée à ma chambre. Ne pense pas trop à tout ça. Concentre-toi s'il te plaît sur l'autopsie de la Dr Nichols et toutes les autres choses que tu as à faire.

– D'accord, comme tu veux, dit Jack. Je m'occupe de l'autopsie, et puis je te verrai dans ta chambre après l'opération. Tu sais déjà quelle chambre ce sera ?

– Oui. On m'a attribué la chambre 838 dans le Kimmel Pavilion. À plus tard. Je t'aime.

– Moi aussi je t'aime.

Jack posa son téléphone sur la table et resta assis quelques instants. Les deux coups de fil qu'il venait de passer lui laissaient un arrière-goût étrange, mais il ne savait pas d'où cela venait. Il se leva, s'étira, puis sortit dans le couloir. Il ne pouvait s'empêcher de se demander ce qu'il ressentirait en disséquant une personne qu'il connaissait, avec qui il avait travaillé la veille. Nul doute que l'expérience serait déstabilisante.

# 36

11 MAI
11 H 15

Après sa conversation avec le Dr Jack Stapleton, Carl se sentait mieux. Il lui semblait qu'un petit rayon de soleil commençait à percer la masse sombre et menaçante des nuages qui dominaient son ciel. Le cauchemar avait commencé moins d'un mois auparavant. Un soir qu'il était arrivé chez Kera pour passer, espérait-il, un agréable moment, elle lui avait annoncé, catastrophe absolue, qu'elle était enceinte. Et non seulement enceinte, mais, par-dessus le marché, heureuse de l'être !

Au début, Carl n'y avait pas cru. Il s'était dit que Kera plaisantait. Ou cherchait à le tester. Elle n'aimait pas beaucoup les préservatifs, mais il avait toujours eu le sentiment qu'elle suivait de très près ses cycles – qui étaient réglés, affirmait-elle, comme du papier à musique. À plusieurs reprises au cours de leur liaison, elle lui avait fait comprendre que le moment était mal choisi pour qu'ils se voient. Il s'était bien entendu fié à son jugement et avait accepté qu'ils remettent à plus tard leurs rendez-vous. Elle ne l'avait pas mis en garde le soir où elle était tombée enceinte, il devait donc en conclure qu'il ne s'agissait pas totalement d'un accident. Voire, qu'elle avait à moitié planifié la chose.

Leur aventure avait commencé lors de la soirée de Noël du centre médical et, autant qu'il se souvînt, c'était Kera qui avait cherché à le séduire. En tout cas, ils s'étaient bientôt surpris à passer un bon moment ensemble en se racontant des anecdotes pleines d'autodérision sur leurs enfances respectives, pour lui dans le Massachusetts, pour elle à Los Angeles. Ils avaient aussi découvert qu'ils skiaient tous deux avec passion l'hiver, et qu'ils adoraient faire du surf en été. La soirée touchant à sa fin, ils s'étaient échangé leurs numéros avec l'idée de prendre un verre un de ces jours prochains.

Lorsqu'ils s'étaient revus pour ce verre une semaine plus tard – à son initiative cette fois –, Carl n'avait pas caché à Kera qu'il était marié, depuis près de vingt ans, et père de trois enfants, dont un était à l'université et deux encore au lycée. Il estimait aussi avoir été franc et totalement honnête en expliquant que sa femme avait repris sa brillante carrière dans la publicité lorsque leur dernier enfant avait terminé l'école élémentaire, et qu'ils en étaient arrivés à ne presque plus jamais avoir de relations sexuelles. Tout cela était parfaitement vrai. Il avait juste omis de raconter qu'il avait eu tout un chapelet d'aventures au cours des dix dernières années. Il n'avait pas précisé non plus que, les revenus de sa femme étant bien supérieurs aux siens, il n'avait aucune intention de divorcer.

Dès que Kera lui avait appris qu'elle était enceinte, il avait proposé de payer pour l'avortement. Et de tout organiser. Ayant déjà vécu cette expérience avec une précédente maîtresse, il s'attendait à ce qu'elle accepte cette solution – et voilà, on n'en aurait plus parlé. Mais elle s'était montrée de plus en plus déterminée à garder l'enfant. Et avait même commencé à parler d'organiser une rencontre avec sa femme pour tout mettre sur le tapis. Alors qu'il lui avait répété maintes fois qu'il n'avait aucune intention de quitter sa famille ! Du coup, quand elle avait menacé d'appeler elle-même sa femme, il avait estimé qu'il n'avait plus le choix.

Comme il avait réussi à la convaincre de garder le secret sur leur relation, y compris et surtout au centre médical où les potins allaient toujours bon train, il était certain de pouvoir accomplir ce qui devait être accompli avec le fentanyl – il y avait tant de gens qui utilisaient cet opiacé de synthèse comme drogue récréative, la couverture serait parfaite. Ce qu'il n'avait pas prévu, c'était que cette entêtée d'Aria Nichols lui mettrait des bâtons dans les roues. C'était à ce moment-là que les nuages sombres s'étaient accumulés, en particulier quand il avait pris conscience qu'il n'avait pas la certitude absolue, au fond, que Kera n'avait pas parlé à Madison Bryant de leur relation. Ou plutôt : qu'il était probable, en réalité, que Kera s'était confiée à sa copine après être tombée enceinte.

Éliminer la menace que représentait Madison Bryant n'avait pas été facile. Elle avait même trouvé le moyen de survivre à sa chute sous le métro. Néanmoins sa persévérance avait payé, grâce au chlorure de potassium, et il avait cru être tiré d'affaire pour de bon. Mais au lieu de se disperser, les nuages sombres étaient redevenus très menaçants avec l'arrivée inattendue de ces arbres généalogiques qui l'auraient démasqué en un rien de temps s'il n'avait eu la présence d'esprit de s'inventer une amitié de longue date avec Paul Sommers, le procureur de Manhattan. Carl savait depuis toujours qu'il était un enfant adopté, mais il ne s'était jamais intéressé à ses origines génétiques. En tout cas jusqu'à aujourd'hui. Un de ces quatre matins, il ressortirait du coffre-fort où il les avait planqués les arbres généalogiques d'Aria Nichols, et il se renseignerait sur ses parents biologiques. C'était une perspective assez grisante. L'idée que sa mère naturelle habite sur la Cinquième Avenue n'était pas pour lui déplaire.

Se débarrasser de la menace Aria Nichols avait été relativement simple, puisque, comme Kera, elle vivait seule. Autre point positif, pour convaincre la compagnie de généalogie génétique qui avait réussi à remonter jusqu'à Diane Hanna, Aria avait inventé une histoire qui ne risquait pas de l'incriminer. Néanmoins, il restait un point noir, très inquiétant, dans tout ce qu'avait fait Aria : elle avait montré les arbres généalogiques à la Dr Montgomery et lui avait mis dans la tête de faire ouvrir le dossier d'adoption du père inconnu. Lorsque Carl avait appris cela, le ciel s'était de nouveau assombri. Et puis miracle ! Il avait appris qu'elle devait se faire opérer aujourd'hui au centre médical. C'est-à-dire qu'elle serait alitée dans une chambre d'hôpital, sans défense. Jetant un coup d'œil à l'horloge murale antique, il décida que le moment était bien choisi pour faire une petite visite aux Urgences. Il se leva, attrapa sa longue blouse blanche et l'enfila en se regardant dans le miroir. Des seringues, il en avait plein. Par contre il lui fallait à nouveau du chlorure de potassium. Comme pour Madison Bryant, il prévoyait de s'introduire dans la chambre d'hôpital de Laurie Montgomery au milieu de la nuit, à l'heure où l'équipe de garde avait l'habitude de s'absenter. Avec Laurie la tâche serait bien plus facile que pour Madison. En tant que patiente VIP, elle aurait forcément une chambre individuelle, en particulier si elle était au Kimmel Pavilion – Carl n'imaginait pas qu'elle puisse être installée ailleurs. Avec Madison, il avait eu à redouter les allées et venues permanentes du personnel de l'unité de soins intensifs. Ce ne serait pas le cas pour Laurie. Et puis il était connu que la plupart des décès hospitaliers survenaient entre trois et quatre heures du matin.

Certain de son allure, il sortit de son bureau et informa sa secrétaire qu'il devait s'absenter pour une petite réunion et serait de retour d'ici une demi-heure.

# 37

**11 MAI**
**12 H 40**

Jack et Vinnie venaient de déshabiller Aria Nichols et contemplaient le corps étendu sur leur table habituelle, la numéro 1. Comme il n'y avait qu'une seule autre dissection en cours pour le moment, et à l'autre bout de la salle, ils avaient l'impression d'être seuls. Leur pressentiment se confirmait : il leur faudrait un moment pour s'adapter à cette situation inédite qui les voyait autopsier une personne avec laquelle ils travaillaient la veille encore.

– J'avais toujours redouté ce genre de situation, lâcha Vinnie.

– Pareil, dit Jack. C'est un rappel assez brutal de la fragilité de la vie. Ça va être plus difficile de conserver l'objectivité nécessaire. Et puis je suis gêné de l'avoir trouvée désagréable. Maintenant qu'elle est morte, ça paraît tellement mesquin.

– Désagréable, ce n'est pas le qualificatif que j'utiliserais, dit Vinnie. Je crois que « connasse snob qui se croyait tout permis » serait plus proche de la vérité.

À cet instant, la porte du couloir s'ouvrit avec fracas. Vinnie et Jack se tournèrent pour voir Chet McGovern venir dans leur direction à grands pas. Il avait enfilé une surblouse par-dessus ses vêtements de ville et tenait un masque chirurgical sur son visage. Parvenu à la table, il observa quelques secondes le corps nu d'Aria Nichols.

– Joli brin de fille, dit-il. Quel gâchis…

– Oh, pitié, protesta Jack. Ayons un minimum de respect pour les morts, tu veux ? En particulier une collègue.

– Hé, tranquille, dit Chet. J'essayais juste de détendre l'atmosphère avec un peu d'humour noir.

– Ouais. J'espère. Mais avec un homme de ta réputation, comment savoir ?

– Et sinon ça va aller, pour vous deux ? demanda Chet. Vous voulez que je trouve quelqu'un d'autre pour faire ce cas ? Quelqu'un qui ne la connaissait pas ?

– Pour ne rien te cacher, dit Jack, Laurie m'a demandé de prendre cette autopsie en charge et j'ai promis de m'en occuper. Mais merci de la proposition.

De nouveau, les portes du couloir s'ouvrirent en claquant. Cette fois c'était Marvin Fletcher, un collègue de Vinnie, et lui aussi vint droit vers la table numéro 1.

– Putain la vache, c'est vraiment elle ! s'exclama-t-il en regardant Aria. Quand j'ai appris ça, j'arrivais pas à y croire. Fallait que je m'assure que c'était pas une rumeur.

– Une rumeur ? répéta Jack. Hélas non.

– Clairement, acquiesça Marvin. C'est malheureux, sans doute, mais je ne peux pas dire que j'étais tombé sous le charme de cette fille. Il paraît qu'elle avait la seringue dans le bras, elle aussi, comme le cas que j'ai fait avec la Dr Montgomery et elle il y a quelques jours ?

– C'est vrai, dit Jack. Nous venons tout juste de la retirer. Et puis, comme on pouvait s'y attendre, le dépistage rapide a révélé la présence de fentanyl. Le cas de l'autre jour, c'est Kera Jacobsen, je suppose ?

– Voilà, répondit Marvin. La seringue en place, on a pensé que ça signifiait qu'elle était morte vraiment très vite, sans doute avec une grosse overdose de fentanyl.

– Cela pourrait bien être le cas ici aussi, dit Jack. Qui sait, peut-être avaient-elles le même dealer. Elles travaillaient toutes les deux au Centre médical Langone et le produit qu'elles se sont injecté contenait plus de fentanyl que d'habitude. Bon nombre de ces overdoses sont dues en partie au fait que la concentration de fentanyl varie, justement, et vu la puissance de cette substance, l'écart de concentration n'a pas besoin d'être énorme pour devenir fatal.

– Même raisonnement au sujet de Kera Jacobsen, je me souviens, dit Marvin, puis il demanda : Hé, ça vous ennuie si je reste avec vous ? Comme j'ai fait l'autre cas, j'aurai peut-être une idée ou deux à apporter ?

– À Vinnie de voir, répondit Jack.

Personnellement il ne voyait pas de mal à ce que Marvin reste, mais il y avait parfois certaines rivalités entre les techniciens de morgue, et il ne voulait pas s'en mêler. Il savait aussi que Vinnie, qui était le technicien le plus chevronné de la maison, pouvait se montrer assez jaloux de la relation privilégiée qu'il avait avec lui, Jack, de loin le légiste le plus actif à la fosse.

– OK, dit Vinnie à Marvin.

– Bon, dit Chet. Je vous laisse, alors. Je serai intéressé si vous trouvez quelque chose d'inattendu. Tenez-moi au courant.

Jack hocha la tête et dit aux techniciens de morgue :

– Allez, on se met au boulot.

Chet resta immobile quelques instants, observant les trois hommes s'activer sur le corps, puis il sortit de la salle pour aller préparer la réunion de service de l'après-midi.

Pendant que Jack entamait l'examen externe, Marvin fit remarquer qu'il y avait d'autres similitudes entre ce cas et celui de Kera Jacobsen. D'abord on ne voyait pas, ou à peine, de traces de salive séchée sur et autour de ses lèvres. Cela donnait à penser que très peu d'écume était sortie de sa bouche, contrairement à ce que l'on observait d'ordinaire en cas d'œdème pulmonaire. Autre ressemblance avec Kera, le cadavre ne portait pas d'anciennes plaies et ecchymoses comme on en trouvait souvent chez les toxicomanes ayant succombé à une overdose aux opiacés – surtout à l'héroïne. Il y avait bien quelques marques de piqûres, mais elles semblaient toutes récentes, ou relativement récentes, ce qui donnait à penser qu'Aria n'était pas une consommatrice de drogue de longue date. Ou en tout cas qu'elle se piquait depuis peu avec une seringue.

Une fois que Jack eut pratiqué l'habituelle incision en Y marquant le début de la phase interne de l'autopsie, le sentiment d'étrangeté que les trois hommes éprouvaient pour avoir connu personnellement Aria se dissipa, et ils purent avancer avec une efficacité toute professionnelle. Vinnie et Jack travaillaient ensemble depuis si longtemps que chacun était capable d'anticiper les attentes et les réactions de l'autre, et ils restaient donc souvent de longs moments sans échanger un mot. Comprenant qu'ils n'avaient pas vraiment besoin de lui, Marvin ne les importuna pas et fit davantage office d'observateur que de membre à part entière de l'équipe.

– Ma parole, dit Jack en sortant les deux poumons en bloc de la cage thoracique. Ces petits loulous m'ont l'air drôlement légers, pour une overdose.

Il les emporta à la balance, les pesa et lança à Vinnie qu'ils faisaient mille trois cents grammes.

– Poids normal, donc, commenta le technicien en notant le chiffre.

– Pareil pour les poumons Jacobsen, dit Marvin. Ils avaient un poids normal et la Dr Montgomery a jugé que l'œdème pulmonaire était minimal, sinon inexistant.

– Je vais sans doute faire la même observation ici, dit Jack.

Il retira les poumons de la balance, les posa sur une planche à découper et y fit plusieurs entailles profondes, au couteau, pour en découvrir l'intérieur.

– Ouaip, reprit-il. Œdème minimal, pour ne pas dire inexistant. C'est un peu bizarre. La dépression respiratoire provoquée par le fentanyl a dû être hyper-rapide. Ça m'intrigue. Je me demande si nous ne serions pas en présence d'un analogue très puissant du fentanyl comme le carfentanyl ou même pire encore, la version cis du 3-méthylfentanyl.

– Fais pas attention à lui, dit Vinnie à Marvin. Il essaie juste de t'en mettre plein la vue.

– Je suis sérieux ! dit Jack.

Il savait que Vinnie blaguait, mais il voulait être certain que les deux techniciens comprenaient qu'il livrait une observation importante.

– Ces analogues sont jusqu'à dix mille fois plus forts que la morphine. Pour tous les effets qu'ils peuvent avoir, y compris la dépression respiratoire. La puissance des analogues du fentanyl, et le fait qu'ils sont très faciles à produire, expliquent en grande partie la hausse dramatique des décès aux opiacés.

Comme il poursuivait l'autopsie sans trouver la moindre pathologie dans le corps de l'interne, Jack se mit à réfléchir. Assurément, l'un de ces puissants et diaboliques analogues du fentanyl pouvait expliquer la mort d'Aria et l'absence de signes cliniques. Il n'y avait aucun doute là-dessus. Ce raisonnement était aussi valable pour Kera Jacobsen, puisque, Marvin le confirmait, on n'avait trouvé aucune pathologie chez elle non plus. Ces deux décès avaient-ils été provoqués par le même analogue ? Dans l'esprit de Jack, les chances que cela soit le cas étaient élevées. Mais c'était au labo de toxicologie qu'il reviendrait de confirmer ou non cette hypothèse. Il faudrait bien entendu comparer la drogue employée par Aria à celle de Kera. Et s'il s'agissait de la même molécule, les autorités de la ville devraient être alertées, afin que les toxicomanes soient informés. Ce genre de situation, où l'on voyait les dealers écouler un lot de drogue exceptionnellement puissante, s'était déjà présentée, entraînant une terrible augmentation du nombre de décès. Il était important, le cas échéant, de prévenir la communauté des usagers.

Dans le droit fil de ce raisonnement, et tenant compte du fait qu'il n'avait pas trouvé de traces de piqûres anciennes sur les bras d'Aria, Jack eut envie d'essayer quelque chose qu'il n'aurait normalement pas fait pour un simple cas d'overdose, à savoir rechercher du fentanyl dans l'estomac de la défunte. Aria avait peut-être commencé par prendre du fentanyl par voie orale, puis, déçue par le résultat, avait décidé de passer à l'injection intraveineuse. Pendant que Vinnie et Marvin nettoyaient les intestins dans l'évier, il se munit d'une petite seringue, tira un échantillon de liquide de l'estomac – l'organe était juste là, bien visible et accessible, puisque les intestins avaient été retirés –, puis mouilla une bandelette de dépistage du fentanyl. Il eut alors la surprise d'obtenir un résultat positif.

Quand Vinnie et Marvin revinrent auprès de la table, il leur parla de sa trouvaille.

– Ça veut dire quoi ? demanda Vinnie.

– Je ne sais pas très bien, répondit Jack. Mais ça donne à penser qu'elle a ingéré du fentanyl avant de se l'injecter.

– Pas très logique, quand même, dit Vinnie.

– Chez Kera Jacobsen, le contenu de l'estomac a-t-il été testé ? demanda Jack à Marvin.

– Je ne crois pas.

– Peut-être que je vais demander au labo de toxico de faire ça, souligna Jack.

La suite de l'autopsie fut d'autant plus rapide qu'elle ne révéla absolument aucune pathologie. Quand tout fut fini, Jack remercia les deux techniciens de morgue et quitta la salle. Normalement il aurait donné un coup de main à Vinnie pour le corps et pour ranger, mais, Marvin étant là, il savait qu'il pouvait s'en aller. Il rassembla tous les prélèvements destinés à la toxicologie et, les tenant en équilibre un peu précaire entre ses deux mains, monta au cinquième étage. Là il trouva le directeur du laboratoire, John DeVries, dans son nouveau bureau.

Autrefois, Jack et John avaient eu des relations tendues. Le responsable de la toxicologie était alors un homme nerveux et irascible qui s'efforçait de diriger l'un des services clés de l'IML dans un espace réduit et avec un budget insuffisant. Jack, de son côté, pouvait parfois se montrer impatient. Pour certains de ses cas, quand il se lançait dans une enquête, il estimait avoir besoin de réponses de façon urgente. Si le labo de toxicologie tardait à lui donner satisfaction, il se plaignait – et John réagissait alors sur le mode passif-agressif en retardant davantage les analyses. L'affaire devenait encore plus délicate quand le directeur de l'IML était appelé à y mettre son grain de sel. Et un jour, Jack et John avaient même failli en venir aux mains.

La situation avait changé du tout au tout quand le 421, la nouvelle tour de la 26e Rue, avait ouvert, permettant à de nombreux services de l'IML de disposer de vastes bureaux ultramodernes. Le labo de toxicologie était resté dans l'ancien bâtiment, mais pas confiné aux quelques pièces trop petites dont il avait jusqu'alors disposé : il avait investi la totalité des deux derniers étages de l'immeuble qui avaient été entièrement rénovés. Son budget, en outre, avait beaucoup augmenté. D'un jour à l'autre, John avait cessé d'être un homme usé et amer, pour se métamorphoser en une version rajeunie et plus heureuse de lui-même. Du coup, Jack appréciait aujourd'hui sa compagnie et avait plaisir à passer à son bureau de temps en temps.

– Alors, quoi de neuf ? demanda aimablement John quand il le vit apparaître à sa porte.

Jack expliqua en quelques mots la situation, précisant qu'il estimait que l'IML avait une obligation morale envers les toxicomanes de la ville, et devait donc faire en sorte qu'ils soient prévenus si un lot de fentanyl particulièrement dangereux était sur le marché. Il lui parla des cas Jacobsen et Nichols, deux jeunes femmes très bien insérées dans la société, dont les autopsies avaient livré des résultats identiques et donnaient à penser qu'il y avait peut-être un analogue du fentanyl en circulation. Il conclut en disant qu'il avait besoin de savoir, du coup, si les analyses toxicologiques de ces deux femmes étaient elles aussi identiques.

– Nous allons nous en occuper tout de suite, dit John en aidant Jack à déposer les prélèvements d'Aria sur une table.

– J'ai autre chose à vous demander…

– Le contraire m'aurait étonné, dit John avec le sourire. Quoi donc ?

Jack expliqua qu'il avait eu la surprise d'obtenir un résultat positif en testant un prélèvement de liquide stomacal d'Aria avec une bandelette de dépistage du fentanyl.

– Je me demande donc si vous pourriez faire un test sur le contenu de l'estomac du premier cas, Kera Jacobsen. Elle a été autopsiée il y a… trois jours, si ma mémoire est bonne.

– Sans problème, dit John, prenant note du nom de la défunte. Où serez-vous, dans la demi-heure qui vient ?

– Je ne sais pas vraiment, mais je serai disponible. Appelez-moi sur mon portable ?

– Pete ou moi, nous vous contacterons très vite, promit John.

Peter Letterman était le directeur adjoint du labo de toxicologie.

En retournant vers l'ascenseur, Jack se surprit à sourire. La transformation stupéfiante de John DeVries ne laissait pas de l'étonner. En arrivant à son bureau, il s'interdit de regarder l'heure, de peur de s'inquiéter de ne pas avoir encore reçu de coup de fil l'informant que l'intervention de Laurie était terminée et s'était bien passée. Se connaissant, il savait qu'il avait intérêt à rester occupé s'il voulait ne pas devenir dingue.

La pile des dossiers de cas qu'il n'avait pas encore bouclés lui faisait de l'œil, au coin de son bureau, tout comme les boîtes de lames d'histologie, à côté du microscope, qu'il avait à examiner, mais… Il haussa les épaules. Ces tâches routinières n'accapareraient pas assez son cerveau pour l'empêcher de penser aux choses auxquelles il ne voulait pas penser, comme l'éventualité d'un résultat positif de la biopsie de Laurie. Il était tenté de s'offrir une petite séance de basket malgré la promesse qu'il avait faite à Laurie. Quelques matchs avec ses copains l'aideraient à coup sûr à surmonter l'anxiété qui le minait. Il rumina quelques instants cette idée, qui lui plaisait de plus en plus, jusqu'à ce qu'il regarde l'heure.

– Mince, grogna-t-il à voix haute.

Il était à peine deux heures et demie. Beaucoup trop tôt. Les tout premiers joueurs ne se pointaient sur le terrain qu'à partir de quatre heures et demie. Hélas, cela voulait aussi dire que, si l'opération de Laurie avait commencé vers midi, elle durait depuis plus de deux heures. Ce n'était pas bon signe.

– Reprends-toi ! s'ordonna-t-il.

Il fallait absolument qu'il se concentre sur autre chose. Il se repassa la procédure de l'autopsie d'Aria Nichols, point par point, en s'obligeant à se remémorer toutes sortes de détails insignifiants, depuis l'examen externe jusqu'aux dissections des différents organes sur lesquels il s'était penché. Cet exercice achevé, il fut obligé de conclure, une fois de plus, que la seule découverte significative, et en quelque sorte « positivement négative », était l'absence marquée d'œdème pulmonaire. Cette pensée eut au moins le mérite de lui faire monter un sourire aux lèvres, car il aimait les oxymores. Il repensa aux similitudes relevées entre les autopsies d'Aria Nichols et de Kera Jacobsen. S'agissait-il juste d'une étrange coïncidence – les deux femmes avaient le même dealer qui avait exceptionnellement gonflé son produit en fentanyl – ou fallait-il craindre une flambée d'overdoses dans une ville qui en comptait déjà trop ? Jack ne pouvait s'empêcher de se dire qu'il était étrangement ironique qu'Aria ait participé à l'autopsie de Kera. C'était encore un autre lien, très singulier pour le coup, entre les deux affaires.

La sonnerie du téléphone l'arracha soudain à ses réflexions. C'était John DeVries.

– Le prélèvement gastrique de Kera Jacobsen donne un résultat positif pour le fentanyl, dit-il. C'est ce que vous attendiez ?

– Oui et non, dit Jack. Comme je vous l'ai expliqué, j'ai trouvé un résultat positif sur le cas d'aujourd'hui, et il y a d'autres ressemblances entre les deux cas. Mais je ne sais pas si ça a la moindre signification.

– OK, je posais la question comme ça.

– Je voudrais vous demander autre chose. Avez-vous un test rapide pour le 3-méthylfentanyl ?

– Non, les dépistages rapides ne permettent pas de distinguer les différents analogues du fentanyl.

– C'est dommage. D'après leurs autopsies, ces deux femmes sont décédées extrêmement vite et ça me tracasse. Je me demande si elles n'ont pas pris un de ces analogues hyper-puissants.

– Nous le saurons avec la chromatographie en phase liquide et le spectromètre de masse.

– Mais ces analyses prennent du temps, dit Jack dans un soupir. Vous me connaissez, il me faut les résultats hier.

John rit.

– Ça, je peux le confirmer. Je me souviens de nos petites querelles d'autrefois. Quel était le nom de votre cas d'aujourd'hui, déjà ?

– Aria Nichols.

– J'essaie de vous obtenir des résultats pour le début de la semaine prochaine.

– C'est très sympa, merci, dit Jack.

Émerveillé une fois de plus par la transformation du tempérament de John, il raccrocha et bascula en arrière dans son fauteuil. Il se mit à penser à l'autopsie de Madison Bryant, la victime du métro, qu'il avait laissé faire à Aria. Le premier souvenir qui lui revint à l'esprit fut la tirade de la jeune interne, d'une vulgarité confondante, lorsqu'elle avait découvert que la morte était Madison Bryant. Elle lui avait quasiment reproché d'être passée sous un train pour éviter de l'aider sur le cas Jacobsen. Sur le moment, c'étaient les grossièretés de langage et l'absence totale de considération d'Aria qui avaient retenu l'attention de Jack. Mais les liens qui existaient entre les trois cas lui sautaient soudain aux yeux.

Il se redressa dans son siège pour appeler Bart Arnold. En pensant à Madison Bryant, il venait aussi de se rappeler qu'il n'avait pas vu le dossier hospitalier qu'il avait réclamé après l'autopsie de cette femme. De plus, Bart lui avait demandé de le tenir au courant de ce qu'il trouverait chez Aria.

Comme bien souvent, Jack eut immédiatement son interlocuteur au bout du fil. En tant que chef du service des enquêteurs médico-légaux, Bart s'occupait rarement lui-même des dossiers et des investigations – le cas d'Aria comptait parmi les exceptions. Du coup, à l'inverse de la plupart des membres de son staff qui partaient souvent en vadrouille pour leurs diverses enquêtes, il passait l'essentiel de son temps à sa table de travail.

– J'ai terminé l'autopsie d'Aria Nichols, dit Jack. Rien de marquant, hormis une absence d'œdème pulmonaire qui est pourtant le lot des overdoses au fentanyl d'habitude.

– Merci pour l'info, dit Bart. De notre côté, la mère n'a rien ajouté de particulièrement intéressant, sinon pour affirmer haut et clair qu'elle ignorait complètement que sa fille était, je la cite, « une de ces saletés de junkies ».

– Telle mère, telle fille, dit Jack, puis il demanda sans faire d'effort pour cacher son agacement : Et le dossier du Bellevue pour Madison Bryant ? Vous avez pu avancer ? Je veux le voir. Et je veux le dossier papier, pas juste la version électronique.

– J'ai ce dossier, oui, et il est ici sur ma table, dit Bart. Désolé ! Quelqu'un vous le portera dans l'heure, si vous voulez. Vous êtes dans votre bureau ?

– Oui. Envoyez !

– Très bien. Et sinon, des nouvelles de la Dr Montgomery ?

Cette innocente question déchira le cœur de Jack qui essayait de toutes ses forces de ne pas penser à Laurie. Il dut se racler la gorge pour ne pas laisser paraître son trouble.

– Pas encore. Ça ne devrait pas tarder.

– Passez-lui mes amitiés quand vous lui parlerez.

– Certainement.

En raccrochant, Jack éprouva tout à coup de la colère. Pas contre Bart, mais contre le sort qui avait décidé que Laurie devait hériter de la version mutée du gène BRCA1. Sans cela, elle aurait été au travail dans son bureau au rez-de-chaussée, à l'heure qu'il était, et pas sur le billard quelque part dans le Centre médical Langone.

– Hé, poto, quoi de neuf ?

Jack leva les yeux pour trouver Chet sur le seuil de son bureau.

– Je voulais m'excuser pour ma remarque pas très fine à la fosse. Au sujet d'Aria Nichols.

– Déjà oubliée, dit Jack en agitant la main.

– Merci. Et l'autopsie, t'as trouvé quelque chose de notable ?

– Je me demande si Nichols et Jacobsen n'ont pas été tuées par un de ces analogues démentiellement puissants du fentanyl. Cela expliquerait l'absence d'œdème pulmonaire. Elles sont mortes trop vite pour qu'il survienne.

– C'est une hypothèse intéressante.

– Puisque tu es là, je vais te soumettre un truc, dit Jack. Il pourrait y avoir un lien entre les cas Jacobsen, Bryant et Nichols. C'est un embrouillamini assez étrange. Enfin c'est l'impression que j'ai. Jacobsen et Bryant étaient collègues et copines. Nichols a fait l'autopsie Jacobsen, laquelle a révélé que la femme était enceinte, et d'après Laurie, cela lui a donné envie de retrouver le père du fœtus. Apparemment Bryant devait l'aider, mais elle est passée sous un métro et morte à l'hôpital. Tout ça en un peu plus de trois jours.

Jack regarda fixement son ancien compagnon de bureau, qui, appuyé contre le chambranle de la porte, avait croisé les bras sur sa poitrine.

– Tu veux dire qu'il y aurait un rapport… ?

– Je ne sais pas très bien ce que je veux dire. Pour être honnête, j'ai la cervelle en compote à cause de Laurie et de son opération.

– Oh mais oui ! s'exclama Chet. C'était aujourd'hui. Comment ça s'est passé ? Tout va bien ?

– Malheureusement, je n'en sais rien. À l'heure qu'il est, je devrais avoir des nouvelles de la chirurgienne, et plus j'attends plus je deviens nerveux. Mais bien sûr, je ne sais pas à quelle heure l'intervention a commencé. Il a pu y avoir du retard. Enfin bon, pour m'occuper l'esprit je réexamine les autopsies de ces trois femmes. Il y a peut-être un truc qui m'a échappé. Pour le dire tout net, oui, c'est un peu ça, je me demande si je ne passe pas à côté d'un détail qui pourrait les relier les unes aux autres.

– Si je peux me permettre, tu te prends un peu trop la tête. Tu imagines quoi ? Un complot ? À mon sens, dans les décès de ces trois femmes, il n'y a qu'une coïncidence tragique. Ou plusieurs, peut-être. Et pour Laurie… Veux-tu que je passe un ou deux coups de fil ? Je suis à peu près sûr de pouvoir découvrir où en est l'intervention.

– Merci, ce n'est pas la peine. Je peux passer ces coups de fil moi-même, dit Jack. C'est idiot, mais l'idée de téléphoner, que ce soit toi ou moi, ça me rend superstitieux. Je sais, je suis dingue, mais c'est comme ça.

Tout à coup le portable de Jack se mit à bourdonner sur sa table, le faisant sursauter.

– C'est la chirurgienne de Laurie ! s'exclama-t-il en regardant l'écran.

Chet leva le pouce et disparut. Jack prit l'appel en croisant les doigts. Il n'avait jamais rencontré Claudine Cartier, mais il la connaissait de réputation. Elle comptait parmi les chirurgiennes les plus demandées du Centre médical Langone.

– Bonjour, docteur Stapleton.

Dans l'état d'hypersensibilité où il était, Jack se rendit compte qu'elle avait une bonne voix. C'était encourageant.

– Je voulais vous prévenir que Laurie est maintenant en SSPI et se porte comme un charme. Tout s'est passé parfaitement bien, y compris l'ovariectomie sous endoscopie.

– Formidable ! Et la biopsie mammaire, qu'a-t-elle donné ?

– Elle s'est révélée positive, dit Claudine, sa voix devenant un peu plus grave. Le diagnostic pathologique préliminaire, c'est qu'il s'agit d'un carcinome médullaire. Ce n'est pas une tumeur courante, sauf chez les patientes qui ont la mutation BRCA1.

– D'accord, dit Jack, essayant de dissimuler la déception et le désarroi qui l'étreignaient tout à coup.

Il avait espéré de tout son cœur que la biopsie serait négative, ou, si elle se révélait positive, qu'elle révélerait un type de cancer plus anodin.

– Il y avait aussi une fraction microscopique de la tumeur dans le ganglion sentinelle, mais rien dans la demi-douzaine d'autres ganglions qui ont été retirés. Je crois que c'est très encourageant, surtout si l'on tient compte de la petite taille de la tumeur principale.

– Avez-vous fait une mastectomie complète de ce côté-là ? demanda Jack.

– Absolument. Et ce que nous appelons une mastectomie préventive de l'autre côté. Ensuite, avec la Dr Roberta Atkins, qui est une extraordinaire chirurgienne plasticienne, nous avons fait la reconstruction bilatérale. Je suis très satisfaite du résultat final. Et je crois que Laurie sera elle aussi de cet avis.

– Et pour la suite, alors ?

Jack se sentait un peu faible. Il appuyait à présent la tête sur sa main droite, le coude sur la table.

– Maintenant c'est au Dr Wayne Herbert, le cancérologue, de se prononcer, dit Claudine. Je crois qu'il sera content d'apprendre que la tumeur primaire était si petite, et les ganglions si peu touchés.

– Entendu. Combien de temps Laurie va-t-elle rester en SSPI ?

– C'est à l'anesthésiste de voir, mais sans doute environ une heure. L'anesthésie a été très facile et Laurie s'est vite réveillée.

– Merci beaucoup, docteur Cartier !

– Je vous en prie.

Jack coupa la communication et demeura sans bouger quelques instants, le regard perdu dans le vague. Il n'avait pas entendu ce qu'il voulait entendre, mais, au bout du compte, les nouvelles n'étaient pas si mauvaises. Et la chirurgienne paraissait réellement contente. Éprouvant tout à coup un irrésistible besoin de contacts humains, il poussa des deux mains sur la table pour quitter son fauteuil et gagna à grands pas le bureau de Chet.

Il s'immobilisa sur le seuil en disant :

– Les nouvelles ne sont pas dramatiques, mais pas géniales non plus.

– Entre et raconte-moi tout ! dit Chet en se détournant du microscope où il était en train de travailler.

Jack se laissa choir sur une chaise et lui raconta d'un ton morose tout ce que la chirurgienne lui avait appris.

– Ça me paraît plutôt bon, ces nouvelles, dit Chet. Allez, vieux ! Secoue-toi ! Petite tumeur et un seul ganglion touché ? Bah ! Aujourd'hui c'est du gâteau, pour les cancérologues. Réjouis-toi que ce truc ait été détecté si tôt. Tu pourras la voir dans combien de temps ?

– D'ici deux heures, à peu près, je présume. Elle sort juste du bloc, l'anesthésie a été assez longue et elle est en salle de réveil.

– Tu sais ce que tu devrais faire ? déclara Chet avec conviction. Tu devrais te barrer d'ici. Rentre chez toi, va passer un moment avec tes gamins, et puis quand Laurie sera emmenée à sa chambre, tu iras la voir. Autrement, si tu restes dans ton bureau à essayer de te changer les idées avec des lames d'histo et des certificats de décès, tu vas te rendre maboul.

– T'as peut-être raison, dit Jack.

L'idée de s'offrir un peu d'exercice l'attirait soudain beaucoup. De même que la perspective de voir Emma et peut-être aussi JJ s'il arrivait assez tôt à la maison. Et il y avait toujours la possibilité d'un petit crochet par le terrain de basket…

– Merci, Chet, dit-il en se levant. Ça m'a fait du bien.

– À ton service, vieux. Je suis sûr que tout ira bien. Tiens, envoie-lui donc un texto pour demander qu'elle t'appelle dès qu'elle aura son portable en main. Elle le regardera aussitôt qu'elle sera dans sa chambre, je suppose.

– Autre très bonne idée, dit Jack d'un ton approbateur.

Le fait qu'il n'eût pas pensé à cela lui-même prouvait bien qu'il n'avait pas les idées claires.

# 38

**11 MAI**
**15 H 40**

Jamais Jack n'avait reçu meilleur conseil. Pendant trente-quatre minutes, il ne pensa à rien d'autre qu'à son trajet. Le vent sifflant dans son casque de vélo, il remonta à bonne allure la Première Avenue jusqu'à la 55e Rue où, tournant vers l'ouest, il eut le petit plaisir supplémentaire de réussir à enchaîner plusieurs feux verts. Ce fut presque à contrecœur qu'il quitta Central Park, dont les automobilistes avaient été bannis, pour parcourir la courte distance le séparant de sa maison.

Sur la dixième et dernière marche de son perron, il se retourna pour scruter le terrain de basket de l'autre côté de la rue. Comme il s'y attendait, il ne vit presque personne – juste deux joueurs qui travaillaient leurs paniers. L'envie le saisit un instant de filer se changer pour les rejoindre, mais… Non. Il avait prévu de profiter de la compagnie de ses enfants et de passer un bon moment avec eux. Il ouvrit la porte de la maison, rangea son Trek dans la remise, à côté du hall, puis grimpa les escaliers.

Il entendait là-haut la voix posée et encourageante de l'orthophoniste d'Emma, Karen Higgins, qu'il avait déjà rencontrée à plusieurs reprises. Quand l'étage se découvrit à son regard, il aperçut Emma et Karen assises côte à côte à la grande table de repas – la petite prenait son quatre-heures en écoutant l'orthophoniste –, tandis que Caitlin se trouvait dans la partie cuisine où elle faisait quelques préparatifs pour le dîner des enfants. Afin de ne pas perturber le travail de Karen, Jack traversa discrètement la pièce en direction de la cuisine. Caitlin parut très contente de le voir.

– Comment va Laurie ? demanda-t-elle aussitôt à voix basse. Vous avez eu des nouvelles ?

– Oui, j'ai eu la chirurgienne au téléphone, murmura Jack. L'opération s'est bien passée et Laurie est en salle de réveil.

Il préféra ne pas entrer dans les détails. Laurie raconterait elle-même à Caitlin ce qu'elle voudrait.

– Tant mieux, dit la jeune femme avec soulagement.

Adossé au plan de travail, Jack but tranquillement un verre de San Pellegrino en observant Emma et Karen. Très vite, il comprit que Karen utilisait le goûter comme outil d'apprentissage. Avec une infinie patience, elle enseignait à la petite fille une sorte de langue des signes pour évoquer le jus d'orange et les biscuits. Mais ce qui impressionna le plus Jack, c'était qu'Emma suivait avec attention les gestes de Karen. Elle croisait aussi régulièrement son regard. Il était clair qu'elle faisait des progrès.

– C'est l'heure où JJ rentre de l'école, non ? demanda-t-il à Caitlin, toujours à voix basse.

– Oui. Le bus le dépose au carrefour à quatre heures.

Le téléphone de Jack bourdonna dans sa poche. Trop pressé de l'attraper, il le coinça quelques instants dans les plis du tissu de son pantalon. Un sourire lui monta aux lèvres. C'était un texto de Laurie :

Ça y est, je suis dans ma chambre ! Appelle quand tu peux. Bisous.

Il quitta sans bruit la cuisine et courut jusqu'au bureau pour l'appeler.

– Alors comment tu te sens ? demanda-t-il.

– Pas encore génial, mais ça va, répondit-elle.

– De mon côté, je suis rentré à la maison pour voir les enfants un moment. Enfin, JJ n'est pas encore revenu de l'école.

– Et Emma ?

– Elle est là, elle va bien.

– Je suis contente que tu sois à la maison. Ce matin, j'ai senti que JJ était inquiet. Même s'il essayait de faire celui qui s'en fichait. Rassure-le dès qu'il arrive, et dis-lui que tout s'est bien passé.

– D'accord, dit Jack. Mais comment tu te sens ? Raconte-moi. Tu as très mal ?

– Un peu vaseuse, mais plutôt bien, tout compte fait. Dans quelle mesure c'est dû aux médocs, ça, je ne sais pas trop. J'ai un petit robinet à antalgiques branché sur la voie veineuse. Pour le moment, en fait, c'est surtout ma gorge qui me fait des misères. Sans doute à cause de la sonde d'intubation. Mais bon, ce n'est pas grand-chose et je crois que c'est déjà en train de passer. Ça me tiraille aussi au niveau de la petite incision que j'ai à l'abdomen. Mais à part ça… Si, ça va bien ! J'ai même faim. Incroyable non ? Mais je n'ai encore eu droit qu'à des liquides.

– Es-tu d'attaque pour recevoir de la visite ?

– Bien sûr. Mais ce n'est pas une obligation, si tu veux rester avec les enfants. Je vais bien et j'irai encore mieux quand ils me donneront la permission de manger. J'envisage aussi de bien profiter des somnifères que m'a proposés la Dr Cartier pour la nuit.

– Je veux te voir ! Dès que j'aurai pu parler avec JJ, et peut-être avaler un morceau, je me mets en route.

– Si tu tiens à venir, Jack, ce que je voudrais, c'est que tu viennes en voiture à l'hôpital. Pas sur ton vélo.

Surpris par cette requête inattendue, Jack marqua un temps avant de répondre.

– Ça compte tant que ça pour toi ? dit-il, grimaçant à l'idée d'être coincé sur la banquette arrière d'une voiture à l'heure où la circulation était la pire dans Manhattan.

– Ça compte toujours, oui, dit Laurie avec une pointe d'agacement. Mais tout spécialement en ce moment où je suis bloquée à l'hôpital. Pour le bien de nos enfants, je ne veux pas que tu sois admis ici en même temps que moi. Fais-moi ce cadeau, je t'en prie !

– D'accord, d'accord, dit Jack d'un ton apaisant.

– Merci. Ce sera une source d'inquiétude en moins. Maintenant, dis-moi comme s'est passée l'autopsie d'Aria. Et as-tu parlé avec Carl Henderson, à propos ?

– L'autopsie s'est faite sans problème. Marvin Fletcher nous a donné un coup de main et a remarqué que le cas était identique à celui de Kera Jacobsen, avec notamment une quasi-absence d'œdème pulmonaire.

– C'est intéressant. Je suis d'avis que Kera Jacobsen est décédée très vite. Ça n'a pas été la mort un peu plus lente, due à une insuffisance respiratoire progressive, que l'on voit dans la plupart des overdoses au fentanyl.

– C'est aussi mon sentiment au sujet d'Aria Nichols.

– Je me demande si les deux femmes se procuraient leur drogue auprès de la même source ? dit Laurie.

– Ben tu vois, on est sur la même longueur d'onde. C'est ce qui me tracasse. Elles avaient peut-être bien le même dealer, vu qu'elles travaillaient au même endroit. J'ai demandé à John, à la toxicologie, de déterminer si elles ont utilisé le même analogue de fentanyl. J'espère que nous n'allons pas avoir droit à un afflux d'overdoses avec d'autres employés du centre médical.

– Je l'espère aussi, dit Laurie. Bon, pour finir sur une note plus sympa, vers quelle heure je peux espérer te voir ?

– Pourquoi ? dit Jack en riant. Faut que tu me trouves une place au milieu de tes multiples visiteurs ?

Laurie laissa échapper un petit gloussement étranglé.

– Aïe ! Ça fait mal quand je ris, protesta-t-elle.

– Disons d'ici une heure. Veux-tu que je t'apporte quelque chose ?

– Juste toi et ton humour, vous serez tout à fait bienvenus. Je serai contente aussi de te montrer la chambre où ils m'ont installée. C'est un cinq-étoiles !

– J'ai hâte de la visiter, dit Jack. Mais j'ai surtout hâte de te voir toi.

# 39

**11 MAI**
**16 H 10**

À seize heures Carl avait bouclé sa dernière obligation de la journée. Chose qui tombait plutôt bien, c'était une réunion du comité de sélection de l'internat de pathologie. Chaque année, la sélection des étudiants de dernière année de médecine acceptés au programme de l'internat était annoncée le troisième vendredi de mars – en même temps que toutes les sélections à tous les programmes d'internat de toutes les universités américaines dans toutes les spécialités médicales. En tant que chef du service de pathologie, Carl siégeait bien entendu à ce comité. Le décès de l'une des internes du programme étant désormais connu de tous, il avait profité de la réunion pour défendre l'idée que le comité avait commis une erreur en acceptant autrefois la candidature de la jeune femme. Il avait insisté sur le fait qu'il était essentiel, à son avis, d'accorder autant d'importance à la personnalité des candidats qu'à leurs résultats.

Après la réunion, Carl ne retourna pas immédiatement à son bureau. Il profita de ce qu'il était dehors pour marcher jusqu'au Kimmel Pavilion. Sur la base de données du centre, Laurie Montgomery était toujours enregistrée dans la chambre 838 du Kimmel Pavilion.

Comme toujours, et surtout en fin d'après-midi, il y avait beaucoup de monde dans le hall du Kimmel et dans l'ascenseur. Tant mieux pour lui qui voulait se fondre dans la masse. *Plus on est de fous, plus on rit*, songea-t-il.

Carl marcha droit jusqu'à la chambre 838 et s'immobilisa sur le pas de la porte. Il n'entra pas, c'était inutile. Première observation essentielle, la patiente était bien Laurie Montgomery. Il l'avait déjà rencontrée, mais, par précaution, il avait pris soin de se remettre son visage en mémoire en consultant le site de l'IML qui présentait quelques photographies de sa directrice. Autre observation cruciale, et rassurante, elle avait au bras une voie veineuse sur laquelle était branchée la tubulure d'une poche à perfusion. Étant donné qu'elle venait de subir une grosse opération chirurgicale, Carl savait qu'elle la garderait au moins vingt-quatre heures. Tant mieux. Sans cette intraveineuse, il n'aurait pas pu mener son plan à bien.

La patiente était seule dans la chambre, chose qu'il n'avait pas vraiment envisagée, et il regretta de n'avoir pas apporté la seringue remplie de chlorure de potassium qui l'attendait dans un tiroir de son bureau. Mais bon, c'était une idée folle, car il valait mieux attendre trois heures et demie du matin, quand le gros de l'équipe de nuit serait parti à la cantine. Et aurait abandonné ses patients à la Faucheuse, ajouta-t-il pour lui-même en souriant. Et puis l'énorme avantage pour lui, à trois heures du matin, c'était qu'il n'aurait aucun mal à s'éclipser dans le charivari de la tentative de réanimation de la patiente. À cette heure-ci, il y avait des tas de témoins potentiels un peu partout.

– Pardon, docteur, dit une infirmière en se glissant à côté de lui pour entrer dans la chambre de Laurie.

Il fit un pas de côté et la regarda s'avancer vers le lit et engager la conversation avec la patiente. Cette infirmière qui débarquait à l'improviste prouvait bien qu'il devait attendre pour agir.

Il ne put s'empêcher de sourire pendant qu'il retournait vers les ascenseurs. Demain à la même heure, le cauchemar serait terminé : il ne resterait plus aucun domino susceptible de se renverser et de le compromettre.

# 40

**11 MAI**
**17 H 48**

Pour faire plaisir à Laurie, Jack avait pris une voiture comme promis. Une fois entré dans le hall du Kimmel Pavilion par une des portes à tambour, il se dirigea à grands pas vers les ascenseurs.

JJ était rentré à la maison pendant qu'il était au téléphone avec Laurie. En ressortant du bureau, Jack l'avait trouvé vautré dans le canapé, les pieds en appui sur le bord de la table basse, l'ordinateur en équilibre sur les genoux. Déjà plongé dans *Minecraft*.

Jack s'était assis à côté de lui :

– L'opération de maman s'est bien passée.

– Je sais.

– Comment tu le sais ?

– C'est Caitlin qui m'a raconté.

– Ah d'accord. Maman reviendra sans doute à la maison d'ici deux ou trois jours.

– OK, avait dit JJ après un silence – il était clair que son jeu retenait à peu près toute son attention.

– Hé ! avait dit Jack avec une pointe d'impatience. Tu arrêtes ça un moment pour me parler, tu veux ?

JJ avait poussé un grognement, mais obtempéré. Faisant comme s'il n'avait rien entendu, Jack avait demandé :

– Tu t'es inquiété pour maman, pendant que tu étais à l'école ?

– Un peu, mais pas trop.

– Je suis désolé, je ne t'ai pas appelé comme j'avais promis, finalement, mais en fait je n'ai eu la nouvelle qu'assez tard. Je pensais que l'hôpital me téléphonerait bien plus tôt. Ça t'a fait peur ?

– Nan, avait dit JJ avec un haussement d'épaules. Je peux rejouer à *Minecraft* ?

Jack sourit en se remémorant la fin de cette conversation. Qui était assez typique de JJ, au fond, ces derniers temps. Il devenait de plus en plus difficile de lui faire dire ce qu'il avait sur le cœur.

L'ascenseur était si plein que Jack se retrouva coincé contre la paroi du fond. Au huitième étage il dut s'excuser et jouer des coudes pour en sortir. Pendant qu'il longeait le couloir, il constata qu'il y avait des visiteurs dans la plupart des chambres. Parvenu à la porte 838, qui était ouverte, il s'arrêta sur le seuil. Laurie était endormie dans son lit d'hôpital dont les rails latéraux étaient relevés. Aux yeux de Jack elle était aussi belle que d'habitude, le visage encadré par ses cheveux auburn qu'elle avait visiblement pris le temps de peigner.

Sans un bruit, il s'avança dans la chambre en regardant autour de lui. Laurie n'avait pas menti. La déco et les équipements étaient impressionnants. La large fenêtre offrait une vue dégagée sur l'East River et, au-delà, sur une bonne partie du Queens et de Brooklyn. Le lit était parallèle à cette fenêtre. En face de Laurie, et à droite de Jack, se trouvait un écran absolument gigantesque incorporé dans le mur – allumé, le son coupé, sur un programme d'informations. Le mobilier se composait d'une table de chevet près du lit, d'un petit canapé, de deux chaises et d'un bureau avec un fauteuil. Derrière une porte entrouverte, il aperçut la salle de bains. Il était un peu ébahi. Cette chambre, digne d'un cinq-étoiles comme l'avait dit Laurie, était bien différente de toutes celles qu'il avait pu fréquenter à l'époque où il était étudiant en médecine.

Il s'approcha de Laurie en silence. Encastrés dans le mur au-dessus de la tête de lit, plusieurs moniteurs affichaient de multiples informations sur l'état de santé du patient. L'un d'eux seulement était allumé : Jack y regarda défiler quelques instants les courbes monotones mais rassurantes de l'ECG, accompagnées par le bip discret qui ponctuait chaque battement du cœur de sa femme. Le seul autre bruit qu'il entendait était celui de voix étouffées provenant du couloir.

Il ne voulait pas la réveiller, mais, en même temps, il avait très envie de lui parler. Alors qu'il reculait sur la pointe des pieds en direction du canapé, Laurie ouvrit un œil. Puis deux. Et elle esquissa un sourire. Jack lui donna un baiser et l'étreignit avec précaution, en veillant bien à ne pas appuyer sur sa poitrine. Enfin il approcha une chaise de la tête du lit et s'assit.

– Je suis contente que tu sois là, dit Laurie.

Non sans quelque difficulté, elle se redressa contre la partie supérieure du lit qui était inclinée à quarante-cinq degrés. L'effort la fit grimacer.

– Et moi donc, dit-il en prenant sa main au bord du lit. Tu as l'air plutôt en forme.

– C'est gentil de le dire, mais je n'y crois pas une seconde, protesta-t-elle en s'efforçant de sourire. Tu as pu parler avec JJ, alors ?

– Oui, et ne t'inquiète pas, il semble rassuré et totalement normal. J'imagine que la Dr Cartier t'a dit la même chose qu'à moi ?

– Oui. Mais je préfère ne pas trop y penser tant que je n'aurai pas parlé au Dr Herbert.

– Sage décision.

– En même temps je suis vraiment contente, et reconnaissante aussi, que ce truc ait été découvert si tôt. Vu sa petite taille, et sachant qu'il n'y avait que des projections minuscules dans un seul ganglion lymphatique, tout ça est plutôt rassurant.

– J'étais ravi d'entendre ça, moi aussi, dit Jack.

Elle évitait d'employer les mots « cancer » et « métastases », et il préférait en faire autant.

– Pour parler de choses plus sympas, comment tu trouves la chambre ?

– Épatante, dit Jack en regardant à nouveau autour de lui. C'est un canapé-lit que tu as là ?

– Oui, mais ne te mets pas d'idées en tête, répondit Laurie d'un ton amusé. Je veux que tu sois à la maison avec les enfants.

– Bien, capitaine, dit-il en faisant un petit salut militaire.

– Attends, il faut que tu voies un truc assez extraordinaire. Passe-moi la tablette qui est là, sur la table de chevet.

Jack obéit et Laurie lui montra comment la tablette était une sorte de télécommande ultra-sophistiquée avec laquelle elle pouvait commander ses repas, piloter l'écran géantissime installé en face d'elle pour regarder la télévision ou accéder à divers services, actionner les stores de la fenêtre, ou encore régler l'éclairage de la chambre et même sa température.

– Waouh ! fit Jack. Si ce système sait aussi descendre la poubelle, j'en veux un pour la maison.

Laurie rit et grimaça aussitôt – l'incision de l'endoscopie la tiraillait.

– Au fait, as-tu rappelé le Dr Henderson après avoir fait l'autopsie de cette pauvre Aria ?

– Non.

– Pourquoi ?

– Primo, il ne me l'a pas demandé. Secundo, je n'avais pas grand-chose à lui raconter de toute façon. Puis je dois dire que quand je lui ai parlé avant de faire le boulot, il a mis un terme à la conversation de façon assez abrupte.

– C'est étrange. Le cas Kera Jacobsen lui tenait vraiment à cœur.

– Je pense que tout dépend de la pression que Vernon Pierce met sur lui. Ou pas.

– Oui, c'est sans doute ça, convint Laurie.

Un petit moment plus tard, Laurie eut envie de marcher. Elle l'avait déjà fait, un petit peu, avant l'arrivée de Jack, et elle voulait recommencer. Ils savaient tous deux à quel point la mobilisation des patients est importante après une intervention chirurgicale avec anesthésie générale. Il se chargea de débrancher les électrodes de l'ECG, puis, Laurie prenant appui sur son bras d'un côté, sur le statif à roulettes de la perfusion de l'autre, ils firent plusieurs allers-retours dans le long couloir du service. Cette mission accomplie, ils se réinstallèrent dans la chambre pour regarder les nouvelles à la télévision pendant que Laurie prenait un repas léger. Alors que l'émission touchait presque à sa fin, une infirmière nommée Teresa Golden apporta les somnifères prescrits par la Dr Cartier à Laurie.

– Je les laisse sur la table de chevet, dit Teresa quand elle vit que sa patiente avait de la visite. La douleur, ça va ? Vous pensez qu'il vous faudra quelque chose en plus de ce que vous pouvez injecter vous-même par la voie veineuse ?

– Non, je crois que ça ira.

– Nous sommes là si vous avez besoin, de toute façon, dit Teresa d'un ton enjoué en vérifiant le drain chirurgical de Laurie. Oh, très peu d'écoulement. Impeccable.

Après le départ de l'infirmière, Laurie fit part à Jack de son émerveillement devant la compétence et la gentillesse du personnel de soins. Un aspect des choses qui rendait toute cette expérience bien plus tolérable que lorsqu'elle avait été opérée au Manhattan General des années auparavant.

Jack et Laurie regardèrent deux émissions d'un œil distrait tout en discutant des enfants. Peu après neuf heures, Laurie commença à se sentir épuisée.

– Je serai bientôt HS, dit-elle en éteignant la télévision.

Elle respira profondément, plusieurs fois de suite, comme elle le faisait de temps en temps depuis son arrivée dans la chambre. Elle savait que c'était très important pour son organisme à la suite de l'opération.

– Tu es sûre que tu ne veux pas que je reste ? demanda Jack.

– Certaine. Je vais bien, tu sais. Avec les antalgiques, les somnifères, et après cette anesthésie générale, je vais roupiller comme un bébé.

– Quand penses-tu revenir à la maison ?

– Ça, je dois en parler avec la Dr Cartier. Elle m'a dit qu'elle faisait sa tournée des malades de très bonne heure. Je te texterai dès que je l'aurai vue, d'accord ?

– Ça marche, dit Jack.

Il se leva, tendit à Laurie la coupelle en papier contenant les somnifères, puis lui servit un verre d'eau. Quand elle eut avalé les comprimés, il récupéra verre et coupelle pour les poser sur la table de chevet. Puis il se pencha pour la serrer avec précaution dans ses bras. Elle voulut lui rendre son geste, mais la gêne qu'elle éprouvait en remuant le buste la fit grimacer.

– Je garderai mon téléphone près de moi, cette nuit, dit Jack. Essaie de bien dormir.

– Je suis sûre que c'est ce que je vais faire.

Déjà en proie au sommeil, Laurie réussit à peine à agiter la main avant de laisser ses yeux se fermer. Jack sourit tendrement et quitta la chambre.

# 41

**11 MAI**
**21 H 25**

Pour éviter la foule des gens qui attendaient des taxis devant l'hôpital, Jack partit à pied vers le sud. Il arrivait en vue de l'IML, trois ou quatre minutes plus tard, lorsque sa dernière conversation avec Bart Arnold lui revint en mémoire. Il avait rouspété de n'avoir pas encore reçu le dossier médical de Madison Bryant, et puis il avait finalement quitté l'IML avant qu'un coursier ne le lui ait apporté du 421. Il n'avait aucune urgence à rentrer à la maison puisque les enfants étaient déjà couchés, et il décida de monter à son bureau. Il était tellement tendu que le sommeil se ferait attendre de toute façon.

Il entra dans l'immeuble par le quai de déchargement de la cour du bâtiment, où arrivaient et repartaient les cadavres. Sauf au sous-sol, où l'agent de sécurité avait la radio allumée, un silence de mort régnait sur l'immeuble à peu près désert.

Comme d'habitude, Bart Arnold avait tenu parole. Jack s'assit et ouvrit le dossier médical de Madison Bryant. Il y avait pas mal de documents, à commencer par les transcriptions des échanges entre les ambulanciers et l'équipe de traumatologie du Bellevue quand

Madison avait été prise en charge dans la station de métro. Ce qu'il espérait découvrir, c'était si Madison avait paru souffrir d'un quelconque problème cardiaque. Mais il n'y avait rien à ce sujet, ni dans les papiers relatifs à son transport en ambulance jusqu'au Bellevue, ni dans ceux du service des urgences traumatologiques. Le dossier contenait plusieurs électrocardiogrammes enregistrés d'abord aux Urgences, puis au bloc où Madison avait dû être opérée au niveau de la cheville, puisque le train lui avait arraché un pied.

Une seconde partie du dossier portait sur l'arrivée et le séjour de la patiente à l'unité de soins intensifs. Jack lut avec attention toutes les notes des médecins et des infirmiers qui s'étaient occupés d'elle. Comme d'ordinaire celles-ci étaient nombreuses, mais, là encore, il ne trouva aucune allusion à la moindre cardiopathie susceptible d'annoncer cette fibrillation ventriculaire qui était survenue de façon si soudaine, au milieu de la nuit, et qui n'avait absolument pas répondu au traitement administré sans délai par une équipe de réanimation. Il passa ensuite aux résultats des analyses biochimiques sanguines de Madison. Il était curieux de découvrir les valeurs de ses électrolytes avant la fibrillation, car il savait que de grandes variations des taux d'électrolytes pouvaient entraîner des dysfonctionnements cardiaques. Mais toutes les valeurs qu'il vit dans le rapport se situaient dans la normale.

Jack se disait qu'il n'avait plus qu'à laisser tomber, puisque le dossier hospitalier de Madison Bryant n'avait hélas rien à lui révéler, lorsqu'une autre idée lui vint à l'esprit. Peut-être existait-il un enregistrement continu des signes vitaux et de l'électrocardiogramme de Madison pendant qu'elle était aux soins intensifs, jusqu'au moment de sa crise cardiaque fatale ? En tant que légiste de l'IML, il avait accès aux serveurs du Centre médical Langone et de l'hôpital Bellevue, et les capacités de stockage des données s'étaient considérablement accrues ces dernières années. Il se connecta au Bellevue, ouvrit le dossier informatique de Madison Bryant et eut la grande satisfaction de trouver exactement ce qu'il cherchait : un enregistrement de ses signes vitaux pendant toute la durée de son séjour aux soins intensifs. Grâce au dossier papier il connaissait l'heure exacte de l'arrêt cardiaque, et il put donc retrouver sans difficulté l'événement sur le fichier. Comme il l'avait entendu dire, le changement était spectaculaire. L'ECG était parfaitement normal jusqu'au moment où apparaissaient tout à coup les variations désordonnées, sinusoïdales, de la fibrillation ventriculaire. Jack remonta dans le temps sur le tracé, jusqu'à environ une heure avant l'incident, puis le fit lentement défiler en le scrutant avec attention, guettant la moindre variation anormale sur les différentes courbes, si subtile pût-elle être. D'ordinaire, dans ce genre de cas, on observait l'apparition, petit à petit, de quelques battements de cœur aberrants ou d'autres signaux qui montraient que le système cardionecteur subissait un stress. Lequel stress pouvait avoir une myriade de causes différentes, soit de nature structurelle, les artères coronaires ou les cavités du cœur étant par exemple détériorées, soit de nature chimique, c'est-à-dire à cause de la prise de certains médicaments ou de variations importantes des électrolytes. Mais là, il n'y avait rien du tout. Jack avançait pas à pas dans l'enregistrement et ne décelait absolument aucun signe avant-coureur de la catastrophe qui approchait. Le cœur de Madison battait sans la moindre fausse note – et tout à coup la fibrillation survenait. Perplexe, il zooma sur les tracés pour examiner les battements de cœur des toutes dernières secondes avant l'incident. Et ce fut alors qu'il aperçut quelques détails susceptibles d'indiquer une modification subtile du fonctionnement du cœur. Il pensa tout d'abord qu'il s'agissait d'un artefact, mais ses soupçons se confirmèrent quand il observa les tracés plusieurs fois de suite et se focalisa sur les trois battements précédant immédiatement le déclenchement de la fibrillation. En zoomant davantage et en mettant le défilement sur pause pour regarder image par image les battements en question, il put les étudier avec soin et mesurer les hauteurs et les écartements des ondulations des courbes. Remontant ensuite sur le tracé jusqu'à une section où les battements étaient normaux, il compara les mesures. La conclusion s'imposa alors à lui : il y avait une élévation régulière mais discrète de l'onde T, et un aplatissement tout aussi subtil de l'onde P, dans les trois battements précédant la fibrillation.

– Seigneur, dit-il à voix haute.

Les transformations des courbes qu'il venait de découvrir lui rappelaient une affaire dans laquelle Laurie et lui s'étaient retrouvés impliqués près de quinze ans plus tôt. Ils avaient été confrontés à une tueuse en série, Jasmine Rakoczi, qui travaillait comme infirmière au Manhattan General, un hôpital du groupe AmeriCare. Rakoczi avait été recrutée par une organisation qui était elle-même chargée par un géant de l'assurance santé de se débarrasser de certains patients ayant tendance à développer des maladies héréditaires graves et coûteuses. Un plan diabolique, mais qui n'avait pas totalement surpris Jack et Laurie. Pour la compagnie concernée, une certaine logique comptable parfaitement atroce justifiait de tuer des personnes vouées à souffrir de graves maladies chroniques.

Si Jack repensait à ce cas épouvantable, c'était parce que l'infirmière avait trouvé une solution aussi rusée que démoniaque pour tuer ses victimes : elle leur injectait une énorme dose de chlorure de potassium, par intraveineuse, qui déclenchait aussitôt chez eux une fibrillation ventriculaire fatale. Et sur l'ECG, l'incident était précédé par des modifications subtiles des tracés identiques à celles qu'il venait d'observer sur l'enregistrement de Madison Bryant. Pour être certain que sa mémoire ne le trompait pas, Jack alla sur Internet et fit une rapide recherche sur le chlorure de potassium et les changements qu'il induisait à l'ECG. Il eut bientôt la confirmation que ses souvenirs étaient exacts.

Retournant aux courbes de l'ECG de Madison Bryant, il les scruta à nouveau, plusieurs fois de suite, pour vérifier que l'événement pouvait avoir eu pour déclencheur l'arrivée d'une dose importante de chlorure de potassium dans le cœur de la femme. L'enregistrement ne prouvait assurément pas la présence de KCl, mais il indiquait que cette hypothèse était tout à fait recevable. Était-il envisageable qu'une compagnie d'assurance santé soit mêlée à ce drame comme dans le cas de l'affaire Rakoczi ? La question n'était pas absurde, mais Jack la rejeta tout de suite. À part le pied qu'elle avait perdu, Madison Bryant était sortie à peu près indemne de son accident dans le métro et ne risquait pas d'être un poids à vie pour son assurance. Songeant que l'incident ne pouvait être le simple fruit du hasard, Jack se remit à s'interroger sur un éventuel rapport entre les décès de Kera Jacobsen, de Madison Bryant et d'Aria Nichols. Et si tous ces drames étaient liés ? Certes, les décès aux opiacés étaient devenus courants et touchaient toutes les couches de la société, mais les décès de Kera et d'Aria pouvaient avoir été mis en scène, surtout quand on gardait à l'esprit que ni l'une ni l'autre ne se piquait depuis longtemps. Et concernant la mort de Madison… Comment ne pas penser que l'individu qui l'avait poussée sous ce métro pouvait aussi avoir fait le nécessaire pour la tuer à l'hôpital ?

Jack retournait ces questions dans sa tête, le cœur battant. Si quelqu'un avait injecté du chlorure de potassium à Madison, avec l'intention de l'éliminer, il devait s'agir d'un membre du personnel hospitalier. Il y avait toujours beaucoup de va-et-vient dans les unités de soins intensifs, des gens qui n'appartenaient pas au service y passaient fréquemment. Si la surveillance des patients était relativement constante, en outre, il y avait quand même des moments, pour ceux qui allaient à peu près bien en tout cas, où le personnel hospitalier s'absentait des chambres en se reposant sur les appareils de monitorage équipés de systèmes d'alerte branchés sur les patients. Autrement dit, où n'importe qui pouvait injecter ni vu ni connu une dose de chlorure de potassium mortelle à un patient.

– Oh mon Dieu ! s'exclama Jack.

Une nouvelle abomination et une nouvelle inquiétude commençaient à prendre forme dans son esprit. Si les trois décès étaient liés entre eux d'une façon ou d'une autre, Madison Bryant et Aria Nichols ayant sans doute été tuées pour couvrir le meurtre de Kera Jacobsen, Laurie était peut-être elle-même en danger : elle avait assuré l'autopsie de Kera Jacobsen et supervisé ensuite l'enquête entreprise par Aria Nichols. Et ce qu'il y avait de vraiment terrifiant, c'était qu'à cause d'un malheureux concours de circonstances, Laurie était en ce moment même hospitalisée, avec une voie veineuse au bras, dans une chambre individuelle. Tout à coup pris de panique, Jack s'élança dans le couloir en direction des ascenseurs. Il ignorait s'il y avait le moindre fond de vérité aux suppositions assez dingues, et peut-être totalement paranos, qu'il avait dans la tête, mais il était sûr d'une chose : tant pis si Laurie avait refusé qu'il passe la nuit dans sa chambre, il allait le faire quand même. Si elle courait le moindre danger, il voulait être sur place.

Il longea au pas de charge le Centre médical Langone, remarquant au faible nombre de véhicules sur la contre-allée que la plupart des familles et des proches semblaient être repartis. Idem, constata-t-il peu après, au Kimmel Pavilion : l'hôpital était très calme et il embarqua avec relativement peu de monde dans l'ascenseur. Le couloir du huitième étage lui parut aussi infiniment plus paisible. S'il y avait encore quelques familles dans certaines chambres, car l'hôpital autorisait les visites à peu près n'importe quand, l'étage était tout de même silencieux.

La porte de la chambre 838 n'était entrouverte que d'une dizaine de centimètres. Très vite et sans bruit, il la poussa juste assez pour entrer et la referma aussitôt derrière lui. La chambre était plongée dans l'obscurité – seule la veilleuse de la salle de bains, dont la porte était également entrouverte, et le moniteur de l'ECG au-dessus du lit, dont les bips monotones avaient été coupés pour la nuit, diffusaient un peu de clarté et permettaient à Jack de s'orienter. Le volet de la fenêtre était baissé, masquant les lumières de la ville.

Il s'approcha du lit sur la pointe des pieds et regarda la silhouette endormie de Laurie. Elle était allongée sur le dos, son visage en grande partie dissimulé par l'ombre de ses cheveux. Contrairement à cet après-midi, elle ronflait paisiblement et donnait une impression d'abandon total au sommeil. Un profond soulagement s'empara de Jack. Maintenant qu'il la voyait saine et sauve, ses craintes lui semblaient tout à coup moins justifiées. Était-il en train de devenir paranoïaque ?

S'écartant sans bruit du lit, il gagna le canapé-lit placé sous l'immense dalle noir de jais de l'écran multimédia. Il souleva un de ses coussins pour s'assurer qu'il s'agissait bien d'un convertible, puis se redressa avec une moue dubitative. S'il ouvrait cet engin, il risquait de faire du raffut et de réveiller Laurie, ce qu'il voulait éviter à tout prix. Mauvaise idée, donc. Il se contenta donc de s'asseoir. Après avoir observé Laurie quelques secondes, il fut soulagé de constater qu'elle n'avait pas bougé. Maintenant le plan était simple : il allait rester ici et monter la garde toute la nuit.

Au bout de plusieurs minutes d'immobilité dans le noir, Jack se rendit compte qu'il était épuisé. Ce n'était pas étonnant, avec un réveil à cinq heures du matin et la journée qu'il avait eue. Le problème, c'était que la chambre était tellement paisible qu'il avait peur de s'endormir. Le chlorure de potassium provoquait une fibrillation ventriculaire fatale à une vitesse sidérante, et quelqu'un pouvait parfaitement entrer dans la chambre et faire une injection à Laurie pendant qu'il serait là, à moitié assoupi sur le canapé. C'était affreusement angoissant, d'autant qu'il avait trouvé la preuve, selon toute vraisemblance, que Madison Bryant était pour ainsi dire morte en trois battements de cœur. Jack cligna plusieurs fois des yeux. Il fallait qu'il trouve quelque chose, mais… aucune idée géniale ne lui venait. Pouvait-il se forcer à rester éveillé, d'une façon ou d'une autre, toute la nuit ? Il n'avait pas la réponse à cette question, mais, étant réaliste, il en doutait. Le véritable problème, c'était qu'il n'avait aucun moyen de savoir si ses soupçons étaient fondés, ou s'ils n'étaient que le produit pas très sain de sa fatigue, de son émotivité et d'une flambée de paranoïa dans sa tête. Peut-être fallait-il qu'il parle de tout cela à l'infirmière en chef de garde cette nuit, quand elle prendrait son service à vingt-trois heures, ou bien…

… cinq minutes plus tard Jack se réveilla en sursaut, surpris de découvrir qu'il s'était lentement avachi contre l'accoudoir du petit canapé, puis avait basculé à quatre pattes sur le sol. Il se redressa furieux contre lui-même. Lui qui avait craint de s'endormir, il était servi ! Une fois encore, il fixa son attention sur la silhouette de Laurie de l'autre côté de la chambre enténébrée. Par chance elle ronflait encore paisiblement malgré le boucan qu'il avait fait en s'écroulant par terre comme un imbécile. Il devait absolument trouver une solution avant de sombrer pour de bon dans un profond sommeil – sans avoir la chance de basculer du canapé pour se réveiller. Jack dormait d'ordinaire comme un loir, une heureuse conséquence de l'activité physique qu'il s'offrait tous les jours ou presque. Quand il était vraiment fatigué, même le café ne suffisait pas à le maintenir éveillé. En fac de médecine, il lui était arrivé de littéralement dormir debout. Comment faire pour s'assurer que Laurie serait hors de danger ? Était-elle réellement en danger, d'ailleurs, ou se faisait-il des idées parce que son imagination était partie en vrille ? Cela faisait trop de questions. Pour tenter de mettre de l'ordre dans ses pensées, il se laissa lentement aller en arrière dans le canapé et posa la nuque sur le coussin. Tellement confortable. Le sommeil menaçait. Pour éviter de se laisser emporter, il ouvrit les yeux aussi grand qu'il put en prenant une profonde inspiration…

# 42

**12 MAI**
**03 H 05**

La fonction réveil du téléphone de Carl, réglée sur trois heures cinq, commença à carillonner. Mais il était déjà réveillé et passablement excité par ce qu'il devait accomplir dans la prochaine demi-heure. La fois précédente, lorsqu'il s'était préparé pour s'occuper de la menace Madison Bryant, il avait éprouvé de l'appréhension. Mais pas cette nuit. C'est en forgeant que l'on devient forgeron, disait le proverbe, et tout de suite Carl se sentait très forgeron. Il allait éliminer la menace Laurie Montgomery, plus inquiétante encore, avec autant de facilité. Pour Madison, il avait juste supposé, et pour tout dire un petit peu *espéré*, que l'injection d'une forte dose de chlorure de potassium serait efficace pour tuer très vite et sans laisser de trace. Mais l'hypothèse était désormais confirmée, validée avec un degré de certitude absolue. Alors que Madison s'était trouvée dans une unité de soins intensifs, entourée de soignants aux abois, et alors que son corps avait ensuite été autopsié à l'institut médico-légal, personne n'avait eu la plus petite idée de ce qui s'était réellement passé. Sa mission de cette nuit, avec Laurie Montgomery dans une chambre individuelle – et pas dans une unité de soins intensifs pleine de monde – allait être un jeu d'enfant.

Si confiant fût-il, il ne risquait cependant pas de négliger son déguisement. Il mit autant de soin à se préparer que la fois précédente, enfilant la même perruque noire, les mêmes lunettes à monture épaisse, et une blouse de médecin avec tous les accessoires voulus. La seringue remplie de KCl alla au fond de sa poche droite de blouse. Après s'être assuré dans le miroir qu'il était fin prêt et que personne ne pourrait le reconnaître, il fit une ultime vérification sur le serveur du centre médical pour confirmer sa destination. Comme prévu, Laurie Montgomery occupait la chambre 838 du Kimmel Pavilion.

Il avait de nombreux trajets possibles sans mettre le pied dehors à travers le labyrinthe du centre médical, mais il choisit de passer par l'extérieur et la vaste cour centrale. Il valait mieux ne pas risquer de rencontrer une personne de sa connaissance dans les couloirs bien éclairés. Dans un centre médical aussi important, où l'on opérait vingt-quatre heures sur vingt-quatre, les chirurgiens, en particulier, étaient appelés à circuler à tout moment à travers les différents hôpitaux. Et comme les services de chirurgie et de pathologie avaient souvent à travailler ensemble, Carl connaissait bon nombre de chirurgiens. Il évita aussi d'entrer dans le Kimmel Pavilion par sa porte principale, car il n'était pas exclu que le personnel de sécurité, s'ennuyant au milieu de la nuit dans un hall déserté, ne se sente obligé de jeter un œil sur son badge d'identification. Il pénétra donc dans l'hôpital par-derrière, par les Urgences, où il y avait davantage de va-et-vient de nuit comme de jour.

Parvenu au huitième étage, Carl se sentit tout de suite encouragé par la tranquillité du service tandis qu'il parcourait sans bruit le long couloir où les lumières étaient tamisées pour la nuit. À cette heure et à cet étage, à vrai dire, l'hôpital donnait l'impression d'être quasi désert – il aperçut juste une ou deux infirmières sortant d'une chambre, au loin, pour disparaître aussitôt dans une autre. La plupart des chambres devant lesquelles il passait étaient sombres et silencieuses, leurs portes fermées ou légèrement entrouvertes, même s'il y en avait malgré tout quelques-unes où la lumière brillait et où l'on entendait des bruits ténus de télévision. Presque au bout du couloir, le poste infirmier était le seul endroit brillamment éclairé de tout l'étage. Derrière le comptoir, Carl apercevait quelques têtes – des soignants ou des employés administratifs, sans doute, qui traitaient de la paperasse.

Arrivé en vue de la porte 838, il constata que celle-ci était presque fermée. Il s'immobilisa, tapota la seringue remplie de KCl, juste pour vérifier qu'elle était bien là, à travers le tissu de la poche de sa blouse, s'assura que le couloir était désert et que sa présence n'avait attiré l'attention de personne, puis poussa la porte en silence. Petit à petit la chambre obscure lui apparut, et bientôt le lit d'hôpital. La première chose qui attira son regard, outre la femme aux cheveux foncés endormie sur ce lit, fut les tracés colorés de l'ECG défilant sur le moniteur. Cet appareil de monitorage du cœur de Laurie serait un précieux allié, car il détecterait la fibrillation ventriculaire et donnerait aussitôt l'alarme, ici dans la chambre et au poste infirmier. Carl comptait beaucoup sur cette alarme qui lui permettrait d'expliquer pourquoi il s'était précipité au chevet de la patiente – si quelqu'un, bien sûr, devait poser la question. La seconde chose importante qu'il remarqua fut la tubulure de la perfusion intraveineuse qui descendait de la poche de liquide suspendue au statif jusqu'au bras de Laurie. Sans elle, il aurait pu être obligé de renoncer à son plan et d'imaginer une autre solution. Mais le protocole hospitalier exigeant la présence de cette voie veineuse, il n'avait guère douté de la trouver ici cette nuit.

Après avoir jeté un dernier regard dans le couloir, il poussa un peu plus la porte pour pouvoir se glisser en silence dans la chambre. Il marqua une pause pour permettre à ses yeux de s'adapter à l'obscurité, puis il embrassa la pièce du regard. Tout à coup il se figea, pris d'un désagréable frisson. Il y avait une seconde personne dans la chambre : un homme, recroquevillé en position fœtale sur le petit canapé, dont il supposa qu'il devait s'agir du mari de Laurie Montgomery.

La première impulsion de Carl fut de prendre la fuite face à ce changement de circonstances très regrettable. Mais cet imprévu n'était peut-être pas si mauvais, après tout, et pourrait en fait contribuer à détourner l'attention de sa propre personne dans le tohu-bohu de la tentative de réanimation. En plus d'essayer de sauver la patiente, les médecins et les infirmières du service auraient à gérer le mari catastrophé.

S'il envisageait la scène sous cet angle après avoir commencé à s'inquiéter, c'était parce qu'il n'oubliait pas l'extrême rapidité avec laquelle la fibrillation devait survenir. Comme il l'avait fait aux soins intensifs avec Madison, Carl grimperait aussitôt sur le lit pour entamer le massage cardiaque – et il prétendrait donc avoir entendu l'alarme en passant devant la chambre dans le couloir. De plus, il était probable que le mari, lui-même médecin, voudrait participer à l'effort de réanimation, peut-être en faisant le bouche-à-bouche à Laurie. En quelques instants, Carl retrouva toute son assurance et sourit en s'imaginant essayer de réanimer une Laurie irrémédiablement condamnée en compagnie de Stapleton. Grâce à l'expérience Madison Bryant, il savait qu'une fois la dose de KCl injectée dans son organisme, et à défaut d'une action absolument immédiate pour l'en éliminer, son système de conduction cardiaque n'aurait aucune chance de continuer à fonctionner, quels que soient les efforts de quiconque.

Pendant une minute encore, Carl resta planté au milieu de la chambre pour revoir tout son scénario. Cet exercice mental achevé, il fut encore plus convaincu que la présence inopinée du mari l'aiderait à prendre la tangente, une fois son forfait accompli. Tout avait fonctionné à merveille avec Madison, mais c'était parce qu'il y avait beaucoup de monde. Ici, à cet étage de chambres particulières d'un service de chirurgie, il y aurait nettement moins de personnel – en particulier, moins de praticiens hospitaliers, car l'équipe de réanimation serait entièrement composée d'internes. Et d'internes de médecine interne, d'ailleurs, pas même de réanimation. Du coup, la présence de Carl risquerait de détonner, surtout si quelqu'un devait lui demander s'il avait des patients privés à l'étage. Quant au risque que Jack Stapleton le reconnaisse, il pensait qu'il n'avait rien à craindre. Il doutait qu'ils se soient jamais rencontrés. Et même si c'était le cas ? Avec sa perruque et ses lunettes à monture épaisse, il ne se reconnaissait pas lui-même.

Tout à fait rassuré à présent, il se rapprocha sans bruit du côté droit du lit. Écoutant un instant la respiration paisible de Laurie, il leva les yeux vers le moniteur où l'ECG déroulait inlassablement ses plats et ses courbes réguliers. D'ici quelques secondes, ce tracé pondéré laisserait subitement place au méli-mélo sinusoïdal de la fibrillation ventriculaire, signe que le système de conduction du cœur partait tout entier en capilotade.

Carl tira la seringue de sa poche. Avec ses dents il retira le capuchon de plastique recouvrant l'aiguille de gros calibre et inséra celle-ci dans le site d'injection. Tenant ensuite la seringue les deux pouces sur le piston, il regarda la silhouette de Jack Stapleton, puis injecta d'un seul coup toute la dose de chlorure de potassium dans le corps de Laurie. Comme cela avait été le cas chez Madison, le niveau de liquide de la chambre compte-gouttes s'éleva subitement parce qu'une partie du KCl remontait dans la tubulure. Au même instant, Carl ouvrit en grand le débit de l'intraveineuse.

Comme il s'y attendait, presque à l'instant où il retira la seringue du port, il vit les premiers changements apparaître sur les courbes de l'ECG, dont une élévation très nette de l'onde T. Au battement d'après, ce fut encore pire. Et deux battements plus tard ce fut tout l'ensemble de l'ECG qui se désintégra en une sorte de gribouillis illisible, signe que le cœur avait cessé de battre régulièrement et n'était plus qu'une masse musculaire saisie de spasmes anarchiques. Simultanément l'alarme se mit à retentir, pulvérisant le silence de la chambre et faisant sursauter Carl alors même qu'il s'y attendait.

Vaguement conscient que la silhouette recroquevillée sur le canapé se redressait en sursaut, Carl rempocha la seringue et actionna le mécanisme de déverrouillage du rail latéral en vue de grimper sur le lit et d'entamer le massage cardiaque externe. Il n'aurait pu être plus sûr de lui et plus satisfait. À ses yeux, cette scène était une sorte de validation de la méthode scientifique, car tout se passait exactement comme prévu. Il savait fort bien qu'une infirmière allait faire irruption dans la chambre d'un instant à l'autre, suivie peu après par une équipe de réanimation de l'hôpital, pour se lancer dans une mission perdue d'avance.

Jack essaya d'abord de ne pas se réveiller, parce qu'il était au beau milieu de l'un de ses rêves préférés. Il jouait au basket, mais il ne jouait pas comme dans la réalité. Il jouait à une forme de basket « aérien » où il avait le pouvoir de sauter très haut, comme s'il s'envolait, et de rester suspendu dans les airs pour smasher la balle dans le panier. Si euphorisante la scène fût-elle, le vacarme de l'alarme du moniteur cardiaque, qu'il avait commencé par incorporer dans son rêve comme un bruit de klaxon désagréable en bordure du terrain de basket, finit par le réveiller en sursaut. Retrouvant ses marques en une fraction de seconde, Jack bondit du canapé.

La première chose qu'il distingua dans l'obscurité fut un homme vêtu d'une blouse blanche qui se débattait avec le rail latéral du lit d'hôpital. Cette vision le poussa à l'action. Il comprenait le sens de l'alarme : le mystérieux individu qui se trouvait là avait injecté du chlorure de potassium à Laurie afin de la tuer. Et une colère sans nom l'envahissait. Jamais peut-être il n'avait ressenti cela. Il lui semblait que tout ce qui avait pu lui arriver de grave au cours de sa vie se cristallisait dans cet acte épouvantable. Dominé par la fureur, Jack se jeta vers l'homme qui était en train de grimper sur le lit, agrippa sa blouse à deux mains et le tira en arrière de toutes ses forces. Comme l'homme prenait appui sur un genou au bord du matelas, l'attaque le déséquilibra complètement et il tomba à la renverse avec Jack, agitant furieusement les bras et renversant au passage la carafe à eau, le téléphone et quelques objets personnels de Laurie, sur la table de chevet, qui tombèrent sur le sol avec fracas.

Les deux hommes s'écroulèrent l'un sur l'autre par terre. Pendant quelques instants une étrange bagarre s'ensuivit dans l'obscurité. Ce ne fut que lorsque l'inconnu réussit à se dégager pour rouler vers le centre de la chambre qu'ils purent se remettre debout et se faire face.

– Vous êtes dingue ou quoi ? hurla l'homme. La patiente est en train de mourir ! Il faut la réanimer d'urgence !

Jack ne répondit pas. Il se rua en avant, les bras tendus, avec l'idée de remettre son adversaire à terre. Mais celui-ci fit un pas de côté comme un matador face à un taureau enragé. Emporté par son élan, Jack faillit faire la culbute par-dessus le dossier du canapé et heurter l'immense écran de télévision. Pendant les deux secondes qu'il mit à se redresser, son adversaire prit la fuite.

Aussitôt qu'il eut repris son équilibre, Jack se précipita à son tour vers la porte de la chambre pour poursuivre l'individu. La lumière du couloir, comparativement intense au sortir de la chambre enténébrée, le fit cligner des yeux, mais il ne mit qu'une fraction de seconde à comprendre que le fuyard était parti à droite, vers les ascenseurs, et non pas à gauche vers le poste infirmier. Et il pouvait deviner pourquoi : plusieurs personnes accouraient dans sa direction à cause de l'alarme de l'ECG qui continuait de brailler dans la chambre.

Ignorant tout ce monde, Jack partit comme un sprinter à la poursuite du fuyard. Le retour à la lumière et la vue des soignants avaient enfin réveillé les centres de la pensée rationnelle et analytique de son cerveau, cependant, et ceux-ci s'efforcèrent de faire taire le noyau reptilien plus primitif et agressif, tout juste bon à opter pour l'attaque ou pour la fuite, qui avait piloté ses actions à partir de l'instant où il avait été brutalement arraché au sommeil par l'alarme de l'ECG. Au bout du couloir, une équipe de réanimation de quatre internes accourait dans leur direction, deux d'entre eux pilotant un chariot d'urgence chargé de tout son matériel. La collision était imminente.

Jack ralentit. Devant lui, l'homme bouscula furieusement l'équipe, donnant de violentes bourrades à deux des internes pour s'emparer de l'imposant chariot d'urgence. Puis il pivota avec l'engin et poussa brusquement dessus pour le lancer en direction de Jack à travers le couloir. La plupart des objets qui se trouvaient sur le plateau supérieur du chariot en tombèrent pour se disperser avec fracas sur le sol. L'homme repartit en courant vers les ascenseurs et les escaliers.

– Désolé ! cria Jack aux internes sidérés tout en attrapant le chariot pour l'immobiliser.

Par-dessus son épaule, il vit les infirmières s'engouffrer dans la chambre qu'il venait de quitter. Il lâcha le chariot et repartit à la poursuite de l'homme. Dans la cage d'escalier, penché sur la rambarde il aperçut la blouse blanche du fuyard et entendit les martèlements de ses pieds sur les marches métalliques. Sans perdre un instant il se jeta dans l'escalier – et sentit assez vite qu'il gagnait du terrain sur l'inconnu.

Sa colère n'était pas retombée, mais à présent que ses lobes frontaux avaient repris du service, il avait conscience qu'il poursuivait un homme qui n'était pas un gringalet, mais un adversaire de bonne taille, assez solidement charpenté et sans doute plutôt sportif. Le gars s'était bien débrouillé pour parer ses attaques dans la chambre, et ce alors qu'il devait être gêné par sa longue blouse blanche et les instruments médicaux qui en encombraient les poches. Ces pensées à l'esprit, il se demanda avec une pointe d'inquiétude si l'homme n'avait pas à sa disposition un outil susceptible de servir d'arme : un scalpel ou des ciseaux tranchants de chirurgien, par exemple. Du coup il changea de tactique. Il ralentit légèrement l'allure pour éviter de rattraper le fuyard dans la cage d'escalier, tout en restant assez rapide pour maintenir la pression sur lui. Il était persuadé que si cet homme ne pratiquait pas un sport qui lui valait un entraînement intensif équivalent au sien avec le basket et le vélo – or, rares étaient les gens qui faisaient autant de sport que Jack –, il serait bientôt à court d'énergie.

Jack comprit que sa stratégie fonctionnait lorsqu'il passa devant la porte du premier étage. L'homme continuait de dévaler les escaliers, mais il était clair qu'il souffrait. Entre le premier et le rez-de-chaussée, les martèlements rythmiques de ses pas avaient nettement ralenti, surtout dans la seconde volée de marches. Quand Jack franchit à son tour le palier du rez-de-chaussée et commença à descendre vers le sous-sol, il n'entendait plus que sa respiration haletante. Arrivé en haut de la dernière volée de marches, il vit l'homme penché en avant, les mains sur les genoux, qui s'efforçait désespérément de reprendre son souffle. Son teint était cendreux, sa bouche béante. Il ne semblait même plus avoir la force de pousser la lourde porte coupe-feu donnant sur le sous-sol.

Jack descendit lentement les marches, guettant les réactions de l'homme. Peut-être la détresse qu'il laissait paraître n'était-elle qu'une ruse. Peut-être s'apprêtait-il à brandir tout à coup une arme. Parvenu à moins de deux mètres de lui, Jack se rendit compte qu'il portait une perruque – elle était de guingois sur sa tête. Et puis ses lunettes étaient cassées, une de leurs branches tombant presque à angle droit sur le côté de son visage.

L'homme leva vers lui des yeux injectés de sang et pleins de souffrance. Visiblement effrayé par Jack qui se rapprochait implacablement, il se redressa et tituba en arrière pour plaquer le dos à la porte fermée.

Dès qu'il fut à sa portée, Jack serra le poing et le frappa en plein sur le nez. L'homme lâcha un cri étranglé. Ses lunettes s'envolèrent. Ses jambes se dérobèrent sous lui, comme si elles étaient en caoutchouc, et il s'effondra en position assise le dos à la porte.

– Imbécile ! s'exclama Jack autant pour lui-même que pour son adversaire, et il secoua énergiquement la main pour lutter contre la douleur qui se répandait dans les articulations de ses doigts.

Il n'avait pas prévu de frapper le type. Il s'était laissé dominer par une impulsion irrésistible pour évacuer la colère qui bouillonnait toujours en lui. Dès que la douleur commença à passer, il se pencha pour arracher sa perruque à l'homme. Puis il la jeta de côté en le dévisageant d'un air perplexe. Sa tête lui disait quelque chose, mais… Il se baissa de nouveau, saisit le badge d'identification suspendu autour du cou de l'homme par une courroie, posa brièvement les yeux sur la photographie puis fixa son attention sur le nom écrit à côté.

– Carl Henderson ? s'écria-t-il.

Stupéfait, il regarda tour à tour le visage de la photo imprimée sur le badge et l'homme vautré contre la porte coupe-feu. C'était le même individu.

– Vous êtes vraiment Carl Henderson ? demanda Jack avec stupéfaction.

L'homme ne répondit pas. Il se contenta de fermer les yeux et de plaquer la nuque contre la porte en continuant d'inspirer et d'expirer péniblement.

Jack se redressa au-dessus de lui, tira son téléphone de sa poche, l'activa et trouva le numéro de l'inspecteur Lou Soldano dans ses contacts. Même s'il était trois heures et demie du matin, il ne craignait pas de le déranger : en plus d'être l'un de ses meilleurs amis, Lou était aussi un bourreau de travail impénitent.

# Épilogue

**12 MAI**
**09 H 15**

– Toc-toc, dit Jack, passant la tête par la porte entrouverte de la chambre 821 du Kimmel Pavilion.

– Pas trop tôt, dit Laurie sans dissimuler son dépit. Où tu étais ? Je t'ai envoyé plein de textos depuis le début de la matinée.

Jack entra dans la pièce et referma calmement la porte derrière lui avant de s'approcher du lit.

– La nuit a été intéressante, dit-il d'un air penaud.

Il se pencha pour embrasser Laurie. Elle le laissa faire, mais en le regardant avec méfiance.

– Ça veut dire quoi, la nuit a été intéressante ? C'est plus une excuse, ça, qu'une explication.

– Euh ben… c'est un peu les deux, dit-il tandis qu'il approchait une chaise de la tête du lit pour s'asseoir. Mais avant d'entrer dans les détails, dis-moi comment tu te sens.

– Remarquablement bien, pour ne rien te cacher. La Dr Cartier est passée très tôt ce matin, et elle était vraiment enchantée. Elle a même retiré les drains, parce qu'il n'y avait quasiment pas de sécrétion. Pour ce qui est de rentrer à la maison, elle me laisse décider. Je peux même partir aujourd'hui si je préfère.

– C'est super, dit Jack. Vraiment super. Et que penses-tu faire, alors ?

– Avant de prendre une décision, je veux voir comment je peux me servir de mes deux bras. Mais je me sens carrément bien, et j'ai déjà pu faire pas mal de choses ce matin, donc il est bien possible que je rentre à la maison aujourd'hui. Et sinon demain. Malgré tout, tu sais, j'aurai encore besoin de beaucoup d'aide pour certaines choses du quotidien. Ça te convient ?

– Bien sûr, dit Jack. Je préfère que tu rentres.

– D'accord. Et maintenant que c'est réglé, j'aimerais bien avoir une explication, dit Laurie en retrouvant son air mécontent. Quand je me réveille ce matin, je découvre que j'ai déménagé pendant la nuit. Et par-dessus le marché, je suis dans une chambre où la vue est loin d'être aussi jolie que celle que j'avais hier. Quand je demande aux infirmières pourquoi on m'a déplacée sans rien me dire, elles répondent que c'est à toi qu'il faut poser la question, parce que c'est toi qui t'en es occupé. Pour l'amour du ciel, Jack, qu'est-ce qui s'est passé ?

– Ça va te paraître étrange, dit-il avec un demi-sourire, mais si tu veux tout savoir… c'est ta faute.

– Ma faute ? Comment ça ?

– Cette nuit a été tellement… comment dire… surprenante. J'ai été obligé de te déplacer parce que, si incroyable que cela puisse paraître, Aria Nichols a eu raison de mener une enquête sur le père du fœtus de Kera, et tu as eu raison de l'encourager dans cette voie.

– Donc il y a un grand mystère quelque part, c'est ça que tu veux dire ?

– Peut-être bien. Je pourrais juste te raconter en quelques mots ce qui s'est passé, mais je crois que ce sera plus parlant pour toi si je te donne la possibilité de comprendre le dilemme auquel je me suis trouvé confronté, hier soir, quand j'ai découvert ce qu'Aria et toi aviez déjà pressenti sans aller tout au bout du raisonnement. Le méchant, dans cette histoire, c'est bien le père du fœtus, exactement comme Aria le soupçonnait. Ce qui semble s'être passé – et là je précise qu'une enquête est déjà en cours pour confirmer tout ça –, c'est que les overdoses de Kera et d'Aria ont été mises en scène. Vraisemblablement, les deux femmes ont été soit tuées, soit rendues inconscientes par une dose importante de fentanyl mélangée à de l'alcool. En tout cas c'est ce qu'on pense maintenant. Et aussitôt après, il leur a été injecté un mélange d'héroïne et de fentanyl pour donner l'impression d'une overdose. Tout ça n'est pas encore totalement prouvé, mais c'est l'hypothèse de travail.

– Alors là, c'est extraordinaire, dit Laurie dont la voix avait perdu toute sa rudesse. Qui s'occupe de l'enquête ?

– Lou Soldano, évidemment, dit Jack avec fierté. Je l'ai appelé cette nuit. Quand j'ai découvert l'identité du méchant.

– Et quand as-tu découvert l'identité de ce « méchant », comme tu dis ? Était-ce avant ou après que tu me changes de chambre ?

Pour garder son calme, Laurie s'efforçait d'entrer dans le petit jeu de Jack.

– C'était quelques heures plus tard, répondit-il. Bon, je vois que je t'ai assez torturée. Voilà toute l'histoire : quand je t'ai quittée hier soir, vers neuf heures, je suis retourné au bureau. J'étais à côté, et à la maison, de toute façon, les enfants étaient déjà couchés. Je me suis souvenu que je n'avais pas encore regardé le dossier médical de Madison Bryant alors que j'avais un peu râlé auprès de Bart pour l'avoir au plus vite. Et donc, en examinant ce dossier, j'ai eu une révélation. Les transformations qui apparaissaient sur les tracés dans les trois derniers battements avant la fibrillation m'ont rappelé notre vieille affaire de l'infirmière tueuse en série, au Manhattan

General. L'arme du crime, c'était du chlorure de potassium injecté par intraveineuse. Tu te souviens ?

– Et comment ! dit Laurie. Jasmine Rakoczi. Jamais je n'oublierai cette horrible femme.

– Oui. Il était fort possible que Madison Bryant ait été tuée elle aussi avec du chlorure de potassium. La question qui se posait aussitôt, bien sûr, c'était : Pourquoi ? Quand j'ai réfléchi à ce pourquoi en tenant compte du fait que les décès de Kera Jacobsen, puis de Madison Bryant, puis d'Aria Nichols, étaient survenus dans un laps de temps très court, j'ai commencé à flipper méchamment de te savoir hospitalisée ici avec une perfusion au bras. Mon idée, tu vois, c'était que si le père du fœtus de Kera avait effectivement tué Kera, puis Madison, puis Aria, toi qui étais liée à l'affaire depuis le début, tu étais peut-être aussi dans son collimateur.

– Alors tu m'as déplacée pour me protéger, dit Laurie d'une voix blanche. Et ensuite ?

– Je t'ai installée ici, dans cette chambre, parce que j'avais peur pour toi. Et… oui, mes craintes ont été confirmées. Mais il faut que tu saches qu'au moment où j'ai déplacé ton lit, j'étais loin d'être persuadé de faire ce qu'il fallait. Pour être honnête, je me demandais si je ne me tapais pas une crise de parano à cause de mon inquiétude. Au début je ne savais absolument pas quoi faire, sinon monter la garde toute la nuit dans ta chambre. Je n'étais même pas assez sûr de moi pour m'adresser à quelqu'un de l'hôpital, ni pour appeler Lou et lui demander son avis. J'étais paumé.

– Je comprends. Mais tu m'as déplacée quand même par précaution. Et ensuite ? Qu'est-ce que tu as fait ? Puisque tu dis que tu connais le méchant… Es-tu resté planqué dans l'autre chambre en attendant que quelqu'un se pointe ? Pourtant, ça ne pouvait fonctionner que si j'étais présente, justement, et si le méchant en question tentait quelque chose. Non ?

– Tu as tout compris. J'ai pensé que si quelqu'un avait réglé son compte à Madison, aux soins intensifs, avec du chlorure de potassium, il s'agissait très certainement d'un professionnel de santé. Sinon, ce quelqu'un aurait difficilement eu accès au service. Alors après t'avoir mise à l'abri dans cette chambre, ici, qui était libre, j'ai pris un brancard, je me suis rendu au centre de simulation de l'école de médecine et j'ai emprunté un des mannequins informatisés plus vrais que nature sur lesquels les étudiants s'entraînent à réagir aux situations d'urgence. Tu sais, ces mannequins-robots qui sont programmés pour avoir les mêmes réactions physiologiques qu'un être humain. Je l'ai installé dans la chambre 838, mis au lit sous les couvertures comme si c'était toi, et je l'ai branché sur l'ECG. Le tableau était vraiment convaincant. Surtout dans l'obscurité. Même le bruit de la respiration du mannequin paraissait complètement naturel.

– Alors tu as tendu une sorte de piège, dit Laurie, fascinée.

– Voilà. Et il a fonctionné. Quand le méchant est entré dans la chambre, vers les trois heures et demie, il a cru avoir affaire à toi, dans ce lit, et il était sans doute tellement parti dans son truc qu'il n'a pas vérifié. À ce moment-là... Bon, pour ne rien te cacher, je dormais profondément sur le canapé. Je me suis réveillé en sursaut quand l'alarme de l'ECG s'est déclenchée, juste après qu'il a injecté le chlorure de potassium dans la perfusion du mannequin.

– Mon Dieu ! s'exclama Laurie en portant une main devant sa bouche.

– Tu as raison d'invoquer Dieu, dit Jack en souriant. Ce qui s'est passé ensuite tient du miracle.

– Hmm... Peut-être qu'il vaut mieux que tu m'épargnes les détails, alors ?

Connaissant Jack, Laurie le voyait très bien sortir de ses gonds et s'attaquer au criminel sans penser à sa sécurité. Sa seule consolation, c'était que l'individu démasqué étant a priori un professionnel de santé, il n'était sans doute pas armé.

– Ça n'a pas été très joli, admit Jack.

– Dis-moi maintenant. Qui est-ce ?

– Le Dr Carl Henderson.

– Oh mon Dieu ! s'exclama Laurie en détachant chaque syllabe, complètement sidérée.

Il lui fallut un moment pour retrouver ses esprits :

– C'est sans doute la dernière personne que j'aurais soupçonnée. C'est tellement fou, cette histoire, et tellement tragique à plein de niveaux…

– Voyons le bon côté des choses, dit Jack.

– Parce qu'il y en a un ?

– Oui ! Manifestement, Aria et toi avez ajouté la généalogie génétique à l'attirail de la médecine légale pour élucider certains crimes mystérieux. Si ce n'est pas quelque chose de très positif, ça, je ne sais pas ce qui peut l'être.

# REMERCIEMENTS

J'aimerais remercier Mark Desire, le directeur adjoint du laboratoire d'analyses ADN à l'Institut médico-légal de la ville de New York, et Mark Flomenbaum, le directeur de l'Institut médico-légal du Maine.

*The Family Tree Guide to DNA Testing and Genetic Genealogy*, de Blaine T. Bettinger, et *The Adoptee's Guide to DNA Testing*, de Tamar Weinberg, offrent de précieuses informations sur cette nouvelle frontière qu'est la généalogie génétique.

## DU MÊME AUTEUR

*Aux Éditions Albin Michel*

AVEC INTENTION DE NUIRE
NAISSANCE SUR ORDONNANCE
VENGEANCE AVEUGLE
PHASE TERMINALE
CURE FATALE
RISQUE MORTEL
CONTAGION
INVASION
TOXINE
CHROMOSOME 6
VECTOR
CHOC
RAPT
CRISES
FACTEUR RISQUE
ERREUR FATALE
ÉTAT CRITIQUE
MORTS ACCIDENTELLES
INTERVENTION
RÉMISSION
ASSURANCE VIE
NANO
PRESCRIPTION MORTELLE
COBAYES
CHARLATANS
PANDÉMIE

*Composition Nord Compo*
*Impression CPI Bussière en octobre 2020*
*Éditions Albin Michel*
*22, rue Huyghens, 75014 Paris*
*www.albin-michel.fr*
*ISBN : 978-2-226-45320-4*
*N° d'édition : 24100/01 – N° d'impression : 2052008*
*Dépôt légal : novembre 2020*
*Imprimé en France*